汪曾祺（1920—1997）

汪曾祺集

受戒

北京出版集团
北京十月文艺出版社

目录

异秉 ……………………………………………………1

受戒 ……………………………………………………13

岁寒三友 ………………………………………………33

大淖记事 ………………………………………………51

故里杂记 ………………………………………………70

徙 ………………………………………………………86

故乡人 …………………………………………………108

晚饭花 …………………………………………………120

鉴赏家 …………………………………………………132

王四海的黄昏 …………………………………………140

八千岁 …………………………………………………153

故里三陈 ………………………………………………169

昙花、鹤和鬼火 ………………………………………181

桥边小说三篇 …………………………………………190

皮凤三楦房子 …………………………………………206

小学同学 ………………………………………………223

鲍团长 …………………………………………………231

黄开榜的一家 …………………………………………… 238

小姨娘 ………………………………………………… 244

忧郁症 ………………………………………………… 250

仁慧 …………………………………………………… 256

露水 …………………………………………………… 260

卖眼镜的宝应人 ……………………………………… 268

辜家豆腐店的女儿 …………………………………… 273

喜神 …………………………………………………… 278

丑脸 …………………………………………………… 281

兽医 …………………………………………………… 283

水蛇腰 ………………………………………………… 287

熟藕 …………………………………………………… 290

薛大娘 ………………………………………………… 294

莱生小爷 ……………………………………………… 299

钓鱼巷 ………………………………………………… 304

关老爷 ………………………………………………… 309

小嬢嬢 ………………………………………………… 314

合锦 …………………………………………………… 319

百蝶图 ………………………………………………… 324

名士和狐仙 …………………………………………… 330

礼俗大全 ……………………………………………… 335

侯银匠 ………………………………………………… 342

从传奇到志异 ………………………………………… 347

异秉

王二是这条街的人看着他发达起来的。

不知从什么时候起,他就在保全堂药店廊檐下摆一个熏烧摊子。"熏烧"就是卤味。他下午来,上午在家里。

他家在后街濒河的高坡上,四面不挨人家。房子很旧了,碎砖墙,草顶泥地,倒是不仄逼,也很干净,夏天很凉快。一共三间。正中是堂屋,在"天地君亲师"的下面便是一具石磨。一边是厨房,也就是作坊。一边是卧房,住着王二的一家。他上无父母,嫡亲的只有四口人,一个媳妇,一儿一女。这家总是那么安静,从外面听不到什么声音。后街的人家总是吵吵闹闹的。男人揪着头发打老婆,女人拿火叉打孩子,老太婆用菜刀剁着砧板诅咒偷了她的下蛋鸡的贼。王家从来没有这些声音。他们家起得很早。天不亮王二就起来备料,然后就烧煮。他媳妇梳好头就推磨磨豆腐。——王二的熏烧摊每天要卖出很多回卤豆腐干,这豆腐干是自家做的。磨得了豆腐,就帮王二烧火,火光照得她的圆盘脸红红的(附近的空气里弥漫着王二家飘出的五香味)。后来王二喂了一头小毛驴,她就不用围着磨盘转了,只要把小驴牵上磨,不时往磨眼里倒半碗豆子,注一点水就行了。省出时间,好做针线。一家四口,大裁小剪,很费工夫。两个孩子,大儿子长得像妈，圆乎乎的脸，两个眼睛笑起来一道缝。小女儿像父亲，瘦长脸，眼睛挺大。儿子念了几年私塾，能记账了，就不念了。他一天就是牵了小驴去饮，放它到草地上去打滚。到大了一点，就帮父亲洗料备料做生意，放驴的差事就归了妹妹了。

每天下午，在上学的孩子放学，人家淘晚饭米的时候，他就来摆他的摊子。他为什么选中保全堂来摆他的摊子呢？是因为这地点好，东街西街和附近几条巷子到这里都不远；因为保全堂的廊檐宽，柜台到铺门有相当的余地；还是因为这是一家药店，药店到晚上生意就比较清淡，——很少人晚上上药铺抓药的，他摆个摊子碍不着人家的买卖，都说不清。当初还一定是请人向药店的东家说了好话，亲自登门叩谢过的。反正，有年头了。他的摊子的全副"生财"——这地方把做买卖的用具叫作"生财"，就寄放在药店店堂的后面过道里，挨墙放着，上面就是悬在二梁上的赵公元帅的神龛，这些"生财"包括两块长板，两张三条腿的高板凳（这种高凳一边两条腿，在两头；一边一条腿在当中），以及好几个一面装了玻璃的匣子。他把板凳支好，长板放平，玻璃匣子排开。这些玻璃匣子里装的是黑瓜子、白瓜子、盐炒豌豆、油炸豌豆、兰花豆、五香花生米。长板的一头摆开"熏烧"。"熏烧"除回卤豆腐干之外，主要是牛肉、蒲包肉和猪头肉。这地方一般人家是不大吃牛肉的。吃，也极少红烧、清炖，只是到熏烧摊子去买。这种牛肉是五香加盐煮好，外面染了通红的红曲，一大块一大块地堆在那里。买多少，现切，放在送过来的盘子里，抓一把青蒜，浇一勺辣椒糊。蒲包肉似乎是这个县里特有的。用一个三寸来长直径寸半的蒲包，里面衬上豆腐皮，塞满了加了粉子的碎肉，封了口，拦腰用一道麻绳系紧，成一个葫芦形。煮熟以后，倒出来，也是一个带有蒲包印迹的葫芦。切成片，很香。猪头肉则分门别类地卖，拱嘴、耳朵、脸子，——脸子有个专门名词，叫"大肥"。要什么，切什么。到了上灯以后，王二的生意就到了高潮。只见他拿了刀不停地切，一面还忙着收钱，包油炸的、盐炒的豌豆、瓜子，很少有歇一歇的时候。一直忙到九点多钟，在他的两盏高罩的煤油灯里煤油已经点去了一多半，装熏烧的盘子和装豌豆的匣子都已经见了底的时候，他媳妇给他送饭来了，他才用热水擦一把脸，吃晚饭。吃完晚饭，总还有一些零零星星的生意，他不忙收摊子，就端了一杯热茶，坐到保全堂店堂里的椅子上，听人聊天，一面拿眼睛瞟着他的摊子，见有人走来，就起身切一盘，包两包。他的主顾都是熟人，谁什么时候来，买什么，他心里都是有数的。

这一条街上的店铺、摆摊的，生意如何，彼此都很清楚。近几年，景况都不大好。有几家好一些，但也只是能维持。有的是逐渐地败落下来了。先是货架上的东西越来越空，只出不进，最后就出让"生财"，关门歇业。只有王二的生意却越做越兴旺。他的摊子越摆越大，装炒货的匣子，装熏烧的洋瓷盘子，越来越多。每天晚上到了买卖高潮的时候，摊子外面有时会拥着好些人。好天气还好，遇上下雨下雪（下雨下雪买他的东西的比平常更多），叫主顾在当街打伞站着，实在很不过意。于是经人说合，出了租钱，他就把他的摊子搬到隔壁源昌烟店的店堂里去了。

源昌烟店是个老名号，专卖旱烟，做门市，也做批发。一边是柜台，一边是刨烟的作坊。这一带抽的旱烟是刨成丝的。刨烟师傅把烟叶子一张一张立着叠在一个特制的木床子上，用皮绳木楔卡紧，两腿夹着床子，用一个刨刃有半尺宽的大刨子刨。烟是黄的。他们都穿了白布套裤。这套裤也都变黄了。下了工，脱了套裤，他们身上也到处是黄的。头发也是黄的。——手艺人都带着他那个行业特有的颜色。染坊师傅的指甲缝里都是蓝的，碾米师傅的眉毛总是白蒙蒙的。原来，源昌号每天有四个师傅、四副床子刨烟。每天总有一些大人孩子

3

站在旁边看。后来减成三个、两个、一个。最后连这一个也辞了。这家的东家就靠卖一点纸烟、火柴、零包的茶叶维持生活，也还卖一点迟来的旱烟、皮丝烟。不知道为什么，原来挺敞亮的店堂变得黑暗了，牌匾上的金字也都无精打采了。那座柜台显得特别的大。大，而空。

　　王二来了，就占了半边店堂，就是原来刨烟师傅刨烟的地方。他的摊子原来在保全堂廊檐是东西向横放着的，迁到源昌，就改成南北向，直放了。所以，已经不能算是一个摊子，而是半个店铺了。他在原有的板子之外增加了一块，摆成一个曲尺形，俨然也就是一个柜台。他所卖的东西的品种也增加了。即以熏烧而论，除了原有的回卤豆腐干、牛肉、猪头肉、蒲包肉之外，春天，卖一种叫作"鵽"的野味，——这是一种候鸟，长嘴长脚，因为是桃花开时来的，不知是哪位文人雅士给它起了一个名称叫"桃花鵽"；卖鹌鹑；入冬以后，他就挂起一个长条形的玻璃镜框，里面用大红蜡笺写了泥金字："即日起新添美味羊羔五香兔肉。"这地方人没有自己家里做羊肉的，都是从熏烧摊上买。只有一种吃法：带皮白煮，冻实，切片，加青蒜、辣椒糊，还有一把必不可少的胡萝卜丝（据说这是最能解膻气的）。酱油、醋，买回来自己加。兔肉，也像牛肉似的加盐和五香煮，染了通红的红曲。

　　这条街上过年时的春联是各式各样的。有的是特制嵌了字号的。比如保全堂，就是由该店拔贡出身的东家拟制的"保我黎民，全登寿域"；有些大字号，比如布店，口气很大，贴的是"生涯宗子贡，贸易效陶朱"，最常见的是"生意兴隆通四海，财源茂盛达三江"；小本经营的买卖则很谦虚地写出："生意三春草，财源雨后花"。这么一副春联，用于王二的超摊子准铺子，真是再贴切不过了，虽然王二并没有想到贴这样一副春联，——他也没处贴呀，这铺面的字号还是"源昌"。他的生意真是三春草、雨后花一样的起来了。"起来"最显眼的标志是他把长罩煤油灯撤掉，挂起一盏呼呼作响的汽灯。须知，汽灯这东西只有钱庄、绸缎庄才用，而王二，居然在一个熏烧摊子的上面，挂起来了。这白亮白亮的汽灯，越显得源昌柜台里的一盏煤油灯十分的暗淡了。

王二的发达，是从他的生活也看得出来的。第一，他可以自由地去听书。王二最爱听书。走到街上，在形形色色招贴告示中间，他最注意的是说书的报条。那是三寸宽、四尺来长的一条黄颜色的纸，浓墨写道："特聘维扬×××先生在×××（茶馆）开讲××（三国、水浒、岳传……）是月×日起风雨无阻。"以前去听书都要经过考虑。一是花钱，二是费时间，更主要的是考虑这于他的身份不大相称：一个卖熏烧的，常常听书，怕人议论。近年来，他觉得可以了，想听就去。小蓬莱、五柳园（这都是说书的茶馆），都去；三国、水浒、岳传，都听。尤其是夏天，天长，穿了竹布的或夏布的长衫，拿了一吊钱，就去了。下午的书一点开书，不到四点钟就"明日请早"了（这里说书的规矩是在说书先生说到预定的地方，留下一个扣子，跑堂的茶房高喝一声"明日请早——！"听客们就纷纷起身散场），这耽误不了他的生意。他一天忙到晚，只有这一段时间得空。第二，过年推牌九，他在下注时不犹豫。王二平常绝不赌钱，只有过年赌五天。过年赌钱不犯禁，家家店铺里都可赌钱。初一起，不做生意，铺门关起来，里面黑洞洞的。保全堂柜台里身，有一个小穿堂，是供神农祖师的地方，上面有个天窗，比较亮堂。拉开神农画像前的一张方桌，哗啦一声，骨牌和骰子就倒出来了。打麻将多是社会地位相近的，推牌九则不论，谁都可以来。保全堂的"同仁"（除了陶先生和陈相公），替人家收房钱的抢元，卖活鱼的疤眼——他曾得外症，治愈后左眼留一大疤，小学生给他起了个外号叫"巴颜喀拉山"，这外号竟传开了，一街人都叫他巴颜喀拉山,虽然有人不知道这是什么意思,——王二。输赢说大不大,说小可也不小。十吊钱推一庄。十吊钱相当于三块洋钱。下注稍大的是一吊钱三三四,一吊钱分三道:三百、三百、四百。七点赢一道,八点赢两道,若是抓到一副九点或是天地杠,庄家赔一吊钱。王二下"三三四"是常事。有时竟会下到五吊钱一注孤丁,把五吊钱稳稳地推出去,心不跳,手不抖(收房钱的抡元下到五百钱一注时手就抖个不住)。赢得多了,他也能上去推两庄。推牌九这玩意儿,财越大,气越粗,王二输的时候竟不多。

王二把他的买卖乔迁到隔壁源昌去了,但是每天九点以后他一定还是端了一杯茶到保全堂店堂里来坐个点把钟。儿子大了,晚上再来的零星生意,他一个人就可以应付了。

且说保全堂。

这是一家门面不大的药店。不知为什么,这药店的东家用人,不用本地人,从上到下,从管事的到挑水的,一律是淮城人。他们每年有一个月的假期,轮流回家,去干传宗接代的事。其余十一个月,都住在店里。他们的老婆就守十一个月的寡。药店的"同仁",一律称为"先生"。先生里分为几等。一等的是"管事",即经理。当了管事就是终身职务,很少听说过有东家把管事辞了的。除非老管事病故,才会延聘一位新管事。当了管事,就有"身股",或称"人股",到了年底可以按股分红。因此,他对生意是兢兢业业,忠心耿耿的。东家从不到店,管事负责一切。他照例一个人单独睡在神农像后面的一间屋子里,名叫"后柜"。总账、银钱,贵重的药材如犀角、羚羊、麝香,都锁在这间屋子里,钥匙在他身上,——人参、鹿茸不算什么贵重东西。吃饭的时候,管事总是坐在横头末席,以示代表东家奉陪诸位先生。熬到"管事"能有几人?全城一共才有那么几家药店。保全堂的管事姓卢。二等的叫"刀上",管切药和"跌"丸药。药店每天都有很多药要切。"饮片"切得整齐不整齐,漂亮不漂亮,直接影响生意好坏。内行人一看,就知道这药是什么人切出来的。"刀上"是个技术人员,薪金最高,在店中地位也最尊。吃饭时他照例坐在上首的二席,——除了有客,头席总是虚着的。逢年过节,药王生日(药王不是神农氏,却是孙思邈),有酒,管事的举杯,必得"刀上"先喝一口,大家才喝。保全堂的"刀上"是全县头一把刀,他要是闹脾气辞职,马上就有别家抢着请他去。好在此人虽有点高傲,有点倔,却轻易不发脾气。他姓许。其余的都叫"同事"。那读法却有点特别,重音在"同"字上。他们的职务就是抓药,写账。"同事"是没有什么了不起的,每年都有被辞退的可能。辞退时"管事"并不说话,只是在腊月有一桌辞年酒,算是东家向"同仁"道一年的辛苦,只要是把哪位"同事",请到上席去,该"同事"就二话不说,客客气气地卷起铺盖另谋高就。当然,事前就从旁漏出一点风声的,并不当真是打一闷棍。该辞退"同事"在八月节后就有预感。有的早就和别家谈好,很潇洒地走了;有的则请人斡旋,留一年再看。后一种,总要作一点"检讨",下一点"保证"。"回炉的烧饼不香",辞而不去,面上无光,身价就低了。保全堂的陶先生,就已经有三次要被请到上席了。他咳嗽痰喘,人也不精明。终于没有坐上席,一则是同行店伙纷纷来说情:辞了他,他上谁家去呢?谁家会要这样一个痰篓子呢?这岂非绝了他的生计?二则,他还有一点好处,即不回家。他四十多岁了,却没有传宗接代的任务,因为他没有娶过亲。这样,陶先生就只有更加勤勉,更加谨慎了。每逢他的喘病发作时,有人问:"陶先生,你这两天又不大好吧?"他就一面喘嗽着一面说:"啊不,很好,很(呼噜呼噜)好!"

　　以上,是"先生"一级。"先生"以下,是学生意的。药店管学生意的却有一个奇怪称呼,叫作"相公"。

因此，这药店除煮饭挑水的之外，实有四等人："管事""刀上""同事""相公"。

保全堂的几位"相公"都已经过了三年零一节，满师走了。现有的"相公"姓陈。

陈相公脑袋大大的，眼睛圆圆的，嘴唇厚厚的，说话声气粗粗的——呜噜呜噜地说不清楚。

他一天的生活如下：起得比谁都早。起来就把"先生"们的尿壶都倒了涮干净控在厕所里。扫地。擦桌椅、擦柜台。到处掸土。开门。这地方的店铺大都是"铺闼子门"①，——一列宽可一尺的厚厚的门板嵌在门框和门槛的槽子里。陈相公就一块一块卸出来，按"东一""东二""东三""东四"，"西一""西二""西三""西四"次序，靠墙竖好。晒药，收药。太阳出来时，把许先生切好的"饮片"、趺"好的丸药，——都放在匾筛里，用头顶着，爬上梯子，到屋顶的晒台上放好；傍晚时再收下来。这是他一天最快乐的时候。他可以登高四望。看得见许多店铺和人家的房顶，都是黑黑的；看得见远处的绿树，绿树后面缓缓移动的帆。看得见鸽子，看得见飘动摇摆的风筝。到了七月，傍晚，还可以看巧云。七月的云多变幻，当地叫作"巧云"。那是真好看呀：灰的、白的、黄的、橘红的，镶着金边，一会一个样，像狮子的，像老虎的，像马、像狗的。此时的陈相公，真是古人所说的"心旷神怡"。其余的时候，就很刻板枯燥了。碾药。两脚踏着木板，在一个船形的铁碾槽子里碾。倘若碾的是胡椒，就要不停地打嚏喷。裁纸。用一个大弯刀，把一沓一沓的白粉连纸裁成大小不等的方块，包药用。刷印包装纸。他每天还有两项例行的公事。上午，要

---

① 这地方店铺的门一般都是一块一块狭长的门板，上在门槛的槽里，称为"铺闼子"。

搓很多抽水烟用的纸枚子。把装铜钱的钱板翻过来，用"表心纸"一根一根地搓。保全堂没有人抽水烟，但不知什么道理每天都要搓许多纸枚子，谁来都可取几根，这已经成了一种"传统"。下午，擦灯罩。药店里里外外，要用十来盏煤油灯。所有灯罩，每天都要擦一遍。晚上，摊膏药。从上灯起，直到王二过店堂里来闲坐，他一直都在摊膏药。到十点多钟，把先生们的尿壶都放到他们的床下，该吹灭的灯都吹灭了，上了门，他就可以准备睡觉了。先生们都睡在后面的厢屋里，陈相公睡在店堂里。把铺板一放，铺盖摊开，这就是他一个人的天地了。临睡前他总要背两篇《汤头歌诀》，——药店的先生总要懂一点医道。小户人家有病不求医，到药店来说明病状，先生们随口就要说出："吃一剂小柴胡汤吧"，"服三服藿香正气丸"，"上一点七厘散"。有时，坐在被窝里想一会家，想想他的多年守寡的母亲，想想他家房门背后的一张贴了多年的麒麟送子的年画。想不一会，困了，把脑袋放倒，立刻就响起了很大的鼾声。

　　陈相公已经学了一年多生意了。他已经给赵公元帅和神农爷烧了三十次香。初一、十五，都要给这二位烧香，这照例是陈相公的事。赵公元帅手执金鞭，身骑黑虎，两旁有一副八寸长的黑地金字的小对联："手执金鞭驱宝至，身骑黑虎送财来。"神农爷虬髯披发，赤身露体，腰里围着一圈很大的树叶，手指甲、脚指甲都很长，一只手捏着一棵灵芝草，坐在一块石头上。陈相公对这二位看得很熟，烧香的时候很虔敬。

　　陈相公老是挨打。学生意没有不挨打的，陈相公挨打的次数也似稍多了一点。挨打的原因大都是因为做错了事：纸裁歪了，灯罩擦破了。这孩子也好像不大聪明，记性不好，做事迟钝。打他的多是卢先生。卢先生不是暴脾气，打他是为他好，要他成人。有一次可挨了大打。他收药，下梯一脚踩空了，把一匾筛泽泻翻到了阴沟里。这回打他的是许先生。他用一根闩门的木棍没头没脸地把他痛打了一顿,打得这孩子哇哇地乱叫:"哎呀!哎呀!我下回不了!下回不了!哎呀!哎呀!我错了!哎呀!哎呀!"谁也不能去劝,因为知道许先生的脾气,越劝越打得凶,何况他这回的错是不小(泽泻不是贵药,但切起来很费工,要切成厚薄一样,状如铜钱的圆片)。后来还是煮饭的老朱来劝住了。这老朱来得比谁都早,人又出名的忠诚梗直。他从来没有正经吃过一顿饭,都是把大家吃剩的残汤剩水泡一点锅巴吃。因此,一店人都对他很敬畏。他一把夺过许先生手里的门闩,说了一句话:"他也是人生父母养的!"

陈相公挨了打,当时没敢哭。到了晚上,上了门,一个人呜呜地哭了半天。他向他远在故乡的母亲说:"妈妈,我又挨打了!妈妈,不要紧的,再挨两年打,我就能养活你老人家了!"

王二每天到保全堂店堂里来,是因为这里热闹,别的店铺到九点多钟,就没有什么人,往往只有一个管事在算账,一个学徒在打盹。保全堂正是高朋满座的时候。这些先生都是无家可归的光棍,这时都聚集到店堂里来。还有几个常客,收房钱的抡元,卖活鱼的巴颜喀拉山,给人家熬鸦片烟的老炳,还有一个张汉。这张汉是对门万顺酱园连家的一个亲戚兼食客,全名是张汉轩,大家却都叫他张汉。大概是觉得已经沦为食客,就不必"轩"了。此人有七十岁了,长得活脱像一个伏尔泰,一张尖脸,一个尖尖的鼻子。他年轻时在外地做过幕,走过很多地方,见多识广,什么都知道,是个百事通。比如说抽烟,他就告诉你烟有五种:水、旱、鼻、雅、潮,"雅"是鸦片。"潮"是潮烟,这地方谁也没见过。说喝酒,他就能说出山东黄、状元红、莲花白……说喝茶,他就告诉你狮峰龙井、苏州的碧螺春,云南的"烤茶"是在怎样一个罐里烤的,福建的功夫茶的茶杯比酒盅还小,就是吃了一只炖肘子,也只能喝三杯,这茶太酽了。他熟读《子不语》《夜雨秋灯录》，能讲许多鬼狐故事。他还知道云南怎样放蛊，湘西怎样赶尸。他还亲眼见到过旱魃、僵尸、狐狸精，有时间，有地点，有鼻子有眼。三教九流，医卜星相，他全知道。他读过《麻衣神相》《柳庄神相》，会算"奇门遁甲""六壬课""灵棋经"。他总要到快九点钟时才出现（白天不知道他干什么），他一来，大家精神为之一振，这一晚上就全听他一个人刮活。他很会讲，起承转合，抑扬顿挫，有声有色。他也像说书先生一样，说到筋节处就停住了，慢慢地抽烟，急得大家一劲地催他："后来呢？后来呢？"这也是陈相公一天比较快乐的时候。他一边摊着膏药，一边听着。有时，听得太入神了，摊膏药的扦子停留在油纸上，会废掉一张膏药。他一发现，赶紧偷偷塞进口袋里。这时也不会被发现，不会挨打。

有一天，张汉谈起人生有命。说朱洪武、沈万山、范丹是同年同月同日同时，都是丑时建生，鸡鸣头遍。但是一声鸡叫，可就命分三等了：抬头朱洪武，低头沈万山，勾一勾就是穷范丹。朱洪武贵为天子，沈万山富甲天下，穷范丹冻饿而死。他又说凡是成大事业，有大作为，兴旺发达的，都有异相，或有特殊的秉赋。汉高祖刘邦，股有七十二黑子，——就是屁股上有七十二颗黑痣，谁有过？明太祖朱元璋，生就是五岳朝天，——两额、两颧、下巴，都突出，状如五岳，谁有过？樊哙能把一个整猪腿生吃下去，燕人张翼德，睡着了也睁着眼睛。就是市井之人，凡有走了一步好运的，也莫不有与众不同之处。必有非常之人，乃成非常之事。大家听了，不禁暗暗点头。

张汉猛吸了几口旱烟，忽然话锋一转，向王二道：

"即以王二而论，他这些年飞黄腾达，财源茂盛，也必有其异秉。"

"……？"

王二不解何为"异秉"。

"就是与众不同，和别人不一样的地方。你说说，你说说！"

大家也都怂恿王二："说说！说说！"

王二虽然发了一点财，却随时不忘自己的身份，从不僭越自大，在大家敦促之下，只有很诚恳地欠一欠身说：

"我呀，有那么一点：大小解分清。"他怕大家不懂，又解释道，"我解手时，总是先解小手，后解大手。"

张汉一听，拍了一下手，说："就是说，不是屎尿一起来，难得！"

说着，已经过了十点半了，大家起身道别。该上门了。卢先生向柜台里一看，陈相公不见了，就大声喊："陈相公！"

喊了几声，没人应声。

原来陈相公在厕所里。这是陶先生发现的。他一头走进厕所，发现陈相公已经蹲在那里。本来，这时候都不是他们俩解大手的时候。

一九四八年旧稿
一九八〇年五月二十日重写
载一九八一年第一期《雨花》

受戒

明海出家已经四年了。

他是十三岁来的。

这个地方的地名有点怪，叫庵赵庄。赵，是因为庄上大都姓赵。叫作庄，可是人家住得很分散，这里两三家，那里两三家。一出门，远远可以看到，走起来得走一会儿，因为没有大路，都是弯弯曲曲的田埂。庵，是因为有一个庵。庵叫菩提庵，可是大家叫讹了，叫成荸荠庵。连庵里的和尚也这样叫。"宝刹何处？"——"荸荠庵。"庵本来是住尼姑的。"和尚庙""尼姑庵"嘛。可是荸荠庵住的是和尚。也许因为荸荠庵不大，大者为庙，小者为庵。

明海在家叫小明子。他是从小就确定要出家的。他的家乡不叫"出家"，叫"当和尚"。他的家乡出和尚。就像有的地方出劁猪的，有的地方出织席子的，有的地方出箍桶的，有的地方出弹棉花的，有的地方出画匠，有的地方出婊子，他的家乡出和尚。人家弟兄多，就派一个出去当和尚。当和尚也要通过关系，也有帮。这地方的和尚有的走得很远。有到杭州灵隐寺的、上海静安寺的、镇江金山寺的、扬州天宁寺的。一般的就在本县的寺庙。明海家田少，老大、老二、老三，就足够种的了。他是老四。他七岁那年，他当和尚的舅舅回家，他爹、他娘就和舅舅商议，决定叫他当和尚。他当时在旁边，觉得这实在是在情在理，没有理由反对。当和尚有很多好处。一是可以吃现成饭。哪个庙里都是管饭的。二是可以攒钱。只要学会了放瑜伽焰口，拜梁皇忏，可以按例分到辛苦钱。积攒起来，将来还俗娶亲也可以；不想还俗，买几亩田也可以。当和尚也不容易，一要面如朗月，二要声如钟磬，三要聪明记性好。他舅舅给他相了相面，叫他前走几步，后走几步，又叫他喊了一声赶牛打场的号子："格当嘚——"，说是"明子准能当个好和尚，我包了"！要当和尚，得下点本，——念几年书。哪有不认字的和尚呢！于是明子就开蒙入学，读了《三字经》《百家姓》《四言杂字》《幼学琼林》、"上论下论""上孟下孟"，每天还写一张仿。村里都夸他字写得好，很黑。

舅舅按照约定的日期又回了家，带了一件他自己穿的和尚领的短衫，叫明子娘改小一点，给明子穿上。明子穿了这件和尚短衫，下身还是在家穿的紫花裤子，赤脚穿了一双新布鞋，跟他爹、他娘磕了一个头，就随舅舅走了。

他上学时起了个学名，叫明海。舅舅说，不用改了。于是"明海"就从学名变成了法名。

过了一个湖。好大一个湖！穿过一个县城。县城真热闹：官盐店，税务局，肉铺里挂着成边的猪，一个驴子在磨芝麻，满街都是小磨香油的香味，布店，卖茉莉粉、梳头油的什么斋，卖绒花的，卖丝线的，打把式卖膏药的，吹糖人的，耍蛇的……他什么都想看看。舅舅一劲地推他："快走！快走！"

到了一个河边，有一只船在等着他们。船上有一个五十来岁的瘦长瘦长的大伯，船头蹲着一个跟明子差不多大的女孩子，在剥一个莲蓬吃。明子和舅舅坐到舱里，船就开了。

明子听见有人跟他说话，是那个女孩子。

"是你要到荸荠庵当和尚吗？"

明子点点头。

"当和尚要烧戒疤嗷！你不怕？"

明子不知道怎么回答，就含含糊糊地摇了摇头。

"你叫什么？"

"明海。"

"在家的时候？"

"叫明子。"

"明子！我叫小英子！我们是邻居。我家挨着荸荠庵。——给你！"

小英子把吃剩的半个莲蓬扔给明海，小明子就剥开莲蓬壳，一颗一颗吃起来。

大伯一桨一桨地划着，只听见船桨拨水的声音：

"哗——许！哗——许！"

…………

荸荠庵的地势很好，在一片高地上。这一带就数这片地势高，当初建庵的人很会选地方。门前是一条河。门外是一片很大的打谷场。三面都是高大的柳树。山门里是一个穿堂。迎门供着弥勒佛。不知是哪一位名士撰写了一副对联：

> 大肚能容容天下难容之事
> 开颜一笑笑世间可笑之人

弥勒佛背后，是韦驮。过穿堂，是一个不小的天井，种着两棵白果树。天井两边各有三间厢房。走过天井，便是大殿，供着三世佛。佛像连龛才四尺来高。大殿东边是方丈，西边是库房。大殿东侧，有一个小小的六角门，白门绿字，刻着一副对联：

  一花一世界
  三藐三菩提

  进门有一个狭长的天井，几块假山石，几盆花，有三间小房。
  小和尚的日子清闲得很。一早起来，开山门，扫地。庵里的地铺的都是筛底方砖，好扫得很。给弥勒佛、韦驮烧一炷香，正殿的三世佛面前也烧一炷香，磕三个头，念三声"南无阿弥陀佛"，敲三声磬。这庵里的和尚不兴做什么早课、晚课，明子这三声磬就全都代替了。然后，挑水，喂猪。然后，等当家和尚，即明子的舅舅起来，教他念经。
  教念经也跟教书一样，师父面前一本经，徒弟面前一本经，师父唱一句，徒弟跟着唱一句。是唱哎。舅舅一边唱，一边还用手在桌上拍板。一板一眼，拍得很响，就跟教唱戏一样。是跟教唱戏一样，完全一样哎。连用的名词都一样。舅舅说，念经：一要板眼准，二要合工尺。说：当一个好和尚，得有条好嗓子。说：民国二十年闹大水，运河倒了堤，最后在清水潭合龙，因为大水淹死的人很多，放了一台大焰口，十三大师——十三个正座和尚，各大庙的方丈都来了，下面的和尚上百。谁当这个首座？推来推去，还是石桥——善因寺的方丈！他往上一坐，就跟地藏王菩萨一样，这就不用说了；那一声"开香赞"，围看的上千人立时鸦雀无声。说：嗓子要练，夏练三伏，冬练三九，要练丹田气！说：要吃得苦中苦，方为人上人！说：和尚里也有状元、榜眼、探花！要用心，不要贪玩！舅舅这一番大法要说得明海和尚实在是五体投地，于是就一板一眼地跟着舅舅唱起来：
  "炉香乍爇——"

"炉香乍爇——"

"法界蒙薰——"

"法界蒙薰——"

"诸佛现金身……"

"诸佛现金身……"

…………

等明海学完了早经，——他晚上临睡前还要学一段，叫作晚经，——荸荠庵的师父们就都陆续起床了。

这庵里人口简单，一共六个人。连明海在内，五个和尚。

有一个老和尚，六十几了，是舅舅的师叔，法名普照，但是知道的人很少，因为很少人叫他法名，都称之为老和尚或老师父，明海叫他师爷爷。这是个很枯寂的人，一天关在房里，就是那"一花一世界"里。也看不见他念佛，只是那么一声不响地坐着。他是吃斋的，过年时除外。

下面就是师兄弟三个，仁字排行：仁山、仁海、仁渡。庵里庵外，有的称他们为大师父、二师父；有的称之为山师父、海师父。只有仁渡，没有叫他"渡师父"的，因为听起来不像话，大都直呼之为仁渡。他也只配如此，因为他还年轻，才二十多岁。

仁山，即明子的舅舅，是当家的。不叫"方丈"，也不叫"住持"，却叫"当家的"，是很有道理的，因为他确确实实干的是当家的职务。他屋里摆的是一张账桌，桌子上放的是账簿和算盘。账簿共有三本。一本是经账，一本是租账，一本是债账。和尚要做法事，做法事要收钱，——要不，当和尚干什么？常做的法事是放焰口。正规的焰口是十个人。一个正座，一个敲鼓的，两边一边四个。人少了，八个，一边三个，也凑合了。荸荠庵只有四个和尚，要放整焰口就得和别的庙里合伙。这样的时候也有过。通常只是放半台焰口。一个正座，一个敲鼓，另外一边一个。一来找别的庙里合伙费事；二来这一带放得起整焰口的人家也不多。有的时候，谁家死了人，就只请两个，甚至一个和尚咕噜咕噜念一通经，敲打几声法器就算完事。很多人家的经钱不是当时就给，往往要等秋后才还。这就得记账。另外，和尚放焰口的辛苦钱不是一样的。就像唱戏一样，有份子。正座第一份。因为他要领唱，而且还要独唱。当中有一大段"叹骷髅"，别的和尚都放下法器休息，只有首座一个人有板有眼地曼声吟唱。第二份是敲鼓的。你以为这容易呀？哼，单是一开头的"发擂"，手上没功夫就敲不出迟疾顿挫！其余的，就一样了。这也得记上：某月某日，谁家焰口半台，谁正座，谁敲鼓……省得到年底结账时赌咒骂娘。……这庵里有几十亩庙产，租给人种，到时候要收租。庵里还放债。租、债一向倒很少亏欠，因为租佃借钱的人怕菩萨不高兴。这三本账就够仁山忙的了。另外香烛灯火、油盐"福食"，这也得随时记记账呀。除了账簿之外，山师父的方丈的墙上还挂着一块水牌，上漆四个红字"勤笔免思"。

　　仁山所说当一个好和尚的三个条件，他自己其实一条也不具备。他的相貌只要用两个字就说清楚了：黄，胖。声音也不像钟磬，倒像母猪。聪明么？难说，打牌老输。他在庵里从不穿袈裟，连海青直裰也免了。经常是披着件短僧衣，袒露着一个黄色的肚子。下面是光脚趿拉着一双僧鞋，——新鞋他也是趿拉着。他一天就是这样不衫不履地这里走走，那里走走，发出母猪一样的声音："嗯——嗯——"

　　二师父仁海。他是有老婆的。他老婆每年夏秋之间来住几个月，因为庵里凉快。庵里有六个人，其中之一，就是这位和尚的家眷。仁山、仁渡叫她嫂子，明海叫她师娘。这两口子都很爱干净，整天地洗涮。傍晚的时候，坐在天井里乘凉。白天，闷在屋里不出来。

　　三师父是个很聪明精干的人。有时一笔账大师兄扒了半天算盘也算不清，他眼珠子转两转，早算得一清二楚。他打牌赢的时候多，二三十张牌落地，上下家手里有些什么牌，他就差不多都知道了。他打牌时，总有人爱在他后面看歪头胡。谁家约他打牌，就说"想送两个钱给你"。他不但经忏俱通（小庙的和尚能够拜忏的不多），而且身怀绝技，会"飞铙"。七月间有些地方做盂兰会，在旷地上放大焰口，几十个和尚，穿绣花袈裟，飞铙。飞铙就是把十多斤重的大铙钹飞起来。到了一定的时候，全部法器皆停，只几十副大铙紧张急促地敲起来。忽然起手，大铙向半空中飞去，一面飞，一面旋转。然后，又落下来，接住。接住不是平平常常地接住，有各种架势，"犀牛望月""苏秦背剑"……这哪是念经，这是耍杂技。也许是地藏王菩萨爱看这个，但真正因此快乐起来的是人，尤其是妇女和孩子。这是年轻漂亮的和尚出风头的机会。一场大焰口过后，也像一个好戏班子过后一样，会有一个两个大姑娘、小媳妇失踪，——跟和尚跑了。他还会放"花焰口"。有的人家，亲戚中多风流子弟，在不是很哀伤的佛事——如做冥寿时，就会提出放花焰口。所谓"花焰口"就是在正焰口之后，叫和尚唱小调，拉丝弦，吹管笛，敲鼓板，而且可以点唱。仁渡一个人可以唱一夜不重头。仁渡前几年一直在外面，近二年才常住在庵里。据说他有相好的，而且不止一个。他平常可是很规矩，看到姑娘媳妇总是老老实实的，连一句玩笑话都不说，一句小调山歌都不唱。有一回，在打谷场上乘凉的时候，一伙人把他围起来，非叫他唱两个不可。他却情不过，说："好，唱一个。不唱家乡的。家乡的你们都熟，唱个安徽的。"

　　姐和小郎打大麦，
　　一转子讲得听不得。
　　听不得就听不得，

打完了大麦打小麦。

唱完了,大家还嫌不够,他就又唱了一个:

姐儿生得漂漂的,
两个奶子翘翘的。
有心上去摸一把,
心里有点跳跳的。

…………

这个庵里无所谓清规,连这两个字也没人提起。

仁山吃水烟,连出门做法事也带着他的水烟袋。

他们经常打牌。这是个打牌的好地方。把大殿上吃饭的方桌往门口一搭,斜放着,就是牌桌。桌子一放好,仁山就从他的方丈里把筹码拿出来,哗啦一声倒在桌上。斗纸牌的时候多,搓麻将的时候少。牌客除了师兄弟三人,常来的是一个收鸭毛的,一个打兔子兼偷鸡的,都是正经人。收鸭毛的担一副竹筐,串乡串镇,拉长了沙哑的声音喊叫:

"鸭毛卖钱——!"

偷鸡的有一件家什——铜蜻蜓。看准了一只老母鸡,把铜蜻蜓一丢,鸡婆子上去就是一口。这一啄,铜蜻蜓的硬簧绷开,鸡嘴撑住了,叫不出来了。正在这鸡十分纳闷的时候,上去一把薅住。

明子曾经跟这位正经人要过铜蜻蜓看看。他拿到小英子家门前试了一试,果然!小英的娘知道了,骂明子:

"要死了!儿子!你怎么到我家来玩铜蜻蜓了!"

小英子跑过来：

"给我！给我！"

她也试了试，真灵，一个黑母鸡一下子就把嘴撑住，傻了眼了！

下雨阴天，这二位就光临荸荠庵，消磨一天。

有时没有外客，就把老师叔也拉出来，打牌的结局，大都是当家和尚气得鼓鼓的："×妈妈的！又输了！下回不来了！"

他们吃肉不瞒人。年下也杀猪。杀猪就在大殿上。一切都和在家人一样，开水、木桶、尖刀。捆猪的时候，猪也是没命地叫。跟在家人不同的，是多一道仪式，要给即将升天的猪念一道"往生咒"，并且总是老师叔念，神情很庄重：

"……一切胎生、卵生、息生，来从虚空来，还归虚空去。往生再世，皆当欢喜。南无阿弥陀佛！"

三师父仁渡一刀子下去，鲜红的猪血就带着很多沫子喷出来。

…………

明子老往小英子家里跑。

小英子的家像一个小岛，三面都是河，西面有一条小路通到荸荠庵。独门独户，岛上只有这一家。岛上有六棵大桑树，夏天都结大桑葚，三棵结白的，三棵结紫的；一个菜园子，瓜豆蔬菜，四时不缺。院墙下半截是砖砌的，上半截是泥夯的。大门是桐油油过的，贴着一副万年红的春联：

向阳门第春常在
积善人家庆有余

门里是一个很宽的院子。院子里一边是牛屋、碓棚；一边是猪圈、鸡窠，还有个关鸭子的栅栏。露天地放着一具石磨。正北面是住房，也是砖基土筑，上面盖的一半是瓦，一半是草。房子翻修了才三年，木料还露着白茬。正中是堂屋，家神菩萨的画像上贴的金还没有发黑。两边是卧房。隔扇窗上各嵌了一块一尺见方的玻璃，明亮亮的，——这在乡下是不多见的。房檐下一边种着一棵石榴树，一边种着一棵栀子花，都齐房檐高了。夏天开了花，一红一白，好看得很。栀子花香得冲鼻子。顺风的时候，在荸荠庵都闻得见。

这家人口不多。他家当然是姓赵。一共四口人：赵大伯、赵大妈，两个女儿，大英子、小英子。老两口没得儿子。因为这些年人不得病，牛不生灾，也没有大旱大水闹蝗虫，日子过得很兴旺。他们家自己有田，本来够吃的了，又租种了庵上的十亩田。自己的田里，一亩种了荸荠，——这一半是小英子的主意，她爱吃荸荠，一亩种了茨菰。家里喂了一大群鸡鸭，单是鸡蛋鸭毛就够一年的油盐了。赵大伯是个能干人。他是一个"全把式"，不但田里场上样样精通，还会罾鱼、洗磨、凿砻、修水车、修船、砌墙、烧砖、箍桶、劈篾、绞麻绳。他不咳嗽，不腰疼，结结实实，像一棵榆树。人很和气，一天不声不响。赵大伯是一棵摇钱树，赵大娘就是个聚宝盆。大娘精神得出奇。五十岁了，两个眼睛还是清亮亮的。不论什么时候，头都是梳得滑滴滴的，身上衣服都是格挣挣的。像老头子一样，她一天不闲着。煮猪食，喂猪，腌咸菜，——她腌的咸萝卜干非常好吃，舂粉子，磨小豆腐，编蓑衣，织芦箔。她还会剪花样子。这里嫁闺女，陪嫁妆，瓷坛子、锡罐子，都要用梅红纸剪出吉祥花样，贴在上面，讨个吉利，也才好看："丹凤朝阳"呀，"白头到老"呀，"子孙万代"呀，"福寿绵长"呀。二三十里的人家都来请她："大娘，好日子是十六，你哪天去呀？"——"十五，我一大清早就来！"

"一定呀！"——"一定！一定！"

两个女儿，长得跟她娘像一个模子里脱出来的。眼睛长得尤其像，白眼珠鸭蛋青，黑眼珠棋子黑，定神时如清水，闪动时像星星。浑身上下，头是头，脚是脚。头发滑滴滴的，衣服格挣挣的。——这里的风俗，十五六岁的姑娘就都梳上头了。这两个丫头，这一头的好头发！通红的发根，雪白的簪子！娘女三个去赶集，一集的人都朝她们望。

姐妹长得很像，性格不同。大姑娘很文静，话很少，像父亲。小英子比她娘还会说，一天咭咭呱呱地不停。大姐说：

"你一天到晚咭咭呱呱——"

"像个喜鹊！"

"你自己说的！——吵得人心乱！"

"心乱？"

"心乱！"

"你心乱怪我呀！"

二姑娘话里有话。大英子已经有了人家。小人她偷偷地看过，人很敦厚，也不难看，家道也殷实，她满意。已经下过小定，日子还没有定下来。她这二年，很少出房门，整天赶她的嫁妆。大裁大剪，她都会。挑花绣花，不如娘。她可又嫌娘出的样子太老了。她到城里看过新娘子，说人家现在绣的都是活花活草。这可把娘难住了。最后是喜鹊忽然一拍屁股："我给你保举一个人！"

这人是谁？是明子。明子念"上孟下孟"的时候，不知怎么得了半套《芥子园》，他喜欢得很。到了荸荠庵，他还常翻出来看，有时还把旧账簿子翻过来，照着描。小英子说：

"他会画！画得跟活的一样！"

小英子把明海请到家里来，给他磨墨铺纸，小和尚画了几张，大英子喜欢得了不得：

"就是这样！就是这样！这就可以乱孱！"——所谓"乱孱"是绣花的一种针法：绣了第一层，第二层的针脚插进第一层的针缝，这样颜色就可由深到淡，不露痕迹，不像娘那一代绣的花是平针，深浅之间，界限分明，一道一道的。小英子就像个书童，又像个参谋：

"画一朵石榴花！"

"画一朵栀子花！"

她把花掐来，明海就照着画。

到后来，凤仙花、石竹子、水蓼、淡竹叶、天竺果子、腊梅花，他都能画。

大娘看着也喜欢，搂住明海的和尚头：

"你真聪明！你给我当一个干儿子吧！"

小英子捺住他的肩膀，说：

"快叫！快叫！"

小明子跪在地下磕了一个头，从此就叫小英子的娘做干娘。

大英子绣的三双鞋，三十里方圆都传遍了。很多姑娘都走路坐船来看。看完了，就说："啧啧啧，真好看！这哪是绣的，这是一朵鲜花！"她们就拿了纸来央大娘求了小和尚来画。有求画帐檐的，有求画门帘飘带的，有求画鞋头花的。每回明子来画花，小英子就给他做点好吃的，煮两个鸡蛋，蒸一碗芋头，煎几个藕团子。

因为照顾姐姐赶嫁妆，田里的零碎生活小英子就全包了。她的帮手，是明子。

这地方的忙活是栽秧、车高田水、薅头遍草，再就是割稻子、打场了。这几茬重活，自己一家是忙不过来的。这地方兴换工。排好了日期，几家顾一家，轮流转。不收工钱，但是吃好的。一天吃六顿，两头见肉，顿顿有酒。干活时，敲着锣鼓，唱着歌，热闹得很。其余的时候，各顾各，不显得紧张。

薅三遍草的时候，秧已经很高了，低下头看不见人。一听见非常脆亮的嗓子在一片浓绿里唱：

栀子哎开花哎六瓣头哎……
姐家哎门前哎一道桥哎……

明海就知道小英子在哪里，三步两步就赶到，赶到就低头薅起草来。傍晚牵牛"打汪"，是明子的事。——水牛怕蚊子。这里的习惯，牛卸了轭，饮了水，就牵到一口和好泥水的"汪"里，由它自己打滚扑腾，弄得全身都是泥浆，这样蚊子就咬不透了。低田上水，只要一挂十四轧的水车，两个人车半天就够了。明子和小英子就伏在车杠上，不紧不慢地踩着车轴上的拐子，轻轻地唱着明海向三师父学来的各处山歌。打场的时候，明子能替赵大伯一会，让他回家吃饭。——赵家自己没有场，每年都在荸荠庵外面的场上打谷子。他一扬鞭子，喊起了打场号子：

"格当嘚——"

这打场号子有音无字，可是九转十三弯，比什么山歌号子都好听。赵大娘在家，听见明子的号子，就侧起耳朵：

"这孩子这条嗓子！"

连大英子也停下针线：

"真好听！"

小英子非常骄傲地说：

"一十三省数第一！"

晚上，他们一起看场。——荸荠庵收来的租稻也晒在场上。他们并肩坐在一个石磙子上，听青蛙打鼓，听寒蛇唱歌，——这个地方以为蝼蛄叫是蚯蚓叫，而且叫蚯蚓叫"寒蛇"，听纺纱婆子不停地纺纱，

"哕——",看萤火虫飞来飞去,看天上的流星。

"呀!我忘了在裤带上打一个结!"小英子说。

这里的人相信,在流星掉下来的时候在裤带上打一个结,心里想什么好事,就能如愿。

....

"捋"荸荠,这是小英子最爱干的生活。秋天过去了,地净场光,荸荠的叶子枯了,——荸荠的笔直的小葱一样的圆叶子里是一格一格的,用手一捋,哔哔地响,小英子最爱捋着玩,——荸荠藏在烂泥里。赤了脚,在凉浸浸滑溜溜的泥里踩着,——哎,一个硬疙瘩!伸手下去,一个红紫红紫的荸荠。她自己爱干这生活,还拉了明子一起去。她老是故意用自己的光脚去踩明子的脚。

她挎着一篮子荸荠回去了,在柔软的田埂上留了一串脚印。明海看着她的脚印,傻了。五个小小的趾头,脚掌平平的,脚跟细细的,脚弓部分缺了一块。明海身上有一种从来没有过的感觉,他觉得心里痒痒的。这一串美丽的脚印把小和尚的心搞乱了。

....

明子常搭赵家的船进城,给庵里买香烛,买油盐。闲时是赵大伯划船;忙时是小英子去,划船的是明子。

从庵赵庄到县城,当中要经过一片很大的芦花荡子。芦苇长得密密的,当中一条水路,四边不见人。划到这里,明子总是无端端地觉得心里很紧张,他就使劲地划桨。

小英子喊起来:

"明子!明子!你怎么啦?你发疯啦?为什么划得这么快?"

....

明海到善因寺去受戒。

"你真的要去烧戒疤呀?"

"真的。"

"好好的头皮上烧十二个洞,那不疼死啦?"

"咬咬牙。舅舅说这是当和尚的一大关,总要过的。"

"不受戒不行吗?"

"不受戒的是野和尚。"

"受了戒有啥好处?"

"受了戒就可以到处云游,逢寺挂褡。"

"什么叫'挂褡'?"

"就是在庙里住。有斋就吃。"

"不把钱?"

"不把钱。有法事,还得先尽外来的师父。"

"怪不得都说'远来的和尚会念经'。就凭头上这几个戒疤?"

"还要有一份戒牒。"

"闹半天,受戒就是领一张和尚的合格文凭呀!"

"就是!"

"我划船送你去。"

"好。"

小英子早早就把船划到荸荠庵门前。不知是什么道理,她兴奋得很。她充满了好奇心,想去看看善因寺这座大庙,看看受戒是个啥样子。

善因寺是全县第一大庙,在东门外,面临一条水很深的护城河,三面都是大树,寺在树林子里,远处只能隐隐约约看到一点金碧辉煌的屋顶,不知道有多大。树上到处挂着"谨防恶犬"的牌子。这寺里的狗出名的厉害。平常不大有人进去。放戒期间,任人游看,恶狗都锁起来了。

好大一座庙！庙门的门槛比小英子的肐膝都高。迎门矗着两块大牌，一边一块，一块写着斗大两个大字"放戒"，一块是"禁止喧哗"。这庙里果然是气象庄严，到了这里谁也不敢大声咳嗽。明海自去报名办事，小英子就到处看看。好家伙，这哼哈二将、四大天王，有三丈多高，都是簇新的，才装修了不久。天井有二亩地大，铺着青石，种着苍松翠柏。"大雄宝殿"，这才真是个"大殿"！一进去，凉飕飕的。到处都是金光耀眼。释迦牟尼佛坐在一个莲花座上。单是莲座，就比小英子还高。抬起头来也看不全他的脸，只看到一个微微闭着的嘴唇和胖墩墩的下巴。两边的两根大红蜡烛，一搂多粗。佛像前的大供桌上供着鲜花、绒花、绢花，还有珊瑚树、玉如意、整棵的大象牙。香炉里烧着檀香。小英子出了庙，闻着自己的衣服都是香的。挂了好些幡。这些幡不知是什么缎子的，那么厚重，绣的花真细。这么大一口磬，里头能装五担水！这么大一个木鱼，有一头牛大，漆得通红的。她又去转了转罗汉堂，爬到千佛楼上看了看。真有一千个小佛！她还跟着一些人去看了看藏经楼，藏经楼没有什么看头，都是经书！妈吔！逛了这么一圈，腿都酸了。小英子想起还要给家里打油，替姐姐配丝线，给娘买鞋面布，给自己买两个坠围裙飘带的银蝴蝶，给爹买旱烟，就出庙了。

等把事情办齐，晌午了。她又到庙里看了看，和尚正在吃粥。好大一个"膳堂"，坐得下八百个和尚。吃粥也有这样多讲究：正面法座上摆着两个锡胆瓶，里面插着红绒花，后面盘膝坐着一个穿了大红满金绣袈裟的和尚，手里拿了戒尺。这戒尺是要打人的。哪个和尚吃粥吃出了声音，他下来就是一戒尺。不过他并不真的打人，只是做个样子。真稀奇，那么多的和尚吃粥，竟然不出一点声音！她看见明子也坐在里面，想跟他打个招呼又不好打。想了想，管他禁止不禁止喧哗，就大声喊了一句："我走啦！"她看见明子目不斜视地微微点了点头，就不管很多人都朝自己看，大摇大摆地走了。

第四天一大清早小英子就去看明子。她知道明子受戒是第三天半夜，——烧戒疤是不许人看的。她知道要请老剃头师傅剃头，要剃得横摸顺摸都摸不出头发茬子，要不然一烧，就会"走"了戒，烧成了一片。她知道是用枣泥子先点在头皮上，然后用香头子点着。她知道烧了戒疤就喝一碗蘑菇汤，让它"发"，还不能躺下，要不停地走动，叫作"散戒"。这些都是明子告诉她的。明子是听舅舅说的。

她一看，和尚真在那里"散戒"，在城墙根底下的荒地里。一个一个，穿了新海青，光光的头皮上都有十二个黑点子。——这黑疤掉了，才会露出白白的、圆圆的"戒疤"。和尚都笑嘻嘻的，好像很高兴。她一眼就看见了明子。隔着一条护城河，就喊他：

"明子！"

"小英子！"

"你受了戒啦？"

"受了。"

"疼吗？"

"疼。"

"现在还疼吗？"

"现在疼过去了。"

"你哪天回去？"

"后天。"

"上午？下午？"

"下午。"

"我来接你！"

"好！"

……………

小英子把明海接上船。

小英子这天穿了一件细白夏布上衣,下边是黑洋纱的裤子,赤脚穿了一双龙须草的细草鞋,头上一边插着一朵栀子花,一边插着一朵石榴花。她看见明子穿了新海青,里面露出短褂子的白领子,就说:"把你那外面的一件脱了,你不热呀!"

他们一人一把桨。小英子在中舱,明子扳艄,在船尾。

她一路问了明子很多话,好像一年没有看见了。

她问,烧戒疤的时候,有人哭吗?喊吗?

明子说,没有人哭,只是不住地念佛。有个山东和尚骂人:"俺日你奶奶!俺不烧了!"

她问善因寺的方丈石桥是相貌和声音都很出众吗?

"是的。"

"说他的方丈比小姐的绣房还讲究?"

"讲究。什么东西都是绣花的。"

"他屋里很香?"

"很香。他烧的是伽南香,贵得很。"

"听说他会作诗,会画画,会写字?"

"会。庙里走廊两头的砖额上,都刻着他写的大字。"

"他是有个小老婆吗?"

"有一个。"

"才十九岁?"

"听说。"

"好看吗?"

"都说好看。"

"你没看见?"

"我怎么会看见?我关在庙里。"

明子告诉她,善因寺一个老和尚告诉他,寺里有意选他当沙弥尾,不过还没有定,要等主事的和尚商议。

"什么叫'沙弥尾'?"

"放一堂戒,要选出一个沙弥头,一个沙弥尾。沙弥头要老成,要会念很多经。沙弥尾要年轻,聪明,相貌好。"

"当了沙弥尾跟别的和尚有什么不同?"

"沙弥头,沙弥尾,将来都能当方丈。现在的方丈退居了,就当。石桥原来就是沙弥尾。"

"你当沙弥尾吗?"

"还不一定哪。"

"你当方丈,管善因寺?管这么大一个庙?!"

"还早哪!"

划了一气,小英子说:"你不要当方丈!"

"好,不当。"

"你也不要当沙弥尾!"

"好,不当。"

又划了一气,看见那一片芦花荡子了。

小英子忽然把桨放下,走到船尾,趴在明子的耳朵旁边,小声地说:

"我给你当老婆,你要不要?"

明子眼睛鼓得大大的。

"你说话呀!"

明子说:"嗯。"

"什么叫'嗯'呀!要不要,要不要?"

明子大声地说："要！"

"你喊什么！"

明子小小声说："要——！"

"快点划！"

英子跳到中舱，两只桨飞快地划起来，划进了芦花荡。

芦花才吐新穗。紫灰色的芦穗，发着银光，软软的，滑溜溜的，像一串丝线。有的地方结了蒲棒，通红的，像一支一支小蜡烛。青浮萍，紫浮萍。长脚蚊子，水蜘蛛。野菱角开着四瓣的小白花。惊起一只青桩（一种水鸟），擦着芦穗，扑鲁鲁鲁飞远了。

…………

  一九八〇年八月十二日，写四十三年前的一个梦。

  载一九八〇年第十期《北京文学》

岁寒三友

这三个人是：王瘦吾、陶虎臣、靳彝甫。王瘦吾原先开绒线店，陶虎臣开炮仗店，靳彝甫是个画画的。他们是从小一块长大的。这是三个说上不上，说下不下的人。既不是缙绅先生，也不是引车卖浆者流。他们的日子时好时坏。好的时候桌上有两个菜，一荤一素，还能烫二两酒；坏的时候，喝粥，甚至断炊。三个人的名声倒都是好的。他们都没有做过伤天害理的事，对人从不尖酸刻薄，对地方的公益，从不袖手旁观。某处的桥坍了，要修一修；哪里发现一名"路倒"，要掩埋起来；闹时疫的时候，在码头路口设一口瓷缸，内装药茶，施给来往行人；一场大火之后，请道士打醮禳灾……遇有这一类的事，需要捐款，首事者把捐簿伸到他们的面前时，他们都会提笔写下一个谁看了也会点头的数目。因此，他们走在街上，一街的熟人都跟他们很客气地点头打招呼。

"早！"

"早！"

"吃过了？"

"偏过了，偏过了！"

王瘦吾真瘦,瘦得两个肩胛骨从长衫的外面都看得清清楚楚。他年轻时很风雅过几天。他小时开蒙的塾师是邑中名士谈甓渔,谈先生教会了他作诗。那时,绒线店由父亲经营着,生意不错,这样他就有机会追随一些阔的和不太阔的名士,春秋佳日,文酒雅集。遇有什么张母吴太夫人八十寿辰征诗,也会送去两首七律。瘦吾就是那时落下的一个别号。自从父亲一死,他挑起全家的生活,就不再作一句诗,和那些诗人们也再无来往。

他家的绒线店是一个不大的连家店。店面的招牌上虽写着"京广洋货,零趸批发",所卖的却只是:丝线、绦子、头号针、二号针、女人钳眉毛的镊子、刨花①、抿子(涂刨花水用的小刷子)、品青、煮蓝、僧帽牌洋蜡烛、太阳牌肥皂、美孚灯罩……种类很多,但都值不了几个钱。每天晚上结账时都是一堆铜板和一角两角的零碎的小票,难得看见一块洋钱。

这样一个小店,维持一家生活,是困难的。王瘦吾家的人口日渐增多了。他上有老母,自己又有了三个孩子。小的还在娘怀里抱着。两个大的,一儿一女,已经都在上小学了。不用说穿衣,就是穿鞋也是个愁人的事。

儿子最恨下雨。小学的同学几乎全部在下雨天都穿了胶鞋来上学,只有他穿了还是他父亲穿过的钉鞋②。钉鞋很笨,很重,走起来还嘎啦嘎啦地响。他一进学校的大门,同学们就都朝他看,看他那双鞋。他闹了好多回。每回下雨,他就说:"我不去上学了!"妈都给他说好话:"明年,明年就买胶鞋。一定!"——"明年!您都说了几年

---

① 桐木刨出来的薄薄的长条。泡在水里,稍带黏性。过去女人梳头掠发,离不开它。

② 现在的年轻人连钉鞋也不知道了!钉鞋是一种纳帮很结实的布鞋,也有用生牛皮做的,在桐油里浸过,鞋底钉了很多奶头大的铁钉。在未有胶鞋之前,这便是雨鞋。

了!"最后还是嘟着嘴,挟了一把补过的旧伞,走了。王瘦吾听见街石上儿子的钉鞋愤怒的声音,半天都没有说话。

女儿要参加全县小学秋季运动会,表演团体操,要穿规定的服装:白上衣、黑短裙。这都还好办。难的是鞋,——要一律穿白球鞋。女儿跟妈妈要。妈说:"一双球鞋,要好几块钱。咱们不去参加了。就说生病了,叫你爸写个请假条。"女儿不像她哥发脾气,闹,她只是一声不响,眼泪不停地往下滴。到底还是去了。这位能干的妈跟邻居家借来一双球鞋,比着样子,用一块白帆布连夜赶做了一双。除了底子是布的,别处跟买来的完全一样。天亮的时候,做妈的轻轻地叫:"妞子,起来!"女儿一睁眼,看见床前摆着一双白鞋,趴在妈胸前哭了。王瘦吾看见妻子疲乏而凄然的笑容,他的心酸。

因此,王瘦吾老想发财。

这财,是怎么个发法呢?靠这个小绒线店,是不可能有什么出息的。他得另外想办法。这城里的街,好像是傍晚时的码头,各种船只,都靠满了。各行各业,都有个固定的地盘,想往里面再插一只手,很难。他得把眼睛看到这个县城以外,这些行业以外。他做过许多不同性质的生意。他做过虾籽生意,醉蟹生意,腌制过双黄鸭蛋。张家庄出一种木瓜酒,他运销过。本地出一种药材,叫作豨莶,他收过,用木船装到上海(他自己就坐在一船高高的药草上),卖给药材行。三叉河出一种水仙鱼,他曾想过做罐头……他做的生意都有点别出心裁,甚至是想入非非。他隔个把月就要出一次门,四乡八镇,到处跑。像一只饥饿的鸟,到处飞,想给儿女们找一口食。回来时总带着满身的草屑灰尘;人,越来越瘦。

后来他想起开工厂。他的这个工厂是个绳厂,做草绳和钱串子。蓑衣草两股,绞成细绳,过去是穿制钱用的,所以叫作钱串子。现在不使制钱了,店铺里却离不开它。茶食店用来包扎点心,席子店捆席

35

子,卖鱼的穿鱼鳃。绞这种细绳,本来是湖西农民冬闲时的副业,一大捆一大捆挑进城来兜售。因为没有准人,准时,准数,有时需用,却遇不着。有了这么个厂,对于用户方便多了。王瘦吾这个厂站住了。他就不再四处奔跑。

这家工厂,连王瘦吾在内,一共四个人。一个伙计搬运,两个做活。有两架"机器",倒是铁的,只是都要用手摇。这两架机器,摇起来嘎嘎地响,给这条街增添了一种新的声音,和捶铜器、打烧饼、算命瞎子的铜钲的声音混合在一起。不久,人们就习惯了,仿佛这声音本来就有。

初二、十六[①]的傍晚,常常看到王瘦吾拎了半斤肉或一条鱼从街上走回家。

每到天气晴朗,上午十来点钟,在这条街上,就可以听到从阴城方向传来爆裂的巨响:

"砰——磅!"

大家就知道,这是陶虎臣在试炮仗了。孩子们就提着裤子向阴城飞跑。

阴城是一片古战场。相传韩信在这里打过仗。现在还能挖到一种有耳的尖底陶瓶,当地叫作"韩瓶",据说是韩信的部队所用的行军水壶。说是这种陶瓶冬天插了梅花,能结出梅子来。现在这里是乱葬岗,不知道从什么时候起叫作"阴城"。到处是坟头、野树、荒草、芦荻。草里有蛤蟆、野兔子、大极了的蚂蚱、油葫芦、蟋蟀。早晨和黄昏,有许多白颈老鸦。人走过,就哑哑地叫着飞起来。不一会,又都纷纷地落下了。

---

① 这是店铺里打牙祭的日子。

这里没有住户人家。只有一个破财神庙，里面住着一个侉子。这侉子不知是什么来历。他杀狗，吃肉，——阴城里野狗多的是，还喝酒。

这地方很少有人来。只有孩子们结伴来放风筝，掏蟋蟀。再就是陶虎臣来试炮仗。

试的是"天地响"。这地方把双响的大炮仗叫"天地响"，因为地下响一声，飞到半空中，又响一声，炸得粉碎，纸屑飘飘地落下来。陶家的"天地响"一听就听得出来，特别响。两响之间的距离也大——蹿得高。

"砰——磅！"

"砰——磅！"

他走一二十步，放一个，身后跟着一大群孩子。孩子里有胆大的，要求放一个，陶虎臣就给他一个：

"点着了快跑！——崩疼了可别哭！"

其实是崩不着的。陶虎臣每次试炮仗，特意把其中的几个的捻子加长，就是专为这些孩子预备的。捻子着了，嗞嗞地冒火，半天，才听见响呢。

陶家炮仗店的门口也是经常围着一堆孩子，看炮仗师傅做炮仗。两张白木的床子，有两块很光滑的木板。把一张粗草纸裹在一个钢钎上，两块木板一搓，吱溜——，就是一个炮仗筒子。

孩子们看师傅做炮仗，陶虎臣就伏在柜台上很有兴趣地看这些孩子。有时问他们几句话：

"你爸爸在家吗？干吗呢？"

"你的痄腮好了吗？"

孩子们都知道陶老板人很和气，很喜欢孩子，见面都很愿意叫他：

"陶大爷!"

"陶伯伯!"

"哎,哎。"

陶家炮仗店的生意本来是不错的。

他家的货色齐全。除了一般的鞭炮,还出一种别家不做的鞭,叫作"遍地桃花"。不但外皮,连里面的筒子都一色是梅红纸卷的。放了之后,地下一片红,真像是一地的桃花瓣子。如果是过年,下过雪,花瓣落在雪地上,红是红,白是白,好看极了。

这种鞭,成本很贵,除非有人定做,平常是不预备的。

一般的鞭炮,陶虎臣自己是不动手的。他会做花炮。一筒大花炮,能放好几分钟。他还会做一种很特别的花,叫作"酒梅"。一棵弯曲横斜的枯树,埋在一个瓷盆里,上面串结了许多各色的小花炮,点着之后,满树喷花。火花射尽,树枝上还留下一朵一朵梅花,蓝荧荧,静悄悄地开着,经久不熄。这是棉花浸了高粱酒做的。

他还有一项绝技,是做焰火。一种老式的焰火,有的地方叫作花盒子。

酒梅,焰火,他都不在店里做,在家里做。因为这有许多秘方,不能外传。

做焰火,除了配料,关键是穿捻子。穿得不对,会轰隆一声,烧成一团火。弄不好,还会出事。陶虎臣的一只左眼坏了,就是因为有一次放焰火,出了故障,不着了,他搭了梯子爬到架上去看,不想焰火忽然又响了,一个火球迸进了瞳孔。

陶虎臣坏了一只眼睛,还看不出太大的破相,不像一般有残疾的人往往显得很凶狠。他依然随时是和颜悦色的,带着宽厚而慈祥的笑容。这种笑容,只有与世无争,生活上容易满足的人才会有。

但是他的这种心满意足的神情逐年在消退。鞭炮生意,是随着年成走的。什么时候风调雨顺，国泰民安，什么时候炮仗店就生意兴隆。这样的年头，能够老是有吗？

"遍地桃花"近年很少人家来订货了。地方上多年未放焰火，有的孩子已经忘记放焰火是什么样子了。

陶虎臣长得很敦实，跟他的名字很相称。

靳彝甫和陶虎臣住在一条巷子里，相隔只有七八家。谁家的火灭了，孩子拿了一块劈柴，就能从另一家引了火来。他家很好认，门口钉着一块铁皮的牌子，红地黑字："靳彝甫画寓。"

这城里画画的，有三种人。

一种是画家。这种人大都有田有地，不愁衣食，作画只是自己消遣，或作为应酬的工具。他们的画是不卖钱的。求画的人只是送几件很高雅的礼物。或一坛绍兴花雕，或火腿、鲥鱼、白沙枇杷，或一套讲究的宜兴紫砂茶具，或两大盆正在茁箭子的剑兰。他们的画，多半是大写意，或半工半写。工笔画他们是不耐烦画的，也不会。

一种是画匠。他们所画的，是神像。画得最多的是"家神菩萨"。这"家神菩萨"是一个大家族：头一层是南海观音的一伙，第二层是玉皇大帝和他的朝臣，第三层是关帝老爷和周仓、关平，最下一层是财神爷。他们也在玻璃的反面用油漆画福禄寿三星（这种画美术史家称之为"玻璃油画"），作插屏。他们是在制造一种商品，不是作画。而且是流水作业，描衣纹的是一个人（照着底子描），"开脸"的是一个人，着色的是另一个人。他们的作坊，叫作"画匠店"。一个画匠店里常有七八个人同时做活，却听不到一点声音，因为画匠多半是哑巴。

靳彝甫两者都不是。也可以说是介乎两者之间的那么一种人。比较贴切些，应该称之为"画师"，不过本地无此说法，只是说"画画的"。他是靠卖画吃饭的,但不像画匠店那样在门口设摊或批发给卖门神"欢乐"的纸店①,他是等人登门求画的(所以挂"画寓"的招牌)。他的画按尺论价,大青大绿另加,可以点题。来求画的,多半是茶馆酒肆、茶叶店、参行、钱庄的老板或管事。也有那些闲钱不多,送不起重礼,攀不上高门第的画家,又不甘于家里只有四堵素壁的中等人家。他们往往喜欢看着他画,靳彝甫也就欣然对客挥毫。主客双方,都很满意。他的画署名(画匠的作品是从不署名的),但都不题上款,因为不好称呼,深了不是,浅了不是,题了,人家也未必高兴,所以只是简单地写四个字:"靳彝甫铭"。若是佛像,则题"靳铭沐手敬绘"。

靳家三代都是画画的。家里积存的画稿很多。因为要投合不同的兴趣,山水、人物、翎毛、花卉,什么都画。工笔、写意、浅绛、重彩不拘。

他家家传会写真,都能画行乐图(生活像)和喜神图(遗像)。中国的画像是有诀窍的。画师家都藏有一套历代相传的"百脸图"。把人的头面五官加以分析,定出一百种类型。画时端详着对象,确定属于哪一类,然后在此基础上加减,画出来总是有几分像的。靳彝甫多年不画喜神了。因为画这种像,经常是在死人刚刚断气时,被请了去,在床前对着勾描。他不愿看死人。因此,除了至亲好友,这种活计,一概不应。有来求的,就说不会。行乐图,自从有了照相馆之后,也很少有人来要画了。

靳彝甫自己喜欢画的,是青绿山水和工笔人物。青绿山水、工笔人物,一年能收几件呢?因此,除了每年端午,他画几十张各式各样

---

① 在梅红纸上用刻刀镂刻出透空的细致的吉祥花纹,贴在门头上,小的叫"吊钱",大的叫"欢乐",有的地方叫"吊挂"。

的钟馗，挂在巷口如意楼酒馆标价出售，能够有较多的收入，其余的时候，全家都是半饥半饱。

虽然是半饥半饱，他可是活得有滋有味，他的画室里挂着一块小匾，上书"四时佳兴"。画室前有一个很小的天井。靠墙种了几竿玉屏箫竹。石条上摆着茶花、月季。一个很大的钧窑平盘里养着一块玲珑剔透的上水石，蒙了半寸厚的绿苔，长着虎耳草和铁线草。冬天，他总要养几头单瓣的水仙。不到三寸长的碧绿的叶子，开着白玉一样的繁花。春天，放风筝。他会那样耐烦地用一个称金子用的小戥子约着蜈蚣风筝两边脚上的鸡毛（鸡毛分量稍差，蜈蚣上天就会打滚）。夏天，用莲子种出荷花。不大的荷叶，直径三寸的花，下面养了一二分长的小鱼。秋天，养蟋蟀。他家藏有一本托名贾似道撰写的《秋虫谱》。养蟋蟀的泥罐还是他祖父留下来的旧物。每天晚上，他点一个灯笼，到阴城去掏蟋蟀。财神庙的那个侉子，常常一边喝酒、吃狗肉，一边看这位大胆的画师的灯笼走走，停停，忽上，忽下。

他有一盒爱若性命的东西，是三块田黄石章。这三块田黄都不大，可是跟三块鸡油一样！一块是方的，一块略长，还有一块不成形。数这块不成形的值钱，它有文三桥[①]刻的边款（篆文不知叫一个什么无知的人磨去了）。文三桥呀，可着全中国，你能找出几块？有一次，邻居家失火，他什么也没拿，只抢了这三块图章往外走。吃不饱的时候，只要把这三块图章拿出来看看，他就觉得对这个世界没有什么可抱怨的了。

这一年，这三个人忽然都交了好运。

王瘦吾的绳厂赚了钱。他可又觉得这个买卖货源、销路都有限，

[①] 文徵明的长子，名彭，字寿承，三桥是他的别号。

他早就想好了另外一宗生意。这个县北乡高田多种麦，出极好的麦秸，当地农民多以掐草帽辫为副业。每年有外地行商来，以极便宜的价钱收去。稍经加工，就成了草帽，又以高价卖给农民。王瘦吾想：为什么不能就地制成草帽呢？这钱为什么要给外地人赚去呢？主意已定，他就把两台绞绳机盘出去，买了四架扎草帽的机子，请了一个师傅，教出三个徒弟，就在原来绳厂的旧址，办起了一个草帽厂。城里的买卖人都说：王瘦吾这步棋看得准，必赚无疑！草帽厂开张的那天，来道喜和看热闹的人很多。一盘草帽辫，在师傅手里，通过机针一扎，哒哒地响，一会儿工夫，哎，草帽盔出来了！——又一会，草帽边！——成了！一顶一顶草帽，顷刻之间，撂得很高。这不是草帽，这是大洋钱呀！这一天，靳彝甫送来一张"得利图"，画着一个白须的渔翁，背着鱼篓，提着两尾金鳞赤尾的大鲤鱼。凡看了这张画的，无不大笑：这渔翁的长相，活脱就是王瘦吾！陶虎臣特地送来一挂遍地桃花满堂红的一千头的大鞭，砰砰磅磅响了好半天！

  陶虎臣从来没有做过这么大的焰火生意。这一年闹大水。运河平了漕。西北风一起，大浪头翻上来，把河堤上丈把长的青石都卷了起来。看来，非破堤不可。很多人家扎了筏子，预备了大澡盆，天天晚上不敢睡，只等堤决水下来时逃命。不料，河水从下游泻出，伏汛安然度过，保住了无数人畜。秋收在望，市面繁荣，城乡一片喜气。有好事者倡议：今年放放焰火！东西南北四城，都放！一台七套，四七二十八套。陶家独家承做了十四套，——其余的，他匀给别的同行了。

  四城的焰火错开了日子，——为的是人们可以轮流赶着去看。东城定在八月十六。地点：阴城。

  这天天气特别好。万里无云，一天皓月。阴城的正中，立起一个四丈多高的架子。有人早早吃了晚饭，就扛了板凳来等着了。各种卖小吃的都来了。卖牛肉高粱酒的，卖回卤豆腐干的，卖五香花生米的、芝麻灌香糖的，卖豆腐脑的，卖煮荸荠的，还有卖河鲜——卖紫皮鲜菱角和新剥鸡头米的……到处是"气死风"的四角玻璃灯，到处是白蒙蒙的热气、香喷喷的茴香八角气味。人们寻亲访友，说短道长，来来往往，亲亲热热。阴城的草都被踏倒了。人们的鞋底也叫秋草的浓汁磨得滑溜溜的。

忽然，上万双眼睛一齐朝着一个方向看。人们的眼睛一会儿睁大，一会儿眯细；人们的嘴一会儿张开，一会儿又合上；一阵阵叫喊，一阵阵欢笑，一阵阵掌声。——陶虎臣点着了焰火了！

这种花盒子是有一点简单的故事情节的。最热闹的是"炮打泗州城"。起先是梅、兰、竹、菊四种花，接着是万花齐放。万花齐放之后，有一个间歇，木架子下面黑黑的，有人以为这一套已经放完了。不料一声炮响，花盒子又落下一层，照眼的灯球之中有一座四方的城，眼睛好的还能看见城门上"泗州"两个字（不知道为什么是泗州而不是别的城）。城外向里打炮，城里向外打，灯球飞舞，砰磅有声。最有趣的是"芦蜂追癞子"，这是一个喜剧性的焰火。一阵火花之后，出现一个人，——一个泥头的纸人，这人是个癞痢头，手里拿着一把破芭蕉扇。霎时间飞来了许多马蜂，这些马蜂——火花，纷纷扑向癞痢头，癞痢头四面躲闪，手里的芭蕉扇不停地挥舞起来。看到这里，满场大笑。这些辛苦得近于麻木的人，是难得这样开怀一笑的呀。最后一套是平平常常的，只是一阵火花之后，扑鲁扑鲁吊下四个大字："天下太平"。字是灯球组成的。虽然平淡，人们还是舍不得离开。火光炎炎，逐渐消隐，这时才听到人们呼喊：

"二丫头，回家咧！"

"四儿，你在哪儿哪？"

"奶奶,等等我,我鞋掉了!"

人们摸摸板凳,才知道:呀,露水下来了。

靳彝甫捉到一只蟹壳青蟋蟀。消息很快就传开了。每天有人提了几罐蟋蟀来斗。都不是对手,而且都只是一个回合就分胜负。这只蟹壳青的打法很特别。它轻易不开牙,只是不动声色,稳稳地站着。突然扑上去,一口就咬破对方的肚子(据说蟋蟀的打法各有自己的风格,这种咬肚子的打法是最厉害的)。它嚯嚯地叫起来,上下摆动它的触须,就像戏台上的武生耍翎子。负伤的败将,怎么下"探子"①,也再不敢回头。于是有人怂恿他到兴化去。兴化养蟋蟀之风很盛,每年秋天有一个斗蟋蟀的集会。靳彝甫被人们说得心动了。王瘦吾、陶虎臣给他凑了一笔路费和赌本,他就带了几罐蟋蟀,搭船走了。

斗蟋蟀也像摔跤、击拳一样,先要约约运动员的体重。分量相等,才能入盘开斗。如分量低于对方而自愿下场者,听便。

没想到,这只蟋蟀给他赢了四十块钱。——四十块钱相当于一个小学教员两个月的薪水!靳彝甫很高兴,在如意楼订了几个菜,约王瘦吾、陶虎臣来喝酒。

(这只身经百战的蟋蟀后来在冬至那天寿终了,靳彝甫特地打了一个小小的银棺材,送到阴城埋了。)

没喝几杯,靳彝甫的孩子拿了一张名片,说是家里来了客。靳彝甫接过名片一看:"季匋民!"

"他怎么会来找我呢?"

季匋民是一县人引为骄傲的大人物。他是个名闻全国的大画家,

---

① 探子是刺激蟋蟀的斗志用的。北方多用鼠须,南方多用四权草瓣成细须,九蒸九晒。

同时又是大收藏家,大财主,家里有好田好地,宋元名迹。他在上海一个艺术专科大学当教授,平常难得回家。

"你回去看看。"

"我少陪一会。"

季匋民和靳彝甫都是画画的,可是气色很不一样。此人面色红润,双眼有光,浓黑的长髯,声音很洪亮。衣着很随便,但质料很讲究。

"我冒进宝府,唐突得很。"

"哪里哪里。只是我这寒舍,实在太小了。"

"小,而雅,比大而无当好!"

寒暄之后,季匋民说明来意:听说彝甫有几块好田黄,特地来看看。靳彝甫捧了出来,他托在手里,一块一块,仔仔细细看了。"好,——好,——好。匋民平生所见田黄多矣,像这样润的,少。"他估了估价,说按时下行情,值二百洋。有文三桥边款的一块就值一百。他很直率地问靳彝甫肯不肯割爱。靳彝甫也很直率地回答:"不到山穷水尽,不能舍此性命。"

"好!这像个弄笔墨的人说的话!既然如此,匋民绝不夺人之所爱。不过,如果你有一天想出手,得先尽我。"

"那可以。"

"一言为定。"

"一言为定。"

买卖不成,季匋民倒也没有不高兴。他又提出想看看靳彝甫家藏的画稿。靳彝甫祖父的,父亲的。——靳彝甫本人的,他也想看看。他看得很入神,拍着画案说:

"令祖,令尊,都被埋没了啊!吾乡固多才俊之士,而皆困居于蓬牖之中,声名不出于里巷,悲哉!悲哉!"

他看了靳彝甫的画,说:

"彝甫兄,我有几句话……"

"您请指教。"

"你的画,家学渊源。但是,有功力,而少境界。要变!山水,暂时不要画。你见过多少真山真水?人物,不要跟在改七芗、费晓楼后面跑,倪墨耕尤为甜俗。要越过唐伯虎,直追两宋南唐。我奉赠你两个字:古,艳。比如这张杨妃出浴,披纱用洋红,就俗。用朱红,加一点紫!把颜色搞得重重的!脸上也不要这样干净,给她贴几个花子!——你是打算就这样在家乡困着呢?还是想出去闯闯呢?出去,走走,结识一些大家,见见世面!到上海,那里人才多!"

他建议靳彝甫选出百十件画,到上海去开一个展览会。他认识朵云轩,可以借他们的地方。他还可以写几封信给上海名流,请他们为靳彝甫吹嘘吹嘘。他还嘱咐靳彝甫,卖了画,有了一点钱,要做两件事:读万卷书,行万里路。最后说:

"我今天很高兴。看了令祖、令尊的画稿,偷到不少的东西。——我把它化一化,就是杰作!哈哈哈哈……"

这位大画家就这样疯疯癫癫,哈哈大笑着,提了他的筇竹杖,一阵风似的走了。

靳彝甫一边卷着画,一边想:季匋民是见得多。他对自己的指点,很有道理,很令人佩服。但是,到上海、开展览会、结识名流……唉,有钱的名士的话怎么能当得真呢!他笑了。

没想到,三天之后,季匋民真的派人送来了七八封朱丝栏玉版宣的八行书。

靳彝甫的画展不算轰动,但是卖出去几十张画。那张在季匋民授意之下重画的杨妃出浴,一再有人重订。报上发了消息,一家画刊还选了他两幅画。这都是他没有想到的。王瘦吾和陶虎臣在家乡看到报,很替他高兴:"靳彝甫出了名了!"

卖了画,靳彝甫真的按照季匋民的建议,"行万里路"去了。一去三年,很少来信。

这三年啊!

王瘦吾的草帽厂生意很好。草帽没个什么讲究,买的人只是一图个结实,二图个便宜。他家出的草帽是就地产销,省了来回运费,自然比外地来的便宜得多。牌子闯出去了,买卖就好做。全城并无第二家,那四台哒哒作响的机子,把带着钱想买草帽的客人老远地就吸过来了。

不想遇见一个王伯韬。

这王伯韬是个开陆陈行的。这地方把买卖豆麦杂粮的行叫作陆陈行。人们提起陆陈行,都暗暗摇头。做这一行的,有两大特点:其一,是资本雄厚,大都兼营别的生意,什么买卖赚钱,他们就开什么买卖,眼尖手快。其二,都是流氓——都在帮。这城里发生过几起大规模的斗殴,都是陆陈行挑起的。打架的原因,都是抢行霸市。这种人一看就看得出来。他们的衣着和一般的生意人就不一样。不论什么时候,长衫里面的小褂的袖子总翻出很长的一截。料子也是老实商人所不用的。夏天是格子纺,冬天是法兰绒。脚底下是黑丝袜,方口的黑纹皮面的硬底便鞋。王伯韬和王瘦吾是同宗,见面总是"瘦吾兄"长,"瘦吾兄"短。王瘦吾不爱搭理他,尽可能地躲着他。

谁知偏偏躲不开,而且天天要见面。王伯韬也开了一家草帽厂,就在王瘦吾的草帽厂的对门!他新开的草帽厂有八台机子,八个师傅,门面、柜台、一切都比王瘦吾的大一倍。

王伯韬真是不顾血本,把批发、零售价都压得极低。王瘦吾算算,这样的定价,简直无利可图。他不服这口气,也随着把价钱落下来。

王伯韬坐在对面柜台里,还是满脸带笑,"瘦吾兄"长,"瘦吾兄"短。

王瘦吾撑了一年,实在撑不住了。

王伯韬放出话来:"瘦吾要是愿意把四台机子让给我,他多少钱买的,我多少钱要!"

四台机子,连同库存的现货、辫子,全部倒给了王伯韬。王瘦吾气得生了一场重病。一病一年多。卖机子的钱,连同小绒线店的底本,全变成了药渣子,倒在门外的街上了。

好不容易,能起来坐一坐,出门走几步了。可是人瘦得像一张纸,一阵风吹过,就能倒下。

陶虎臣呢?

头一年,因为四乡闹土匪,连城里都出了几起抢案,县政府和当地驻军联名出了一张布告:"冬防期间,严禁燃放鞭炮。"炮仗店平时生意有限,全指着年下。这一冬防,可把陶虎臣防苦了。且熬着,等明年吧。

明年!蒋介石搞他娘的"新生活"[①],根本取缔了鞭炮。城里几家炮仗店统统关了张。陶虎臣别无产业,只好做一点"黄烟子"和蚊烟混日子。"黄烟子"也像是个炮仗,只是里面装的不是火药而是雄黄,外皮也是黄的。点了捻子,不响,只是从屁股上冒出一股黄烟,能冒

[①] "新生活"是蒋介石搞的"新生活"运动,提倡"礼义廉耻",到处刷写着"礼义廉耻,国之四维,四维不张,国乃灭亡";限制行人靠左边走;废除作揖,改行握手;禁止燃放鞭炮等等。总之,大家都过新生活,不许过旧生活。

半天。这种东西,端午节人家买来,点着了扔在床脚柜底熏五毒;孩子们把黄烟屁股抵在板壁上写"虎"字。蚊烟是在一个皮纸的空套里装上锯末,加一点芒硝和鳝鱼骨头,盘成一盘,像一条蛇。这东西点起来味道很呛,人和蚊子都受不了。这两种东西,本来是炮仗店附带做做的,靠它赚钱吃饭,养家活口的,怎么行呢?——一年有几个端午节?蚊子也不是四季都有啊!

第三年,陶家炮仗店的铺闼子门下了一把牛鼻子铁锁,再也打不开了。陶家的锅,也揭不开了。起先是喝粥,——喝稀粥,后来连稀粥也喝不成了。陶虎臣全家,已经饿了一天半。

有那么一个缺德的人敲开了陶家的门。这人姓宋,人称宋保长,他是什么事都干得出来,什么钱也敢拿的。他来做媒了。二十块钱,陶虎臣把女儿嫁给了一个驻军的连长。这连长第二天就开拔。他倒什么也不挑,只要是一个黄花闺女。陶虎臣跳着脚大叫:"不要说得那么好听!这不是嫁!这是卖!你们到大街去打锣喊叫:我陶虎臣卖女儿!你们喊去!我不害臊!陶虎臣!你是个什么东西!陶虎臣!我操你八辈祖奶奶!你就这样没有能耐呀!"女儿的妈和弟弟都哭。女儿倒不哭,反过来劝爹:"爹!爹!您别这样!我愿意!——真的!爹!我真的愿意!"她朝上给爹妈磕了头,又趴在弟弟的耳边说了一句话。这一句话是:"饿的时候,忍着,别哭。"弟弟直点头。女儿走到爹床前,说了声:"爹!我走啦!您保重!"陶虎臣脸对墙躺着,连头都没有回,他的眼泪哗哗地往下淌。

两个半月过去了。陶家一直就花这二十块钱。二十块钱剩得不多了,女儿回来了。妈脱下女儿的衣服一看,什么都明白了:这连长天天打她。女儿跟妈妈偷偷地说:"妈,我过上了他的脏病。"

岁暮天寒,彤云酿雪,陶虎臣无路可走,他到阴城去上吊。

他没有死成。他刚把腰带拴在一棵树上,把头伸进去,一个人拦腰把他抱住，一刀砍断了腰带。这人是住在财神庙的那个侉子。

靳彝甫回来了。他一到家，听说陶虎臣的事，连脸都没洗，拔脚就往陶家去。陶虎臣躺在一领破芦席上，拥着一条破棉絮。靳彝甫掏出五块钱来，说："虎臣，我才回来，带的钱不多，你等我一天！"

跟脚，他又奔王瘦吾家。瘦吾也是家徒四壁了。他正在对着空屋发呆。靳彝甫也掏出五块钱，说："瘦吾，你等我一天！"

第三天，靳彝甫约王瘦吾、陶虎臣到如意楼喝酒。他从内衣口袋里掏出两封洋钱，外面裹着红纸。一看就知道，一封是一百。他在两位老友面前，各放了一封。

"先用着。"

"这钱——？"

靳彝甫笑了笑。

那两个都明白了：彝甫把三块田黄给季匋民送去了。

靳彝甫端起酒杯说："咱们今天醉一次。"

那两个同意。

"好，醉一次！"

这天是腊月三十。这样的时候，是不会有人上酒馆喝酒的。如意楼空荡荡的，就只有这三个人。

外面，正下着大雪。

一九八〇年八月二十日初稿
十一月二十日二稿
载一九八一年第三期《十月》

大淖记事

一

这地方的地名很奇怪，叫作大淖。全县没有几个人认得这个淖字。县境之内，也再没有别的叫作什么淖的地方。据说这是蒙古话。那么这地名大概是元朝留下的。元朝以前这地方有没有，叫作什么，就无从查考了。

淖，是一片大水。说是湖泊，似还不够，比一个池塘可要大得多，春夏水盛时，是颇为浩渺的。这是两条水道的河源。淖中央有一条狭长的沙洲。沙洲上长满茅草和芦荻。春初水暖，沙洲上冒出很多紫红色的芦芽和灰绿色的蒌蒿①，很快就是一片翠绿了。夏天，茅草、芦荻都吐出雪白的丝穗，在微风中不住地点头。秋天，全都枯黄了，就被人割去，加到自己的屋顶上去了。冬天，下雪，这里总比别处先白。化雪的时候，也比别处化得慢。河水解冻了，发绿了，沙洲上的

---

① 蒌蒿是生于水边的野草，粗如笔管，有节，生狭长的小叶，初生二寸来高，叫作"蒌蒿薹子"，加肉炒食极清香。苏东坡诗："竹外桃花两三枝，春江水暖鸭先知。蒌蒿满地芦芽短，正是河豚欲上时。"蒌蒿见之于诗，这大概是第一次。他很能写出节令风物之美。

残雪还亮晶晶地堆积着。这条沙洲是两条河水的分界处。从淖里坐船沿沙洲西面北行，可以看到高阜上的几家炕房。绿柳丛中，露出雪白的粉墙，黑漆大书四个字："鸡鸭炕房"，非常显眼。炕房门外，照例都有一块小小土坪，有几个人坐在树桩上负曝闲谈。不时有人从门里挑出一副很大的扁圆的竹笼，笼口络着绳网，里面是松花黄色的，毛茸茸，挨挨挤挤，啾啾乱叫的小鸡小鸭。由沙洲往东，要经过一座浆坊。浆是浆衣服用的。这里的人，衣服被里洗过后，都要浆一浆。浆过的衣服，穿在身上沙沙作响。浆是芡实水磨，加一点明矾，澄去水分，晒干而成。这东西是不值什么钱的。一大盆衣被，只要到杂货店花两三个铜板，买一小块，用热水冲开，就足够用了。但是全县浆粉都由这家供应（这东西是家家用得着的），所以规模也不算小。浆坊有四五个师傅忙碌着。喂着两头毛驴，轮流上磨。浆坊门外，有一片平场，太阳好的时候，每天晒着浆块，白得叫人眼睛都睁不开。炕房、浆坊附近还有几家买卖荸荠、茨菰、菱角、鲜藕的鲜货行，集散鱼蟹的鱼行和收购青草的草行。过了炕房和浆坊，就都是田畴麦垄，牛棚水车，人家的墙上贴着黑黄色的牛屎粑粑，——牛粪和水，拍成饼状，直径半尺，整齐地贴在墙上晾干，作燃料，已经完全是农村的景色了。由大淖北去，可至北乡各村。东去可至一沟、二沟、三垛，直达邻县兴化。

　　大淖的南岸，有一座漆成绿色的木板房，房顶、地面，都是木板的。这原是一个轮船公司。靠外手是候船的休息室。往里去，临水，就是码头。原来曾有一只小轮船，往来本城和兴化，隔日一班，单日开走，双日返回。小轮船漆得花花绿绿的，飘着万国旗，机器突突地响，烟筒冒着黑烟，装货、卸货、上客、下客，也有卖牛肉、高粱酒、花生瓜子、芝麻灌香糖的小贩，吆吆喝喝，是热闹过一阵的。后来因为公司赔了本，股东无意继续经营，就卖船停业了。这间木板房子倒没有拆去。现在里面空荡荡、冷清清，只有附近的野孩子到候船室来唱戏玩，棍棍棒棒，乱打一气；或到码头上比赛撒尿。七八个小家伙，齐齐地站成一排，把一泡泡骚尿哗哗地撒到水里，看谁尿得最远。

大淖指的是这片水，也指水边的陆地。这里是城区和乡下的交界处。从轮船公司往南，穿过一条深巷，就是北门外东大街了。坐在大淖的水边，可以听到远远的一阵一阵朦朦胧胧的市声，但是这里的一切和街里不一样。这里没有一家店铺。这里的颜色、声音、气味和街里不一样。这里的人也不一样。他们的生活，他们的风俗，他们的是非标准、伦理道德观念和街里的穿长衣念过"子曰"的人完全不同。

二

由轮船公司往东往西，各距一箭之遥，有两丛住户人家。这两丛人家，也是互不相同的，各是各乡风。

西边是几排错错落落的低矮的瓦屋。这里住的是做小生意的。他们大都不是本地人，是从里下河一带，兴化、泰州、东台等处来的客户。卖紫萝卜的（紫萝卜是比荸荠略大的扁圆形的萝卜，外皮染成深蓝紫色，极甜脆），卖风菱的（风菱是很大的两角的菱角，壳极硬），卖山里红的，卖熟藕（藕孔里塞了糯米煮熟）的。还有一个从宝应来的卖眼镜的，一个从杭州来的卖天竺筷的。他们像一些候鸟，来去都有定时。来时，向相熟的人家租一间半间屋子，住上一阵，有的住得长一些，有的短一些，到生意做完，就走了。他们都是日出而作，日入而息。吃罢早饭，各自背着、扛着、挎着、举着自己的货色，用不同的乡音，不同的腔调，吟唱吆唤着上街了。到太阳落山，又都像鸟似的回到自己的窝里。于是从这些低矮的屋檐下就都飘出带点甜味而又呛人的炊烟（所烧的柴草都是半干不湿的）。他们做的都是小本生意，赚钱不大。因为是在客边，对人很和气，凡事忍让，所以这一带平常总是安安静静的，很少有吵嘴打架的事情发生。

这里还住着二十来个锡匠，都是兴化帮。这地方兴用锡器，家家都有几件锡制的家伙。香炉、蜡台、痰盂、茶叶罐、水壶、茶壶、酒壶，甚至尿壶，都是锡的。嫁闺女时都要陪送一套锡器。最少也要有两个能容四五升米的大锡罐，摆在柜顶上，否则就不成其为嫁妆。出阁的闺女生了孩子，娘家要送两大罐糯米粥（另外还要有两只老母鸡，一百鸡蛋），装粥用的就是娘柜顶上的这两个锡罐。因此，二十来个锡匠并不显多。

锡匠的手艺不算费事，所用的家什也较简单。一副锡匠担子，一头是风箱，绳系里夹着几块锡板；一头是炭炉和两块二尺见方、一面裱着好几层表芯纸的方砖。锡器是打出来的，不是铸出来的。人家叫锡匠来打锡器，一般都是自己备料，——把几件残旧的锡器回炉重打。锡匠在人家门道里或是街边空地上，支起担子，拉动风箱，在锅里把旧锡化成锡水，——锡的熔点很低，不大一会就化了；然后把两块方砖对合着（裱纸的一面朝里），在两砖之间压一条绳子，绳子按照要打的锡器圈成近似的形状，绳头留在砖外，把锡水由绳口倾倒过去，两砖一压，就成了锡片；然后，用一个大剪子剪剪，焊好接口，用一个木槌在铁砧上敲敲打打，大约一两顿饭工夫就成型了。锡是软的，打锡器不像打铜器那样费劲，也不那样吵人。粗使的锡器，就这样就能交活。若是细巧的，就还要用刮刀刮一遍，用砂纸打一打，用竹节草（这种草中药店有卖的）磨得锃亮。

这一帮锡匠很讲义气。他们扶持疾病，互通有无，从不抢生意。若是合伙做活，工钱也分得很公道。这帮锡匠有一个头领，是个老锡匠，他说话没有人不听。老锡匠人很耿直，对其余的锡匠（不是他的晚辈就是他的徒弟）管教得很紧。他不许他们赌钱喝酒；嘱咐他们出外做活，要童叟无欺，手脚要干净；不许和妇道嬉皮笑脸。他教他们不要怕事，也绝不要惹事。除了上市应活，平常不让到处闲游乱窜。

老锡匠会打拳，别的锡匠也跟着练武。他屋里有好些白蜡杆，三节棍，没事便搬到外面场地上打对儿。老锡匠说：这是消遣，也可以防身，出门在外，会几手拳脚不吃亏。除此之外，锡匠们的娱乐便是唱唱戏。他们唱的这种戏叫作"小开口"，是一种地方小戏，唱腔本是萨满教的香火（巫师）请神唱的调子，所以又叫"香火戏"。这些锡匠并不信萨满教，但大都会唱香火戏。戏的曲调虽简单，内容却是成本大套，李三娘挑水推磨，生下咬脐郎；白娘子水漫金山；刘金定招亲；方卿唱道情……可以坐唱，也可以化了装彩唱。遇到阴天下雨，不能出街，他们能吹打弹唱一整天。附近的姑娘媳妇都挤过来看，——听。

老锡匠有个徒弟，也是他的侄儿，在家大排行第十一，小名就叫个十一子，外人都只叫他小锡匠。这十一子是老锡匠的一件心事。因为他太聪明，长得又太好看了。他长得挺拔四称，肩宽腰细，唇红齿白，浓眉大眼，头戴遮阳草帽，青鞋净袜，全身衣服整齐合体。天热的时候，敞开衣扣，露出扇面也似的胸脯，五寸宽的雪白的板带煞得很紧。走起路来，高抬脚，轻着地，麻溜利索。锡匠里出了这样一个一表人才，真是鸡窝里飞出了金凤凰。老锡匠心里明白：唱"小开口"的时候，那些挤过来的姑娘媳妇，其实都是来看这位十一郎的。

老锡匠经常告诫十一子，不要和此地的姑娘媳妇拉拉扯扯，尤其不要和东头的姑娘媳妇有什么勾搭："她们和我们不是一样的人！"

三

轮船公司东头都是草房，茅草盖顶，黄土打墙，房顶两头多盖着半片破缸破瓮,防止大风时把茅草刮走。这里的人,世代相传,都是挑夫。男人、女人、大人、孩子,都靠肩膀吃饭。

挑得最多的是稻子。东乡、北乡的稻船,都在大淖靠岸。满船的稻子,都由这些挑夫挑走。或送到米店,或送进哪家大户的廒仓,或挑到南门外琵琶闸的大船上,沿运河外运。有时还会一直挑到车逻、马棚湾这样很远的码头上。单程一趟,或五六里,或七八里、十多里不等。一二十人走成一串,步子走得很匀,很快。一担稻子一百五十斤,中途不歇肩。一路不停地打着号子。换肩时一齐换肩。打头的一个,手往扁担上一搭,一二十副担子就同时由右肩转到左肩上来了。每挑一担,领一根"筹子",——尺半长,一寸宽的竹牌,上涂白漆,一头是红的。到傍晚凭筹领钱。

稻谷之外,什么都挑。砖瓦、石灰、竹子(挑竹子一头拖在地上,在砖铺的街面上擦得刷刷地响)、桐油(桐油很重,使扁担不行,得用木杠,两人抬一桶)……因此,一年三百六十天,天天有活干,饿不着。

十三四岁的孩子就开始挑了。起初挑半担,用两个柳条笆斗。练上一二年,人长高了,力气也够了,就挑整担,像大人一样地挣钱了。

挑夫们的生活很简单:卖力气,吃饭。一天三顿,都是干饭。这些人家都不盘灶,烧的是"锅腔子"——黄泥烧成的矮瓮,一面开口烧火。烧柴是不花钱的。淖边常有草船,乡下人挑芦柴入街去卖,一路总要撒下一些。凡是尚未挑担挣钱的孩子,就一人一把竹笊,到处去搂。因此,这些顽童得到一个稍带侮辱性的称呼,叫作"笆草鬼子"。有时懒得费事,就从乡下人的草担上猛力拽出一把,拔腿就溜。等乡下人撂下担子叫骂时,他们早就没影儿了。锅腔子无处出烟,烟子就横溢出来,飘到大淖水面上,平铺开来,停留不散。这些人家无隔宿之粮，都是当天买，当天吃。吃的都是脱壳的糙米。一到饭时，就看见这些茅草房子的门口蹲着一些男子汉，捧着一个蓝花大海碗，碗里是骨堆堆的一碗紫红紫红的米饭，一边堆着青菜小鱼、臭豆腐、腌辣椒，大口大口地在吞食。他们吃饭不怎么嚼，只在嘴里打一个滚，咕咚一声就咽下去了。看他们吃得那样香，你会觉得世界上再没有比这个饭更好吃的饭了。

他们也有年，也有节。逢年过节，除了换一件干净衣裳，吃得好一些，就是聚在一起赌钱。赌具，也是钱。打钱，滚钱。打钱：各人拿出一二十铜元，叠成很高的一摞。参与者远远地用一个钱向这摞铜钱砸去，砸倒多少取多少。滚钱又叫"滚五七寸"。在一片空场上，各人放一摞钱；一块整砖支起一个斜坡，用一个铜元由砖面落下，向钱注密处滚去，钱停住后，用事前备好的两根草棍量一量，如距钱注五寸，滚钱者即可吃掉这一注；距离七寸，反赔出与此注相同之数。这种古老的博法使挑夫们得到极大的快乐。旁观的闲人也不时大声喝采，为他们助兴。

这里的姑娘媳妇也都能挑。她们挑得不比男人少，走得不比男人慢。挑鲜货是她们的专业。大概是觉得这种水淋淋的东西对女人更相宜，男人们是不屑于去挑的。这些"女将"都生得颀长俊俏，浓黑的头发上涂了很多梳头油，梳得油光水滑（照当地说法是：苍蝇站上去都会闪了腿）。脑后的发髻都极大。发髻的大红头绳的发根长到二寸，老远就看到通红的一截。她们的发髻的一侧总要插一点什么东西。清明插一个柳球（杨柳的嫩枝，一头拿牙咬着，把柳枝的外皮连同鹅黄的柳叶使劲往下一抹，成一个小小球形），端午插一丛艾叶，有鲜花时插一朵栀子，一朵夹竹桃，无鲜花时插一朵大红剪绒花。因为常年挑担，衣服的肩膀处易破，她们的托肩多半是换过的。旧衣服，新托肩，颜色不一样，这几乎成了大淖妇女的特有的服饰。一二十个姑娘媳妇,挑着一担担紫红的荸荠、碧绿的菱角、雪白的连枝藕,走成一长串,风摆柳似的嚓嚓地走过,好看得很!

她们像男人一样地挣钱,走相、坐相也像男人。走起来一阵风,坐下来两条腿叉得很开。她们像男人一样亦脚穿草鞋(脚指甲却用凤仙花染红)。她们嘴里不忌生冷,男人怎么说话她们怎么说话,她们也用男人骂人的话骂人。打起号子来也是"好大娘个歪歪子咧!"——"歪歪子咧⋯⋯"

没出门子的姑娘还文雅一点,一做了媳妇就简直是"姜太公在此百无禁忌",要多野有多野。有一个老光棍黄海龙,年轻时也是挑夫,后来腿脚有了点毛病,就在码头上看看稻船,收收筹子。这老头儿老没正经,一把胡子了,还喜欢在媳妇们的胸前屁股上摸一把,拧一下。按辈分,他应当被这些媳妇称呼一声叔公,可是谁都管他叫"老骚胡子"。有一天,他又动手动脚的,几个媳妇一咬耳朵,一二三,一齐上手,眨眼之间叔公的裤子就挂在大树顶上了。有一回,叔公听见卖饺面①的挑着担子,敲着竹梆走来,他又来劲了:"你们敢不敢到漳里洗个澡?——敢,我一个人输你们两碗饺面!"——"真的?"——"真的!"——"好!"几个媳妇脱了衣服跳到漳里扑通扑通洗了一会儿。爬上岸就大声喊叫:

"下面!"

这里人家的婚嫁极少明媒正娶,花轿吹鼓手是挣不着他们的钱的。媳妇,多是自己跑来的;姑娘,一般是自己找人。她们在男女关系上是比较随便的。姑娘在家生私孩子;一个媳妇,在丈夫之外,再"靠"一个,不是稀奇事。这里的女人和男人好,还是恼,只有一个标准:情愿。有的姑娘、媳妇相与了一个男人,自然也跟他要钱买花

---

① 一半馄饨一半面下在一起,当地叫作饺面。

戴，但是有的不但不要他们的钱，反而把钱给他花，叫作"倒贴"。

因此，街里的人说这里"风气不好"。

到底是哪里的风气更好一些呢？难说。

四

大淖东头有一户人家。这一家只有两口人，父亲和女儿。父亲名叫黄海蛟，是黄海龙的堂弟（挑夫里姓黄的多）。原来是挑夫里的一把好手。他专能上高跳。这地方大粮行的"窝积"（长条芦席围成的粮囤），高到三四丈，只支一只单跳，很陡。上高跳要提着气一口气蹿上去，中途不能停留。遇到上了一点岁数的或者"女将"，抬头看看高跳，有点含糊，他就走过去接过一百五十斤的担子，一支箭似的上到跳顶，两手一提，把两箩稻子倒在"窝积"里，随即三五步就下到平地。因为为人忠诚老实，二十五岁了，还没有成亲。那年在车逻挑粮食，遇到一个姑娘向他问路。这姑娘留着长长的刘海，梳了一个"苏州俏"的发髻，还抹了一点胭脂，眼色张皇，神情焦急，她问路，可是连一个准地名都说不清，一看就知道是大户人家逃出来的使女。黄海蛟和她攀谈了一会儿，这姑娘就表示愿意跟着他过。她叫莲子。——这地方丫头、使女多叫莲子。

莲子和黄海蛟过了一年，给他生了个女儿。七月生的，生下的时候满天都是五色云彩，就取名叫作巧云。

莲子的手很巧，也勤快，只是爱穿件华丝葛的裤子，爱吃点瓜子零食，还爱唱"打牙牌"之类的小调："凉月子一出照楼梢，打个呵欠伸懒腰，瞌睡子又上来了。哎哟，哎哟，瞌睡子又上来了……"这和大淖的乡风不大一样。

巧云三岁那年，她的妈莲子，终于和一个过路戏班子的一个唱小生的跑了。那天,黄海蛟正在马棚湾。莲子把黄海蛟的衣裳都浆洗了一遍,巧云的小衣裳也收拾在一起,焖了一锅饭,还给老黄打了半斤酒,把孩子托给邻居,说是她出门有点事,锁了门,从此就不知去向了。

巧云的妈跑了,黄海蛟倒没有怎么伤心难过。这种事情在大淖这个地方也值不得大惊小怪。养熟的鸟还有飞走的时候呢,何况是一个人!只是她留下的这块肉,黄海蛟实在是疼得不行。他不愿巧云在后娘的眼皮底下委委屈屈地生活,因此发心不再续娶。他就又当爹又当妈,和女儿巧云在一起过了十几年。他不愿巧云去挑扁担,巧云从十四岁就学会结渔网和打芦席。

巧云十五岁,长成了一朵花。身材、脸盘都像妈。瓜子脸,一边有个很深的酒窝。眉毛黑如鸦翅,长入鬓角。眼角有点吊,是一双凤眼。睫毛很长,因此显得眼睛经常是眯眯着;忽然回头,睁得大大的,带点吃惊而专注的神情,好像听到远处有人叫她似的。她在门外的两棵树杈之间结网,在淖边平地上织席,就有一些少年人装着有事的样子来去去。她上街买东西,甭管是买肉、买菜,打油、打酒,撕布、量头绳,买梳头油、雪花膏,买石碱、浆块,同样的钱,她买回来,分量都比别人多,东西都比别人的好。这个奥秘早被大娘、大婶们发现,她们都托她买东西。只要巧云一上街,都挎了好几个竹篮,回来时压得两只胳臂酸疼酸疼。泰山庙唱戏,人家都自己扛了板凳去。巧云散着手就去了。一去了,总有人给她找一个得看的好座。台上的戏唱得正热闹,但是没有多少人叫好。因为好些人不是在看戏,是看她。

巧云十六了,该张罗着自己的事了。谁家会把这朵花迎走呢?炕房的老大?浆坊的老二?鲜货行的老三?他们都有这意思。这点意思黄海蛟知道了,巧云也知道。不然他们老到淖东头来回晃摇是干什么呢？但是巧云没怎么往心里去。

巧云十七岁，命运发生了一个急转直下的变化。她的父亲黄海蛟在一次挑重担上高跳时，一脚踏空，从三丈高的跳板上摔下来，摔断了腰。起初以为不要紧，养养就好了。不想喝了好多药酒，贴了好多膏药，还不见效。她爹半瘫了，他的腰再也直不起来了。他有时下床，扶着一个剃头担子上用的高板凳，格登格登地走一截，平常就只好半躺下靠在一摞被窝上。他不能用自己的肩膀为女儿挣几件新衣裳，买两枝花，却只能由女儿用一双手养活自己了。还不到五十岁的男子汉，只能做一点老太婆做的事：绩了一捆又一捆的供女儿结网用的麻线。事情很清楚：巧云不会撇下她这个老实可怜的残废爹。谁要愿意，只能上这家来当一个倒插门的养老女婿。谁愿呢？这家的全部家产只有三间草屋（巧云和爹各住一间，当中是一个小小的堂屋）。老大、老二、老三时不时走来走去，拿眼睛瞟着隔着一层渔网或者坐在雪白的芦席上的一个苗条的身子。他们的眼睛依然不缺乏爱慕，但是减少了几分急切。

老锡匠告诫十一子不要老往淖东头跑，但是小锡匠还短不了要来。大娘、大婶、姑娘、媳妇有旧壶翻新，总喜欢叫小锡匠来；从大淖过深巷上大街也要经过这里，巧云家门前的柳荫是一个等待雇主的好地方。巧云织席，十一子化锡，正好做伴。有时巧云停下活计，帮小锡匠拉风箱。有时巧云要回家看看她的残废爹，问他想不想吃烟喝水，小锡匠就压住炉里的火，帮她织一气席。巧云的手指划破了（织席很容易划破手，压扁的芦苇薄片，刀一样的锋快），十一子就帮她吮吸指头肚子上的血。巧云从十一子口里知道他家里的事：他是个独子，没有兄弟姐妹。他有一个老娘，守寡多年了。他娘在家给人家做针线，眼睛越来越不好，他很担心她有一天会瞎……

好心的大人路过时会想：这倒真是两只鸳鸯，可是配不成对。一家要招一个养老女婿，一家要接一个当家媳妇，弄不到一起。他们俩呢，只是很愿意在一处谈谈坐坐。都到岁数了，心里不是没有。只是像一片薄薄的云，飘过来，飘过去，下不成雨。

有一天晚上，好月亮，巧云到淖边一只空船上去洗衣裳（这里的船泊定后，把桨拖到岸上，寄放在熟人家，船就拴在那里，无人看管，谁都可以上去）。她正在船头把身子往前倾着，用力涮着一件大衣裳，一个不知轻重的顽皮野孩子轻轻走到她身后，伸出两手胳肢她的腰。她冷不防，一头栽进了水里。她本会一点水，但是一下子蒙了。这几天水又大，流很急。她挣扎了两下，喊救人，接连喝了几口水。她被水冲走了！正赶上十一子在炕房门外土坪上打拳，看见一个人冲了过来，头发在水上漂着。他褪下鞋子，一猛子扎到水底，从水里把她托了起来。

十一子把她肚子里的水控了出来，巧云还是昏迷不醒。十一子只好把她横抱着，像抱一个婴儿似的，把她送回去。她浑身是湿的，软绵绵，热乎乎的。十一子觉得巧云紧紧挨着他，越挨越紧。十一子的心怦怦地跳。

到了家，巧云醒来了。（她早就醒来了！）十一子把她放在床上。巧云换了湿衣裳（月光照出她的美丽的少女的身体）。十一子抓一把草，给她熬了半锦子姜糖水，让她喝下去，就走了。

巧云起来关了门，躺下。她好像看见自己躺在床上的样子。月亮真好。

巧云在心里说："你是个呆子！"

她说出声来了。

不大一会儿，她也就睡死了。

就在这一天夜里，另外一个人，拨开了巧云家的门。

五

由轮船公司对面的巷子转东大街，往西不远，有一个道士观，叫作炼阳观。现在没有道士了，里面住了不到一营水上保安队。这水上保安队是地方武装。他们名义上归县政府管辖，饷银却由县商会开销，水上保安队的任务是下乡剿土匪。这一带土匪很多，他们抢了人，绑了票，大都藏匿在芦荡湖泊中的船上（这地方到处是水），如遇追捕，便于脱逃。因此，地方绅商觉得很需要成立一个特殊的武装力量来对付这些成帮结伙的土匪。水上保安队装备是很好的。他们乘的船是"铁板划子"——船的三面都有半人高、三四分厚的铁板，子弹是打不透的。铁板划子就停在大淖岸边，样子很高傲。一有任务，就看见大兵们扛着两挺水机关，用箩筐抬着多半筐子弹（子弹不用箱装，却使箩抬，颇奇怪），上了船，开走了。

或七八天，或十天半月，他们得胜回来了（他们有铁板划子，又有水机关，对土匪有压倒优势，很少有伤亡）。铁板划子靠了岸，上岸列队，由深巷，上大街，直奔县政府。这队伍是四列纵队。前面是号队。这不到一营的人，却有十二支号。一上大街，就"打打打滴打大打滴大打"，齐齐整整地吹起来。后面是全队弟兄，一律荷枪实弹。号队之后，大队之前的正中，是捉来的土匪。有时三个五个，有时只有一个，都是五花大绑。这队伍是很神气的。最妙的是被绑着的土匪也一律都和着号音，步伐整齐，雄赳赳气昂昂地走着。甚至值日官喊"一、二、三、四"，他们也随着大声地喊。大队上街之前，要由地保事先通知沿街店铺，凡有鸟笼的（有的店铺是养八哥、画眉的），都要收起来，因为土匪大哥看见不高兴，这是他们忌讳的（他们到了县政府，都下在大狱里，看见笼中鸟，就无出狱希望了）。看看这样的铜号放光，刺刀雪亮，还夹着几个带有传奇色彩的土匪英雄的威武雄壮的队伍，是这条街上的民众的一件快乐事情。其快乐程度不下于看狮子、龙灯、高跷、抬阁，和僧道齐全、六十四杠的大出丧。

除了下乡办差，保安队的弟兄们没有什么事。他们除了把两挺水机关扛到大淖边突突地打两梭（把淖岸上的泥土打得簌簌地往下掉），平常是难得出操、打野外的。使人们感觉到这营把人的存在的，是这十二个号兵早晚练号。早晨八九点钟，下午四五点钟，他们就到大淖边来了。先是拔长音，然后各自吹几段，最后是合吹进行曲、三环号（他们吹三环号只是吹着玩，因为从来没有接受检阅的时候）。吹完号，就解散，想干什么干什么。有的，就轻手轻脚，走进一家的门外，咳嗽一声，随着，走了进去，门就关起来了。

这些号兵大都衣着整齐，干净爱俏。他们除了吹吹号，整天无事干，有的是闲空。他们的钱来得容易，——饷钱倒不多，但每次下乡，总有犒赏；有时与土匪遭遇，双方谈条件，也常从对方手中得到一笔钱，手面很大方，花钱不在乎。他们是保护地方绅商的军人，身后有靠山，即或出一点什么事，谁也无奈何他。因此，这些大爷就觉得不风流风流，实在对不起自己，也辜负了别人。

十二个号兵，有一个号长，姓刘，大家都叫他刘号长。这刘号长前后跟大淖几家的媳妇都很熟。

拨开巧云家的门的，就是这个号长！

号长走的时候留下十块钱。

这种事在大淖不是第一次发生。巧云的残废爹当时就知道了。他拿着这十块钱，只是长长地叹了一口气。邻居们知道了，姑娘、媳妇并未多议论，只骂了一句："这个该死的！"

巧云破了身子，她没有淌眼泪，更没有想到跳到淖里淹死。人生在世，总有这么一遭！只是为什么是这个人？真不该是这个人！怎么办？拿把菜刀杀了他？放火烧了炼阳观？不行！她还有个残废爹。她怔怔地坐在床上，心里乱糟糟的。她想起该起来烧早饭了。她还得结网，织席，还得上街。她想起小时候上人家看新娘子，新娘子穿了一双粉红的缎子花鞋。她想起她的远在天边的妈。她记不得妈的样子，只记得妈用一个筷子头蘸了胭脂给她点了一点眉心红。她拿起镜子照照，她好像第一次看清楚自己的模样。她想起十一子给她吮手指上的血，这血一定是咸的。她觉得对不起十一子，好像自己做错了什么事。她非常失悔：没有把自己给了十一子！

她的这个念头越来越强烈。这个号长来一次，她的念头就更强烈一分。

水上保安队又下乡了。

一天，巧云找到十一子，说："晚上你到大淖东边来，我有话跟你说。"

十一子到了淖边。巧云踏在一只"鸭撇子"上（放鸭子用的小船，极小，仅容一人。这是一只公船，平常就拴在淖边。大淖人谁都可以撑着它到沙洲上挑蒌蒿，割茅草，拣野鸭蛋），把蒿子一点，撑向淖中央的沙洲，对十一子说："你来！"

过了一会儿，十一子泅水到了沙洲上。

他们在沙洲的茅草丛里一直待到月到中天。

月亮真好啊！

六

十一子和巧云的事，师兄们都知道，只瞒着老锡匠一个人。他们偷偷地给他留着门，在门窝子里倒了水（这样推门进来没有声音）。十一子常常到天快亮的时候才回来。有一天，又是这时候才推开门。

刚刚要钻被窝,听见老锡匠说:

"你不要命啦!"

这种事情怎么瞒得住人呢?终于,传到刘号长的耳朵里。其实没有人跟他嚼舌头,刘号长自己还不知道?巧云看见他都讨厌,她的全身都是冷淡的。刘号长咽不下这口气。本来,他跟巧云又没有拜过堂,完过花烛,闲花野草,断了就断了。可是一个小锡匠,夺走了他的人,这丢了当兵的脸。太岁头上动土,这还行!这种事从来没有发生过。连保安队的弟兄也都觉得面上无光,在人前矬了一截。他是只许自己在别人头上拉屎撒尿,不许别人在他脸上溅一星唾沫的。若是闭着眼过去,往后,保安队的人还混不混?

有一天,天还没亮,刘号长带了几个弟兄,踢开巧云家的门,从被窝里拉起了小锡匠,把他捆了起来。把黄海蛟、巧云的手脚也都捆了,怕他们去叫人。

他们把小锡匠弄到泰山庙后面的坟地里,一人一根棍子,搂头盖脸地打他。

他们要小锡匠卷铺盖走人,回他的兴化,不许再留在大淖。

小锡匠不说话。

他们要小锡匠答应不再走进黄家的门,不挨巧云的身子。

小锡匠还是不说话。

他们要小锡匠告一声饶,认一个错。

小锡匠的牙咬得紧紧的。

小锡匠的硬铮把这些向来是横着膀子走路的家伙惹怒了,"你这样硬!打不死你!"——"打",七八根棍子风一样、雨一样打在小锡匠的身上。

小锡匠被他们打死了。

锡匠们听说十一子被保安队的人绑走了,他们四处找,找到了泰山庙。

老锡匠用手一探,十一子还有一丝悠悠气。老锡匠叫人赶紧去找陈年的尿桶。他经验过这种事,打死的人,只有喝了从桶里刮出来的尿碱,才有救。

十一子的牙关咬得很紧,灌不进去。

巧云捧了一碗尿碱汤,在十一子的耳边说:"十一子,十一子,你喝了!"

十一子微微听见一点声音,他睁了睁眼。巧云把一碗尿碱汤灌进了十一子的喉咙。

不知道为什么,她自己也尝了一口。

锡匠们摘了一块门板,把十一子放在门板上,往家里抬。

他们抬着十一子,到了大淖东头,还要往西走。巧云拦住了:

"不要。抬到我家里。"

老锡匠点点头。

巧云把屋里存着的渔网和芦席都拿到街上卖了,买了七厘散,医治十一子身子里的瘀血。

东头的几家大娘、大婶杀了下蛋的老母鸡,给巧云送来了。

锡匠们凑了钱,买了人参,熬了参汤。

挑夫,锡匠,姑娘,媳妇,川流不息地来看望十一子。他们把平时在辛苦而单调的生活中不常表现的热情和好心都拿出来了。他们觉得十一子和巧云做的事都很应该,很对。大淖出了这样一对年轻人,使他们觉得骄傲。大家的心喜洋洋,热乎乎的,好像在过年。

刘号长打了人,不敢再露面。他那几个弟兄也都躲在保安队的队部里不出来。保安队的门口加了双岗。这些好汉原来都是一窝"草鸡"!

锡匠们开了会。他们向县政府递了呈子,要求保安队把姓刘的交出来。

县政府没有答复。

锡匠们上街游行。这个游行队伍是很多人从未见过的。没有旗子,没有标语,就是二十来个锡匠挑着二十来副锡匠担子,在全城的大街上慢慢地走。这是个沉默的队伍,但是非常严肃。他们表现出不可侵犯的威严和不可动摇的决心。这个带有中世纪行帮色彩的游行队伍十分动人。

游行继续了三天。

第三天,他们举行了"顶香请愿"。二十来个锡匠,在县政府照壁前坐着,每人头上用木盘顶着一炉炽旺的香。这是一个古老的风俗:民有沉冤,官不受理,被逼急了的百姓可以用香火把县大堂烧了,据说这不算犯法。

这条规矩不载于《六法全书》,现在不是大清国,县政府可以不理会这种"陋习"。但是这些锡匠是横了心的,他们当真干起来,后果是严重的。县长邀请县里的绅商商议,一致认为这件事不能再不管。于是由商会会长出面,约请了有关的人:一个承审——作为县长代表,保安队的副官,老锡匠和另外两个年长的锡匠,还有代表挑夫的黄海龙,四邻见证,——卖眼镜的宝应人,卖天竺筷的杭州人,在一家大茶馆里举行会谈,来"了"这件事。

会谈的结果是:小锡匠养伤的药钱由保安队负担(实际是商会拿钱),刘号长驱逐出境。由刘号长画押具结。老锡匠觉得这样就给锡匠和挑夫都挣了面子,可以见好就收了。只是要求在刘某人的具结上写上一条:如果他再踏进县城一步,任凭老锡匠一个人把他收拾了!

过了两天,刘号长就由两个弟兄持枪护送,悄悄地走了。他被调到三垛去当了税警。

十一子能进一点饮食,能说话了。巧云问他:

"他们打你,你只要说不再进我家的门,就不打你了,你就不会吃这样大的苦了。你为什么不说?"

"你要我说么?"

"不要。"

"我知道你不要。"

"你值么?"

"我值。"

"十一子,你真好!我喜欢你!你快点好。"

"你亲我一下,我就好得快。"

"好,亲你!"

巧云一家有了三张嘴。两个男的不能挣钱,但要吃饭。大淖东头的人家都没有积蓄,也没有什么东西可以变卖典押。结渔网,打芦席,都不能当时见钱。十一子的伤一时半会不会好,日子长了,怎么过呢?巧云没有经过太多考虑,把爹用过的筹筐找出来,搕搕尘土,就去挑担挣"活钱"去了。姑娘媳妇都很佩服她。起初她们怕她挑不惯,后来看她脚下很快,很匀,也就放心了。从此,巧云就和邻居的姑娘媳妇在一起,挑着紫红的荸荠、碧绿的菱角、雪白的连枝藕,风摆柳似的穿街过市,发髻的一侧插着大红花。她的眼睛还是那么亮,长睫毛忽扇忽扇的。但是眼神显得更深沉,更坚定了。她从一个姑娘变成了一个很能干的小媳妇。

十一子的伤会好么?

会。

当然会!

一九八一年二月四日,旧历大年三十

载一九八一年第四期《北京文学》

故里杂记

李三

李三是地保,又是更夫。他住在土地祠。土地祠每坊都有一个。"坊"后来改称为保了。只有死了人,和尚放焰口,写疏文,写明死者籍贯,还沿用旧称:"南赡部洲中华民国某省某县某坊信士某某……"云云。疏文是写给阴间的公事。大概阴间还没有改过来。土地是阴间的保长。其职权范围与阳间的保长相等,不能越界理事,故称"当坊土地"。李三所管的,也只是这一坊之事。出了本坊,哪怕只差一步,不论出了什么事,死人失火,他都不问。一个坊或一个保的疆界,保长清楚,李三也清楚。

土地祠是俗称,正名是"福德神祠"。这四个字刻在庙门的砖额上,蓝地金字。这是个很小的庙。外面原有两根旗杆。西边的一根有一年教雷劈了(这雷也真怪,把旗杆劈得粉碎,劈成了一片一片一尺来长的细木条,这还有个名目,叫作"雷楔"),只剩东边的一根了。进门有一个门道,两边各有一间耳房。东边的,住着李三。西边的一间,租给了一个卖糜饭饼子的。——糜饭饼子是米粥捣成糜,发酵后在一个平锅上烙成的,一面焦黄,一面是白的,有一点酸酸的甜味。

再往里，过一个两步就跨过的天井，便是神殿。迎面塑着土地老爷的神像。神像不大，比一个常人还小一些。这土地老爷是单身，——不像乡下的土地庙里给他配一个土地奶奶。是一个笑眯眯的老头，一嘴的白胡子。头戴员外巾，身穿蓝色道袍。神像前是一个很狭的神案。神案上有一具铁制蜡烛架，横列一排烛钎，能插二十来根蜡烛。一个瓦香炉。神案前是一个收香钱的木柜。木柜前留着几尺可供磕头的砖地。如此而已。

李三同时又是庙祝。庙祝也没有多少事。初一、十五，把土地祠里外打扫一下，准备有人来进香。过年的时候，把两个"灯对子"找出来，挂在庙门两边。灯对子是长方形的纸灯，里面是木条钉成的框子，外糊白纸，上书大字，一边是"风调雨顺"，一边是"国泰民安"。灯对子里有横隔，可以点蜡烛。从正月初一，一直点到灯节。这半个多月，土地祠门前明晃晃的，很有点节日气氛。这半个月，进香的也多。每逢香期，到了晚上，李三就把收香钱的柜子打开，把香钱倒出来，一五一十地数一数。

偶尔有人来赌咒。两家为一件事分辩不清，——常见的是东家丢了东西，怀疑是西家偷了，两家对骂了一阵，就各备一份香烛到土地祠来赌咒。两个人同时磕了头，一个说："土地老爷在上，若是某某偷了我的东西，就叫他现世现报！"另一个说："土地老爷在上，我若做了此事，就叫我家死人失天火！他诬赖我，也一样！"咒已赌完，各自回家。李三就把只点了小半截的蜡烛吹灭，拔下，收好，备用。

李三最高兴的事，是有人来还愿。坊里有人家出了事，例如老人病重，或是孩子出了天花，就到土地祠来许愿。老人病好了，孩子天花出过了，就来还愿。仪式很隆重：给菩萨"挂匾"——送一块横宽二三尺的红布匾，上写四字："有求必应"。满炉的香，红蜡烛把铁架都插满了（这种蜡烛很小，只二寸长，叫作"小牙"）。最重要的是：

供一个猪头。因此，谁家许了愿，李三就很关心，随时打听。这是很容易打听到的。老人病好，会出来扶杖而行。孩子出了天花，在衣领的后面就会缝一条三指宽三寸长的红布，上写"天花已过"。于是李三就满怀希望地等着。这猪头到了晚上，就进了李三的砂罐了。一个七斤半重的猪头，够李三消受好几天。这几天，李三的脸上随时都是红喷喷的。

地保所管的事，主要的就是死人失火。一般人家死了人，他是不管的，他管的是无后的孤寡和"路倒"。一个孤寡老人死在床上，或是哪里发现一具无名男尸，在本坊地界，李三就有事了：拿了一个捐簿，到几家殷实店铺去化钱。然后买一口薄皮棺材装殓起来；省事一点，就用芦席一卷，草绳一捆（这有个名堂，叫作"万字纹的棺材，三道紫金箍"），用一把锄头背着，送到乱葬岗去埋掉。因此本地流传一句骂人的话："叫李三把你背出去吧！"李三很愿意本坊常发生这样的事，因为募化得来的钱怎样花销，是谁也不来查账的。李三拿埋葬费用的余数来喝酒，实在也在情在理，没有什么说不过去。这种事，谁愿承揽，就请来试试！哼，你以为这几杯酒喝到肚里容易呀！不过，为了心安理得，无愧于神鬼，他在埋了死人后，照例还为他烧一陌纸钱，磕三个头。

李三瘦小干枯，精神不足，拖拖沓沓，迷迷瞪瞪，随时总像没有睡醒，——他夜晚打更，白天办事，睡觉也是断断续续的，看见他时他也真是刚从床上爬起来一会儿，想不到有时他竟能跑得那样快！那是本坊有了火警的时候。这地方把失火叫成"走水"，大概是讳言火字，所以反说着了。一有人家走水，李三就拿起他的更锣，用一个锣棒使劲地敲着，没命地飞跑，嘴里还大声地嚷叫："××巷×家走水啦！××巷×家走水啦！"一坊失火，各坊的水龙都要来救，所以李三这回就跑出坊界，绕遍全城。

李三希望人家失火么？哎，话怎么能这样说呢！换一个说法：他希望火不成灾，及时救灭。火灭之后，如果这一家损失不大，他就跑去道喜："恭喜恭喜，越烧越旺！"如果这家烧得片瓦无存，他就向幸免殃及的四邻去道喜："恭喜恭喜，土地菩萨保佑！"他还会说：火势没有蔓延，也多亏水龙来得快。言下之意也很清楚：水龙来得快，是因为他没命地飞跑。听话的人并不是傻子。他飞跑着敲锣报警，不会白跑，总是能拿到相当可观的酒钱的。

地保的另一项职务是管叫花子。这里的花子有两种，一种是专赶各庙的香期的。初一、十五，各庙都有人进香。逢到菩萨生日（这些菩萨都有一个生日，不知是怎么查考出来的），香火尤盛。这些花子就从庙门、甬道，一直到大殿，密密地跪了两排。有的装作瞎子，有的用蜡烛油画成烂腿（画得很像），"老爷太太"不住地喊叫。进香的信女们就很自觉地把铜钱丢在他们面前破瓢里，她们认为把钱给花子，是进香仪式的一部分，不如此便显得不虔诚。因此，这些花子要到的钱是不少的。这些虔诚的香客大概不知道花子的黑话。花子彼此相遇，不是问要了多少钱，而说是"唤了多少狗"！这种花子是有帮的，他们都住在船上。每年还做花子会，很多花子船都集中在一起，也很热闹。这一种在帮的花子李三惹不起，他们也不碍李三的事，井水不犯河水。李三能管的是串街的花子。串街要钱的，他也只管那种只会伸着手赖着不走的软弱疲赖角色。李三提了一根竹棍，看见了，就举起竹棍大喝一声："去去去！"有三等串街的他不管。一等是唱道情的。这是斯文一脉，穿着破旧长衫，念过两句书，又和吕洞宾、郑板桥有些瓜葛。店铺里等他唱了几句"老渔翁，一钓竿"，就会往柜台上丢一个铜板。他们是很清高的，取钱都不用手，只是用两片简板一夹，咚的一声丢在渔鼓筒里。另外两等，一是耍青龙（即耍蛇）的，一是吹筒子的。耍青龙的弄两条菜花蛇盘在脖子上，蛇芯子簌簌地直探。吹筒子的吹一个外面包了火赤练蛇皮的竹筒,"布——呜!"声音很难听,样子也难看。他们之一要是往店堂一站,半天不走,这家店铺就甭打算做生意了;女人、孩子都吓得远远地绕开走了。照规矩(不知是谁定的规矩),这两等,李三是有权赶他们走的。然而他偏不赶,只是在一个背人处把他们拦住,向他们索要例规。讨价还价,照例要争执半天。双方会谈的地方,最多的是官茅房——公共厕所。

地保当然还要管缉盗。谁家失窃,首先得叫李三来。李三先看看小偷进出的路径。是撬门,是挖洞,还是爬墙。按律(哪朝的律呢):如果案发,撬门罪最重,只下明火执仗一等。挖洞次之。爬墙又次之。然后,叫本家写一份失单。事情就完了。如果是爬墙进去偷的,他还不会忘了把小偷爬墙用的一根船篙带走。——小偷爬墙没有带梯子的,只是从河边船上抽一根竹篙,上面绑十来个稻草疙瘩,戗在墙边,踩着草疙瘩就进去了。偷完了,照例把这根竹篙靠在墙外。这根船篙不一会儿就会有失主到土地祠来赎。——"交二百钱,拿走!"

丢失衣物的人家,如果对李三说,有几件重要的东西,本家愿出钱赎回,过些日子,李三真能把这些赃物追回来。但是是怎样追回来的,是什么人偷的,这些事是不作兴问的。这也是规矩。

李三打更。左手拿着竹梆,吊着锣,右手拿锣槌。

笃,铛。定更。

笃,笃;铛——铛。二更。

笃,笃,笃;铛,铛——铛。三更。

三更以后,就不打了。

打更是为了防盗。但是人家失窃,多在四更左右,这时天最黑,人也睡得最死。李三打更,时常也装腔作势吓唬人:"看见了,看见了!往哪里躲!树后头!墙旮旯!……"其实他什么也没见。

一进腊月,李三在打更时添了一个新项目,喊"小心火烛"①:

"岁尾年关,——小心火烛!——

"火塘扑熄,——水缸上满!——

"老头子老太太,铜炉子撂远些——!"②

"屋上瓦响,莫疑猫狗,起来望望——!

"岁尾年关,小心火烛………"

店铺上了板,人家关了门,外面很黑,西北风呜呜地叫着,李三一个人,腰里别着一个白纸灯笼,大街小巷,拉长了声音,有板有眼,有腔有调地喊着,听起来有点凄惨。人们想到:一年又要过去了。又想:李三也不容易,怪难为他。

没有死人,没有失火,没人还愿,没人家挨偷,李三这几天的日子委实过得有些清淡。他拿着锣、梆,很无聊地敲着三更:

"笃,笃,笃;铛,铛——铛!"

一边敲,一边走,走到了河边。一只船上有一支很结实的船篙在船帮外面别着,他一伸手,抽了出来,夹在胳肢窝里回身便走。他还不紧不慢地敲着:

---

① 清末邑人谈人格有《警火》诗即咏此事,诗有小序,并录如下:

警火

送灶后里胥沿街鸣锣于黄昏时,呼"小心火烛"。岁除即叩户乞赏。

烛双辉,香一炷,敬唯司命朝天去。云车风马未归来,连宵灯火谁护。铜钲入耳警黄昏,侧耳有语还重申:"缸注水,灶徙薪。"沿街一一呼之频。唇干舌燥诚苦辛,不谋而告君何人?烹羊酾醴欢除夕,司命归来醉一得。今宵无用更鸣钲,一笑敲门索酒值。

从谈的诗中我们知道两件事。一是这种习俗原来由来已久,敲锣喊叫的正是李三这样的"里胥"。二是为什么在那样日子喊叫。原来是因为那时灶王爷上天去了,火烛没人管了。这实在是很有意思。不过,真实的原因还是岁暮风高,容易失火,与灶王的上天去汇报工作关系不大。

② "撂远些"是说不要挨床太近,以免炉中残火烧着被褥。

75

"笃，笃，笃；铛，铛——铛！"

不想船篙带不动了，篙子的后梢被一只很有劲的大手攥住了。

李三原想把船篙带到土地祠，明天等这个弄船的拿钱来赎，能弄二百钱，也能喝四两。不想这船家刚刚起来撒过尿，躺下还没有睡着。他听到有人抽篙子，爬出舱口一看：是李三！

"好，李三！你偷篙子！"

"莫喊！莫喊！"

李三不是很要脸面的人，但是一个地保偷东西，而且叫人当场捉住，总不大好看。

"你认打认罚？"

"认罚！认罚！罚多少？"

"罚二百钱！"

李三老是罚乡下人的钱。谁在街上挑粪，溅出了一点，"罚！二百钱！"谁在不该撒尿的地方撒了尿，"罚！二百钱！"没有想到这回被别人罚了。李三挨罚，这是有史以来第一次。

榆树

侉奶奶住到这里一定已经好多年了，她种的八棵榆树已经很大了。

这地方把徐州以北说话带山东口音的人都叫作侉子。这县里有不少侉子。他们大都住在运河堤下，拉纤，推独轮车运货（运得最多的是河工所用石头），碾石头粉（石头碾细，供修大船的和麻丝桐油和在一起填塞船缝），烙锅盔（这种干厚棒硬的面饼也主要是卖给侉子吃），卖牛杂碎汤（本地人也有专门跑到运河堤上去尝尝这种异味的）……

侉奶奶想必本是一个侉子的家属，她应当有过一个丈夫，一个侉老爹。她的丈夫哪里去了呢？死了，还是"贩了桃子"——扔下她跑了？不知道。她丈夫姓什么？她姓什么？很少人知道。大家都叫她侉奶奶。大人、小孩，穷苦人、有钱的，都这样叫。倒好像她就姓侉似的。

侉奶奶怎么会住到这样一个地方来呢（这附近住的都是本地人，没有另外一家侉子）？她是哪年搬来的呢？你问附近的住户，他们都回答不出，只是说："啊，她一直就在这里住。"好像自从盘古开天地，这里就有一个侉奶奶。

侉奶奶住在一个巷子的外面。这巷口有一座门，大概就是所谓里门。出里门，有一条砖铺的街，伸向越塘，转过螺蛳坝，奔臭河边，是所谓后街。后街边有人家。侉奶奶却又住在后街以外。巷口外，后街边，有一条很宽的阴沟，正街的阴沟水都流到这里，水色深黑，发出各种气味，蓝靛的气味、豆腐水的气味、做草纸的纸浆气味，不知道为什么，闻到这些气味，叫人感到忧郁。经常有乡下人，用一个接了长柄的洋铁罐，把阴沟水一罐一罐刮起来，倒在木桶里（这是很好的肥料），刮得沟底嘎啦嘎啦地响。跳过这条大阴沟，有一片空地。侉奶奶就住在这片空地里。

侉奶奶的家是两间草房。独门独户，四边不靠人家，孤零零的。她家的后面，是一带围墙。围墙里面，是一家香店的作坊，香店老板姓杨。香是像压饸饹似的挤出来的，挤的时候还会发出"蓬——"的一声。侉奶奶没有去看过师傅做香，不明白这声音是怎样弄出来的。但是她从早到晚就一直听着这种很深沉的声音。隔几分钟一声："蓬——蓬——蓬"。围墙有个门，从门口往里看，便可看到一扇一扇像铁纱窗似的晒香的棕棚子，上面整整齐齐平铺着两排黄色的线香。侉奶奶门前，一眼望去，有一个海潮庵。原来不知是住和尚还是住尼姑的，多年来没有人住，废了。再往前，便是从越塘流下来的一条河。河上有一座小桥。侉奶奶家的左右都是空地。左边长了很高的草。右边是侉奶奶种的八棵榆树。

侉奶奶靠给人家纳鞋底过日子。附近几条巷子的人家都来找她，拿了旧布（间或也有新布），袼褙（本地叫作"骨子"）和一张纸剪的鞋底样。侉奶奶就按底样把旧布、袼褙剪好，"做"一"做"（粗缝几针），然后就坐在门口小板凳上纳。扎一锥子，纳一针，"哧啦——哧啦"。有时把锥子插在头发里"光"一"光"（读去声）。侉奶奶手劲很大，纳的针脚很紧，她纳的底子很结实，大家都愿找她纳。也不讲个价钱。给多，给少，她从不争。多少人穿过她纳的鞋底啊！

侉奶奶一清早就坐在门口纳鞋底。她不点灯。灯碗是有一个的，房顶上也挂着一束灯草。但是灯碗是干的，那束灯草都发黄了。她睡得早，天上一见星星，她就睡了。起得也早。别人家的烟筒才冒出烧早饭的炊烟，侉奶奶已经纳好半只鞋底。除了下雨下雪，她很少在屋里（她那屋里很黑），整天都坐在门外扎锥子，抽麻线。有时眼酸了，手困了，就停下来四面看看。

正街上有一家豆腐店，有一头牵磨的驴。每天上下午，豆腐店的一个孩子总牵驴到侉奶奶的榆树下打滚。驴乏了，一滚，再滚，总是翻不过去。滚了四五回，哎，翻过去了。驴打着响鼻，浑身都轻松了。侉奶奶原来直替这驴在心里攒劲；驴翻过了，侉奶奶也替它觉得轻松。

街上的，巷子里的孩子常上侉奶奶门前的空地上来玩。他们在草窝里捉蚂蚱，捉油葫芦。捉到了，就拿给侉奶奶看。"侉奶奶，你看！大不大？"侉奶奶必很认真地看一看，说："大。真大！"孩子玩一回，又转到别处去玩了，或沿河走下去，或过桥到对岸远远的一个道士观去看放生的乌龟。孩子的妈妈有时来找孩子（或家里来了亲戚，或做得了一件新衣要他回家试试），就问侉奶奶："看见我家毛毛了么？"侉奶奶就说："看见咧，往东咧。"或"看见咧，过河咧。"……

侉奶奶吃得真是苦。她一年到头喝粥。三顿都是粥。平常是她到米店买了最糙最糙的米来煮。逢到粥厂放粥（这粥厂是官办的，门口还挂一块牌：××县粥厂），她就提了一个"櫂子"（小水桶）去打粥。这一天，她就自己不开火仓了，喝这粥。粥厂里打来的粥比侉奶奶自己煮的要白得多。侉奶奶也吃菜。她的"菜"是她自己腌的红胡萝卜。啊呀，那叫咸，比盐还咸，咸得发苦！——不信你去尝一口看！

只有她的侄儿来的那一天，才变一变花样。

侉奶奶有一个亲人，是她的侄儿。过继给她了，也可说是她的儿子。名字只有一个字，叫个"牛"。牛在运河堤上卖力气，也拉纤，也推车，也碾石头。他隔个十天半月来看看他的过继的娘。他的家口多，不能给娘带什么，只带了三斤重的一块锅盔。娘看见牛来了，就上街，到卖熏烧的王二的摊子上切二百钱猪头肉，用半张荷叶托着。另外，还忘不了买几根大葱，半碗酱。娘俩就结结实实地吃了一顿山东饱饭。

侉奶奶的八棵榆树一年一年地长大了。香店的杨老板几次托甲长丁裁缝来探过侉奶奶的口风，问她卖不卖。榆皮，是做香的原料。——这种事由买主亲自出面，总不合适，老街旧邻的，总得有个居间的人出来说话。这样要价、还价，才有余地。丁裁缝来一趟，侉奶奶总是说："树还小咧，叫它再长长。"

人们私下议论：侉奶奶不卖榆树，她是指着它当棺材本哪。

榆树一年一年地长。侉奶奶一年一年地活着，一年一年地纳鞋底。

侉奶奶的生活实在是平淡之至。除了看驴打滚，看孩子捉蚂蚱、捉油葫芦，还有些什么值得一提的事呢？——这些捉蚂蚱的孩子一年比一年大。侉奶奶纳他们穿的鞋底,尺码一年比一年放出来了。

值得一提的有:

有一年,杨家香店的作坊接连着了三次火,查不出起火原因。人说这是"狐火",是狐狸用尾巴蹭出来的。于是在香店作坊的墙外盖了一个三尺高的"狐仙庙",常常有人来烧香。着火的时候,满天通红,乌鸦乱飞乱叫,火光照着侉奶奶的八棵榆树也是通红的,像是火树一样。

有一天,不知怎么发现了海潮庵里藏着一窝土匪。地方保安队来捉他们。里面往外打枪,外面往里打枪,乒乒乓乓。最后是有人献计用火攻,——在庵外墙根堆了稻草,放火烧!土匪吃不住劲,只好把枪丢出,举着手出来就擒了。海潮庵就在侉奶奶家前面不远,两边开仗的情形,她看得清清楚楚。她很奇怪,离得这么近,她怎么就不知道庵里藏着土匪呢?

这些,使侉奶奶留下深刻印象,然而与她的生活无关。

使她的生活发生一点变化的是,——

有一个乡下人赶了一头牛进城,牛老了,他要把它卖给屠宰场去。这牛走到越塘边,说什么也不肯走了,跪着,眼睛里叭嗒叭嗒直往下掉泪。围了好些人看。有人报给甲长丁裁缝。这是发生在本甲之内的事,丁甲长要是不管,将为人神不喜。他出面求告了几家吃斋念佛的老太太,凑了牛价,把这头老牛买了下来,作为老太太们的放生牛。这牛谁来养呢?大家都觉得交侉奶奶养合适。丁甲长对侉奶奶说,这是一甲人信得过她,侉奶奶就答应下了。这养老牛还有一笔基金(牛总要吃点干草呀),就交给侉奶奶放印子。从此侉奶奶就多了几件事:早起把牛放出来,尽它到草地上去吃青草。青草没有了,就喂它吃干草。一早一晚,牵到河边去饮。傍晚拿了收印子钱的折子,沿街串乡去收印子。晚上,牛就和她睡在一个屋里。牛卧着,安安静静地倒嚼，侉奶奶可觉得比往常累得多。她觉得骨头疼，半夜了，还没有睡着。

不到半年，这头牛老死了。侉奶奶把放印子的折子交还丁甲长，还是整天坐在门外纳鞋底。

牛一死，侉奶奶也像老了好多。她时常病病歪歪的，连粥都不想吃，在她的黑洞洞的草屋里躺着。有时出来坐坐，扶着门框往外走。

一天夜里下大雨。瓢泼大雨不停地下了一夜。很多人家都进了水。丁裁缝怕侉奶奶家也进了水了，她屋外的榆树都浸在水里了。他赤着脚走过去，推开侉奶奶的门一看：侉奶奶死了。

丁裁缝派人把她的侄子牛叫了来。

得给侉奶奶办后事呀。侉奶奶没有留下什么钱，牛也拿不出钱，只有卖榆树。

丁甲长找到杨老板。杨老板倒很仁义，说是先不忙谈榆树的事，这都好说，由他先垫出一笔钱来，给侉奶奶买一身老衣，一副杉木棺材，把侉奶奶埋了。

侉奶奶安葬以后，榆树生意也就谈妥了。杨老板雇了人来，咯嗤咯嗤，把八棵榆树都放倒了。新锯倒的榆树，发出很浓的香味。

杨老板把八棵榆树的树皮剥了，把树干卖给了木器店。据人了解，他卖的八棵树干的钱就比他垫出和付给牛的钱还要多。他等于白得了八张榆树皮，又捞了一笔钱。

鱼

臭水河和越塘原是连着的。不知从哪年起，螺蛳坝以下淤塞了，就隔断了。风和人一年一年把干土烂草往河槽里填，河槽变成很浅了，不过旧日的河槽依然可以看得出来。两旁的柳树还能标出原来河的宽度。这还是一条河，一条没有水的干河。

干河的南岸种了菜。北岸有几户人家。这几家都是做嫁妆的，主要是做嫁妆之中的各种盆桶，脚盆、马桶、檊子。这些盆桶是街上嫁妆店的订货，他们并不卖门市。这几家只是本钱不大，材料不多的作坊。这几家的大人、孩子，都是做盆桶的工人。他们整天在门外柳树下锯、刨。他们使用的刨子很特别。木匠使刨子是往前推，桶匠使刨子是往后拉。因为盆桶是圆的，这么使才方便。这种刨子叫作刮刨。盆桶成型后，要用砂纸打一遍，然后上漆。上漆之前，先要用猪血打一道底子。刷了猪血，得晾干。因此老远地就看见干河南岸，绿柳荫中排列着好些通红的盆盆桶桶，看起来很热闹，画出了这几家作坊的一种忙碌的兴旺气象。

桶匠有本钱，有手艺，在越塘一带，比起那些完全靠力气吃饭的挑夫、轿夫要富足一些。和杀猪的庞家就不能相比了。

从侉奶奶家旁边向南伸出的后街到往螺蛳坝方向，拐了一个直角。庞家就在这拐角处，门朝南，正对越塘。他家的地势很高，从街面到屋基，要上七八层台阶。房屋在这一片算是最高大的。房屋盖起的时间不久，砖瓦木料都还很新。檩粗板厚，瓦密砖齐。两边各有两间卧房，正中是一个很宽敞的穿堂。坐在穿堂里，可以清清楚楚看到越塘边和淤塞的旧河交接处的一条从南到北的土路，看到越塘的水，和越塘对岸的一切，眼界很开阔。这前面的新房子是住人的。养猪的猪圈、烧水、杀猪的场屋都在后面。

庞家兄弟三个，各有分工。老大经营擘画，总管一切。老二专管各处收买生猪。他们家不买现成的肥猪，都是买半大猪回来自养。老二带一个伙计，一趟能赶二三十头猪回来。因为杀的猪多，他经常要外出。杀猪是老三的事，——当然要有两个下手伙计。每天五更头，东方才现一点鱼肚白，这一带人家就听到猪尖声嚎叫，知道庞家杀猪了。猪杀得了，放了血，在杀猪盆里用开水烫透，吹气，刮毛。杀猪盆是一种特制的长圆形的木盆，盆帮很高。二百来斤的猪躺在里面，富富有余。杀几头猪，没有一定，按时令不同。少则两头，多则三头四头，到年下人家腌肉时就杀得更多了。因此庞家有四个极大的木盆，几个伙计同时动手洗刮。

这地方不兴叫屠户。也不叫杀猪的，大概嫌这种叫法不好听，大都叫"开肉案子的"。"开"肉案子，是掌柜老板一流，显得身份高了。庞家肉案子生意很好，因为一条东大街上只有这一家肉案子。早起人进人出，剁刀响，铜钱响，票子响。不到晌午，几片猪就卖得差不多了。这里人一天吃的肉都是上午一次买齐，很少下午来割肉的。庞家肉案到午饭后，只留一两块后臀硬肋等待某些家临时来了客人的主顾，留一个人照顾着。一天的生意已经做完，店堂闲下来了。

店堂闲下来了。别的肉案子，闲着就闲着吧。庞家的人可真会想法子。他们在肉案子的对面，设了一道栏柜，卖茶叶。茶叶和猪肉是两码事，怎么能卖到一起去呢？——可是，又为什么一定不能卖到一起去呢？东大街没有一家茶叶店，要买茶叶就得走一趟北市口。有了这样一个卖茶叶的地方，省走好多路。卖茶叶，有一个人盯着就行了。有时叫一个小伙计来支应。有时老大或老三来看一会儿。有时，庞家的三妯娌之一，也来店堂里坐着，包包茶叶，收收钱。这半间店堂的茶叶店生意很好。

庞家三兄弟一个是一个。老大稳重，老二干练，老三是个文武全才。他们长得比别人高出一头。老三尤其肥白高大。他下午没事，常在越塘高空场上练石担子、石锁。他还会写字，写刘石庵体的行书。这里店铺都兴装着花槅子。槅子留出一方空白，叫作"槅子心"，可以贴字画。别家都是请人写画的。庞家肉案子是庞老三自己写的字。他大概很崇拜赵子龙。别人家槅心里写的是"春眠不觉晓，处处闻啼鸟","夫天地者万物之逆旅，光阴者百代之过客"之类，他写的都是《三国演义》里赞赵子龙的诗。

庞家这三个妯娌，一个赛似一个的漂亮，一个赛似一个的能干。她们都非常勤快。天不亮就起来，烧水，煮猪食，喂猪。白天就坐在穿堂里做针线。都是光梳头，净洗脸，穿得整整齐齐，头上戴着金簪子，手上戴着麻花银镯。人们走到庞家门前，就觉得眼前一亮。

到粥厂放粥，她们就一人拎一个榶子去打粥。

这不免会引起人们议论："戴着金簪子去打粥！——侉奶奶打粥，你庞家也打粥?!"大家都知道，她们打了粥来是不吃的，——喂猪！因此，越塘、螺蛳坝一带人对庞家虽很羡慕并不亲近，都觉得庞家的人太精了。庞家的人缘不算好。别人也知道，庞家人从心里看不起别人，尤其是这三个女的。

越塘边发生了从未见过的奇事。

这一年雨水特别大，臭水河的水平了岸，水都漫到后街街面上来了。地方上的居民铺户共同商议，决定挖开螺蛳坝，在淤塞的旧河槽挖一道沟，把臭水河的水引到越塘河里去。这道沟只两尺宽。臭水河的水位比越塘高得多。水在沟里流得像一支箭。

流着，流着，一个在岸边做桶的孩子忽然惊叫起来：

"鱼！"

一条长有尺半的大鲤鱼"叭"的一声蹦到岸上来了。接着，一条，一条，又一条，鲤鱼！鲤鱼！鲤鱼！

不知从哪里来的那么多的鲤鱼。它们戗着急水往上蹿，不断地蹦到岸上。桶店家的男人、女人、大人、小孩，都奔到沟边来捉鱼。有人搬了脚盆放在沟边，等鲤鱼往里跳。大家约定，每家的盆，放在自己家门口，鱼跳进谁家的盆算谁的。

他们正在商议，庞家的几个人搬了四个大杀猪盆，在水沟流入越塘入口处挨排放好了。人们小声嘟囔："真是眼尖手快啊！"但也没有办法。不是说谁家的盆放在谁家门口么？庞家的盆是放在庞家的门口（当然他家门口到河槽还有一个距离），庞家杀猪盆又大，放的地方又好，鱼直往里跳。人们不满意。但是好在家家的盆里都不断跳进鱼来，人们不断地欢呼，狂叫，简直好像做着一个欢喜而又荒唐的梦，高兴压过了不平。

这两天，桶匠家家家吃鱼，喝酒。这一辈子没有这样痛快地吃过鱼。一面开怀地嚼着鱼肉，一面还觉得天地间竟有这等怪事：鱼往盆里跳，实在不可思议。

两天后，臭水河的积水流泻得差不多了，螺蛳坝重新堵上，沟里没有水了，也没有鱼了，岸上到处是鱼鳞。

庞家桶里的鱼最多。但是庞家这两天没有吃鱼。他家吃的是鱼子、鱼脏。鱼呢？这妯娌三个都把来用盐揉了，肚皮里撑一根芦柴棍，一条一条挂在门口的檐下晾着，挂了一溜。

把鱼已经通通吃光了的桶匠走到庞家门前，一个对一个说："真是鱼也有眼睛，谁家兴旺，它就往谁家盆里跳啊！"

正在穿堂里做针线的妯娌三个都听见了。三嫂子抬头看了二嫂子一眼，二嫂子看了大嫂子一眼，大嫂子又向两个弟媳妇都看了一眼。她们低下头来继续做针线。她们的嘴角都挂着一种说不清的表情。是对自己的得意？是对别人的鄙夷？

                    一九八一年六月十八日　承德避暑山庄
                    载一九八二年第二期《北京文学》

徙

  北溟有鱼，其名为鲲。鲲之大，不知其几千里也；化而为鸟，其名为鹏，鹏之背，不知其几千里也。怒而飞，其翼若垂天之云。是鸟也，海运则将徙于南溟。

《庄子·逍遥游》

  很多歌消失了。
  许多歌的词、曲的作者没有人知道。
  有些歌只有极少数的人唱，别人都不知道。比如一些学校的校歌。
  县立第五小学历年毕业了不少学生。他们多数已经是过六十的人了。他们之中不少人还记得母校的校歌，有人能够一字不差地唱出来：

    西挹神山爽气，
    东来邻寺疏钟，
    看吾校巍巍峻宇，
    连云栉比列其中。

半城半郭尘嚣远，

无女无男教育同。

桃红李白，

芬芳馥郁，

一堂济济坐春风。

愿少年，

乘风破浪，

他日毋忘化雨功！

    每逢"纪念周"，每天上课前的"朝会"，放学前的"晚会"，开头照例是唱"党歌"，最后是唱校歌。一个担任司仪的高年级同学高声喊道："唱——校——歌！"全校学生，三百来个孩子，就用玻璃一样脆亮的童音，拼足了力气，高唱起来。好像屋上的瓦片、树上的树叶都在唱。他们接连唱了六年，直到毕业离校，真是深深地印在脑子里了。说不定临死的时候还会想起这支歌。

    歌词的意思是没有人解释过的。低年级的学生几乎完全不懂它说的是什么。他们只是使劲地唱，并且倾注了全部感情。到了四五年级，就逐渐明白了，因为唱的次数太多，天天就生活在这首歌里，慢慢地自己就琢磨出来了。最先懂得的是第二句。学校的东边紧挨一个寺，叫作承天寺。承天寺有一口钟。钟撞起来嗡嗡地响。"神山爽气"是这个县的"八景"之一。神山在哪里，"爽气"是什么样的"气"，小学生不知道，只是无端地觉得很美，而且有一种神秘感。下面的歌词也朦朦胧胧地理解了：是说学校有很多房屋，在城外，是个男女合校，有很多同学。总的说来是说这个学校很好。十来岁的孩子很为自己的学校骄傲，觉得它很了不起，并且相信别的学校一定没有这样一首歌。到了六年级，他们才真正理解了这首歌。毕业典礼上（这是他们第一次"毕业"），几位老师讲过了话，司仪高声喊道："唱——校——歌！"这是他们最后一次大家聚在一起唱这支歌了。他们唱得异常庄重，异常激动。玻璃一样的童声高唱起来：

西挹神山爽气，
东来邻寺疏钟……

唱到"愿少年，乘风破浪，他日毋忘化雨功"，大家的心里都是酸酸的。眼泪在乌黑的眼睛里发光。这是这首歌的立意所在，点睛之笔，其余的，不过是敷陈其事。从语气看，像是少年对自己的勖勉，同时又像是学校老师对教了六年的学生的嘱咐。一种遗憾、悲哀而酸苦的嘱咐。他们知道，毕业出去的学生，日后多半是会把他们忘记的。

毕业生中有一些是乘风破浪，做了一番事业的；有的离校后就成为泯然众人，为衣食奔走了一生；有的，死掉了。

这不是一支了不起的歌，但很贴切。朴朴实实，平平常常，和学校很相称。一个在寺庙的废基上改建成的普通的六年制小学，又能写出多少诗情画意呢？人们有时想起，只是为了从干枯的记忆里找回一点淡淡的童年，在歌声中想起那些校园里的蔷薇花，冬青树，擦了无数次的教室的玻璃，上课下课的钟声，和球场上像烟火一样升到空中的一阵一阵的明亮的欢笑……

校歌的作者是高先生，有些人知道，有些人不知道。

先生名鹏，字北溟，三十后，以字行。家世业儒。祖父、父亲都没有考取功名，靠当塾师、教蒙学，以维生计。三代都住在东街租来的一所百年老屋之中，临街有两扇白木的板门，真是所谓寒门。先生少孤。尝受业于邑中名士谈甓渔，为谈先生之高足。

这谈甓渔是个诗人,也是个怪人。他功名不高,只中过举人,名气却很大。中举之后,累考不进,无意仕途,就在江南江北,沭阳溧阳等地就馆。他教出来的学生,有不少中了进士,谈先生于是身价百倍,高门大族,争相延致。晚年惮于舟车,就用学生谢师的银子,回乡盖了一处很大的房子,闭户著书。书是著了,门却是大开着的。他家门楼特别高大。为什么盖得这样高大?据说是盖窄了怕碰了他的那些做了大官的学生的纱帽翅儿。其实,哪会呢?清朝的官戴的都是顶子,缨帽花翎,没有帽翅。地方上人这样的口传,无非是说谈老先生的阔学生很多。这座大门里每年进出的知县、知府,确实不在少数。门楼宽大,是为了供轿夫休息用的。往年,两边放了极其宽长的条凳,柏木的凳面都被人的屁股磨得光光滑滑的了。谈家门楼巍然突出,老远的就能看见,成了指明方位的一个标志,一个地名。一说"谈家门楼"东边,"谈家门楼"斜对过,人们就立刻明白了。谈甓渔的故事很多。他念了很多书,学问很大,可是不识数,不会数钱。他家里什么都有,可是他愿意到处闲逛,到茶馆里喝茶,到酒馆里喝酒,烟馆里抽烟。每天出门,家里都要把他需用的烟钱、茶钱、酒钱分别装在布口袋里,给他挂在拐杖上,成了名副其实的"杖头钱"。他常常傍花随柳,信步所之,喝得半醉,找不到自己的家。他爱吃螃蟹,可是自己不会剥,得由家里人把蟹肉剥好,又装回蟹壳里,原样摆成一个完整的螃蟹。两个螃蟹能吃三四个小时,热了凉,凉了又热。他一边吃蟹,一边喝酒,一边看书。他没有架子,没大没小,无分贵贱,三教九流,贩夫走卒,都谈得来,是个很通达的人。然而,品望很高。就是点过翰林的李三麻子远远从轿帘里看见谈老先生曳杖而来,也要赶紧下轿,避立道侧。他教学生,教时文八股,也教古文诗赋,经史百家。他说:"我不愿谈甓渔教出来的学生,如郑板桥所说,对案至不能就一札!"他大概很会教书,经他教过的学生,不通的很少。

谈老先生知道高家很穷,他教高先生书,不受脩金。每回高先生的母亲封了节敬送去,谈老先生必亲自上门退回,说:

"老嫂子,我与高鹏的父亲是贫贱之交,总角之交,你千万不要这样!我一定格外用心地教他,不负故人。高鹏的天资,虽只是中上,但很知发愤。他深知先人为他取的名、字的用意。他的诗文都很有可观,高氏有子矣。北溟之鹏终将徙于南溟。高了,不敢说。青一衿,我看,如拾芥耳。我好歹要让他中一名秀才。"

果然,高先生在十六岁的时候,高高地中了一名秀才。众人说:高家的风水转了。

不想,第二年就停了科举。

废科举,兴学校,这个小县城里增添了几个疯子。有人投河跳井,有人跑到明伦堂①去痛哭,就在高先生所住的东街的最东头,有一姓徐的呆子。这人不知应考了多少次,到头来还是一个白丁。平常就有点迂迂磨磨,颠颠倒倒,说起话满嘴之乎者也。他老婆骂他:"晚饭米都没得一颗,还你妈的之乎——者也!"徐呆子全然不顾,朗吟道:"之乎者也矣焉哉,七字安排好秀才!"自从停了科举,他又添了一宗新花样。每逢初一、十五,或不是正日,而受了老婆的气,邻居的奚落,他就双手捧了一个木盘,盘中置一香炉,点了几根香,到大街上去背诵他的八股窗稿,穿着油腻的长衫,趿着破鞋,一边走,一边念。随着文气的起承转合,步履忽快忽慢;词句的抑扬顿挫,声音时高时低。念到曾经业师浓圈密点的得意之处,摇头晃脑,昂首向天,面带微笑,如醉如痴,仿佛大街上没有一个人,天地间只有他的字字珠玑的好文章。一直念到两颊绯红,双眼出火,口沫横飞,声嘶

---

① 明伦堂是孔庙的正殿,供着至圣先师的牌位。

气竭。长歌当哭,其声冤苦。街上人给他这种举动起了一个名字,叫作"哭圣人"。

他这样哭了几年,一口气上不来,死在街上了。

高北溟坐在百年老屋之中,常常听到徐呆子从门外哭过来,哭过去。他恍恍惚惚觉得,哭的是他自己。

功名道断,高北溟怎么办呢?

头二年,他还能靠笔耕生活。谈先生还没有死。有人求谈先生的文字,碑文墓志,寿序挽联,谈先生都推给了高先生。所得润笔,尚可饘粥。谈先生寿终,高北溟缌麻服孝,尽礼致哀,写了一篇长长的祭文,泣读之后,忧心如焚。

他也曾像他的祖父和父亲一样,开设私塾教几个小小蒙童,教他们读三(字经)、百(家姓)、千(字文),《幼学琼林》、《龙文鞭影》。然而除了少数极其守旧的人家,都已经把孩子送进学校了。他也曾挂牌行医看眼科。谈甓渔老先生的祖上本是眼科医生。他中举之后,还偶尔为人看眼疾。他劝高鹏也看看眼科医书,给他讲过平热泻肝之道。万一功名不就,也有一技之长,能够糊口。可是城里近年害眼的不多。有患赤红火眼的,多半到药店里买一服鹅翎眼药(装在一根鹅毛翎管里的红色的眼药),清水化开,用灯草点进眼内,就好了。眼科,不像"男妇内外大小方脉"那样有"走时"的时候。文章不能锅里煮,百无一用是书生,一家四口,每天至少要升半米下锅,如之何?如之何?

正在囊空咄咄,百无聊赖,有一个平素很少来往的世交沈石君来看他。沈石君比高北溟大几岁,也曾跟谈甓渔读过书,开笔成篇以后,到苏州进了书院。书院改成学堂,革命、"光复"……他就成了新派,多年在外边做事。他有志办教育,在省里当督学。回乡视察了几个小学之后,拍开了高家的白木板门。他劝高北溟去读两年简易师范，取得一个资格，教书。

读师范是被人看不起的。师范不收学费，每月还可有伙食津贴，师范生被人称为"师范花子"，但这在高北溟是一条可行的路，虽然现在还来入学读书，岁数实在太大些了。好在同学中年纪差近的也还有，而且"简师"只有两年，一晃也就过去了。

简师毕业，高先生在"五小"任教。

高先生有了职业，有了虽不丰厚但却可靠的收入，可以免于冻饿，不致像徐呆子似的死在街上了。

按规定，简师毕业，只能教初、中年级，因为高先生是谈甓渔的高足，中过秀才，声名藉藉，叫他去教"大狗跳，小狗叫，大狗跳一跳，小狗叫一叫"，实在说不过去，因此，破格担任了五、六年级的国文。即使是这样，当然也还不能展其所长，尽其所学。高先生并不意满志得。然而高先生教书是认真的。讲课、改作文，郑重其事，一丝不苟。

同事起初对他很敬重，渐渐地在背后议论起来，说这个人的脾气很"方"。是这样。高先生落落寡合，不苟言笑，不爱闲谈，不喜交际。他按时到校，到教务处和大家略点一点头，拿了粉笔、点名册就上教室。下了课就走。有时当中一节没有课，就坐在教务处看书。小学教师的品类也很杂。有正派的教师；也有头上涂着司丹康、脸上搽着雪花膏的纨绔子弟；戴着瓜皮秋帽、留着小胡子，琵琶襟坎肩的纽子挂着青天白日徽章，一说话不停地挤鼓眼的幕僚式的人物。他们时常凑在一起谈牌经，评"花榜"①，交换庸俗无聊的社会新闻，说猥亵下流的荤笑话。高先生总是正襟危坐，不作一声。同事之间为了"联

---

① 把城中妓女加以品评，定出状元、榜眼、探花、一甲、二甲，在小报上公布，谓之"花榜"。嫖客中的才子同时还写了一些很香艳的诗来咏这些"花"。

络感情"，时常轮流做东，约好了在星期天早上"吃早茶"。这地方"吃早茶"不是喝茶，主要是吃各种点心——蟹肉包子、火腿烧麦、冬笋蒸饺、脂油千层糕。还可叫一个三鲜煮干丝，小酌两杯。这种聚会，高先生概不参加。小学校的人事说简单也简单，说复杂也挺复杂。教员当中也有派别，为了一点小小私利，排挤倾轧，钩心斗角，飞短流长，造谣中伤。这些派别之间的明暗斗争，又与地方上的党政权势息息相关，且和省中当局遥相呼应。千丝万缕，变幻无常。高先生对这种派别之争，从不介入。有人曾试图对他笼络（高先生素负文名，受人景仰，拉过来是个"实力"），被高先生冷冷地拒绝了。他教学生，也是因材施教，无所阿私，只看品学，不问家庭。每一班都有一两个他特别心爱的学生。高先生看来是个冷面寡情的人，其实不是这样，只是他对得意的学生的喜爱不形于色，不像有些婆婆妈妈的教员，时常摸着学生的头，拉着他的手，满脸含笑，问长问短。他只是把他的热情倾注在教学之中。他讲书，眼睛首先看着这一两个学生，看他们领会了没有。改作文，改得特别仔细。听这一两个学生回讲课文，批改他们的作文课卷，是他的一大乐事。只有在这样的时候，他觉得不负此生，做了一点有意义的事。对于平常的学生，他亦以平常的精力对待之。对于资质顽劣，不守校规的学生，他常常痛加训斥，不管他的爸爸是什么局长还是什么党部委员。有些话说得比较厉害，甚至侵及他们的家长。因为这些，校中同事不喜欢他，又有点怕他。他们为他和自己的不同处而忿忿不平，说他是自命清高，沽名钓誉，不近人情，有的干脆说："这是绝户脾气！"

高先生没有儿子，只有两个女儿。

高先生性子很急，爱生气。生起气来不说话，满脸通红，脑袋不停地剧烈地摇动。他家世寒微，资格不高，故多疑。有时别人说了一两句不中听的话，或有意，或无意，高先生都会多心。比如有的教员为一点不顺心的事而牢骚，说："家有三担粮，不当孩子王！我祖上还有几亩薄田，饿不死。不为五斗米折腰，我辞职，不干了！——老子不是那不花钱的学校毕业的，我不受这份窝囊气！"高先生都以为这是敲打他，他气得太阳穴的青筋都绷起来了。看样子他就会拍桌大骂，和人吵一架，然而他强忍下了，他只是不停地剧烈地摇着脑袋。

高先生很孤僻，不出人情，不随份子，几乎与人不通庆吊。他家从不请客，他也从不赴宴。他教书之外，也还为人写寿序，撰挽联，委托的人家照例都得请请他。知单①送到，他照例都在自己的名字下书一"谢"字。久而久之，都知道他这脾气，也就不来多此一举了。

他不吃烟，不饮酒，不打牌，不看戏。除了学校和自己的家，哪里也不去，每天他清早出门，傍晚回家。拍拍白木的板门，过了一会儿，门开了。进门是一条狭长的过道，砖缝里长着扫帚苗，苦艾，和一种名叫"七里香"其实是闻不出什么气味，开着蓝色的碎花的野草，有两个黄蝴蝶寂寞地飞着。高先生就从这些野草丛中踏着沉重的步子走进去，走进里面一个小门，好像走进了一个深深的洞穴，高大的背影消失了。木板门又关了，把门上的一副春联关在外面。

高先生家的春联都是自撰的，逐年更换，不像一般人家是迎祥纳福的吉利话，都是述怀抱、舒愤懑的词句，全城少见。

这年是辛未年，板门上贴的春联嵌了高先生自己的名、字：

辛夸高岭桂

未徙北溟鹏

---

① 请客的单子，上面开列了要请的客。被请的人如在自己的姓名下写"敬陪末座"或一"知"字，即表示准时赴席；写一"谢"字是表示不到。

也许这是一个好兆,"未徙"者"将徙"也。第二年,即壬申年,高北溟竟真的"徙"了。

这县里有一个初级中学。除了初中,还有一所初级师范,一所女子师范,都是为了培养小学师资的。只有初中生,是准备将来出外升学的,因此这初中俨然是本县的最高学府。可是一向办得很糟。名义上的校长是李三麻子,根本不来视事。教导主任张维谷(这个名字很怪)是个出名的吃白食的人。他有几句名言:"不愿我请人,不愿人请我,只愿人请人,当中有个我。"人品如此,学问可知。数学教员外号"杨半本",他讲代数、几何,从来没有把一本书讲完过,大概后半本他自己也不甚了了。历史教员姓居,是个律师,学问还不如高尔础。他讲唐代的艺术一节,教科书上说唐代的书法分"方笔"和"圆笔",他竟然望文生义,说方笔的笔杆是方的,圆笔的笔杆是圆的。连初中的孩子略想一想,也觉得无此道理。一个学生当时就站起来问:"笔杆是方的,那么笔头是不是也是方的呢?"这帮学混子简直是在误人子弟。学生家长意见很大。到了暑假,学生闹了一次风潮(这是他们第一次参加的"学潮")。事情还是从居大律师那里引起的。平日,学生在课堂上有什么不明白的问题问他,他的回答总是"书上有"。到学期考试时,学生搞了一次变相的罢考。卷子发下来,不到五分钟,一个学生以关窗为号,大家一起把卷子交了上去,每道试题下面一律写了三个字:"书上有"!张维谷及其一伙,实在有点"维谷",混不下去了。

教育局局长不得不下决心对这个学校进行改组,——否则只怕连他这个局长也坐不稳。

恰好沈石君因和厅里一个科长意见不合,愤而辞职,回家闲居,正在四处写信,托人找事,地方上人挽他出山来办初中。沈石君再三推辞,禁不住不断有人踵门劝说,也就答应了。他只提出一个条件:

所有教员，由他决定。教育局局长沉吟了一会儿，说："可以。"

沈石君是想有一番作为的。他自然要考虑各种关系，也明知局长的口袋里装了几个人，想往初中里塞，不得不适当照顾，但是几门主要课程的教员绝对不能迁就。

国文教员，他聘了高北溟。许多人都感到意外。

高先生自然欣然同意。他谈了一些他对教学的想法。沈石君认为很有道理。

高先生要求"随班走"。教一班学生，从初一教到初三，一直到送他们毕业，考上高中。他说别人教过的学生让他来教，如垦生荒，重头来起，事倍功半。教书教人，要了解学生，知己知彼。不管学生的程度，照本宣科，是为瞎教。学生已经懂得的，再来教他，是白费；暂时不能接受的，勉强教他，是徒劳。他要看着、守着他的学生，看到他是不是一月有一月的进步，一年有一年的进步。如同注水入瓶，随时知其深浅。他说当初谈老先生就是这样教他的。

他要求在部定课本之外，自选教材。他说教的是书，教书的是高北溟。"只有我自己熟读，真懂，我所喜爱的文章，我自己为之感动过的，我才讲得好。"他强调教材要有一定的系统性，要有重点。他也讲《苛政猛于虎》、《晏子使楚》、《项羽本纪》、《出师表》、《陈情表》、韩、柳、欧、苏。集中地讲的是白居易、归有光、郑板桥。最后一学期讲的是朱自清的《背影》，都德的《磨坊文札》。他好像特别喜欢归有光的文章。一个学期内把《先妣事略》《项脊轩志》《寒花葬志》都讲了。他要把课堂讲授和课外阅读结合起来。课上讲了《卖炭翁》《新丰折臂翁》，同时把白居易的新乐府全部印发给学生。讲了一篇《潍县署中寄弟墨》，把郑板桥的几封主要的家书、道情和一些题画的诗也都印发下去。学生看了，很有兴趣。这种做法，在当时的初中国文教员中极为少见。他选的文章看来有一个标准：有感慨，有性情，平易自然。这些文章有一个贯串性的思想倾向,这种倾向大体上可以归结为:人道主义。

他非常重视作文。他说学国文的最终的目的,是把文章写通。学生作文他先眉批一道,指出好处和不好处,发下去由学生自己改一遍,或同学间互相改;交上来,他再改一遍,加总批,再发给学生,让学生自己誊一遍,留起来;要学生随时回过头来看看自己的文章。他说,作文要如使船,撑一篙是一篙,作一篇是一篇。不能像驴转磨,走了三年,只在磨道里转。

为了帮助学生将来升学,他还自编了三种辅助教材。一年级是《字形音义辨》,二年级是《成语运用》,三年级是《国学常识》。

在县立初中读了三年的学生,大部分文字清通,知识丰富,他们在考高中,甚至日后在考大学时,国文分数都比较高,是高先生给他们打下的底子。更重要的是他们学会了欣赏文学——高先生讲过的文章的若干片段,许多学生过了三十年还背得;他们接受了高先生通过那些选文所传播的思想——人道主义,影响到他们一生的立身为人,呜呼,先生之泽远矣!

(玻璃一样脆亮的童声高唱着。瓦片和树叶都在唱。)

高先生的家也搬了。搬到老屋对面的一条巷子里。高先生用历年的积蓄,买了一所小小的四合院。房屋虽也旧了,但间架砖木都还结实。天井里花木扶疏,苔痕上阶,草色入帘,很是幽静。

高先生这几年心境很好,人也变随和了一些。他和沈石君以及一般同事相处甚得。沈石君每年暑假要请一次客,对校中同仁表示慰劳,席间也谈谈校务。高先生是不须催请,早早就到的。他还备了几样便菜,约几个志同道合的教员,在家里赏荷小聚。(五小的那位师爷式的教员听到此事,编了一条歇后语:"高北溟请客——破天荒。")这几年,很少看到高先生气得脑袋不停地剧烈地摇动。

高先生有两件心事。

一件是想把谈老师的诗文刻印出来。

谈老先生死后,后人很没出息,游手好闲,坐吃山空,几年工夫,把谈先生挣下的家业败得精光,最后竟至靠拆卖房屋的砖瓦维持生活。谈老先生的宅第几乎变成一片瓦砾,旧池乔木,荡然无存。门楼倒还在,也破落不堪了。供轿夫休息的长凳早没有了,剩了一个空空的架子。里面有一算卦的摆了一个卦摊。条桌上放着签筒。桌前系着桌帷,白色的圆"光"里写了四个字:"文王神课。"算卦的伏在桌上打盹。这地方还叫作"谈家门楼"。过路人走过,都有不胜今昔之感,觉得沧海桑田,人生如梦。

谈老先生的哲嗣名叫幼渔。到无米下锅时,就到谈先生的学生家去打秋风。到了高北溟家,高先生总要周济他一块、两块、三块、五块。总不让他空着手回去。每年腊月,还得为他准备几斗米,一方腌肉,两条风鱼,否则这个年幼渔师弟过不去。

高北溟和谈先生的学生周济谈幼渔,是为了不忘师恩,是怕他把谈先生的文稿卖了。他已经几次要卖这部文稿。买主是有的,就是李三麻子(此人老而不死)。高先生知道,李三麻子买到文稿,改头换面,就成了他的著作。李三麻子惯于欺世盗名,这种事干得出。李三麻子出价一百,告诉幼渔,稿到即付。

高先生狠了狠心,拿出一百块钱,跟谈幼渔把稿子买了。

想刻印,却很难。松华斋可以铅印,尚古山房可以雕版。问了问价钱,都贵得吓人,为高北溟力所不及。稿子放在架上,逐年摊晒。高先生觉得对不起老师,心里很不安。

另一件心事是女儿高雪的前途和婚事。

高先生的两个女儿,长名高冰,次名高雪。

高雪从小很受宠,一家子都惯她,很娇。她用的东西都和姐姐不一样。姐姐夏天穿的衣是府绸的,她穿的是湖纺。姐姐穿白麻纱袜,她却有两条长筒丝袜。姐姐穿自己做的布鞋,她却一会是"千底一带",一会是白网球鞋,并且在初中二年级就穿了从上海买回来的皮鞋。姐姐不嫉妒,倒说:"你的脚好看,应该穿好鞋。"姐姐冬天烘黄铜的手炉,她的手炉是白铜的,姐姐扇细芭蕉扇,她扇檀香扇。吃东西也一样。吃鱼,脊梁、肚皮是她的(姐姐吃鱼头、鱼尾,且说她爱吃),吃鸡,一只鸡腿归她(另一只是高先生的)。她还爱吃陈皮梅、嘉应子、橄榄。她一个人吃。家务事也不管。扫地、抹桌、买菜、煮饭,都是姐姐。高起兴来,打了井水,把家里什么都洗一遍,砖地也洗一遍,大门也洗一遍,弄得家里水漫金山,人人只好缩着脚坐在凳子上。除了自己的衣服,她不洗别人的。被褥帐子,都是姐姐洗。姐姐在天井里一大盆一大盆,洗得汗马淋漓,她却躺在高先生的藤椅上看《茵梦湖》。高先生的藤椅,除了她,谁也不坐,这是一家之主的象征。只有一件事,她乐意做:浇花。这是她的特权,别人不许浇。

高先生治家很严,高师母、高冰都怕他。只有对高雪,从未碰过一指头。在外面生了一点气,回来看看这个"欢喜团",气也就消了。她要什么,高先生都依她。只有一次例外。

高雪初三毕业,要升学(高冰没有读中学,小学毕业,就在本城读了女师,已经在教书)。她要考高中,将来到北平上大学。高先生不同意,只许她报师范。高雪哭,不吃饭。妈妈和姐姐坐在床前轮流劝她。

"不要这样。多不好。爸爸不是不想让你向高处飞,爸爸没有钱。三年高中,四年大学,路费、学费、膳费、宿费,得好一笔钱。"

"他有钱!"

"他哪有钱呀!"

"在柜子里锁着!"

"那是攒起来要给谈老先生刻文集的。"

"干吗要给他刻!"

"这孩子,没有谈老先生,爸爸就没有本事。上大学呢!你连小学也上不了。知恩必报,人不能无情无义。"

"再说那笔钱也不够你上大学。好妹妹,想开一点。师范毕业,教两年,不是还可以考大学吗?你自己攒一点,没准爸爸这时候收入会更多一些。我跟爸爸说说,我挣的薪水,一半交家里,一半给你存起来,三四年下来,也是个数目。"

"你不用?"

"我?——不用!"

高雪被姐姐的真诚感动了,眼泪晶晶的。

姐姐说得也有理。国民党教育部有个规定,师范毕业,教两年小学,算是补偿了师范三年的学杂费,然后可以考大学。那时大学生里岁数大,老成持重的,多半曾是师范生。

"快起来吧!不要叫爸爸心里难过。你看看他:整天不说话,脑袋又不停地摇了。"

高雪虽然娇纵任性,这点清清楚楚的事理她是明白的。她起来洗洗脸,走到书房里,叫了一声:

"爸爸!"

并盛了一碗饭,用茶水淘淘,就着榨菜,吃了。好像吃得很香。

高先生知道女儿回心转意了,他心里倒酸渍渍的,很不好受。

高雪考了苏州师范。

高雪小时候没有显出怎么好看。没有想到,女大十八变,两三年工夫,变成了一个美人,每年暑假回家,一身白。白旗袍(在学校只能穿制服:白上衣,黑短裙),漂白细草帽,白纱手套,白丁字平跟皮鞋,丰姿楚楚,行步婀娜,态度安静,顾盼有光。不论在火车站月台上，轮船甲板上，男人女人都朝她看。男人看了她，敞开法兰绒西服上衣的扣，露出新买的时式领带，频频回首，自作多情。女的看了她，从手提包里取出小圆镜照照自己。各依年貌，生出不同的轻轻感触。

她在学校里唱歌、弹琴，都很出色。唱的歌是《茶花女》的《饮酒歌》，弹的是肖邦的小夜曲。

她一回本城，城里的女孩子都觉得自己很土。她们说高雪有一种说不出来的派头。

有女儿的人说："高北溟生了这样一个女儿，这个爸爸当得过！"

任何小城都是有风波的。因为省长易人，直接影响到这个小县的人事。县长、党部、各局，统统来了一个大换班。公职人员，凡靠领薪水吃饭的，无不人心惶惶。

一县的人事更代，自然会波及县立初中。

三十几个教育界人士，联名写信告了沈石君。一式两份，分送厅、局。执笔起草的就是居大律师。他虽分不清方笔、圆笔，却颇善于刀笔。主要的罪名是："把持学政，任用私人，倡导民主，宣传赤化。"后两条是指初中图书馆里买了鲁迅、高尔基的书，订了《生活周刊》，"纪念周"上讲时事。"任用私人"牵涉到高北溟。信中说："简师毕业，而教中学，纵观全国，无此特例。只为同门受业，不惜破格躐等，遂使寰城父老疾首，而令方帽学士寒心。"指摘高北溟的教学是"不依规矩，自作主张，藐视部厅，搅乱学制"。

有人把这封信的底稿抄了一份送给沈石君。沈石君看了，置之一笑。他知道这个初中校长的位置，早已有人觊觎，自厅至局，已经内定。这封控告信，不过是制造一个查办的口实。此种官场小伎俩，是三岁小儿都知道的。和这些人纠缠，味同嚼蜡。何况他已在安徽找到事，毫无恋栈之心。为了给当局一个下马台阶，彼此不伤和气，他自己主动递了一封辞职书。不两天，批复照准。继任校长，叫尹同霖，原是办党务的。——新换上的各局首脑也都是清一色，是县党部的委员。这一调整充分体现了"以党治国"精神。没有等办理交代，尹同霖先来拜会了沈石君，这是给他一个很大的面子，免得彼此心存芥蒂。尹同霖问沈石君有什么托付，沈石君只希望他能留高北溟。尹同霖满口答应。

沈石君束装就道之前，来看了高北溟，说他已和同霖提了，这点面子料想他会给的，他叫高北溟不要另外找事，安心在家等聘书。

不料，快开学了，聘书还不下来。同时，却收到第五小学的聘书。聘书后盖着五小新校长的签名章：张维谷。这是怎么回事呢？他并未向张维谷谋过职呀。

高先生只得再回五小去教书。

高先生到教务处看看，教员大半还是熟人。他和大家点点头，拿了粉笔、点名册往教室里走。纨绔子弟和幕僚在他身后努努嘴，演了一出双簧。一个说："好马不吃回头草。"一个说："前度刘郎今又来。"高北溟只当没有听见。

五年级有一个学生叫申潜，是现任教育局长的儿子，异常顽劣，上课时常捣乱。有一次他乘高先生回身写黑板时，用弹弓纸弹打人，一弹打在高先生的后脑勺上。高先生勃然大怒，把他训斥了一顿。不想申潜毫不认错，反而睞着眼睛看着高先生，眼睛里充满了鄙视。他没有说一句话，但是高先生从他的眼睛里清清楚楚听得到："你有什么了不起！我爸爸动一动手指头，你们的饭碗就完蛋！"高先生狂吼起来："你仗你老子的势！你们！你们这些党棍子，你们欺人太甚！"他的脑袋剧烈地摇动起来。一堂学生被高先生的神气吓呆了，鸦雀无声。

谈甓渔的文稿没有刻印出来。永远也没有刻印出来的希望了。

高雪病了。

按规定,师范毕业,还要实习一年,才能正式任教,高雪在实习一年的下学期,发现自己下午潮热(同学们都看出她到下午两颊微红,特别好看),夜间盗汗,浑身没有力气。撑到学期终了,回了家,高师母知道女儿病状,说是:"可了不得!"这地方讳言这种病的病名,但是大家心里都明白。高先生请了汪厚基来给高雪看病。

汪厚基是高先生最喜欢的学生,说他"绝顶聪明"。他从一年级到六年级,各门功课都是全班第一。全县的作文比赛,书法比赛,他都是第一名。他临毕业的那年,高先生为人撰了一篇寿序。经寿翁的亲友过目之后,大家商量请谁来写。高先生一时高兴,推荐了他这个得意的学生。大家觉得叫一个孩子来写,倒很别致,而且可以沾一沾返老还童的喜气,就说不妨一试。汪厚基用多宝塔体写了十六幅寿屏,字径二寸,笔力饱满。张挂起来,满座宾客,无不诧为神童。高先生满以为这个学生一定会升学,将来一定会出人头地。他家里开卉米店,家道小康,升学没有多大困难。不想他家里决定叫他学医——学中医。高先生听说,废书而叹,连声说:"可惜,可惜!"

汪厚基跟一个姓刘的老先生学了几年,在东街赁了一间房,挂牌行医了。他看起来完全不像个中医。中医宜老不宜少,而且最好是行动蹒跚,相貌奇古,这样病家才相信。东街有一个老中医就是这样。此人外号李花脸,满脸的红记,一年多半穿着紫红色的哆啰呢夹袍,黑羽纱马褂,说话是个囔鼻儿,浑身发出樟木气味,好像本人也才从樟木箱子里拿出来。汪厚基全不是这样,既不弯腰,也不驼背,英俊倜傥,衣着入时,像一个大学毕业生。他开了方子,总把笔套上。——中医开方之后,照例不套笔,这是一种迷信,套了笔以后就不再有人找他看病了。汪厚基不管这一套,他会写字,爱笔。他这个中医还订了好几份杂志,并且还看屠格涅夫的小说。这些都是对行医不利的，但是也许沾了"神童"的名誉的光，请他看病的不少，收入颇为可观。他家里觉得叫他学医这一步走对了。

他该成家了，来保媒的一年都有几起。汪厚基看不上。他私心爱慕着高雪。

他和高雪小学同班。两家住得不远。上学，放学，天天一起走，小时候感情很好。街上的野孩子有时欺负高雪，向她扔土坷垃，汪厚基就给她当保镖。他还时常做高雪掉在河里，他跳下去把她救起来这样的英雄的梦。高雪读了初中，师范，他看她一天比一天长得漂亮起来。隔几天看见她，都使他觉得惊奇。高雪上师范三年级时，他曾托人到高家去说媒。

高师母是很喜欢汪厚基的。高冰说："不行！妹妹是个心高的人，她要飞到很远的地方去。她要上大学。她不会嫁一个中医。妈，您别跟妹妹说！"高北溟想了一天，对媒人说："高雪还小。她还有一年实习，再说吧。"媒人自然知道，这是一种委婉的推托。

汪厚基每天来给高雪看病，汪厚基觉得这是一种福。高雪也很感激他。看了病，汪厚基常坐在床前，陪高雪闲谈。他们谈了好多小时候的事，彼此都记得那么清楚。高雪一天一天地好起来了。

高雪病愈之后，就在本县一小教书，——她没有能在外地找到事，她一面补习功课，准备考大学。

接连考了两年，没有考取。

第三年，七七事变，抗日战争爆发，她所向往的大学，都迁到了四川、云南。日本人占领了江南，本县外出的交通断了。她想冒险通过敌占区，往云南、四川去。全家人都激烈反对。她只好在这个小城里困着。

高雪的岁数一年比一年大，该嫁人了。多少双眼睛都看着她。她老不结婚，大家就都觉得奇怪。城里渐渐有了一些流言。轻嘴薄舌的人很多。对一个漂亮的少女，有人特别爱用自己肮脏的舌头来糟蹋她，话说得很难听，说她外面有人，还说……唉，别提这些了吧。

高雪在学校是经常收到情书。有的摘录了李后主、秦少游的词，满纸伤感惆怅。有的抄了一些外国诗。有一位抄了一大段拜伦的情诗的原文，害得她还得查字典。这些信大都也有一点感情，但又都不像很认真。高雪有时也回信，写的也是一些虚无缥缈的话。她并没有一个真正的情人。

本县的小学里不断有人向她献殷勤，她一个也看不上，觉得他们讨厌。

汪厚基又托媒人来说了几次媒，都被用不同的委婉言辞拒绝了。——每次家里问高雪，她都是摇摇头。

一次又一次，高家全家的心都活了，连高冰也改变了态度。她和高雪谈了半夜。

"行了吧。汪厚基对你是真心。他说他非你不娶，是实话。他脾气好，一定会对你很体贴。人也不俗。你们不是也还谈得来么？你还挑什么呢？你想要一个什么人？你想要的，这个县城里没有！妹妹，你不小了。听姐姐话，再拖下去，你真要留在家里当老姑娘？这是命，你心高命薄。退一步看，想宽一点。花开堪折直须折，莫待无花空折枝呀……"

高雪一直没有说话。

高雪同意和汪厚基结婚了。婚后的生活是平静的。汪厚基待高雪，真是含在口里怕她化了，体贴到不能再体贴。每天下床，都是厚基给她穿袜子，穿鞋。她梳头，厚基在后面捧着镜子。天凉了，天热了，厚基早给她把该换的衣服找出来放着。嫂子们常常偷偷在窗外看这小两口的无穷无尽的蜜月新婚，抿着嘴笑。

然而高雪并不快乐，她的笑总有点凄凉。半年之后，她病了。

汪厚基自己给她看病，亲自到药店去抓药，亲自煎药，还亲自尝一尝。他把全部学识都拿出来了。然而高雪的病没有起色。他把全城同行名医，包括几个西医，都请来给高雪看病。可是大家都说不出一个所以然，连一个准病名都说不出，一人一个说法。一个西医说了一个很长的拉丁病名，汪厚基请教是什么意思，这位西医说："忧郁症。"

病了半年，百药罔效，高雪瘦得剩了一把骨头。厚基抱她起来，轻得像一个孩子。高雪觉得自己不行了，叫厚基给她穿衣裳。衣裳穿好了，袜子也穿好了，高雪微微皱了皱眉，说左边的袜跟没有拉平。厚基给她把袜跟拉平了，她用非常温柔的眼光看着厚基，说："厚基，你真好！"随即闭了眼睛。

汪厚基到高先生家去报信。他详详细细叙说了高雪临死的情形，说她到最后还很清醒，"我给她穿袜子，她还说左边的袜跟没有拉平。"高师母忍不住，到房里坐在床上痛哭。高冰的眼泪不断流出来，喊了一声："妹妹，你想飞，你没有飞出去呀！"高先生捶着书桌说："怪我！怪我！怪我！"他的脑袋不停地摇动起来。——高先生近年不只在生气的时候，只要感情一激动，就摇脑袋。

汪厚基把牌子摘了下来，他不再行医了。"我连高雪的病都看不好，我还给别人看什么？"这位医生对医药彻底发生怀疑："医道，没有用！——骗人！"他变得有点傻了，遇见熟人就说："她到最后还很清醒，我给她穿袜子，她还说左边袜跟没有拉平……"他不知道，他已经跟这人说过几次了。他的眼光呆滞，反应也很迟钝了。他的那点聪明灵气已经全部消失。他整天无所事事，一起来就到处乱走。家里人等他吃饭，每回看不见他，一找，他都在高雪的坟旁坐着。

高先生已经死了几年了。

五小的学生还在唱：

西挹神山爽气，

东来邻寺疏钟……

墓草萋萋，落照昏黄，歌声犹在，斯人邈矣。

高先生在东街住过的老屋倒塌了，临街的墙壁和白木板门倒还没有倒。板门上高先生写的春联也还在。大红朱笺被风雨漂得几乎是白色的了，墨写的字迹却还很浓，很黑：

辛夸高岭桂

未徙北溟鹏

一九八一年八月四日于青岛黄岛

载一九八一年第十期《北京文学》

故乡人

打鱼的

女人很少打鱼。

打鱼的有几种。

一种用两只三桅大船，乘着大西北风，张了满帆，在大湖的激浪中并排前进，船行如飞，两船之间挂了极大的拖网，一网上来，能打上千斤鱼。而且都是大鱼。一条大铜头鱼（这种鱼头部尖锐，颜色如新擦的黄铜，肉细味美，有的地方叫作黄段），一条大青鱼，往往长达七八尺。较小的，也都在五斤以上。起网的时候，如果觉得分量太沉，会把鱼放掉一些，否则有把船拽翻了的危险。这种豪迈壮观的打鱼，只能在严寒的冬天进行，一年只能打几次，渔船的船主都是个小财主，虽然他们也随船下湖，驾船拉网，勇敢麻利处不比雇来的水性极好的伙计差到哪里去。

一种是放鱼鹰的。鱼鹰分清水、浑水两种。浑水鹰比清水鹰值钱得多。浑水鹰能在浑水里睁眼，清水鹰不能。湍急的浑水里才有大鱼，名贵的鱼。清水里只有普通的鱼，不肥大，味道也差。站在高高的运河堤上，看人放鹰捉鱼，真是一件快事。一般是两个人，一个撑船，一个管鹰。一船鱼鹰，多的可到二十只。这些鱼鹰歇在木架上，一个一个都好像很兴奋，不停地鼓嗦子，扇翅膀，有点迫不及待的样子。管鹰的把篙子一摆，二十只鱼鹰扑通扑通一齐钻进水里，不大一会儿，接二连三地上来了。嘴里都叼着一条一尺多长的鳜鱼，鱼尾不停地搏动。没有一只落空。有时两只鱼鹰合抬着一条大鱼。喝！这条大鳜鱼！烧出来以后，哪里去找这样大的鱼盘来盛它呢？

一种是扳罾的。

一种是撒网的。

…………

还有一种打鱼的：两个人，都穿了牛皮缝制的连鞋子、裤子带上衣的罩衣，颜色黄白黄白的，站在齐腰的水里。一个张着一面八尺来宽的兜网；另一个按着一个下宽上窄的梯形的竹架，从一个距离之外，对面走来，一边一步一步地走，一边把竹架在水底一戳一戳地戳着，把鱼赶进网里。这样的打鱼的，只有在静止的浅水里，或者在虽然流动但水不深，流不急的河里，如护城河这样的地方，才能见到。这种打鱼的，每天打不了多少，而且没有很大的，很好的鱼。大都是不到半斤的鲤鱼拐子、鲫瓜子、鲇鱼。连不到二寸的"罗汉狗子"，薄得无肉的"猫杀子"，他们也都要。他们时常会打到乌龟。

在小学校后面的苇塘里，臭水河，常常可以看到两个这样的打鱼的。一男一女。他们是两口子。男的张网，女的赶鱼。奇怪的是，他们打了一天的鱼，却听不到他们说一句话。他们的脸上既看不出高兴，也看不出失望、忧愁，总是那样平平淡淡的，平淡得近于木然。除了举网时听到欸的一声，和梯形的竹架间或搅动出一点水声，听不到一点声音。就是举网和搅水的声音，也很轻。

有几天不看见这两个穿着黄白黄白的牛皮罩衣的打鱼的了。又过了几天，他们又来了。按着梯形竹架赶鱼的换了一个人，一个十五六岁的小姑娘。辫根缠了白头绳。一看就知道，是打鱼人的女儿，她妈死了，得的是伤寒。她来顶替妈的职务了。她穿着妈穿过的皮罩衣，太大了，腰里窝着一块，更加显得臃肿，她也像妈一样，按着梯形竹架，一戳一戳地戳着，一步一步地往前走。

她一定觉得：这身湿了水的牛皮罩衣很重，秋天的水已经很凉，父亲的话越来越少了。

金大力

金大力想必是有个大名的，但大家都叫他金大力，当面也这样叫。为什么叫他金大力，已经无从查考。他姓金，块头倒是很大。他家放剩饭的淘箩，年下腌制的风鱼咸肉，都挂得很高，别人够不着，他一伸手就能取下来，不用使竹竿叉棍去挑，也不用垫一张凳子。身大力不亏。但是他是不是有很大的力气，没法证明。关于他的大力，没有什么传说的故事，他没有表演过一次，也没有人和他较量过。他这人是不会当众表演，更不会和任何人较量的。因此，大力只是想当然耳。是不是和戏里的金大力有什么关系呢？也说不定。也许有。他很老实，也没有什么本事，这一点倒和戏里的金大力有点像。戏里的金大力只是个傻大个儿，哪次打架都有他，有黄天霸就有他，但哪回他也没有打得很出色。人们在提起金大力时，并不和戏台上那个戴着红缨帽或盘着一条大辫子，拿着一根可笑的武器，——一根红漆的木棍的那个金大力的形象联系起来。这个金大力和那个金大力不大相干。这个金大力只是一个块头很大的，家里开着一爿茶水炉子，本人是个瓦匠头儿的老实人。

他怎么会当了瓦匠头儿呢？

按说，瓦匠里当头儿的，得要年高望重，手艺好，有两手绝活，能压众，有口才，会讲话，能应付场面，还得有个好人缘儿。前面几条，金大力都不沾。金大力是个很不够格的瓦匠，他的手艺比一个刚刚学徒的小工强不了多少，什么活也拿不起来。一般老师傅会做的活，不用说相地定基，估工算料，砌墙时挂线，布瓦时堆瓦脊两边翘起的山尖，用一把瓦刀舀起半桶青灰在瓦脊正中塑出花开四面的浮雕……这些他统统不会，他连砌墙都砌不直！当了一辈子瓦匠，砌墙会砌出一个鼓肚子，真也是少有。他是一个瓦匠头，只能干一些小工活，和灰送料，传砖递瓦。这人很拙于言词，一天说不了几句话，老是闷声不响，他不会说几句恭喜发财，大吉大利的应酬门面话讨主人家喜欢；也不会说几句夸赞奉承，道劳致谢的漂亮话叫同行高兴；更不会长篇大套地训教小工以显示一个头儿的身份。他说的只是几句实实在在的大实话。说话很慢，声音很低，跟他那副大骨架很不相符。只有一条，他倒是具备的：他有一个好人缘儿。不知道为什么，他的人缘儿会那么好。

这一带人家，凡有较大的泥工瓦活，都愿意找他。一般的零活，比如检个漏，修补一下被雨水冲坏的山墙，这些直接雇两个瓦匠来就行了，不必通过金大力。若是新建房屋，或翻盖旧房，就会把金大力叫来。金大力听明白了是一个多大的工程，就告辞出来。他算不来所需工料、完工日期，就去找有经验的同行商议。第二天，带了一个木匠头儿，一个瓦匠老师傅，拿着工料单子，向主人家据实复告。主人家点了头，他就去约人、备料。到窑上订砖、订瓦，到石灰行去订石灰、麻刀、纸脚。他一辈子经手了数不清的砖瓦石灰，可是没有得过一手钱的好处。

这里兴建动工有许多风俗。先得"破土"。由金大力用铁锹挖起一小块土，铲得四方四正，用红纸包好，供在神像前面。——这一方土要到完工时才撤去。然后，主人家要请一桌酒。这桌酒有两点特别处，一是席面所用器皿都十分粗糙，红漆筷子，蓝花粗瓷大碗；二是，菜除了猪肉、豆腐外，必有一道泥鳅，这好像有一点是和泥瓦匠开玩笑，但瓦匠都不见怪，因为这是规矩。这桌酒，主人是不陪的，只是出来道一声"诸位多辛苦"，然后就委托金大力："金师傅，你陪陪吧！"金大力就代替了主人，举起酒杯，喝下一口淡酒。这时木匠已经把房架立好，到了择定吉日的五更头，上了梁，——梁柱上贴了一副大红对子："登柱喜逢黄道日，上梁正遇紫微星"，两边各立了一面筛子，筛子里斜贴了大红斗方，斗方的四角写着"吉星高照"，金大力点起一挂鞭，泥瓦工程就开始了。

每天，金大力都是头一个来，比别人要早半小时。来了，把孩子们搬下来搭桥、搭鸡窝玩的砖头捡回砖堆上去，把碍手碍脚的棍棍棒棒归置归置，清除"脚手"板子上昨天滴下的灰泥，把"脚手"往上提一提，捆"脚手"的麻绳紧一紧，扫扫地，然后，挑了两担水来，用铁锹抓钩和青灰，——石灰里兑了锅烟；和黄泥。灰泥和好，伙计们也就来上工了。他是个瓦匠，上工时照例也在腰带里掖一把瓦刀，手里提着一个抿子。可是他的瓦刀抿子几乎随时都是干的。他一天使的家伙就是铁锹抓钩，他老是在和灰、和泥。他只能干这种小工活，也就甘心干小工活。他从来不想去露一手，去逞能卖嘴，指手画脚，到了半前晌和半后晌，伙计们照例要下来歇一会儿，金大力看看太阳，提起两把极大的紫砂壶就走。在壶里撮了两大把茶叶梗子，到他自己家的茶水炉上，灌了两壶水，把茶水筛在大碗里，就抬头叫嚷："哎，下来喝茶来！"傍晚收工时，他总是最后一个走。他要各处看看，看看今天的进度、质量（他的手艺不高，这些都还是会看的），也看看有没有留下火星（木匠熬胶要点火，瓦匠里有抽烟的）。然后，解下腰带，从头到脚，抽打一遍。走到主人家窗下，扬声告别："明儿见啦！晚上你们照看着点！"——"好嘞，我们会照看。明儿见，金师傅！"

金大力是个瓦匠头儿,可是拿的工钱很低,比一个小工多不了多少。同行师傅们过意不去,几次提出要给金头儿涨涨工钱。金大力说:"不。干什么活,拿什么钱。再说,我家里还开着一爿茶水炉子,我不比你们指身为业。这我就知足。"

金家茶炉子生意很好。一早、晌午、傍黑,来打开水的人很多,提着木檩子的,提着洋铁壶、暖壶、茶壶的,川流不息。这一带店铺人家一般不烧开水,要用开水,多到茶炉子上去买,这比自己家烧方便。茶水炉子,是一个砖砌的长方形的台子,四角安四个很深很大的铁罐,当中有一个火口。这玩意,有的地方叫作"老虎灶"。烧的是稻糠。稻糠着得快,火力也猛。但这东西不经烧,要不断地往里续。烧火的是金大力的老婆。这是个很结实也很利索的女人。只见她用一个小铁簸箕,一簸箕一簸箕地往火口里倒糠。火光轰轰地一阵一阵往上冒,照得她满脸通红。半箩稻糠烧完,四个铁罐里的水就哗哗地开了,她就等着人来买水,一舀子一舀子往各种容器里倒。到罐里水快见底时,再烧。一天也不见她闲着。(稻糠的灰堆在墙角,是很好的肥料,卖给乡下人垩田,一个月能卖不少钱。)

茶炉子用水很多。金家茶炉的一半地方是三口大水缸。因为缸很深,一半埋在地里。一口缸容水八担,金家一天至少要用二十四担水。这二十四担水都是金大力挑的。有活时,他早晚挑;没活时(瓦匠不能每天有活)白天挑。因为经常挑水,总要撒泼出一些,金家茶炉一边的地总是湿漉漉的,铺地的砖发深黑色(另一边的砖地是浅黑色)。你要是路过金家茶炉子,常常可以看见金大力坐在一根搭在两只水桶的扁担上休息,好像随时就会站起身来去挑一担水。

金大力不变样,多少年都是那个样子。高大结实,沉默寡言。

不,他也老了。他的头发已经有了几根白的了,虽然还不大显,墨里藏针。

钓鱼的医生

这个医生几乎每天钓鱼。

他家挨着一条河。出门走几步,就到了河边。这条河不宽。会打水撇子(有的地方叫打水漂,有的地方叫打水片)的孩子,捡一片薄薄的破瓦,一扬手忒忒忒忒,打出二十多个,瓦片贴水漂过河面,还能蹦到对面的岸上。这条河下游淤塞了,水几乎是不流动的。河里没有船。也很少有孩子到这里来游水,因为河里淹死过人,都说有水鬼。这条河没有什么用处。因为水不流,也没有人挑来吃。只有南岸的种菜园的每天挑了浇菜。再就是有人家把鸭子赶到河里来放。河南岸都是大柳树。有的欹侧着,柳叶都拖到了水里。河里鱼不少,是个钓鱼的好地方。

你大概没有见过这样的钓鱼的。

他搬了一把小竹椅,坐着。随身带着一个白泥小炭炉子,一口小锅,提盒里葱姜作料俱全,还有一瓶酒。他钓鱼很有经验。钓竿很短,鱼线也不长,而且不用漂子,就这样把钓线甩在水里,看到线头动了,提起来就是一条。都是三四寸长的鲫鱼。——这条河里的鱼以白条子和鲫鱼为多。白条子他是不钓的,他这种钓法,是钓鲫鱼的。钓上来一条,刮刮鳞洗净了,就手就放到锅里。不大一会儿,鱼就熟了。他就一边吃鱼,一边喝酒,一边甩钩再钓。这种出水就烹制的鱼味美无比,叫作"起水鲜"。到听见女儿在门口喊:"爸——!"知道是有人来看病了,就把火盖上,把鱼竿插在岸边湿泥里,起身往家里走。不一会儿,就有一只钢蓝色的蜻蜓落在他的鱼竿上了。

这位老兄姓王,字淡人。中国以淡人为字的好像特别多,而且多半姓王。他们大都是阴历九月生的,大名里一定还带一个菊字。古人的一句"人淡如菊"的诗,造就了多少人的名字。

王淡人的家很好认。门口倒没有特别的标志。大门总是开着的,往里一看,就看到通道里挂了好几块大匾。匾上写的是"功同良相""济世救人""仁心仁术""术绍岐黄""杏林春暖""橘井流芳""妙手回春""起我沉疴"……医生家的匾都是这一套。这是亲友或病家送给王淡人的祖父和父亲的。匾都有年头了,匾上的金字都已经发暗。到王淡人的时候,就不大兴送匾了。送给王淡人的只有一块,匾很新,漆地乌亮,匾字发光,是去年才送的。这块匾与医术无关,或关系不大,匾上写的是"急公好义",字是颜体。

进了过道,是一个小院子。院里种着鸡冠、秋葵、凤仙一类既不花钱,又不费事的草花。有一架扁豆。还有一畦瓢菜。这地方不吃瓢菜,也没有人种。这一畦瓢菜是王淡人从外地找了种子,特为种来和扁豆配对的。王淡人的医室里挂着一副郑板桥写的(木板刻印的)对子:"一庭春雨瓢儿菜,满架秋风扁豆花。"他很喜欢这副对子。这点淡泊的风雅,和一个不求闻达的寒士是非常配称的。其实呢?何必一定是瓢儿菜,种什么别的菜也不是一样吗?王淡人花费心思去找了瓢菜的菜种来种,也可看出其天真处。自从他种了瓢菜,他的一些穷朋友在来喝酒的时候,除了吃王淡人自己钓的鱼,就还能尝到这种清苦清苦的菜蔬了。

过了小院,是三间正房,当中是堂屋,一边是卧房,一边是他的医室。

他的医室和别的医生的不一样,像一个小药铺。架子上摆着许多青花小瓷坛,坛口塞了棉纸卷紧的塞子,坛肚子上贴着浅黄蜡笺的签子,写着"九一丹""珍珠散""冰片散"……到处还有一些大大小小的乳钵、药碾子、药臼、嘴刀、剪子、镊子、钳子、钎子、往耳朵和喉咙里吹药用的铜鼓……他这个医生是"男妇内外大小方脉",就是说内科、外科、妇科、儿科，什么病都看。王家三代都是如此。外科用的药，大都是"散"——药面子。"神仙难识丸散"，多有经验的医生和药铺的店伙也鉴定不出散的真假成色，都是一些粉红的或雪白的粉末。虽然每一家药铺都挂着一块小匾"修合存心"，但是王淡人还是不相信。外科散药里有许多贵重药：麝香、珍珠、冰片……哪家的药铺能用足？因此，他自己炮制。他的老婆、儿女，都是他的助手，经常看到他们抱着一个乳钵，握着乳锤，一圈一圈慢慢地磨研（散要研得极细，都是加了水"乳"的）。另外，找他看病的多一半是乡下来的，即使是看内科，他们也不愿上药铺去抓药，希望先生开了方子就给配一服，因此，他还得预备一些常用的内科药。

城里外科医生不多，——不知道为什么，大家对外科医生都不大看得起，觉得都有点"江湖"，不如内科清高，因此，王淡人看外科的时间比较多。一年也看不了几起痈疽重症，多半是生疮长疖子，而且大都是七八岁狗都嫌的半大小子。常常看见一个大人带着生瘌痢头的瘦小子，或一个长痄腮的胖小子走进王淡人家的大门；不多一会儿，就又看见领着出来了。生瘌痢的涂了一头青黛，把一个秃光光的脑袋涂成了蓝的；生痄腮的腮帮上画着一个乌黑的大圆饼子，——是用掺了冰片研出的陈墨画的。

这些生疮长疖子的小病症，是不好意思多收钱的，——那时还没有挂号收费这一说。而且本地规矩，熟人看病，很少当下交款，都得要等"三节算账"，——端午、中秋、过年。忘倒不会忘的，多少可就"各凭良心"了。有的也许为了高雅，其实为了省钱，不送现钱，却送来一些华而不实的礼物：枇杷、扇子、月饼、莲蓬、天竺果子、腊梅花。乡下来人看病，一般倒是当时付酬，但常常不是现钞，或是二十个鸡蛋，或一升芝麻，或一只鸡，或半布袋鹌鹑！遇有实在困难，什么也拿不出来的，就由病人的儿女趴下来磕一个头。王淡人看看病人身上盖着的破被，鼻子一酸，就不但诊费免收，连药钱也白送了。王淡人家吃饭不致断顿，——吃扁豆、瓢菜、小鱼、糙米——和炸鹌鹑！穿衣可就很紧了。淡人夫妇，十多年没添置过衣裳。只有儿子女儿一年一年长高，不得不给他们换换季。有人说：王淡人很傻。

王淡人是有点傻。去年、今年，就办了两件傻事。

去年闹大水。这个县的地势，四边高，当中低，像一个水壶，别名就叫作盂城。城西的运河河底，比城里的南北大街的街面还要高。站在运河堤上，可以俯瞰城中鳞次栉比的瓦屋的屋顶；城里小孩放的风筝，在河堤游人的脚底下飘着。因此，这地方常闹水灾。水灾好像有周期，十年大闹一次。去年闹了一次大水。王淡人在河边钓鱼，傍晚听见蛤蟆爬在柳树顶上叫，叫得他心惊肉跳，他知道这是不祥之兆。蛤蟆有一种特殊的灵感，水涨多高，它就在多高处叫。十年前大水灾就是这样。果然，连天暴雨，一夜西风，运河决了口，浊黄色的洪水倒灌下来，平地水深丈二，大街上成了大河。大河里流着箱子、柜子、死牛、死人。这一年死于大水的，有上万人。大水十多天未退，有很多人困在房顶、树顶和孤岛一样的高岗子上挨饿；还有许多人生病：上吐下泻，痢疾伤寒。王淡人就用了一根结结实实的撑船用的长竹篙拄着，在齐胸的大水里来往奔波，为人治病。他会水，在水特深的地方，就横执着这根竹篙，泅水过去。他听说泰山庙北边有一个被大水围着的孤村子，一村子人都病倒了。但是泰山庙那里正是洪水的出口，水流很急，不能容舟，过不去！他和四个水性极好的专在救生船上救人的水手商量，弄了一只船，在他的腰上系了四根铁链，每一根又分在一个水手的腰里，这样，即使是船翻了，他们之中也可能有一个人把他救起来。船开了，看着的人的眼睛里都蒙了一层眼泪。眼看这只船在惊涛骇浪里颠簸出没，终于靠到了那个孤村，大家发出了雷鸣一样的欢呼。这真是玩儿命的事！

水退之后，那个村里的人合送了他一块匾，就是那块"急公好义"。

拿一条命换一块匾，这是一件傻事。

另一件傻事是给汪炳治搭背，今年。

汪炳是和他小时候一块掏蛐蛐、放风筝的朋友。这人原先很阔。这一街的老人到现在还常常谈起他娶亲的时候，新娘子花鞋上缀的八颗珍珠，每一颗都有指头顶子那样大！这家伙，吃喝嫖赌抽大烟，把家业败得精光，连一片瓦都没有，最后只好在几家亲戚家寄食。这一家住三个月，那一家住两个月。就这样，他还抽鸦片！他给人家熬大烟，报酬是烟灰和一点膏子。他一天夜里觉得背上疼痛，浑身发烧，早上歪歪倒倒地来找王淡人。

王淡人一看，这是个有名有姓的外症：搭背。说："你不用走了！"

王淡人把汪炳留在家里住，管吃、管喝，还管他抽鸦片，——他把王淡人留着配药的一块云土抽去了一半。王淡人祖上传下来的麝香、冰片也为他用去了三分之一。一个多月以后，汪炳的搭背收口生肌，好了。

有人问王淡人："你干吗为他治病？"王淡人倒对这话有点不解，说："我不给他治，他会死的呀。"

汪炳没有一个钱。白吃，白喝，白治病。病好后，他只能写了很多鸣谢的帖子，贴在满城的街上，为王淡人传名。帖子上的言词倒真是淋漓尽致，充满感情。

王淡人的老婆是很贤惠的，对王淡人所做的事没有说过一个不字。但是她忍不住要问问淡人："你给汪炳用掉的麝香、冰片，值多少钱？"王淡人笑一笑，说："没有多少钱。——我还有。"他老婆也只好笑一笑，摇摇头。

王淡人就是这样，给人看病，看"男女内外大小方脉"，做傻事，每天钓鱼。一庭春雨,满架秋风。

你好,王淡人先生!

一九八一年八月十九日
载一九八一年第十期《雨花》

晚饭花

晚饭花就是野茉莉。因为是在黄昏时开花,晚饭前后开得最为热闹,故又名晚饭花。

野茉莉,处处有之,极易繁衍。高二三尺,枝叶披纷,肥者可荫五六尺。花如茉莉而长大,其色多种易变。子如豆,深黑有细纹,中有瓤,白色,可作粉,故又名粉豆花。曝干作蔬,与马兰头相类。根大者如拳、黑硬,俚医以治吐血。

吴其濬:《植物名实图考》

珠子灯

这里的风俗,有钱人家的小姐出嫁的第二年,娘家要送灯。送灯的用意是祈求多子。元宵节前几天,街上常常可以看到送灯队伍。几个女佣人,穿了干净的衣服,头梳得光光的,戴着双喜字大红绒花,一人手里提着一盏灯;前面有几个吹鼓手吹着细乐。远远听到送灯的箫笛,很多人家的门就开了。姑娘、媳妇走出来,倚门而看,且指指点点，悄悄评论。这也是一年的元宵节景。

一堂灯一般是六盏。四盏较小，大都是染成红色或白色而画了红花的羊角琉璃泡子。一盏是麒麟送子：一个染色的琉璃角片扎成的娃娃骑在一匹麒麟上。还有一盏是珠子灯：绿色的琉璃珠子穿扎成的很大的宫灯。灯体是八扇玻璃，漆着红色的各体寿字，其余部分都是珠子，顶盖上伸出八个珠子的凤头，凤嘴里衔着珠子的小幡，下缀珠子的流苏。这盏灯分量相当的重，送来的时候，得两个人用一根小扁担抬着。这是一盏主灯，挂在房间的正中。旁边是麒麟送子，琉璃泡子挂在四角。

到了"灯节"的晚上，这些灯里就插了红蜡烛，点亮了。从十三"上灯"到十八"落灯"，接连点几个晚上。平常这些灯是不点的。

屋里点了灯，气氛就很不一样了。这些灯都不怎么亮（点灯的目的原不是为了照明），但很柔和。尤其是那盏珠子灯，洒下一片淡绿的光，绿光中珠幡的影子轻轻地摇曳，如梦如水，显得异常安静。元宵的灯光扩散着吉祥、幸福和朦胧暧昧的希望。

孙家的大小姐孙淑芸嫁给了王家的二少爷王常生。她屋里就挂了这样六盏灯。不过这六盏灯只点过一次。

王常生在南京读书，秘密地加入了革命党，思想很新。订婚以后，他请媒人捎话过去：请孙小姐把脚放了。孙小姐的脚当真放了，放得很好，看起来就不像裹过的。

孙小姐是个才女。孙家对女儿的教育很特别，教女儿读诗词。除了《长恨歌》《琵琶行》，孙小姐能背全本《西厢记》。嫁过来以后，她也看王常生带回来的黄遵宪的《日本国志》和林译小说《迦茵小传》《茶花女遗事》……

两口子琴瑟和谐，感情很好。

不料王常生在南京得了重病，抬回来不到半个月，就死了。

王常生临死对夫人留下遗言:"不要守节。"

但是说了也无用。孙王二家都是书香门第,从无再婚之女。改嫁,这种念头就不曾在孙小姐的思想里出现过。这是绝不可能的事。

从此,孙小姐就一个人过日子。这六盏灯也再没有点过了。

她变得有点古怪了,她屋里的东西都不许人动。王常生活着的时候是什么样子,永远是什么样子,不许挪动一点。王常生用过的手表、座钟、文具,还有他养的一盆雨花石,都放在原来的位置。孙小姐原是个爱洁成癖的人,屋里的桌子椅子、茶壶茶杯,每天都要用清水洗三遍。自从王常生死后,除了过年之前,她亲自监督着一个从娘家陪嫁过来的女佣人大洗一天之外,平常不许擦拭。里屋炕几上有一套茶具:一个白瓷的茶盘,一把茶壶,四个茶杯。茶杯倒扣着,上面落了细细的尘土。茶壶是荸荠形的扁圆的,茶壶的鼓肚子下面落不着尘土,茶盘里就清清楚楚留下一个干净的圆印子。

她病了,说不清是什么病。除了逢年过节起来几天,其余的时间都在床上躺着,整天地躺着。除了那个女佣人,没有人上她屋里去。

她就这么躺着,也不看书,也很少说话,屋里一点声音没有。她躺着,听着天上的风筝响,斑鸠在远远的树上叫着双声,"鹁鸪鸪——咕,鹁鸪鸪——咕",听着麻雀在檐前打闹,听着一个大蜻蜓振动着透明的翅膀,听着老鼠咬啮着木器,还不时听到一串滴滴答答的声音,那是珠子灯的某一处流苏散了线,珠子落在地上了。

女佣人在扫地时,常常扫到一二十颗散碎的珠子。

她这样躺了十年。

她死了。

她的房门锁了起来。

从锁着的房间里,时常还听见散线的玻璃珠子滴滴答答落在地板上的声音。

三姊妹出嫁

秦老吉是个挑担子卖馄饨的。他的馄饨担子是全城独一份,他的馄饨也是全城独一份。

这副担子非常特别。一头是一个木柜,上面有七八个扁扁的抽屉;一头是安放在木柜里的烧松柴的小缸灶,上面支一口紫铜浅锅。铜锅分两格,一格是骨头汤,一格是下馄饨的清水。扁担不是套在两头的柜子上,而是打的时候就安在柜子上,和两个柜子成一体。扁担不是直的,是弯的,像一个罗锅桥。这副担子是楠木的,雕着花,细巧玲珑,很好看。这好像是《东京梦华录》时期的东西,李嵩笔下画出来的玩意儿。秦老吉老远地来了,他挑的不像是馄饨担子,倒好像挑着一件什么文物。这副担子不知道传了多少代了,因为材料结实,做工精细,到现在还很完好。

别人卖的馄饨只有一种,葱花水打猪肉馅。他的馄饨除了猪肉馅的,还有鸡肉馅的、螃蟹馅的,最讲究的是荠菜冬笋肉末馅的,——这种肉馅不是用刀刃而是用刀背剁的!作料也特别齐全,除了酱油、醋,还有花椒油、辣椒油、虾皮、紫菜、葱末、蒜泥、韭花、芹菜和本地人一般不吃的芫荽。馄饨分别放在几个抽屉里,作料敞放在外面,任凭顾客各按口味调配。

他的器皿用具也特别清洁——他有一个拌馅用的深口大盘,是雍正青花!

笃——笃笃,秦老吉敲着竹梆,走来了。找一个柳荫,把担子歇下,竹梆敲出一串花点,立刻就围满了人。

秦老吉就用这副担子,把三个女儿养大了。

秦老吉的老婆死得早,给他留下三个女儿。大凤、二凤和小凤。

三个女儿,一个比一个小一岁,梯子磴似的。三个丫头一个模样,像一个模子脱出来的。三个姑娘,像三张画。有人跟秦老吉说:"应该叫你老婆再生一个的,好凑成一套四扇屏儿!"

姊妹三个,从小没娘,彼此提挈,感情很好。一家人都很勤快。一进门,清清爽爽,干净得像明矾澄过的清水。谁家娶了邋遢婆娘,丈夫气急了,就说:"你到秦老吉家看看去!"三姊妹各有所长,分工负责。大裁小剪,单夹皮棉——秦老吉冬天穿一件山羊皮的背心,是大姐的;锅前灶后,热水烧汤,是二姐的;小妹妹小,又娇,两个姐姐惯着她,不叫她做重活,她就成天地挑花绣朵。她把两个姐姐绣得全身都是花。围裙上、鞋尖上、手帕上、包头布上,都是花。这些花里有一样必不可少的东西,是凤。

姊妹三个都大了。一个十八,一个十七,一个十六。该嫁了。这三只凤要飞到哪棵梧桐树上去呢?

三姊妹都有了人家了。大姐许了一个皮匠,二姐许了一个剃头的,小妹许的是一个卖糖的。

皮匠的脸上有几颗麻子,一街人都叫他麻皮匠。他在东街的"乾陞和"茶食店廊檐下摆一副皮匠担子。"乾陞和"的门面很宽大,除了一个柜台,两边竖着的两块碎白石底子堆刻黑漆大字的木牌——一块写着"应时糕点",一块写着"满汉饽饽"。这之外,没有什么东西,放一副皮匠担子一点不碍事。麻皮匠每天一早,"乾陞和"才开了门,就拿起一长柄的笤帚把店堂打扫干净,然后就在"满汉饽饽"下面支起担子,开始绱鞋。他是个手脚很快的人。走起路来腿快,绱起鞋来手快。只见他把锥子在头发里"光"两下,一锥子扎过鞋帮鞋底,两根用猪鬃引着的蜡线对穿过去,噌,——噌,两把就绱了一针。流利合拍,均匀紧凑。他绱鞋的时候,常有人歪着头看。绱鞋,本来没有看头,但是麻皮匠绱鞋就能吸引人。大概什么事做得很精熟,就很美了。因为手快，麻皮匠一天能比别的皮匠多绱好几双鞋。不但快，绱得也好。针脚细密，楦得也到家，穿在脚上，不易走样。因此，他生意很好。也因此，落下"麻皮匠"这样一个称号。人家做好了鞋，叫佣人或孩子送去绱，总要叮嘱一句："送到麻皮匠那里去。"这街上还有几个别的皮匠。怕送错了。他脸上的那几颗麻子就成了他的标志。他姓什么呢？好像是姓马。

二姑娘的婆家姓时。老公公名叫时福海。他开了一爿剃头店，字号也就是"时福海记"。剃头的本属于"下九流"，他的店铺每年贴的春联却是："头等事业，顶上生涯。"自从清朝推翻，建立民国，人们剪了辫子，他的店铺主要是剃光头，以"水热刀快"为号召。时福海像所有的老剃头待诏一样，还擅长向阳取耳（掏耳朵），捶背拿筋。剃完头，用两只拳头给顾客哗哗剥剥地捶背（捶出各种节奏和清浊阴阳的脆响），噔噔地揪肩胛后的"懒筋"——捶、揪之后，真是"浑身通泰"。他还专会治"落枕"。睡落了枕，歪着脖子走进去，时福海把你的脑袋搁在他弓起的大腿上，两手扶着下腭，轻试两下，"咔叭"——就扳正了！老年间，剃头匠是半个跌打医生。

这地方不知怎么会有这么一个传统，剃头的多半也是吹鼓手（不是所有的剃头匠都是吹鼓手，也不是所有的吹鼓手都是剃头匠）。时福海就也是一个吹鼓手。他吹唢呐，两腮鼓起两个圆圆的鼓包，憋得满脸通红。他还会"进曲"。好像一城的吹鼓手里只有他会，或只有他擅长于这个玩意儿。人家办丧事，"六七"开吊，在"初献""亚献"之后，有"进曲"这个项目。赞礼的礼生喝道"进——曲！"时福海就拿了一面荸荠鼓，由两个鼓手双笛伴奏，唱一段曲子。曲词比昆曲还要古，内容是"神仙道化"，感叹人生无常，有《薤露》《蒿里》遗意，很可能是元代的散曲。时福海自己也不知道唱的是什么，但还是唱得感慨唏嘘，自己心里都酸溜溜的。

时代变迁,时福海的这一套有点吃不开了。剃光头的人少了,"水热刀快"不那么有号召力了。卫生部门天天宣传挖鼻孔、挖耳朵不卫生。懂得享受捶背揪懒筋的乐趣的人也不多了。时福海忽然变成一个举动迟钝的老头。

时福海有两个儿子。下等人不避父讳,大儿子叫大福子,小儿子叫小福子。

大福子很能赶潮流。他把逐渐暗淡下去的"时福海记"重新装修了一下,门窗柱壁,油漆一新,全部是奶油色,添了三面四尺高、二尺宽的大玻璃镜子。三面大镜之间挂了两个狭长的镜框,里面嵌了磁青矸银的蜡笺对联,请一个擅长书法的医生汪厚基浓墨写了一副对子:

不教白发催人老
更喜春风满面生

他还置办了"夜巴黎"的香水,"司丹康"的发蜡。顶棚上安了一面白布制成的"风扇",有滑车牵引,叫小福子坐着,一下一下地拉"风扇"的绳子,使理发的人觉得"清风徐来",十分爽快。这样,"时福海记"就又兴旺起来了。

大福子也学了吹鼓手。笙箫管笛,无不精通。

这地方不知怎么会流传"倒扳桨""跌断桥""剪靛花"之类的《霓裳续谱》《白雪遗音》时期的小曲。平常人不唱,唱的多是理发的、搓澡的、修脚的、裁缝、做豆腐的年轻子弟。他们晚上常常聚在"时福海记"唱,大福子弹琵琶。"时福海记"外面站了好些人在听。

二凤要嫁的就是大福子。

三姑娘许的这家苦一点,姓吴,小人叫吴颐福,是个遗腹子。家里只有两个人，一个老母亲，是个跛脚，走起路来一跛一跛的。母子二人，相依为命。妈妈很慈祥，儿子很孝顺。吴颐福是个很聪明的人，十五岁上就开始卖糖。卖糖和卖糖可不一样。他卖的不是普通的芝麻糖、花生糖，他卖的是"样糖"。他跟一个师叔学会了一宗手艺：能把白糖化了，倒在模子里，做成大小不等的福禄寿三星、财神爷、麒麟送子。高的二尺，矮的五寸，衣纹生动，须眉清楚；还能把糖里加了色，不用模子，随手吹出各种瓜果，桃、梨、苹果、佛手，跟真的一样，最好看的是南瓜：金黄的瓜，碧绿的蒂子，还开着一朵淡黄的瓜花。这种糖，人家买去，都是当摆设，不吃。——吃起来有什么意思呢，还不是都是糖的甜味！卖得最多的是糖兔子。白糖加麦芽糖熬了，切成梭子形的一块一块，两头用剪刀剪开，一头窝进腹下，是脚；一头便是耳朵。耳朵下捏一下，便是兔子脸，两边嵌进两粒马料豆，一个兔子就成了！马料豆有绿豆大，一头是通红的，一头是漆黑的。这种豆药店里卖，平常配药很少用它，好像是天生就为了做糖兔的眼睛用的！这种糖兔子很便宜，一般的孩子都买得起。也吃了，也玩了。

师叔死后，这门手艺成了绝活儿，全城只有吴颐福一个人会，因此，他的生意是不错的。

他做的这些艺术品都放在擦得晶亮的玻璃橱子里，在肩上挑着。他的糖担子好像一个小型的展览会，歇在哪里，都有人看。

麻皮匠、大福子、吴颐福，都住得离秦老吉家不远。大姑娘、二姑娘、三姑娘几乎每天都能看到她们的女婿。姐儿仨有时在一起互相嘲戏。三姑娘小凤是个镴嘴子[①]，咕咕呱呱，对大姐姐说：

[①] 镴嘴子是一种鸟，喙大而硬。此地说嘴尖舌巧的姑娘为镴嘴子，其实镴嘴子哑着的时候多，不善鸣叫。

"十个麻子九个俏,不是麻子没人要!"

大姐啐了她一口。

她又对二姐姐说:

"姑娘姑娘真不丑,一嫁嫁个吹鼓手。吃冷饭,喝冷酒,坐在人家大门口!"①

二姐也啐了她一口。

两个姐姐容不得小凤如此放肆,就一齐反唇相讥:

"敲锣卖糖,各干各行!"

小妹妹不干了,用拳头捶两个姐姐:

"卖糖怎么啦!卖糖怎么啦!"

秦老吉正在外面拌馅儿,听见女儿打闹,就厉声训斥道:

"靠本事吃饭,比谁也不低。麻油拌芥菜,各有心中爱,谁也不许笑话谁!"

三姊妹听了,都吐了舌头。

姐儿仨同一天出门子,都是腊月二十三。一顶花轿接连送了三个人。时辰倒是错开了,头一个是小凤,日落酉时。第二个是大凤,戌时。最后才是二凤。因为大福子要吹唢呐送小姨子,又要吹唢呐送大姨子。轮到他拜堂时已是亥时。给他吹唢呐的是他的爸爸时福海。时福海吹了一气,又坐到喜堂去受礼。

三天回门。三个姑爷,三个女儿都到了。秦老吉办了一桌酒,除了鸡鸭鱼肉,他特意包了加料三鲜馅的绉纱馄饨,让姑爷尝尝他的手艺。鲜美清香,自不必说。

三个女儿的婆家,都住得不远,两三步就能回来看看父亲。炊煮扫除,浆洗缝补,一如往日。有点小灾小病,头疼脑热,三个女儿抢

---

① 这是当地童谣。"吃冷饭,喝冷酒"也有说成"吃人家饭,喝人家酒"的。

着来伺候，比没出门时还殷勤。秦老吉心满意足，毫无遗憾。他只是有点发愁：他一朝撒手，谁来传下他的这副馄饨担子呢？

笃——笃笃，秦老吉还是挑着担子卖馄饨。

真格的，谁来继承他的这副古典的，南宋时期的，楠木的馄饨担子呢？

一九八一年九月十日

晚饭花

李小龙的家在李家巷。

这是一条南北向的巷子，相当宽，可以并排走两辆黄包车。但是不长，巷子里只有几户人家。

西边的北口一家姓陈。这家好像特别的潮湿，门口总飘出一股湿布的气味，人的身上也带着这种气味。他家有好几棵大石榴，比房檐还高，开花的时候，一院子都是红通通的。结的石榴很大，垂在树枝上，一直到过年下雪时才剪下来。

陈家往南，直到巷子的南口，都是李家的房子。

东边，靠北是一个油坊的堆栈，粉白的照壁上黑漆八个大字："双窨香油，照庄发客。"

靠南一家姓夏。这家进门就是锅灶，往里是一个不小的院子。这家特别重视过中秋。每年的中秋节，附近的孩子就上他们家去玩，去看院子里还在开着的荷花，几盆大桂花，缸里养的鱼；看他家在院子里摆好了的矮脚的方桌，放了毛豆、芋头、月饼、酒壶，准备一家赏月。

在油坊堆栈和夏家之间，是王玉英的家。

王家人很少，一共三口。王玉英的父亲在县政府当录事，每天一早便提着一个蓝布笔袋，一个铜墨盒去上班。王玉英的弟弟上小学。王玉英整天一个人在家。她老是在她家的门道里做针线。

王玉英家进门有一个狭长的门道。三面是墙：一面是油坊堆栈的墙，一面是夏家的墙，一面是她家房子的山墙。南墙尽头有一个小房门，里面才是她家的房屋。从外面是看不见她家的房屋的。这是一个长方形的天井，一年四季，照不进太阳。夏天很凉快，上面是高高的蓝天，正面的山墙脚下密密地长了一排晚饭花。王玉英就坐在这个狭长的天井里，坐在晚饭花前面做针线。

李小龙每天放学，都经过王玉英家的门外。他都看见王玉英（他看了陈家的石榴，又看了"双窨香油，照庄发客"，还会看看夏家的花木）。晚饭花开得很旺盛，它们使劲地往外开，发疯一样，喊叫着，把自己开在傍晚的空气里。浓绿的，多得不得了的绿叶子；殷红的，胭脂一样的，多得不得了的红花；非常热闹，但又很凄清。没有一点声音。在浓绿浓绿的叶子和乱乱纷纷的红花之前，坐着一个王玉英。

这是李小龙的黄昏。要是没有王玉英，黄昏就不成其为黄昏了。

李小龙很喜欢看王玉英，因为王玉英好看。王玉英长得很黑，但是两只眼睛很亮，牙很白。王玉英有一个很好看的身子。

红花、绿叶、黑黑的脸、明亮的眼睛、白的牙，这是李小龙天天看的一张画。

王玉英一边做针线，一边等着她的父亲。她已经焖好饭了，等父亲一进门就好炒菜。

王玉英已经许了人家。她的未婚夫是钱老五。大家都叫他钱老五。不叫他的名字，而叫钱老五，有轻视之意。老人们说他"不学好"。人很聪明，会画两笔画，也能刻刻图章，但做事没有长性。教两天小学，又到报馆里当两天记者。他手头并不宽裕，却打扮得像个阔少爷，穿着细毛料子的衣裳，梳着油光光的分头，还戴了一副金丝眼镜。他交了许多"三朋四友"，风流浪荡，不务正业。都传说他和一个寡妇相好，有时就住在那个寡妇家里，还花寡妇的钱。

这些事也传到了王玉英的耳朵里。连李小龙也都听说了嘛，王玉英还能不知道？不过王玉英倒不怎么难过，她有点半信半疑。而且她相信她嫁过去，他就会改好的。她看见过钱老五，她很喜欢他的人才。

钱老五不跟他的哥哥住。他有一所小房，在臭河边。他成天不在家，门老是锁着。

李小龙知道钱老五在哪里住。他放学每天经过。他有时扒在门缝上往里看：里面有三间房，一个小院子，有几棵树。

王玉英也知道钱老五的住处。她路过时，看看两边没有人，也曾经扒在门缝上往里看过。

有一天，一顶花轿把王玉英抬走了。

从此，这条巷子里就看不见王玉英了。

晚饭花还在开着。

李小龙放学回家，路过臭河边，看见王玉英在钱老五家门前的河边淘米。只看见一个背影。她头上戴着红花。

李小龙觉得王玉英不该出嫁，不该嫁给钱老五。他很气愤。

这世界上再也没有原来的王玉英了。

载一九八二年第一期《十月》

鉴赏家

全县第一个大画家是季匋民,第一个鉴赏家是叶三。

叶三是个卖果子的。他这个卖果子的和别的卖果子的不一样。不是开铺子的,不是摆摊的,也不是挑着担子走街串巷的。他专给大宅门送果子。也就是给二三十家送。这些人家他走得很熟,看门的和狗都认识他。到了一定的日子,他就来了。里面听到他敲门的声音,就知道:是叶三。挎着一个金丝篾篮,篮子上插一把小秤,他走进堂屋,扬声称呼主人。主人有时走出来跟他见见面,有时就隔着房门说话。"给您称——?"——"五斤"。什么果子,是看也不用看的,因为到了什么节令送什么果子都是一定的。叶三卖果子从不说价。买果子的人家也总不会亏待他。有的人家当时就给钱,大多数是到节下(端午、中秋、新年)再说。叶三把果子称好,放在八仙桌上,道一声"得罪",就走了。他的果子不用挑,个个都是好的。他的果子的好处,第一是得四时之先。市上还没有见这种果子,他的篮子里已经有了。第二是都很大,都均匀,很香,很甜,很好看。他的果子全都从他手里过过,有疤的、有虫眼的、挤筐、破皮、变色、过小的全都剔下来,贱价卖给别的果贩。他的果子都是原装;有些是直接到产地采办来的,都是"树熟",——不是在米糠里闷熟了的。他经常出外,出去买果子比他卖果子的时间要多得多。他也很喜欢到处跑。四乡八镇，哪个园子里，什么人家，有一棵什么出名的好果树，他都知道，而且和园主打了多年交道，熟得像是亲家一样了。——别的卖果子的下不了这样的功夫，也不知道这些路道。到处走，能看很多好景致，知道各地乡风，可资谈助，对身体也好。他很少得病，就是因为路走得多。

立春前后，卖青萝卜。"棒打萝卜"，摔在地下就裂开了。杏子、桃子下来时卖鸡蛋大的香白杏，白得像一团雪，只嘴儿以下有一根红线的"一线红"蜜桃。再下来是樱桃，红的像珊瑚，白的像玛瑙。端午前后，枇杷。夏天卖瓜。七八月卖河鲜：鲜菱、鸡头、莲蓬、花下藕。卖马牙枣，卖葡萄。重阳近了，卖梨：河间府的鸭梨、莱阳的半斤酥，还有一种叫作"黄金坠子"的香气扑人个儿不大的甜梨。菊花开过了，卖金橘，卖蒂部起脐子的福州蜜橘。入冬以后，卖栗子、卖山药（粗如小儿臂）、卖百合（大如拳）、卖碧绿生鲜的檀香橄榄。

他还卖佛手、香橼。人家买去，配架装盘，书斋清供，闻香观赏。

不少深居简出的人，是看到叶三送来的果子，才想起现在是什么节令了的。

叶三卖了三十多年果子，他的两个儿子都成人了。他们都是学布店的，都出了师了。老二是三柜，老大已经升为二柜了。谁都认为老大将来是会升为头柜，并且会当管事的。他天生是一块好材料。他是店里头一把算盘，年终结总时总得由他坐在账房里哗哗剥剥打好几天。接待厂家的客人，研究进货（进货是个大学问，是一年的大计，下年多进哪路货，少进哪路货，哪些必须常备，哪些可以试销，关系全年的盈亏），都少不了他。老二也很能干。量尺、撕布（撕布不用剪子开口，两手的两个指头夹着，借一点巧劲，哧——的一声，布就撕到头了),干净利落。店伙的动作快慢,也是一个布店的招牌。顾客总愿意从手脚麻利的店伙手里买布。这是天分,也靠练习。有人就一辈子都是迟钝笨拙,改不过来。不管干哪一行,都是人比人,这是没有办法的事。弟兄俩都长得很神气,眉清目秀,不高不矮。布店的店伙穿得都很好。什么料子时新,他们就穿什么料子。他们的衣料当然是价廉物美的。他们买衣料是按进货价算的,不加利润;若是零头,还有折扣。这是布店的规矩,也是老板乐为之的,因为店伙穿得时髦,也是给店里装门面的事。有的顾客来买布,常常指着店伙的长衫或翻在外面的短衫的袖子:"照你这样的,给我来一件。"

弟兄俩都已经成了家,老大已经有一个孩子,——叶三抱孙子了。

这年是叶三五十岁整生日,一家子商量怎么给老爷子做寿。老大老二都提出爹不要走宅门卖果子了,他们养得起他。

叶三有点生气了:

"嫌我给你们丢人?两位大布店的'先生',有一个卖果子的老爹,不好看?"

儿子连忙解释:

"不是的。你老人家岁数大了,老在外面跑,风里雨里,水路旱路,做儿子的心里不安。"

"我跑惯了。我给这些人家送惯了果子。就为了季四太爷一个人,我也得卖果子。"

季四太爷即季匋民。他大排行是老四,城里人都称之为四太爷。

"你们也不用给我做什么寿。你们要是有孝心,把四太爷送我的画拿出去裱了,再给我打一口寿材。"这里有这样一种风俗,早早就把寿材准备下了,为的讨个吉利:添福添寿。于是就都依了他。

叶三还是卖果子。

他真是为了季匋民一个人卖果子的。他给别人家送果子是为了挣钱,他给季匋民送果子是为了爱他的画。

季匋民有一个脾气,一边画画,一边喝酒。喝酒不就菜,就水果。画两笔,凑着壶嘴喝一大口酒,左手拈一片水果,右手执笔接着画。画一张画要喝二斤花雕,吃斤半水果。

叶三搜罗到最好的水果,总是首先给季匋民送去。

季匋民每天一起来就走进他的小书房——画室。叶三不须通报,由一个小六角门进去,走过一条碎石铺成的冰花曲径,隔窗看见季匋民,就提着、捧着他的鲜果走进去。

"四太爷,枇杷,白沙的!"

"四太爷,东墩的西瓜,三白!——这种三白瓜有点梨花香味,别处没有!"

他给季匋民送果子,一来就是半天。他给季匋民磨墨、漂朱膘、研石青石绿、抻纸。季匋民画的时候,他站在旁边很入神地看,专心致意,连大气都不出。有时看到精彩处,就情不自禁地深深吸一口气,甚至小声地惊呼起来。凡是叶三吸气、惊呼的地方,也正是季匋民的得意之笔。季匋民从不当众作画,他画画有时是把书房门锁起来的。对叶三可例外,他很愿意有这样一个人在旁边看着,他认为叶三真懂,叶三的赞赏是出于肺腑,不是假充内行,也不是谀媚。

季匋民最讨厌听人谈画。他很少到亲戚家应酬。实在不得不去的,他也是到一到,喝半盏茶就道别。因为席间必有一些假名士高谈阔论。因为季匋民是大画家,这些名士就特别爱在他面前评书论画,借以卖弄自己高雅博学。这种议论全都是道听途说,似通不通。季匋民听了,实在难受。他还知道,他如果随声答音,应付几句,某一名士就会在别的应酬场所重贩他的高论,且说:"兄弟此言,季匋民亦深为首肯。"

但是他对叶三另眼相看。

季匋民最佩服李复堂①。他认为扬州八怪里李复堂功力最深，大幅小品都好，有笔有墨，也奔放，也严谨，也浑厚，也秀润，而且不装模作样，没有江湖气。有一天叶三给他送来四开李复堂的册页，使季匋民大吃一惊：这四开册页是真的！季匋民问他是多少钱买的，叶三说没花钱。他到三垛贩果子，看见一家的柜橱的玻璃里镶了四幅画，——他在四太爷这里看过不少李复堂的画，能辨认，他用四张"苏州片"②跟那家换了。"苏州片"花花绿绿的，又是簇新的，那家还很高兴。

叶三只是从心里喜欢画，他从不瞎评论。季匋民画完了画，钉在壁上，自己负手远看，有时会问叶三：

"好不好？"

"好！"

"好在哪里？"

叶三大都能一句话说出好在何处。

季匋民画了一幅紫藤，问叶三。

叶三说："紫藤里有风。"

"唔！你怎么知道？"

"花是乱的。"

"对极了！"

季匋民提笔题了两句词：

---

① 李复堂，名鱓，字宗扬，复堂是他的号，又号懊道人。他是康熙年间的举人，当过滕县知县，因为得罪上级，功名和官都被革掉了，终年只做画师。他作画有时得向郑板桥去借纸，大概是相当穷困的。他本画工笔，是宫廷画家蒋廷锡的高足。后到扬州，改画写意，师法高其佩，受徐青藤、八大、石涛的影响，风度大变，自成一家。

② 仿旧的画，多为工笔花鸟，设色娇艳，旧时多为苏州画工所作，行销各地，故称"苏州片"。苏州片也有仿制得很好的，并不俗气。

136

深院悄无人，风拂紫藤花乱。

　　季匋民画了一张小品，老鼠上灯台。叶三说："这是一只小老鼠。"
　　"何以见得？"
　　"老鼠把尾巴卷在灯台柱上。它很顽皮。"
　　"对！"
　　季匋民最爱画荷花。他画的都是墨荷。他佩服李复堂，但是画风和复堂不似。李画多凝重，季匋民飘逸。李画多用中锋，季匋民微用侧笔，——他写字写的是章草。李复堂有时水墨淋漓，粗头乱服，意在笔先；季匋民没有那样的恣悍，他的画是大写意，但总是笔意俱到，收拾得很干净，而且笔致疏朗，善于利用空白。他的墨荷参用了张大千，但更为舒展。他画的荷叶不勾筋，荷梗不点刺，且喜作长幅，荷梗甚长，一笔到底。

　　有一天，叶三送了一大把莲蓬来，季匋民一高兴，画了一幅墨荷，好些莲蓬。画完了，问叶三："如何？"
　　叶三说："四太爷，你这画不对。"
　　"不对？"
　　"'红花莲子白花藕。'你画的是白荷花，莲蓬却这样大，莲子饱，墨色也深，这是红荷花的莲子。"
　　"是吗？我头一回听见！"
　　季匋民于是展开一张八尺生宣，画了一张红莲花，题了一首诗：

　　　　红花莲子白花藕，
　　　　果贩叶三是我师。

　　　　惭愧画家少见识，

137

为君破例著胭脂。

季匋民送了叶三很多画。——有时季匋民画了一张画,不满意,团掉了。叶三捡起来,过些日子送给季匋民看看,季匋民觉得也还不错,就略改改,加了题,又送给了叶三。季匋民送给叶三的画都是题了上款的。叶三也有个学名。他五行缺水,起名润生。季匋民给他起了个字,叫泽之。送给叶三的画上,常题"泽之三兄雅正"。有时径题"画与叶三"。季匋民还向他解释:以排行称呼,是古人风气,不是看不起他。

有时季匋民给叶三画了画,说:"这张不题上款吧,你可以拿去卖钱,——有上款不好卖。"

叶三说:"题不题上款都行。不过您的画我不卖!"

"不卖?"

"一张也不卖!"

他把季匋民送他的画都放在他的棺材里。

十多年过去了。

季匋民死了。叶三已经不卖果子,但是他四季八节,还四处寻觅鲜果,到季匋民坟上供一供。

季匋民死后,他的画价大增。日本有人专门收藏他的画。大家知道叶三手里有很多季匋民的画,都是精品。很多人想买叶三的藏画。叶三说:

"不卖。"

有一天有一个外地人来拜望叶三,叶三看了他的名片,这人的姓很奇怪。姓"辻",叫"辻听涛"。一问,是日本人。辻听涛说他是专程来看他收藏的季匋民的画的。

因为是远道来的,叶三只得把画拿出来。辻听涛非常虔诚,要了

清水洗了手,焚了一炷香,还先对画轴拜了三拜,然后才展开。他一边看,一边不停地赞叹:

"喔!喔!真好!真是神品!"

辻听涛要买这些画,要多少钱都行。

叶三说:

"不卖。"

辻听涛只好怅然而去。

叶三死了。他的儿子遵照父亲的遗嘱,把季匋民的画和父亲一起装在棺材里,埋了。

一九八二年二月二十八日

载一九八二年第五期《北京文学》

王四海的黄昏

北门外有一条承志河。承志河上有一道承志桥,是南北的通道,每天往来行人很多。这是座木桥,相当的宽。这桥的特别处是上面有个顶子,不方不圆而长,形状有点像一个船篷。桥两边有栏杆,栏杆下有宽可一尺的长板,就形成两排靠背椅。夏天,常有人坐在上面歇脚、吃瓜;下雨天,躲雨。人们很喜欢这座桥。

桥南是一片旷地。据说早先这里是有人家的,后来一把火烧得精光,就再也没有人来盖房子。这不知是哪一年的事了。现在只是一片平地,有一点像一个校场。这就成了放风筝,踢毽子的好地方。小学生放了学,常到这里来踢皮球。把几个书包往两边一放,这就是球门。奔跑叫喊了一气,滚得一身都是土。不知是谁喊了一声:"回家吃饭啰!"于是提着书包,紧紧裤子,一窝蜂散去。

这又是各种卖艺人作场的地方。耍猴的。猴能爬旗杆,还能串戏——自己打开箱子盖,自己戴帽子,戴胡子。最好看的是猴子戴了"鬼脸"——面具,穿一件红袄,帽子上还有两根野鸡毛,骑羊。老绵羊围着场子飞跑,颈项里挂了一串铜铃,哗棱棱棱地响。耍木头人戏的,老是那一出:《王香打虎》。王香的父亲上山砍柴,被老虎吃了。王香赶去,把老虎打死,从老虎的肚子里把父亲拉出来。父亲活了。父子两人抱在一起——完了。王香知道父亲被老虎吃了，感情很激动。那表达的方式却颇为特别：把一个木头脑袋在"台"口的栏杆上磕碰，碰得笃笃地响，"嘴"里"呜丢丢，呜丢丢"地哭诉着。这大概是所谓"呼天抢地"吧。围看的大人和小孩也不知看了多少次《王香打虎》了（王香已经打了八百年的老虎了，——从宋朝算起），但当看到王香那样激烈地磕碰木头脑袋，还是会很有兴趣地哄笑起来。耍把戏，铛铛铛……铛铛铛——铛！铜锣声切住。"在家靠父母，出外靠朋友。有钱的帮个钱场子，没钱的帮着人场子。"——"小把戏！玩几套？"——"玩三套！"于是一个瘦骨伶仃的孩子，脱光了上衣（耍把戏多是冬天），两手握着一根小棍，把两臂从后面撅——撅——撅，直到有人"哗又哗叉"——投出铜钱，这才撅过来。一到要表演"大卸八块"了，有的妇女就急忙丢下几个钱，神色紧张地调头走了。有时，腊月送灶以后，旷场上立起两根三丈长的杉篙，当中又横搭一根，人们就知道这是来了耍"大把戏"的，大年初一，要表演"三上吊"了。所谓"三上吊"，是把一个女孩的头发（长发，原来梳着辫子），用烧酒打湿，在头顶心攥紧，系得实实的；头发挽扣，一根长绳，掏进发扣，用滑车拉上去，这女孩就吊在半空中了。下面的大人，把这女孩来回推晃，女孩子就在半空中悠动起来。除了做寒鸭凫水、童子拜观音等等动作外，还要做脱裤子、穿裤子的动作。这女孩子穿了八条裤子，在空中把七条裤子一条一条脱下，又一条一条穿上。这女孩子悠过来，悠过去，就是她那一把头发拴在绳子上……

到了有卖艺人作场，承志桥南的旷场周围就来了许多卖吃食的。卖烂藕的，卖煮荸荠的，卖牛肉高粱酒，卖回卤豆腐干，卖豆腐脑的，吱吱喝喝，异常热闹。还有卖梨膏糖的。梨膏糖是糖稀、白砂糖，加一点从药店里买来的梨膏熬制成的，有一点梨香。一块有半个火柴盒大，一分厚，一块一块在一方木板上摆列着。卖梨膏糖的总有个四脚交叉的架子,上铺木板,还装饰着一些绒球、干电池小灯泡。卖梨膏糖全凭唱。他有那么一个六角形的小手风琴。本地人不识手风琴,管那玩意叫"呜哩哇",因为这东西只能发出这样三个声音。卖梨膏糖的把木架支好,就拉起"呜哩哇"唱起来:

> 太阳出来一点(哪)红,
> 秦琼卖马下山(的)东。
> 秦琼卖了他的黄骠(的)马啊,
> 五湖四海就访(啦)宾(的)朋!
> 呜哩呜哩哇,
> 呜哩呜哩哇……

这些玩意儿,年复一年,都是那一套,大家不免有点看厌了,虽则到时还会哄然大笑,会神色紧张。终于有一天,来了王四海。

有人跟卖梨膏糖的说:

"嗨,卖梨膏糖的,你的嘴还真灵,你把王四海给唱来了!"

"我?"

"你不是唱'五湖四海访宾朋'吗?王四海来啦!"

"王四海?"

卖梨膏糖的不知王四海是何许人。

王四海一行人下了船,走在大街上,就引起城里人的注意。一共七个人。走在前面的是一个小小子,一个小姑娘,一个瘦小但很精神的年轻人,一个四十开外的彪形大汉。他们都是短打扮,但是衣服的式样、颜色都很时髦。他们各自背着行李,提着皮箱。皮箱上贴满了轮船、汽车和旅馆的圆形的或椭圆形的标记。虽然是走了长路,但并不显得风尘仆仆。脚步矫健,气色很好。后面是王四海。他戴了一顶兔灰色的呢帽，穿了一件酱紫色烤花呢的大衣，——虽然大衣已经旧了，可能是在哪个大城市的拍卖行里买来的。他空着手，什么也不拿。他一边走，一边时时抱拳向路旁伫看的人们致意。后面两个看来是伙计，穿着就和一般耍把戏的差不多了。他们一个挑着一对木箱；一个扛着一捆兵器，——枪尖刀刃都用布套套着，一只手里牵着一头水牛。他们走进了五湖居客栈。

卖艺的住客栈，少有。——一般耍把戏卖艺的都住庙，有的就住在船上。有人议论："五湖四海，这倒真应了典了。"

这地方把住人的旅店分为两大类：房间"高尚"，设备新颖，软缎被窝，雪白毛巾，带点洋气的，叫旅馆，门外的招牌上则写作"××旅社"；较小的仍保留古老的习惯，叫客栈，甚至更古老一点，还有称之为"下处"的。客栈的格局大都是这样：两进房屋，当中有个天井，有十来个房间。砖墙、矮窗。不知什么道理，客栈的房间哪一间都见不着太阳。一进了客栈，除了觉得空气潮湿，还闻到一股长期造成的洗脸水和小便的气味。这种气味一下子就抓住了旅客，使他们觉得非常亲切。对！这就是他们住惯了的那种客栈！他们就好像到了家了。客栈房金低廉，若是长住，还可打个八折、七折。住客栈的大都是办货收账的行商、细批流年的命相家、卖字画的、看风水的、走方郎中、草台班子"重金礼聘"的名角、寻亲不遇的落魄才子……一到晚上，客栈门口就挂出一个很大的灯笼。灯笼两侧贴着扁宋体的红字，一侧写道："招商客栈"，一侧是"近悦远来"。

五湖居就是这样一个客栈。这家客栈的生意很好，为同行所艳羡。人们说，这是因为五湖居有一块活招牌，就是这家的掌柜的内眷，外号叫貂蝉。叫她貂蝉，一是因为她长得俊俏；二是因为她丈夫比她大得太多。她二十四五，丈夫已经五十大几，俨然是个董卓。这董卓的肚脐可点不得灯，他瘦得只剩下一把骨头，是个痨病胎子。除了天气好的时候,他起来坐坐,平常老是在后面一个小单间里躺着。栈里的大小事务,就都是貂蝉一个人张罗着。其实也没有多少事。客人来了,登店簿,收押金,开房门;客人走时,算房钱,退押金,收钥匙。她识字,能写会算,这些事都在行。泡茶、灌水、扫地、抹桌子、替客人跑腿买东西,这些事有一个老店伙和一个小孩子支应,她用不着管。春夏天长,她成天坐在门边的一张旧躺椅上嗑瓜子,有时轻轻地哼着小调:

一把扇子七寸长,
一个人扇风二人凉……

或拿一面镜子,用一把小镊子对着镜子夹眉毛。觉得门前有人走过,就放下镜子看一眼,似有情,又似无意。

街上人对这个女店主颇有议论。有人说,她是可以陪宿的,还说过夜的钱和房钱一块结算,账单上写得明明白白:房金多少,陪宿几次。有人说:"别瞎说!你嘴上留德。人家也怪难为,嫁了个痨病壳子,说不定到现在还是个黄花闺女!"

这且不言,却说王四海一住进五湖居,下午就在全城的通衢要道、热闹市口贴了很多海报。打武卖艺的贴海报,这也少有。海报的全文上一行是"历下王四海献艺";下行小字:"每日下午承志桥。"语意颇似《老残游记》白妞黑妞说书的招贴。大抵齐鲁人情古朴,文风也简练如此。

第二天,王四海拿了名片到处拜客。这在县城,也是颇为新鲜的事。商会会长、重要的钱庄、布店、染坊、药铺,他都投了片子,进去说了几句话,无非是:"初到宝地,请多关照。"

随即留下一份红帖。凭帖入场,可以免费。他的名片上印的是:

> 南北武术　力胜牤牛
> 　　大力士　王　四　海
> 　　　　　　　　山东济南

他到德寿堂药铺特别找管事的苏先生多谈了一会。原来王四海除了"献艺"，还卖膏药。熬膏药需要膏药虀子，——这东西有的地方叫作"膏药粘"，状如沥青，是一切膏药之母。叙谈结果，德寿堂的管事同意八折优惠，先货后款——可以赊账。王四海当即留下十多张红帖。

至于他给女店主送去几份请帖，自不待说。

王四海献艺的头几天，真是万人空巷。

打虎亲兄弟，上阵父子兵。王四海的这个武术班子，都姓王，都是叔伯兄弟，侄儿侄女。他们走南闯北，搭过很多班社，走过很多码头。大概五省联军总司令孙传芳到过的地方，他们也都到过。他们在上海大世界、南京夫子庙、汉口民众乐园、苏州玄妙观，都表演过。他们原来在一个相当大的马戏杂技团，后来这个杂技团散了，方由王四海带着，来跑小码头。

锣鼓声紧张热烈。虎音大锣，高腔南堂鼓，听着就不一样。老远就看见铁脚高杆上飘着四面大旗，红字黑字，绣得分明："以武会友""南北武术""力胜牤牛""祖传膏药"。场子也和别人不一样，不是在土地上用锣槌棒画一个圆圈就算事，而是有一圈深灰色的帆布帷子。入门一次收费，中场不再零打钱。这气派就很"高尚"。

玩意儿也很地道。真刀真枪，真功夫，很干净，很漂亮，很文明，——没有一点野蛮、恐怖、残忍。

彪形大汉、精干青年、小小子、小姑娘，依次表演。或单人，或对打。三节棍、九节鞭、双手带单刀破花枪、双刀进枪、九节鞭破三节棍……

掌声，叫好。

王四海在前面表演了两个节目：护手钩对单刀、花枪，单人猴拳。他这猴拳是南派。服装就很慑人。一身白。下边是白绸肥腿大裆的灯笼裤，上身是白紧身衣，腰系白铜大扣的宽皮带，脉门上戴着两个黑皮护腕，护腕上两圈雪亮的泡钉。果然是身手矫捷，状如猿猴。他这猴拳是带叫唤的，当他尖声长啸时，尤显得猴气十足。到他手搭凉棚，东张西望，或缩颈曲爪搔痒时，周围就发出赞赏的笑声。——自从王四海来了后，原来在旷场上踢皮球的皮孩子就都一边走路，一边模仿他的猴头猴脑的动作，尖声长啸。

猴拳打完，彪形大汉和精干青年就卖一气膏药。一搭一档，一问一答。他们的膏药，就像上海的黄楚九大药房的"百灵机"一样，"有意想不到之效力"，什么病都治：五痨七伤、筋骨疼痛、四肢麻木、半身不遂、膨胀噎嗝、吐血流红、对口搭背、无名肿毒、梦遗盗汗、小便频数……甚至肾囊阴湿都能包好。

"那位说了，我这是臊裆——"

"对，俺的性大！"

"恁要是这么说，可就把自己的病耽误了！"

"这是病！"

"这是阳弱阴虚，肾不养水！"

"这是肾亏?!"

"对了！一天两天不要紧。一月两月也不要紧。一年两年，可就坏了事了！"

"坏了啥事？"

"妨碍恁生儿育女。不孝有三，无后为大。全凭一句话，提醒憷懂人。买几帖试试！"

"能见效？"

"能见效！一帖见好，两帖去病，三帖除根！三帖之后，包管您身强力壮，就跟王四海似的，能跟水牛摔跤。买两帖，买两帖。不多卖！就这二三十张膏药，卖完了请看王四海力胜牯牛，——跟水牛摔跤！"

这两位绕场走了几圈，人们因为等着看王四海和水牛摔跤，膏药也不算太贵，而且膏药黢乌黑发亮，非同寻常，疑若有效，不大一会，也就卖完了。这时一个伙计已经把水牛牵到场地当中。

王四海再次上场，换了一身装束，斗牛士不像斗牛士，摔跤手不像摔跤手。只见他上身穿了一件黑大绒的褡裢，上绣金花，下身穿了一条紫红库缎的裤子，足蹬黑羊皮软靴。上场来，双手抱拳，作了一个罗圈揖，随即走向水牛，双手扳住牛犄角，浑身使劲。牛也不瓤，它挺着犄角往前顶，差一点把王四海顶出场外。王四海双脚一跺，钉在地上，牛顶不动他了。等王四海拿出手来，拉了一个山膀，再度攥住牛角，水牛又拼命往后退，好赖不让王四海把它扳倒。王四海把牛拽到场中，运了运气。当他又一次抓到牛角时，这水牯牛猛一扬头，把王四海扔出去好远。王四海并没有摔倒在地，而是就势翻了一串小翻，身轻如燕，落地无声。

"好！"

王四海绕场一周，又运了运气。老牛也哞哞地叫了几声。

正在这牛颇为得意的时候，王四海突然从它的背后蹿到前面，手扳牛角，用尽两膀神力，大喝一声："嗨呷！"说时迟，那时快，只听见"吭腾"一声，水牛已被摔翻在地。

"好！！"

全场爆发出炸雷一样的彩声。

王四海抬起身来，向四面八方鞠躬行礼，表示感谢。他这回行的不是中国式的礼，而是颇像西班牙的斗牛士行的那种洋礼，姿势优美，风度颇似泰隆宝华，越显得飒爽英俊，一表非凡。全场男女观众纷纷起立，报以掌声。观众中的女士还不懂洋规矩，否则她们是很愿意把一把一把鲜花扔给他的。他在很多观众的心目中成了一位英雄。他们以为天下英雄第一是黄天霸，第二便是王四海。有一个挨着貂蝉坐的油嘴滑舌的角色大声说："这倒真是一位吕布！"

貂蝉白了他一眼，没有说话。

观众散场。老牛这时已经起来。一个伙计扔给它一捆干草，它就半卧着吃了起来。它知道，收拾刀枪，拆帆布帷子，总得有一会，它尽可安安静静地咀嚼。——它一天只有到了这会才能吃一顿饱饭呀。这一捆干草就是它摔了一跤得到的报酬。

不几天，王四海在离承志桥不远的北门外大街上租了两间门面，卖膏药。他下午和水牛摔跤，上午坐在膏药店里卖膏药。王四海为人很"四海"，善于应酬交际。膏药开张前一天，他把附近较大店铺的管事的都请到五柳园吃了一次早茶，请大家捧场。果然到开张那天，王四海的铺子里就挂满了同街店铺送来的大红蜡笺对子、大红洋绉的幛子。对子大部分都写的是："生意兴隆通四海，财源茂盛达三江。"幛子上的金字则是"名扬四海""四海名扬"，一碗豆腐，豆腐一碗。红通通的一片，映着兵器架上明晃晃的刀枪剑戟，显得非常火炽热闹。王四海有一架RCA老式留声机，就搬到门口唱起来。不过他只有三张唱片，一张《毛毛雨》、一张《枪毙阎瑞生》、一张《洋人大笑》，只能翻来覆去地调换。一群男女洋人在北门外大街笑了一天，笑得前仰后合，上气不接下气。

承志河涨了春水，柳条儿绿了，不知不觉，王四海来了快两个月了。花无百日红，王四海卖艺的高潮已经过去了。看客逐渐减少。城里有不少人看"力胜水牛"已经看了七八次，乡下人进城则看了一次就不想再看了，——他们可怜那条牛。

这天晚上，老大（彪形大汉）、老六（精干青年）找老四（王四海）说"事"。他们劝老四见好就收。他们走了那么多码头，都是十天半拉月，顶多一个"号头"（一个月，这是上海话），像这样连演四十多场（刨去下雨下雪），还没有过。葱烧海参，也不能天天吃。就是海京伯来了，也不能连满仨月。要是"瞎"在这儿，败了名声，下个码头都不好走。

王四海不说话。

他们知道四海为什么留恋这个屁帘子大的小城市，就干脆把话挑明了。

"俺们走江湖卖艺的，最怕在娘们身上栽了跟头。寻欢作乐，露水夫妻，那不碍。过去，哥没问过你。你三十往外了，还没成家，不能老叫花猫吃豆腐。可是这种事，认不得真，着不得迷。你这回，是认了真，着了迷了！你打算怎么着？难道真要在这儿当个吕布？你正是好时候，功夫、卖相，都在那儿摆着。有多少白花花的大洋钱等着你去挣。你可别把一片锦绣前程自己白白地葬送了！俺们老王家，可就指望着你啦！"

"好事不出门，坏事传千里，没有不透风的墙。你听到这儿人的闲言碎语了么？别看这小地方的人，不是好欺的。墙里开花墙外香，他们不服这口气。要是叫人家堵住了，敲一笔竹杠是小事；绳捆索绑，押送出境，可就现了大眼了。一世英名，付之流水。四哥，听兄弟一句话，走吧！"

王四海还是不说话。

"你说话，说一句话呀！"

王四海说："再续半个月，再说。"

老大、老六摇头。

王四海的武术班子真是走了下坡路了,一天不如一天。老大、老六、侄儿、侄女都不卖力气。就是两个伙计敲打的锣鼓,也是没精打采的。王四海怪不得他们,只有自己格外"卯上"。山膀拉得更足,小翻多翻了三个,"嗨咿"一声也喊得更为威武。就是这样,也还是没有多少人叫好。

这一天,王四海和老牛摔了几个回合,到最后由牛的身后蹿出,扳住牛角,大喝一声,牛竟没有倒。

观众议论起来。有人说王四海的力气不行了,有人说他的力气已经用在别处了。这两人就对了对眼光,哈哈一笑。有人说:"不然,这是故意卖关子。王四海今天准有更精彩的表演。——瞧!"

王四海有点沉不住气,寻思:这牛今天是怎么了?一面又绕场一周,运气,准备再摔。不料,在他绕场、运气的时候,还没有接近老牛,离牛还有八丈远,这牛"吭腾"一声,自己倒了!

观众哗然,他们大笑起来。他们明白了:"力胜牯牛"原来是假的。这牛是驯好了的。每回它是自己倒下,王四海不过是在那里装腔作势做做样子。这回不知怎么出了岔子,露了馅了。也许是这牛犯了牛脾气,再不就是它老了,反应迟钝了……大家一哄而散。

王家班开了一个全体会议,连侄儿、侄女都参加,一致决议:走!明天就走!

王四海说,他不走。

"还不走?!你真是害了花疯啦!那好,将军不下马,各自奔前程。你不走,俺们走,可别怪自己弟兄不义气!栽到这份上,还有脸再在这城里待下去吗?"

王四海觉得对不起叔伯兄弟,他什么也不要,只留下一对护手钩,其余的,什么都叫他们带走。他们走了,连那条老牛也牵走了。

王四海把他们送到码头上。

老大说:"四兄弟,我们这就分手了。到了那儿,给你来信。你要是还想回来,啥时候都行。"

王四海点点头。

老六说:"四哥,多保重——小心着点!"

王四海点点头。

侄儿侄女给王四海行了礼,说:"四叔,俺们走了!"说着,这两个孩子的眼泪就下来了。王四海的心里也是酸酸的。

王四海一个人留下来,卖膏药。

他到德寿堂找了管事苏先生。苏先生以为他又要来赊膏药藕子,问他这回要多少。王四海说:

"苏先生,我来求您一件事。"

"什么事?"

"能不能给我几个膏药的方子?"

"膏药方子?你以前卖的膏药都放了什么药?"

"什么也没有,就是您这儿的膏药藕子。"

"那怎么摊出来乌黑雪亮的?"

"掺了点松香。"

"那你还卖那种膏药不行吗?"

"苏先生!要是过路卖艺,日子短,卖点假膏药,不要紧。这治不了病,可也送不了命。等买的主发现膏药不灵,我已经走了,他也找不到我。我想在贵宝地长住下去,不能老这么骗人。往后我就指着这吃饭,得卖点真东西。"

苏先生觉得这是几句有良心的话,说得也很恳切;德寿堂是个大药店,不靠卖膏药赚钱,就答应了。

苏先生还把王四海的这番话传了出去,大家都知道王四海如今卖的是真膏药。大家还议论，这个走江湖的人品不错。王四海膏药店的生意颇为不恶。

不久，五湖居害痨病的掌柜死了，王四海就和貂蝉名正言顺地在一起过了。

他不愿人议论他是贪图五湖居的产业而要了貂蝉的，五湖居的店务他一概不问。他还是开他的膏药店。

光阴荏苒，眨眼的工夫，几年过去了。貂蝉生了个白胖小子，已经满地里跑了。

王四海穿起了长衫，戴了罗宋帽，看起来和一般生意人差不多，除了他走路抓地（练武的人走路都是这个走法，脚指头抓着地），已经不像个打把势卖艺的了。他的语声也变了。腔调还是山东腔，所用的字眼很多却是地道的本地话。头顶有点秃，而且发胖了。

他还保留一点练过武艺人的习惯，每天清早黄昏要出去遛遛弯，在承志桥上坐坐，看看来往行人。

这天他收到老大、老六的信，看完了，放在信插子里，依旧去遛弯。他坐在承志桥的靠背椅上，听见远处有什么地方在吹奏"得胜令"，他忽然想起大世界、民众乐园，想起霓虹灯、马戏团的音乐。他好像有点惆怅。他很想把那对护手钩取来耍一会。不大一会，连这点意兴也消失了。

王四海站起来，沿着承志河，漫无目的地走着。夕阳把他的影子拉得很长。

载一九八二年第二期《小说界》

八千岁

据说他是靠八千钱起家的,所以大家背后叫他八千岁。八千钱是八千个制钱,即八百枚当十的铜元。当地以一百铜元为一吊,八千钱也就是八吊钱。按当时银钱市价,三吊钱兑换一块银元,八吊钱还不到两块七角钱。两块七角钱怎么就能起了家呢?为什么整整是八千钱,不是七千九,不是八千一?这些,谁也不去追究,然而死死地认定了他就是八千钱起家的,他就是八千岁!

他如果不是一年到头穿了那样一身衣裳,也许大家就不会叫他八千岁了。他这身衣裳,全城无二。无冬历夏,总是一身老蓝布。这种老蓝布是本地土织,本地的染坊用蓝靛染的。染得了,还要由一个师傅双脚分叉,站在一个U字形的石碾上,来回晃动,加以碾压,然后摊在河边空场上晒干。自从有了阴丹士林,这种老蓝布已经不再生产,乡下还有时能够见到,城里几乎没有人穿了。蓝布长衫,蓝布夹袍,蓝布棉袍,他似乎做得了这几套衣服,就没有再添置过。年复一年,老是这几套。有些地方已经洗得露了白色的经纬,而且打了许多补丁。衣服的款式也很特别,长度一律离脚面一尺。这种才能盖住膝盖的长衫,从前倒是有过,叫作"二马裾"。这些年长衫兴长,穿着拖齐脚面的铁灰洋绉时式长衫的年轻的"油儿"，看了八千岁的这身二马裾，觉得太奇怪了。八千岁有八千岁的道理，衣取蔽体，下面的一截没有用处，要那么长干什么？八千岁生得大头大脸，大鼻子大嘴，大手大脚，终年穿着二马裾，任人观看，心安理得。

他的儿子跟他长得一模一样，只是比他小一号，也穿着一身老蓝布的二马裾，只是老蓝布的颜色深一些，补丁少一些。父子二人在店堂里一站，活脱是大小两个八千岁。这就更引人注意了。八千岁这个名字也就更被人叫得死死的。

大家都知道八千岁现在很有钱。

八千岁的米店看起来不大，门面也很黯淡。店堂里一边是几个米囤子，囤里依次分别堆积着"头糙""二糙""三糙""高尖"。头糙是只碾一道，才脱糠皮的糙米，颜色紫红。二糙较白。三糙更白。高尖则是雪白发亮几乎是透明的上好粳米。四个米囤，由红到白，各有不同的买主。头糙卖给挑箩把担卖力气的，二糙三糙卖给住家铺户，高尖只少数高门大户才用。一般人家不是吃不起，只是觉得吃这样的米有点"作孽"。另外还有两个小米囤，一囤糯米；一囤晚稻香粳——这种米是专门煮粥用的。煮出粥来，米长半寸，颜色浅碧如碧螺春茶，香味浓厚，是东乡三垛特产，产量低，价极昂。这两种米平常是没有人买的，只是既是米店，不能不备。另外一边是柜台，里面有一张账桌，几把椅子。柜台一头，有一块竖匾，白地子，上漆四个黑字，道是："食为民天。"竖匾两侧，贴着两个字条，是八千岁的手笔。年深日久，字条的毛边纸已经发黄，墨色分外浓黑。一边写的是"僧道无缘"，一边是"概不作保"。这地方每年总有一些和尚来化缘（道士似无化缘一说），背负一面长一尺、宽五寸的木牌，上画护法韦驮，敲着木鱼，走到较大铺户之前，总可得到一点布施。这些和尚走到八千岁门前，一看"僧道无缘"四个字，也就很知趣地走开了。不但僧道无缘，连叫花子也"概不打发"。叫花子知道不管怎样软磨硬泡，也不能从八千岁身上拔下一根毛来，也就都"别处发财"，省得白费工夫。中国不知从什么时候兴了铺保制度。领营业执照，向银行贷款，取一张"仰沿路军警一体放行，妥加保护"的出门护照，甚至有些私立学校填写入学志愿书，都要有两家"殷实铺保"。吃了官司，结案时要"取保释放"。因此一般"殷实"一些的店铺就有为人作保的义务。铺保不过是个名义，但也有时惹下一些麻烦。有的被保的人出了问题，官方警方不急于追究本人，却跟作保的店铺纠缠不休，目的无非是敲一笔竹杠。八千岁可不愿惹这种麻烦。"僧道无缘""概不作保"的店铺不止八千岁一家，然而八千岁如此，就不免引起路人侧目，同行议论。

八千岁米店的门面虽然极不起眼，"后身"可是很大。这后身本是夏家祠堂。夏家原是望族。他们聚族而居的大宅子的后面有很多大树，有合抱的大桂花，还有一湾流水，景色幽静，现在还被人称为夏家花园，但房屋已经残破不堪了。夏家败落之后，就把祠堂租给了八千岁。朝南的正屋里一长溜祭桌上还有许多夏家的显考显妣的牌位。正屋前有两棵柏树。起初逢清明，夏家的子孙还来祭祖，这几年来都不来了，那些刻字涂金的牌位东倒西歪，上面落了好多鸽子粪。这个大祠堂的好处是房屋都很高大，还有两个极大的天井，都是青砖铺的。那些高大房屋，正好当作积放稻子的仓廒，天井正好翻晒稻子。祠堂的侧门临河，出门就是码头。这条河四通八达，运粮极为方便。稻船一到，侧门打开，稻子可以由船上直接挑进仓里，这可以省去许多长途挑运的脚钱。

本地的米店实际是个粮行。单靠门市卖米，油水不大。一多半是靠做稻子生意，秋冬买进，春夏卖出，贱入贵出，从中取利。稻子的来源有二。有的是城中地主寄存的。这些人家收了租稻，并不过目，直接送到一家熟识的米店，由他们代为经营保管。要吃米时派个人去叫几担，要用钱时随时到柜上支取，年终结账，净余若干，报一总数。剩下的钱，大都仍存柜上。这些人家的大少爷，是连粮价也不知道的，一切全由米店店东经手。粮钱数目，只是一本良心账。另一来源，是店东自己收购的。八千岁每年过手到底有多少稻子，他是从来不说的，但是这瞒不住人。瞒不住同行，瞒不住邻居，尤其瞒不住挑夫的眼睛。这些挑夫给各家米店挑稻子，一眼估得出哪家的底子有多厚。他们说：八千岁是一只螃蟹，有肉都在壳儿里。他家仓廒里的堆稻的"窝积"挤得轧满，每一积都堆到屋顶。

另一件瞒不住人的事，是他有一副大碾子，五匹大骡子。这五匹骡子，单是那两匹大黑骡子，就是头三年花了八百现大洋从宋侉子手里一次买下来的。

宋侉子是个怪人。他并不侉。他是本城土生土长，说的也是地地道道的本地话。本地人把行为乖谬，悖乎常理，而又身材高大的人，都叫作侉子（若是身材瘦小，就叫作蛮子）。宋侉子不到二十岁就被人称为侉子。他也是个世家子弟，从小爱胡闹，吃喝嫖赌，无所不为；花鸟虫鱼，无所不好，还特别爱养骡子养马。父母在日，没有几年，他就把一点祖产挥霍得去了一半。父母一死，就更没人管他了，他干脆把剩下的一半田产卖了，做起了骡马生意。每年出门一两次。到北边去买骡马。近则徐州、山东，远到关东、口外。一半是寻钱，一半是看看北边的风景，吃吃黄羊肉、狍子肉、鹿肉、狗肉。他真也养成了一派侉子脾气。爱吃面食。最爱吃山东的锅盔、牛杂碎，喝高粱酒。酒量很大，一顿能喝一斤。他买骡子买马，不多买，一次只买几匹,但要是好的,花很大的价钱买来,又以很大的价钱卖出。

他相骡子相马有一绝,看中了一匹,敲敲牙齿,捏捏后胯,然后拉着缰绳领起走三圈,突然用力把嚼子往下一拽。他力气很大,一般的骡马禁不起他这一拽,当时就会打一个趔趄。像这样的,他不要。若是纹丝不动,稳若泰山,当面成交,立刻付钱,二话不说,拉了就走。由于他这种独特的选牲口的办法和豪爽性格,使他在几个骡马市上很有点名气。他选中的牲口也的确有劲,耐使,里下河一带的碾坊磨坊很愿意买他的牲口。虽然价钱贵些,细算下来,还是划得来。

那一年,他在徐州用这办法买了两匹大黑骡子,心里很高兴,下到店里,自个儿蹲在炕上喝酒。门帘一掀,进来个人:

"你是宋老大?"

"不敢,贱姓宋。请教?"

"甭打听。你喝酒?"

"哎哎。"

"你心里高兴?"

"哎哎。"

"你买了两匹好骡子?"

"哎哎。就在后面槽上拴着。你老看来是个行家,你给看看。"

"甭看,好牲口!这两匹骡子我认得!——可是你带得回去吗?"

宋侉子一听话里有话,忙问:

"莫非这两匹骡子有什么弊病?"

"你给我倒一碗酒。出去看看外头有没有人。"

原来这是一个骗局。这两匹黑骡子已经转了好几个骡马市,谁看了谁爱,可是没有一个人能把它们带走。这两匹骡子是它们的主人驯熟了的,走出二百里地,它们会突然挣脱缰绳,撒开蹄子就往家奔,没有人追得上,没有人截得住。谁买的,这笔钱算白扔。上当的已经不止一个人。进来的这位,就是其中的一个。

"不能叫这个家伙再坑人!我教你个法子:你连夜打四副铁镣,把它们镣起来。过了清江浦,就没事了,再给它砸开。"

"多谢你老!"

"甭谢!我这是给受害的众人报仇!"

宋侉子把两匹骡子牵回来,来看的人不断。碾坊、磨坊、油坊、糟坊,都想买。一问价钱,就不禁吐了舌头:"乖乖!"八千岁带着儿子小千岁到宋家看了看,心里打了一阵算盘。他知道宋侉子的脾气,一口价,当时就叫小千岁回去取了八百现大洋,一手交钱,一手交货,父子二人,一人牵了一匹,沿着大街,呱嗒呱嗒,走回米店。

这件事轰动全城。一连几个月。宋侉子贩骡子历险记和八千岁买骡子的壮举,成了大家茶余酒后的话题。谈论间自然要提及宋侉子荒唐怪诞的侉脾气和八千岁的二马裾。

每天黄昏,八千岁米店的碾米师傅要把骡子牵到河边草地上遛遛。骡子牵出来,就有一些人围在旁边看。这两匹黑骡子,真够"身高八尺,头尾丈二有余"。有一老者,捋须赞道:"我活这么大,没见过这样高大的牲口!"个子稍矮一点的,得伸手才能够着它的脊梁。浑身黑得像一匹黑缎子。一走动,身上亮光一闪一闪。去看八千岁的骡子,竟成了附近一些居民在晚饭之前的一件赏心乐事。

因为两匹骡子都是黑的,碾米师傅就给它们取了名字,一匹叫大黑子,一匹叫二黑子。这两个名字街坊的小孩子都知道,叫得出。

宋侉子每年挣的钱不少。有了钱,就都花在虞小兰的家里。

虞小兰的母亲虞芝兰是一个姓关的旗人的姨太太。这旗人做过一任盐务道,辛亥革命后在本县买田享福。这位关老爷本城不少人还记得。他的特点是说了一口京片子，走起路来一摇一摆，有点像戏台上的方巾丑，是真正的"方步"。他们家规矩特别大，礼节特别多，男人见人打千儿，女人见人行蹲安，本地人觉得很可笑。虞芝兰是他用四百两银子从北京西河沿南堂子买来的。关老爷死后，大妇不容，虞芝兰就带了随身细软，两箱子字画，领着女儿搬出来住，租的是挨着宜园的一所小四合院。宜园原是个私人花园，后来改成公园。园子不大，但北面是一片池塘，种着不少荷花，池心有一小岛，上面有几间水榭，本地人不大懂得什么叫水榭，叫它"荷花亭子"，——其实这几间房子不是亭子。南面有一带假山，沿山种了很多梅花，叫作"梅岭"。冬末春初，梅花盛开，是很好看的。园中竹木繁茂，园外也颇有野趣，地方虽在城中，却是尘飞不到。虞芝兰就是看中它的幽静，才搬来的。

带出来的首饰字画变卖得差不多了，关家一家人已经搬到上海租界去住，没有人再来管她，虞芝兰不免重操旧业。

过了几年，虞芝兰揽镜自照，觉得年华已老，不好意思再扫榻留宾，就洗妆谢客，由女儿小兰接替了她。怕关家人来寻事，女儿随了妈的姓。

宋侉子每年要在虞小兰家住一两个月，朝朝寒食，夜夜元宵。他老婆死了，也不续弦，这里就是他的家。他有个孩子，有时也带了孩子来玩。他和关家算起来有点远亲，小兰叫他宋大哥。到钱花得差不多了，就说一声："我明天有事，不来了。"跨上他的踢雪乌骓骏马，一扬鞭子，没影儿了。在一起时，恩恩义义；分开时，潇潇洒洒。

虞小兰有时出来走走，逛逛宜园。夏天的傍晚，穿了一身剪裁合体的白绸衫裤，拿一柄生丝白团扇，站在柳树下面，或倚定红桥栏杆，看人捕鱼踩藕。她长得像一颗水蜜桃，皮肤非常白嫩，腰身、手、脚都好看。路上行人看见，就不禁放慢了脚步，或者停下来装作看天上的晚霞，好好地看她几眼。他们在心里想：这样的人，这样的命，深深为她惋惜；有人不免想到家中洗衣做饭的黄脸老婆，为自己感到一点不平；或在心里轻轻吟道："牡丹绝色三春暖，不是梅花处士妻"，情绪相当复杂。

虞小兰，八千岁也曾看过，也曾经放慢了脚步。他想：长得是真好看，难怪宋侉子在她身上花了那么多钱。不过为一个姑娘花那么多钱，这值得么？他赶快迈动他的大脚，一气跑回米店。

八千岁每天的生活非常单调。量米。买米的都是熟人，买什么米，一次买多少，他都清楚。一见有人进店，就站起身，拿起量米升子。这地方米店量米兴报数，一边量，一边唱："一来，二来，三来——三升！"量完了，拍拍手，——手上沾了米灰，接过钱，摊平了，看看数，回身走进柜台，一扬手，把铜钱丢在钱柜里，在"流水"簿里写上一笔，入头糙三升，钱若干文。看稻样。替人卖稻的客人到店，先要送上货样。店东或洽谈生意的"先生"，抓起一把，放在手心里看看，然后两手合拢搓碾，开米店的手上都有功夫，嚓嚓嚓三下，稻壳就全搓开了；然后吹去糠皮，看看米色，撮起几粒米，放在嘴里嚼嚼，品品米的成色味道。做米店的都很有经验，这是什么品种，三十子，六十子，矮脚籼，吓一跳，一看就看出来。在米店里学生意，学的也就是这些。然后谈价钱，这是好说的，早晚市价，相差无几。卖米的客人知道八千岁在这上头很精，并不跟他多磨嘴。

"前头"没有什么事的时候，他就到后面看看。进了隔开前后的屏门，一边是拴骡子的牲口槽，一边是一副巨大的石碾子。碾坊没有窗户，光线很暗，他欢喜这种暗暗的光。一近牲口槽，就闻到一股骡子粪的味道，他喜欢这种味道。他喜欢看碾米师傅把大黑子或二黑子牵出来。骡子上碾之前照例要撒一泡很长的尿，他喜欢看它撒尿。骡子上了套，石碾子就呼呼地转起来，他喜欢看碾子转，喜欢这种不紧不慢的呼呼的声音。

这二年，大部分米店都已经不用碾子，改用机器轧米了，八千岁却还用这种古典的方法生产。他舍不得这副碾子，舍不得这五匹大骡子。本县也还有些人家不爱吃机器轧的米，说是不香，有人家专门上八千岁家来买米的，他的生意不坏。

然后，去看看师傅筛米。那是一面很大的筛子，筛子有梁，用一根粗麻绳吊在房檩上，筛子齐肩高，筛米师傅就扶着筛子边框，一簸一侧地慢慢地筛。筛米的屋里浮动着细细的米糠，太阳照进来，空中像挂着一匹一匹白布。八千岁成天和米和糠打交道，还是很喜欢细糠的香味。

然后，去看看仓里的稻积子，看看两个大天井里晒的稻，或拿起"搊子"把稻子翻一遍，——他身体结实，翻一遍不觉得累，连师傅们都佩服；或轰一会麻雀。米店稻仓里照例有许多麻雀，叽叽喳喳叫成一片。宋侉子有时在天快黑的时候，拿一把竹枝扫帚拦空一扑，一扫帚能扑下十几只来。宋侉子说这是下酒的好东西，卤熟了还给八千岁拿来过。八千岁可不吃这种东西，这有什么吃头！

八千岁的食谱非常简单。他家开米店，放着高尖米不吃，顿顿都是头糙红米饭。菜是一成不变的熬青菜，——有时放两块豆腐。初二、十六打牙祭，有一碗肉或一盘咸菜煮小鲫鱼。他、小千岁和碾米师傅都一样。有肉时一人可得切得方方的两块。有鱼时一人一条，——咸菜可不少，也够下饭了。有卖稻的客人时，单加一个荤菜，也还有一壶酒。客人照例要举杯让一让，八千岁总是举起碗来说："我饭陪，饭陪！"客菜他不动一筷子，仍是低头吃自己的青菜豆腐。

八千岁的米店的左邻右舍都是制造食品的。左边是一家厨房。这

161

地方有这么一种厨房，专门包办酒席，不设客座。客家先期预订，说明规格，或鸭翅席，或海参席，要几桌。只需点明"头菜"，其余冷盘热菜都有定规，不需吩咐。除了热炒，都是先在家做成半成品，用圆盒挑到，开席前再加汤回锅煮沸。八千岁隔壁这家厨房姓赵，人称赵厨房，连开厨房的也被人叫作赵厨房，——不叫赵厨子却叫赵厨房，有点不合文法。赵厨房的手艺很好，能做满汉全席。这满汉全席前清时也只有接官送官时才用，入了民国，再也没有人来订，赵厨房祖传的一套五福拱寿油红彩的满堂红的细瓷器皿，已经锁在箱子里好多年了。右边是一家烧饼店。这家专做"草炉烧饼"。这种烧饼是一箩到底的粗面做的，做蒂子只涂很少一点油，没有什么层，因为是贴在吊炉里用一把稻草烘熟的，故名草炉烧饼，以别于在桶状的炭炉中烤出的加料插酥的"桶炉烧饼"。这种烧饼便宜，也实在，乡下人进城，爱买了当饭。几个草炉烧饼，一碗宽汤饺面，有吃有喝，就饱了。八千岁坐在店堂里每天听得见左边煎炒烹炸的声音，闻得到鸡鸭鱼肉的香味，也闻得见右边传来的一阵一阵烧饼出炉时的香味，听得见打烧饼的槌子击案的有节奏的声音：定定郭，定定郭，定郭定郭定定郭，定，定，定……

　　八千岁和赵厨房从来不打交道，和烧饼店每天打交道，这地方有个"吃晚茶"的习惯，每天下午五点来钟要吃一次点心。钱庄、布店，概莫能外。米店因为有出力气的碾米师傅，这一顿"晚茶"万不能省。"晚茶"大都是一碗干拌面，——葱花、猪油、酱油、虾子、虾米为料，面下在里面；或几个麻团、"油墩子"，——白铁敲成浅模，浇入稀面，以萝卜丝为馅，入油炸熟。八千岁家的晚茶，一年三百六十日，都是草炉烧饼，一人两个。这里的店铺，有"客人"，照例早上要请上茶馆。"上茶馆"是喝茶，吃包子、蒸饺、烧麦。照例由店里的"先生"或东家作陪。一般都是叫一笼"杂花色"（即各样包点都有），陪客的照例只吃三只,喝茶,其余的都是客人吃。这有个名堂,叫作"一壶三点"。八千岁也循例待客,但是他自己并不吃包子,还是从隔壁烧饼店买两个烧饼带去。所以他不是"一壶三点"。而是"一壶两饼"。他这辈子吃了多少草炉烧饼,真是难以计数了。

他不看戏,不打牌,不吃烟,不喝酒。喝茶,但是从来不买"雨前""雀舌",泡了慢慢地品啜。他的账桌上有一个"茶壶桶",里面焐着一壶茶叶棒子泡的颜色混浊的酽茶。吃了烧饼,渴了,就用一个特大的茶缸子,倒出一缸,咕嘟咕嘟一口气喝了下去,然后打一个很响的饱嗝。

他的令郎也跟他一样。这孩子才十六七岁,已经很老成。孩子的那点天真爱好,放风筝、掏蛐蛐、逮蝈蝈、养金铃子,都已经叫严厉的父亲的沉重的巴掌收拾得一干二净。八千岁到底还是允许他养了几只鸽子。这还是宋侉子求的情。宋侉子拿来几只鸽子,说:"孩子哪儿也不去,你就让他喂几个鸽子玩玩吧。这吃不了多少稻子。你们不养,别人家的鸽子也会来。自己有鸽子,别家的鸽子不就不来了?"米店养鸽子,几乎成为通例,八千岁想了想,说:"好,叫他养!"鸽子逐渐发展成一大群,点子、瓦灰、铁青子、霞白、麒麟,都有。从此夏氏宗祠的屋顶上就热闹起来,雄鸽子围着雌鸽子求爱,一面转圈儿,一面鼓着个嗉子不停地叫着:"咯咯咕,咯咯咯咕……"夏家的显考显妣的头上于是就着了好些鸽子粪。小千岁一有空,就去鼓捣他的鸽子。八千岁有时也去看看,看看小千岁捉住一只宝石眼的鸽子,翻过来,正过去,鸽子眼里的"沙子"就随着慢慢地来回流动,他觉得这很有趣,而且想:这是怎么回事呢?父子二人,此时此刻,都表现了一点童心。

八千岁那样有钱,又那样俭省,这使许多人很生气。

八千岁万万没有想到,他会碰上一个八舅太爷。

163

这里的人不知为什么对舅舅那么有意见。把不讲理的人叫作"舅舅",讲一种胡搅蛮缠的歪理,叫作"讲舅舅理"。

八舅太爷是个无赖浪子,从小就不安分。小学五年级就穿起皮袍子,里面下身却只穿了一条纺绸单裤。上初中的时候,代数不及格,篮球却打得很漂亮,球衣球鞋都非常出众,经常代表校队、县队,到处出风头。初中三年级时曾用这地方出名的土匪徐大文的名义写信恐吓一个土财主,限他几天之内交一百块钱放在土地庙后第七棵柳树的树洞里,如若不然,就要绑他的票。这土财主吓得坐立不安,几天睡不着觉,又不敢去报案,竟然乖乖地照办了。这土财主原来是他的一个同班同学的父亲,常见面的。他知道这老头儿胆小,所以才敲他一下。初中毕业后,他读了一年体育师范,又上了一年美专,都没上完,却在上海入了青帮,门里排行是通字辈,从此就更加放浪形骸,无所不至。他居然拉过几天黄包车。他这车没有人敢坐,——他穿了一套铁机纺绸裤裙在拉车!他把车放在会芳里弄堂口或丽都舞厅门外,专拉长三堂子的妓女和舞女。这些妓女和舞女可不在乎,她们心想:俫弗是要白相相吗?格么好,大家白相白相!又不是阎瑞生,怕点啥!后来又进了一个什么训练班,混进了军队,"安清不分远和近,三祖流传到如今",因为青红帮的关系,结交很多朋友,虽不是黄埔出身,却在军队中很"兜得转",和冷欣、顾祝同都能拉上关系。

抗战军兴,他随着所在部队调到江北,在里下河几个县轮流转。他手下部队有四营人,名义却是一个独立混成旅。

"八一三"以后,日本人打到扬州,就停下来,暂时不再北进。日本人不来,"国军"自然不会反攻,这局面竟维持了相当长的时间。起初人心惶惶,一夕数惊,到后来大家有点麻木了;竟好像不知道有日本兵就在一二百里之外这回事,大家该做什么还是做什么。种田的种田,做生意的做生意。长江为界,南北货源虽不那么畅通,很多人还可以通过封锁线走私贩运，虽然担点风险，获利却倍于以前。一时间，几个县竟呈现出一种畸形的繁荣，茶馆、酒馆、赌场、妓院，无不生意兴隆。

八舅太爷在这一带真是得其所哉。非常时期，军事第一，见官大一级，他到了哪里就成了这地方的最高军政长官，县长、区长，一传就到。军装给养，小事一桩。什么时候要用钱，通知当地商会一声就是。来了，要接风，叫作"驻防费"；走了，要送行，叫作"开拔费"。间三岔五的，还要现金实物"劳军"。当地人觉得有一支军队驻着，可以壮壮胆，军队不走，就说明日本人不会来，也似乎心甘情愿地孝敬他。他有时也并不麻烦商会，可以随意抓几个人来罚款。他的旅部的小牢房里经常客满。只要他一拍桌子，骂一声"汉奸"，就可以军法从事，把一个人拉出去枪毙。他一到哪里，就把当地的名花包下来，接到公馆里去住。一出来，就是五辆摩托车，他自己骑一辆，前后左右四辆，风驰电掣，穿街过市。城里和乡下的狗一见他的车队来了，赶紧夹着尾巴躲开。他是个霸王，没人敢惹他。他行八，小名叫小八子，大家当面叫他旅长、旅座，背后里叫他八舅太爷。

他这回来，公馆安在宜园。一见虞小兰，相见恨晚。他有时住在虞家，有时把虞小兰接到公馆里去。后来干脆把宜园的墙打通了，——虞家和宜园本只一墙之隔，这样进出方便。

他把全城的名厨都叫来，轮流给他做饭。座上客常满，杯中酒不空。他爱唱京戏，时常把县里的名票名媛约来，吹拉弹唱一整天。他还很风雅，爱字画。谁家有好字画古董，他就派人去，说是借去看两天。有借无还。他也不白要你的，会送一张他自己画的画跟你换，他不是上过一年美专么？他的画宗法吴昌硕，大刀阔斧，很有点霸悍之气。他请人刻了两方押角图章，一方是阴文："戎马书生"，一方是阳文："富贵英雄美丈夫"——这是《紫钗记·折柳阳关》里的词句，他认为这是中国文学里最好的词句。他也有一匹乌骓马，他请宋侉子来给他看看，嘱咐宋侉子把自己的踢雪乌骓也带来。千不该万不该，宋侉子不该褒贬了八舅太爷的马。他说："旅长，你这不是真正的踢雪乌骓。真正的踢雪乌骓是只有四个蹄子的前面有一小块白；你这匹，四蹄以上一圈都是白的，这是踏雪乌骓。"八舅太爷听了很高兴，说："有道理！"接着又问："你那匹是多少钱买的？"宋侉子是个外场人，他知道八舅太爷不是要他来相马，是叫他来进马了，反正这匹马保不住了，就顺水推舟，很慷慨地说："旅长喜欢，留着骑吧！"——"那，我怎么谢你呢？我给你画一张画吧！"

宋侉子拿了这张画，到八千岁米店里坐下，喝了一碗茶叶棒泡的釅茶，说不出话来。八千岁劝他："算了，是儿不死，是财不散，看开一点，你就当又在虞小兰家花了一笔钱吧！"宋侉子只好苦笑。

没想到，过了两天，八舅太爷派了两个兵把八千岁"请"去了。当这两个兵把八千岁铐上，推出店门时，八千岁只来得及跟儿子说一句："赶快找宋大伯去要主意！"

宋侉子找到八舅太爷的秘书了解一下，案情相当严重，是"资敌"。八千岁有几船稻子，运到仙女庙去卖，被八舅太爷的部下查获了。仙女庙是敌占区。"资敌"就是汉奸，汉奸是要枪毙的。宋侉子知道罪不至此。仙女庙是粮食集散中心，本地贩粮至仙女庙，乃是常例，"抗战军兴"，未尝中断。不过别的粮商都是事前运动，打通关节，拿到"准予放行"的执照的，八千岁没有花这笔钱，八舅太爷存心找他的碴，所以他就触犯了军法。宋侉子知道这是非花钱不能了事的，就转弯抹角地问秘书，若是罚款，该罚多少。秘书说："旅座的意思，至少得罚一千现大洋。"宋侉子说："他拿不出来。你看看他穿的这身二马裾！"秘书说："包子有肉，不在褶儿上。他拿得出，我们了解。你可以见他本人谈谈！"

宋侉子见了八千岁，劝他不要舍命不舍财，这个血是非出不可的。八千岁问："能不能少拿一点？"宋侉子叫他拿出一百块钱送给虞芝兰，托虞小兰跟八舅太爷说说。八千岁说："你做主吧。我一辈子就你这么个信得过的朋友！"说着就落了两滴眼泪。宋侉子心里也酸酸的。

虞小兰替八千岁说了两句好话："这个人一辈子省吃俭用，也怪可怜的。"八舅太爷说："那好！看你的面子，少要他二百！他叫八千岁，要他八百不算多。他肯花八百块钱买两匹骡子，还不能花八百块钱买一条命吗！叫他找两个铺保，带了钱，到旅部领人。少一个，不行！"

宋侉子说了好多好话，请了八千岁的两个同行，米店的张老板、李老板出面作保，带了八百现大洋，签字画押，把八千岁保了出来。张老板、李老板陪着八千岁出来，劝他：

"算了，是儿不死，是财不散。不就是八百块钱吗？看开一点。破财免灾，只当生了一场夹气伤寒。"

八千岁心里想：不是八百，是九百！不过回头想想，毕竟少花了一百，又觉得有些欣慰，好像他凭空捡到一百块钱似的。

八舅太爷敲了八千岁一杠子，是有精神上和物质上两方面理由的。精神上，他说："我平生最恨俭省的人，这种人都该杀！"物质上，他已经接到命令，要调防，和另外一位舅太爷换换地方，他要"别姬"了，需要用一笔钱。这八百块钱，六百要给虞小兰买一件西狐肷的斗篷，好让她冬天穿了在宜园梅岭踏雪赏梅；二百，他要办一桌满汉全席，在水榭即荷花亭子里吃它一整天，上午十点钟开席，一直吃到半夜！

八舅太爷要办满汉全席的消息传遍全城，大家都很感兴趣，因为这是多年没有的事了。八千岁证实这消息可靠，因为办席的就是他的紧邻赵厨房。赵厨房到他的米店买糯米，他知道这是做火腿烧麦馅子用的；还买香粳米，这他就不解了，问赵厨房："这满汉全席还上稀粥？"赵厨房说："满汉全席实际上满点汉菜，除了烧烤，有好几道满洲饽饽，还要上几道粥，旗人讲究喝粥，莲子粥、薏米粥、芸豆粥……""有多少道菜？"——"可多可少，八舅太爷这回是一百二十道。"——"啊?!"——"你没事过来瞧瞧。"

八千岁真还过去看了看：烧乳猪、叉子烤鸭、八宝鱼翅、鸽蛋燕窝……赵厨房说："买不到鸽子蛋，就这几个，太小了！"八千岁说："你要鸽子蛋，我那里有！"八千岁真是开了眼了，一面看，一面又掉了几滴泪，他想：这是吃我哪！

八千岁用一盆水把"食为民天"旁边的"概不作保"的字条闷了闷，刮下来。他这回是别人保出来的，以后再拒绝给别人作保，这说不过去。刮掉了，觉得还留着一条"僧道无缘"也没多少意思，而且单独一条，也不好看，就把"僧道无缘"也刮掉了。

八千岁做了一身阴丹士林的长袍，长短与常人等，把他的老蓝布二马裾换了下来。他的儿子也一同换了装。

吃晚茶的时候，儿子又给他拿了两个草炉烧饼来，八千岁把烧饼往账桌上一拍，大声说：

"给我去叫一碗三鲜面！"

　　　　　　　　　载一九八三年第二期《人民文学》

故里三陈

陈小手

我们那地方，过去极少有产科医生。一般人家生孩子，都是请老娘。什么人家请哪位老娘，差不多都是固定的。一家宅门的大少奶奶、二少奶奶、三少奶奶，生的少爷、小姐，差不多都是一个老娘接生的。老娘要穿房入户，生人怎么行？老娘也熟知各家的情况，哪个年长的女佣人可以当她的助手，当"抱腰的"，不须临时现找。而且，一般人家都迷信哪个老娘"吉祥"，接生顺当。——老娘家都供着送子娘娘，天天烧香。谁家会请一个男性的医生来接生呢？——我们那里学医的都是男人，只有李花脸的女儿传其父业，成了全城仅有的一位女医人。她也不会接生，只会看内科，是个老姑娘。男人学医，谁会去学产科呢？都觉得这是一桩丢人没出息的事，不屑为之。但也不是绝对没有。陈小手就是一位出名的男性的产科医生。

陈小手的得名是因为他的手特别小，比女人的手还小，比一般女人的手还更柔软细嫩。他专能治难产。横生、倒生，都能接下来（他当然也要借助于药物和器械）。据说因为他的手小，动作细腻，可以减少产妇很多痛苦。大户人家，非到万不得已，是不会请他的。中小户人家，忌讳较少，遇到产妇胎位不正，老娘束手，老娘就会建议："去请陈小手吧。"

陈小手当然是有个大名的，但是都叫他陈小手。

接生，耽误不得，这是两条人命的事。陈小手喂着一匹马。这匹马浑身雪白，无一根杂毛，是一匹走马。据懂马的行家说，这马走的脚步是"野鸡柳子"，又快又细又匀。我们那里是水乡，很少人家养马。每逢有军队的骑兵过境，大家就争着跑到运河堤上去看"马队"，觉得非常好看。陈小手常常骑着白马赶着到各处去接生，大家就把白马和他的名字联系起来，称之为"白马陈小手"。

同行的医生，看内科的、外科的，都看不起陈小手，认为他不是医生，只是一个男性的老娘。陈小手不在乎这些，只要有人来请，立刻跨上他的白走马，飞奔而去。正在呻吟惨叫的产妇听到他的马脖子上的銮铃的声音，立刻就安定了一些。他下了马，即刻进产房。过了一会（有时时间颇长），听到哇的一声，孩子落地了。陈小手满头大汗，走了出来，对这家的男主人拱拱手："恭喜恭喜！母子平安！"男主人满面笑容，把封在红纸里的酬金递过去。陈小手接过来，看也不看，装进口袋里，洗洗手，喝一杯热茶，道一声"得罪"，出门上马。只听见他的马的銮铃声"哗棱哗棱"……走远了。

陈小手活人多矣。

有一年，来了联军。我们那里那几年打来打去的，是两支军队。一支是国民革命军，当地称之为"党军"；相对的一支是孙传芳的军队。孙传芳自称"五省联军总司令"，他的部队就被称为"联军"。联军驻扎在天王寺，有一团人。团长的太太（谁知道是正太太还是姨太太），要生了，生不下来。叫来几个老娘，还是弄不出来。这太太杀猪也似的乱叫。团长派人去叫陈小手。

陈小手进了天王寺。团长正在产房外面不停地"走柳"。见了陈小手，说：

"大人，孩子，都得给我保住！保不住要你的脑袋！进去吧！"

这女人身上的脂油太多了，陈小手费了九牛二虎之力，总算把孩子掏出来了。和这个胖女人较了半天劲，累得他筋疲力尽。他迤里歪斜走出来，对团长拱拱手：

"团长！恭喜您，是个男伢子，少爷！"

团长龇牙笑了一下，说："难为你了！——请！"

外边已经摆好了一桌酒席。副官陪着。陈小手喝了两盅。团长拿出二十块现大洋，往陈小手面前一送：

"这是给你的！——别嫌少哇！"

"太重了！太重了！"

喝了酒，揣上二十块现大洋，陈小手告辞了："得罪！得罪！"

"不送你了！"

陈小手出了天王寺，跨上马。团长掏出枪来，从后面，一枪就把他打下来了。

团长说："我的女人，怎么能让他摸来摸去！她身上，除了我，任何男人都不许碰！这小子，太欺负人了！日他奶奶！"

团长觉得怪委屈。

一九八三年八月一日急就

陈四

陈四是个瓦匠，外号"向大人"。

我们那个城里，没有多少娱乐。除了听书，瞧戏，大家最有兴趣的便是看会，看迎神赛会，——我们那里叫作"迎会"。

所迎的神，一是城隍，一是都土地。城隍老爷是阴间的一县之主，但是他的爵位比阳间的县知事要高得多，敕封"灵应侯"。他的气派也比县知事要大得多。县知事出巡，哪有这样威严，这样多的仪仗队伍，还有各种杂耍玩艺的呢？再说打我记事起，就没见过县知事出巡过，他们只是坐了一顶小轿或坐了自备的黄包车到处去拜客。都土地东西南北四城都有，保佑境内的黎民，地位相当于一个区长。他比活着的区长要神气得多，但比城隍菩萨可就差了一大截了。他的爵位是"灵显伯"。都土地都是有名有姓的。我所居住的东城的都土地是张巡。张巡为什么会到我的家乡来当都土地呢，他又不是战死在我们那里的，这一点我始终没有弄明白。张巡是太守，死后为什么倒降职成了区长了呢？我也不明白。

都土地出巡是没有什么看头的。短簇簇的一群人，打着一些稀稀落落的仪仗，把都天菩萨（都土地为什么被称为"都天菩萨"，这一点我也不明白）抬出来转一圈，无声无息地，一会儿就过完了。所谓"看会"，实际上指的是看赛城隍。

我记得的赛城隍是在夏秋之交，阴历的七月半，正是大热的时候。不过好像也有在十月初出会的。

那真是万人空巷，倾城出观。到那天，凡城隍所经的耍闹之处的店铺就都做好了准备：燃香烛，挂宫灯，在店堂前面和临街的柜台里面放好了长凳，有楼的则把楼窗全部打开，烧好了茶水，等着东家和熟主顾人家的眷属光临。这时正是各种瓜果下来的时候，牛角酥、奶奶哼（一种很"面"的香瓜）、红瓤西瓜、三白西瓜、鸭梨、槟子、海棠、石榴，都已上市，瓜香果味，飘满一街。各种卖吃食的都出动了，争奇斗胜，吟叫百端。到了八九点钟，看会的都来了。老太太、大小姐、小少爷。老太太手里拿着檀香佛珠，大小姐衣襟上挂着一串白兰花。佣人手里提着食盒，里面是兴化饼子、绿豆糕，各种精细点心。

远远听见鞭炮声、锣鼓声,"来了,来了!"于是各自坐好,等着。

我们那里的赛会和鲁迅先生所描写的绍兴的赛会不尽相同。前面并无所谓"塘报"。打头的是"拜香的"。都是一些十六七岁的小伙子,光头净脸,头上系一条黑布带,前额缀一朵红绒球,青布衣衫,赤脚草鞋,手端一个红漆的小板凳,板凳一头钉着一个铁管,上插一支安息香。他们合着节拍,依次走着,每走十步,一齐回头,把板凳放到地上,算是一拜,随即转身再走。这都是为了父母生病到城隍庙许了愿的,"拜香"是还愿。后面是"挂香"的,则都是壮汉,用一个小铁钩钩进左右手臂的肉里,下系一个带链子的锡香炉,炉里烧着檀香。挂香多的可至香炉三对。这也是还愿的。后面就是各种玩艺了。

十番锣鼓音乐篷子。一个长方形的布篷,四面绣花篷檐,下缀走水流苏。四角支竹竿,有人撑着。里面是吹手,一律是笙箫细乐,边走边吹奏。锣鼓篷悉有五七篷,每隔一段玩艺有一篷。

茶担子。金漆木桶,桶口翻出,上置一圈细瓷茶杯,桶内和杯内都装了香茶。

花担子。鲜花装饰的担子。

挑茶担子、花担子的扁担都极软,一步一颤。脚步要匀,三进一退,各依节拍,不得错步。茶担子、花担子虽无很难的技巧,但几十副担子同时进退,整整齐齐,亦颇婀娜有致。

舞龙。

舞狮子。

跳大头和尚戏柳翠。①

---

① 即唐宋杂戏里的《月明和尚戏柳翠》,演和尚的戴一个纸浆做成的很大的和尚脑袋,白色的脑袋,淡青的头皮,嘻嘻地笑着。我们那里已不知和尚法名月明,只是叫他"大头和尚"。

跑旱船。

跑小车。

最清雅好看的是"站高肩"。下面一个高大结实的男人，挺胸调息，稳稳地走着，肩上站着一个孩子，也就是五六岁，都扮着戏，青蛇、白蛇、法海、许仙，关、张、赵、马、黄、李三娘、刘知远、咬脐郎、火公窦老……他们并无动作，只是在大人的肩上站着，但是衣饰鲜丽，孩子都长得清秀伶俐，惹人疼爱。"高肩"不是本城所有，是花了大钱从扬州请来的。

后面是高跷。

再后面是跳判的。判有两种，一种是"地判"，一文一武，手执朝笏，边走边跳。一种是"抬判"。两根杉篙，上面绑着一个特制的圈椅，由四个人抬着。圈椅上蹲着一个判官。下面有人举着一个扎在一根细长且薄的竹片上的红绸做的蝙蝠，逗着判官。竹片极软，有弹性，忽上忽下，判官就追着蝙蝠，做出各种带舞蹈性的动作。他有时会跳到椅背上，甚至能在上面打飞脚。抬判不像地判只是在地面做一些滑稽的动作，这是要会一点"轻功"的。有一年看会，发现跳抬判的竟是我的小学的一个同班同学，不禁哑然。

迎会的玩艺到此就结束了。这些玩艺的班子，到了一些大店铺的门前，店铺就放鞭炮欢迎，他们就会停下来表演一会，或绕两个圈子。店铺常有犒赏。南货店送几大包蜜枣，茶食店送糕饼，药店送凉药洋参，绸缎店给各班挂红，钱庄则干脆扛出一钱板一钱板的铜元，俵散众人。

后面才真正是城隍老爷（叫城隍为"老爷"或"菩萨"都可以，随便的）自己的仪仗。

前面是开道锣。几十面大筛同时敲动。筛极大，得吊在一根杆子上，前面担在一个人的肩上，后面的人担着杆子的另一头，敲。大筛的节奏是非常单调的：哐（锣槌头一击）定定（槌柄两击筛面）哐定定哐，哐定定哐定定哐……如此反复，绝无变化。惟其单调，所以显得很庄严。

后面是虎头牌。长方形的木牌，白漆，上画虎头，黑漆扁宋体黑字，大书"肃静""回避""敕封灵应侯""保国佑民"。

后面是伞，——万民伞。伞有多柄，都是各行同业公会所献，彩缎绣花，缂丝平金，各有特色。我们县里最讲究的几柄伞却是纸伞。硖石所出。白宣纸上扎出芥子大的细孔，利用细孔的虚实，衬出虫鱼花鸟。这几柄宣纸伞后来被城隍庙的道士偷出来拆开一扇一扇地卖了，我父亲曾收得几扇。我曾看过纸伞的残片，真是精细绝伦。

最后是城隍老爷的"大驾"。八抬大轿，抬轿的都是全城最好的轿夫。他们踏着细步，稳稳地走着。轿顶四面鹅黄色的流苏均匀地起伏摆动着。城隍老爷一张油白大脸，疏眉细眼，五绺长须，蟒袍玉带，手里捧着一柄很大的折扇，端端地坐在轿子里。这时，人们的脸上都严肃起来了，正如鲁迅先生所说：诚惶诚恐，不胜屏营待命之至。

城隍老爷要在行宫（也是一座庙里）待半天，到傍晚时才"回宫"。回宫时就只剩下少许人扛着仗仗执事，抬着轿子，飞跑着从街上走过，没有人看了。

且说高跷。

我见过几个地方的高跷，都不如我们那里的。我们那里的高跷，一是高，高至丈二。踩高跷的中途休息，都是坐在人家的房檐口。我们县的踩高跷的都是瓦匠，无一例外。瓦匠不怕高。二是能玩出许多花样。

高跷队前面有两个"开路"的，一个手执两个棒槌，不停地"郭郭，郭郭"地敲着。一个手执小铜锣，敲着"光光，光光"。他们的声音合在一起，就是"郭郭，光光；郭郭，光光"。我总觉得这"开路"的来源是颇久远的。老远地听见"郭郭,光光",就知道高跷来了,人们就振奋起来。

高跷队打头的是渔、樵、耕、读。就中以渔公、渔婆最逗。他们要矮身蹲在高跷上横步跳来跳去做钓鱼撒网各种动作,重心很不好掌握。后面是几出戏文。戏文以《小上坟》最动人。小丑和旦角都要能踩"花梆子"碎步。这一出是带唱的。唱的腔调是柳枝腔。当中有一出"贾大老爷"。这贾大老爷不知是何许人,只是一个衙役在戏弄他,贾大老爷不时对着一个夜壶口喝酒。他的颠顸总是引得看的人大笑。垫底的是"火烧向大人"。三个角色:一个铁公鸡,一个张嘉祥,一个向大人。向大人名荣,是清末的大将,以镇压太平天国有功,后死于任。看会的人是不管他究竟是谁的,也不论其是非功过,只是看扮演向大人的"演员"的功夫。那是很难的。向大人要在高跷上趟马,在高跷上坐轿,——两只手抄在前面,"存"着身子,两只脚(两只跷)一撩一撩地走,有点像戏台上"走矮子"。他还要能在高跷上做"探海""射雁"这些在平地上也不好做的高难动作(这可真是"高难",又高又难)。到了挨火烧的时候,还要左右躲闪,簸脑袋,甩胡须,连连转圈。到了这时,两旁店铺里的看会人就会炸雷也似的大声叫起"好"来。

擅长表演向大人的,只有陈四,别人都不如。

到了会期,陈四除了在县城表演一回,还要到三垛去赶一场。县城到三垛,四十五里。陈四不卸装,就蹬在高跷上沿着澄子河堤赶了去。赶到那里准不误事。三垛的会,不见陈四的影子,菩萨的大驾不起。

有一年,城里的会刚散,下了一阵雷暴雨,河堤上不好走,他一路赶去,差点没摔死。到了三垛,已经误了。

三垛的会首乔三太爷抽了陈四一个嘴巴,还罚他当众跪了一灶香。

陈四气得大病了一场。他发誓从此再也不踩高跷。

陈四还是当他的瓦匠。

到冬天，卖灯。

冬天没有什么瓦匠活，我们那里的瓦匠冬天大都以糊纸灯为副业，到了灯节前，摆摊售卖。陈四的灯摊就摆在保全堂廊檐下。他糊的灯很精致。荷花灯、绣球灯、兔子灯。他糊的蛤蟆灯，绿背白腹，背上用白粉点出花点，四只爪子是活的，提在手里，来回划动，极其灵巧。我每年要买他一盏蛤蟆灯，接连买了好几年。

陈泥鳅

邻近几个县的人都说我们县的人是黑屁股。气得我的一个姓孙的同学，有一次当着很多人褪下了裤子让人看："你们看！黑吗？"我们当然都不是黑屁股。黑屁股指的是一种救生船。这种船专在大风大浪的湖水中救人、救船，因为船尾涂成黑色，所以叫作黑屁股。说的是船，不是人。

陈泥鳅就是这种救生船上的一个水手。

他水性极好，不愧是条泥鳅。运河有一段叫清水潭。因为民国十年、民国二十年都曾在这里决口，把河底淘成了一个大潭。据说这里的水深，三篙子都打不到底。行船到这里，不能撑篙，只能荡桨。水流也很急，水面上拧着一个一个漩涡。从来没有人敢在这里游水。陈泥鳅有一次和人打赌，一气游了个来回。当中有一截，他半天不露脑袋，半天半天，岸上的人以为他沉了底，想不到一会，他笑嘻嘻地爬上岸来了！

他在通湖桥下住。非遇风浪险恶时，救生船一般是不出动的。他看看天色，知道湖里不会出什么事，就待在家里。

他也好义，也好利。湖里大船出事，下水救人，这时是不能计较报酬的。有一次，一只装豆子的船在琵琶闸炸了，炸得粉碎。事后知道，是因为船底有一道小缝漏水，水把豆子浸湿了，豆子吃了水，突然间一齐膨胀起来，"砰"的一声把船撑炸了——那力量是非常之大的。船碎了，人掉在水里。这时跳下水救人，能要钱么？民国二十年，运河决口，陈泥鳅在激浪里救起了很多人。被救起的都已经是家破人亡，一无所有了，陈泥鳅连人家的姓名都没有问，更谈不上要什么酬谢了。在活人身上，他不能讨价；在死人身上，他却是不少要钱的。

人淹死了，尸首找不着。事主家里一不愿等尸首泡胀了漂上来，二不愿尸首被"四水挍子"①钩得稀烂八糟，这时就会来找陈泥鳅。陈泥鳅不但水性好，且在水中能开眼见物。他就在出事地点附近，察看水流风向，然后一个猛子扎下去，潜入水底，伸手摸触。几个猛子之后，他准能把一个死尸托上来。不过得事先讲明，捞上来给多少酒钱，他才下去。有时讨价还价，得磨半天。陈泥鳅不着急，人反正已经死了，让他在水底多待一会没事。

陈泥鳅一辈子没少挣钱，但是他不置产业，一个积蓄也没有。他花钱很撒漫，有钱就喝酒尿了，赌钱输了。有的时候，也偷偷地周济一些孤寡老人，但嘱咐千万不要说出去。他也不娶老婆。有人劝他成个家，他说："瓦罐不离井上破，大将难免阵头亡。淹死会水的。我见天跟水闹着玩，不定哪天龙王爷就把我请了去。留下孤儿寡妇，我死在阴间也不踏实。这样多好，吃饱了一家子不饥，无牵无挂！"

---

① "四水挍子"是一种在水中打捞东西的用具，四面有弯钩，状如一小铁锚，而钩尖极锐利。

通湖桥桥洞里发现了一具女尸。怎么知道是女尸？她的长头发在洞口外漂动着。行人报了乡约，乡约报了保长，保长报到地方公益会。桥上桥下，围了一些人看。通湖桥是直通运河大闸的一道桥，运河的水由桥下流进澄子河。这座桥的桥洞很高，洞身也很长，但是很狭窄，只有人的肩膀那样宽。桥以西，桥以东，水面落差很大，水势很急，翻花卷浪，老远就听见訇訇的水声，像打雷一样。大家研究，这女尸一定是从大闸闸口冲下来的，不知怎么会卡在桥洞里了。不能就让她这么在桥洞里堵着。可是谁也想不出办法，谁也不敢下去。

去找陈泥鳅。

陈泥鳅来了，看了看。他知道桥洞里有一块石头，突出一个尖角（他小时候老在洞里钻来钻去，对洞里每一块石头都熟悉）。这女人大概是身上衣服在这个尖角上绊住了。这也是个巧劲儿，要不，这样猛的水流，早把她冲出来了。

"十块现大洋，我把她弄出来。"

"十块？"公益会的人吃了一惊，"你要得太多了！"

"是多了点。我有急用。这是玩命的事！我得从桥洞西口顺水窜进桥洞，一下子把她拨拉动了，就算成了。就这一下。一下子拨拉不动，我就会塞在桥洞里，再也出不来了！你们也都知道，桥洞只有肩膀宽，没法转身。水流这样急，退不出来。那我就只好陪着她了。"

大家都说："十块就十块吧！这是砂锅捣蒜，一锤子！"

陈泥鳅把浑身衣服脱得光光的，道了一声"对不起了！"纵身入水，顺着水流，笔直地窜进了桥洞。大家都捏着一把汗。只听见欻的一声，女尸冲出来了。接着陈泥鳅从东面洞口凌空窜进了水面。大家伙发了一声喊："好水性！"

陈泥鳅跳上岸来，穿了衣服，拿了十块钱，说了声"得罪得罪！"转身就走。

大家以为他又是进赌场、进酒店了。没有，他径直地走进陈五奶奶家里。

　　陈五奶奶守寡多年。她有个儿子，去年死了，儿媳妇改了嫁，留下一个孩子。陈五奶奶就守着小孙子过，日子很折皱[①]。这孩子得了急惊风，浑身滚烫，鼻翅扇动，四肢抽搐，陈五奶奶正急得两眼发直。陈泥鳅把十块钱交在她手里，说："赶紧先到万全堂，磨一点羚羊角，给孩子喝了，再抱到王淡人那里看看！"

　　说着抱了孩子，拉了陈五奶奶就走。

　　陈五奶奶也不知哪里来的劲，跟着他一同走得飞快。

一九八三年八月一日急就
载一九八三年第九期《人民文学》

[①] 这是我的家乡话，意思是很困难，很不顺利。

昙花、鹤和鬼火

邻居夏老人送给李小龙一盆昙花。昙花在这一带是很少见的。夏老人很会养花,什么花都有。李小龙很小就听说过"昙花一现"。夏老人指给他看:"这就是昙花。"李小龙欢欢喜喜地把花抱回来了。他的心欢喜得咚咚地跳。

李小龙给它浇水,松土。白天搬到屋外。晚上搬进屋里,放在床前的高茶几上。早上睁开眼第一件事便是看看他的昙花。放学回来,连书包都不放,先去看看昙花。

昙花长得很好,长出了好几片新叶,嫩绿嫩绿的。

李小龙盼着昙花开。

昙花茁了骨朵儿了!

李小龙上课不安心,他总是怕昙花在他不在身边的时候开了。他听说昙花开,无定时,说开就开了。

晚上,他睡得很晚,守着昙花。他听说昙花常常是夜晚开。

昙花就要开了。

昙花还没有开。

一天夜里,李小龙在梦里闻到一股醉人的香味。他忽然惊醒了:昙花开了!

李小龙一骨碌坐了起来，划根火柴，点亮了煤油灯：昙花真的开了！

李小龙好像在做梦。

昙花真美呀！雪白雪白的。白得像玉，像通草，像天上的云。花心淡黄，淡得像没有颜色，淡得真雅。她像一个睡醒的美人，正在舒展着她的肢体，一面吹出醉人的香气。啊呀，真香呀！香死了！

李小龙两手托着下巴，目不转睛地看着昙花。看了很久，很久。

他困了。他想就这样看它一夜，但是他困了。吹熄了灯，他睡了。一睡就睡着了。

睡着之后，他做了一个梦，梦见昙花开了。

于是李小龙有了两盆昙花。一盆在他的床前，一盆在他的梦里。

李小龙已经是中学生了。过了一个暑假，上初二了。

初中在东门里，原是一个道士观，叫赞化宫。李小龙的家在北门外东街。从李小龙家到中学可以走两条路。一条进北门走城里，一条走城外。李小龙上学的时候都是走城外，因为近得多。放学有时走城外，有时走城里。走城里是为了看热闹或是买纸笔，买糖果零食吃。

从李小龙家的巷子出来，是越塘。越塘边经常停着一些粪船。那是乡下人上城来买粪的。李小龙小时候刚学会折纸手工时，常折的便是"粪船"。其实这只纸船是空的，装什么都可以。小孩子因为常常看见这样的船装粪，就名之曰粪船了。

从越塘的坡岸走上来，右手有几家种菜的。左边便是菜地。李小龙看见种菜的种青菜，种萝卜。看他们浇粪，浇水。种菜的用一个长把的水舀子舀满了水，手臂一挥舞，水就像扇面一样均匀地洒开了。青菜一天一个样，一天一天长高了，全都直直地立着，都很精神，很水灵。萝卜原来像菜，后来露出红红的"背儿"，就像萝卜了。他看见扁豆开花,扁豆结角了。看见芝麻。芝麻可不好看,直不老挺,四方四棱的秆子,结了好些带小毛刺的蒴果。蒴果里就是芝麻粒了。"你就是芝麻呀!"李小龙过去没有见过芝麻。他觉得芝麻能榨油,给人吃,这非常神奇。

过了菜地,有一条不很宽的石头路。铺路的石头不整齐,大大小小,而且都是光滑的,圆乎乎的,不好走。人不好走,牛更不好走。李小龙常常看见一头牛的一只前腿或后腿的蹄子在圆石头上"霍——哒"一声滑了一下,——然而他没有看见牛滑得摔倒过。牛好像特别爱在这条路上拉屎。路上随时可以看见几堆牛屎。

石头路两侧各有两座牌坊,都是青石的。大小、模样都差不多。李小龙知道,这是贞节牌坊。谁也不知道这是谁家的,是为哪一个守节的寡妇立的。那么,这不是白立了么?牌坊上有很多麻雀做窠。麻雀一天到晚叽叽喳喳地叫,好像是牌坊自己叽叽喳喳叫着似的。牌坊当然不会叫,石头是没有声音的。

石头路的东边是农田,西边是一片很大的苇荡子。苇荡子的尽头是一片乌猛猛的杂树林子。林子后面是善因寺。从石头路往善因寺有一条小路,很少人走。李小龙有一次一个人走了一截,觉得怪瘆得慌。

春天,苇荡子里有很多蝌蚪,忙忙碌碌地甩着小尾巴。很快,就变成了小蛤蟆。小蛤蟆每天早上横过石头路乱蹦。你们干吗乱蹦,不好老实呆着吗?小蛤蟆很快就成了大蛤蟆,咕呱乱叫!

走完石头路,是傅公桥。从东门流过来的护城河往北,从北城流过来的护城河往东,在这里汇合,流入澄子河。傅公桥正跨在汇流的河上。这是一座洋松木桥。两根桥梁,上面横铺着立着的洋松木的扁方子,用巨大的铁螺丝固定在桥梁上。洋松扁方并不密接,每两方之间留着和扁方宽度相等的空隙。从桥上过,可以看见水从下面流。有时一团青草,一片破芦席片顺水漂过来,也看得见它们从桥下悠悠地漂过去。

李小龙从初一读到初二了,来来回回从桥上过,他已经过了多少次了?

为什么叫作傅公桥?傅公是谁?谁也不知道。

过了傅公桥,是一条很宽很平的大路,当地人把它叫作"马路"。走在这样很宽很平的大路上,是很痛快的,很舒服的。

马路东,是一大片农田。这是"学田"。这片田因为可以直接从护城河引水灌溉,所以庄稼长得特别的好,每年的收成都是别处的田地比不了的。

李小龙看见过割稻子。看见过种麦子。春天,他爱下了马路,从麦子地里走,一直走到东门口。麦子还没有"起身"的时候,是不怕踩的,越踩越旺。麦子一天一天长高了。他掰下几粒青麦子,搓去外皮,放进嘴里嚼。他一辈子记得青麦子的清香甘美的味道。他看见过割麦子。看见过插秧。插秧是个大喜的日子,好比是娶媳妇,聘闺女。插秧的人总是精精神神的,脾气也特别温和。又忙碌,又从容,凡事有条有理。他们的眼睛里流动着对于粮食和土地的脉脉的深情。一天又一天,哈,稻子长得齐李小龙的腰了。不论是麦子,是稻子,挨着马路的地边的一排长得特别好。总有几丛长得又高又壮,比周围的稻麦高出好些。李小龙想,这大概是由于过路的行人曾经对着它撒过尿。小风吹着丰盛的庄稼的绿叶,沙沙地响,像一首遥远的、温柔的歌。李小龙在歌里轻快地走着……

李小龙有时挨着庄稼地走,有时挨着河沿走。河对岸是一带黑黑的城墙,城墙垛子一个、一个、一个,整齐地排列着。城墙外面,有一溜荒地,长了好些狗尾巴草、扎蓬、苍耳和风播下来的旅生的芦秋。草丛里一定有很多蝈蝈,蝈蝈把它们的吵闹声音都送到河这边来了。下面，是护城河。随着上游水闸的启闭，河水有时大，有时小；有时急，有时慢。水急的时候，挨着岸边的水会倒流回去，李小龙觉得很奇怪。过路的大人告诉他：这叫"回溜"。水是从运河里流下来的，是浑水，颜色黄黄的。黑黑的城墙，碧绿的田地，白白的马路，黄黄的河水。

去年冬天，有一天，下大雪，李小龙一大早上学去，他发现河水是红颜色的！很红很红，红得像玫瑰花。李小龙想：也许是雪把河变红了。雪那样厚，雪把什么都盖成一片白，于是衬得河水是红的了。也许是河水自己这一天发红了。他捉摸不透。但是他千真万确看见了一条红水河。雪地上还没有人走过，李小龙独自一人，踏着积雪，他的脚踩得积雪咯吱咯吱地响。雪白雪白的原野上流着一条玫瑰红色的河，那样单纯，那样鲜明而奇特，这种景色，李小龙从来没有看见过，以后也没有看见过。

有一天早晨，李小龙看到一只鹤。秋天了，庄稼都收割了，扁豆和芝麻都拔了秧，树叶落了，芦苇都黄了，芦花雪白，人的眼界空阔了。空气非常凉爽。天空淡蓝淡蓝的，淡得像水。李小龙一抬头，看见天上飞着一只东西。鹤！他立刻知道，这是一只鹤。李小龙没有见过真的鹤，他只在画里见过，他自己还画过。不过，这的的确确是一只鹤。真奇怪，怎么会有一只鹤呢？这一带从来没有人家养过一只鹤，更不用说是野鹤了。然而这真是一只鹤呀！鹤沿着北边城墙的上空往东飞去。飞得很高，很慢，雪白的身子，雪白的翅膀，两只长腿伸在后面。李小龙看得很清楚，清楚极了！李小龙看得呆了。鹤是那样美，又教人觉得很凄凉。

鹤慢慢地飞着，飞过傅公桥的上空，渐渐地飞远了。

李小龙痴立在桥上。

李小龙多少年还忘不了那天的印象，忘不了那种难遇的凄凉的美，那只神秘的孤鹤。

李小龙后来长大了，到了很多地方，看到过很多鹤。

不，这都不是李小龙的那只鹤。

世界上的诗人们，你们能找到李小龙的鹤么？

李小龙放学回家晚了。教图画手工的张先生给了他一个任务，让他刻一副竹子的对联。对联不大，只有三尺高。选一段好毛竹，一剖为二，刳去竹节，用砂纸和竹节草打磨光滑了，这就是一副对子。联文是很平常的：

  惜花春起早

  爱月夜眠迟

字是请善因寺的和尚石桥写的，写的是石鼓。因为李小龙上初一的时候就在家跟父亲学刻图章，已经刻了一年，张先生知道他懂得一点篆书的笔意，才把这副对子交给他刻。刻起来并不费事，把字的笔画的边廓刻深，再用刀把边线之间的竹皮铲平，见到"二青"就行了。不过竹皮很滑，竹面又是圆的，需要手劲。张先生怕他带来带去，把竹皮上墨书的字蹭模糊了，教他就在他的画室里刻。张先生的画室在一个小楼上。小楼在学校东北角，是赞化宫的遗物，原来大概是供吕洞宾的，很旧了。楼的三面都是紫竹，——紫竹城里别处极少见，学生习惯就把这座楼叫成"紫竹楼"。李小龙每天下课后，上楼来刻一个字，刻完回家。已经刻了一个多星期了。这天就剩下"眠迟"两个字了，心想一气刻完了得了，明天好填上石绿挂起来看看，就贪刻了一会。偏偏石鼓文体的"迟"字笔画又多，时间不知不觉就过去了。刻完了"迟"字的"走之"，揉揉眼睛，一看：呀，天都黑了！而且听到隐隐的雷声——要下雨了：赶紧走。他背起书包直奔东门。出了东门，听到东门外铁板桥下轰鸣震耳的水声，他有点犹豫了。

东门外是刑场（后来李小龙到过很多地方，发现别处的刑场都在西门外。按中国的传统观念，西方主杀，不知道本县的刑场为什么在东门外）。对着东门不远，有一片空地，空地上现在还有一些浅浅的圆坑，据说当初杀人就是让犯人跪在坑里，由背后向第三个颈椎的接缝处切一刀。现在不兴杀头了，枪毙犯人——当地叫作"铳人"，还是在这里。李小龙的同学有时上着课，听到街上拉长音的凄惨的号声，就知道要铳人了。他们下了课赶去看，有时能看到尸首，有时看到地下一摊血。东门桥是全县唯一的一座铁板桥。桥下有闸。桥南桥北水位落差很大，河水倾跌下来，声音很吓人。当地人把这座桥叫作掉魂桥，说是临刑的犯人到了桥上，听到水声，魂就掉了。

有关于这里的很多鬼故事。流传得最广的是一个：有一个人赶夜路，远远看见一个瓜棚，点着一盏灯。他走过去，想借个火吸一袋烟。里面坐着几个人。他招呼一下，就掏出烟袋来凑在灯火上吸烟，不想怎么吸也吸不着。他很纳闷，用手摸摸灯火，火是凉的！坐着的几个人哈哈大笑。笑完了，一齐用手把脑袋搬了下来。行路人吓得赶紧飞奔。奔了一气，又碰得几个人在星光下坐着聊天，他走近去，说刚才他碰见的事，怎么怎么，他们把头就搬下来了。这几个聊天的人说："这有什么稀奇，我们都能这样！"……

李小龙犹豫了一下，还是走上铁板桥了。他的脚步踏得桥上的铁板当当地响。

天骤然黑下来了，雨云密结，天阴得很严。下了桥，他就掉在黑暗里了。什么也看不见，只能看到一条灰白的痕迹，是马路；黑糊糊的一片，是稻田。好在这条路他走得很熟，闭着眼也能走到，不会掉到河里去，走吧！他听见河水哗哗地响，流得比平常好像更急。听见稻子的新秀的穗子摆动着，稻粒摩擦着发出细碎的声音。一个什么东西窜过马路！——大概是一只獾子。什么东西落进河水了，——"扑通"！他的脚清楚地感觉到脚下的路。一个圆形的浅坑，这是一个牛蹄印子，干了。谁在这里扔了一块西瓜皮！差点摔了我一跤！天上不时扯一个闪。青色的闪，金色的闪，紫色的闪。闪电照亮一块黑云，黑云翻滚着，绞扭着，像一个暴怒的人正在憋着一腔怒火。闪电照亮一棵小柳树，张牙舞爪，像一个妖怪。

李小龙走着，在黑暗里走着，一个人。他走得很快，比平常要快得多，真是"大步流星"，踏踏踏踏地走着。他听见自己的两只裤脚擦得沙沙地响。

一半沉着，一半害怕。

不太害怕。

刚下掉魂桥，走过刑场旁边时，头皮紧了一下，有点怕，以后就好了。

他甚至觉得有点豪迈。

快要到了。前面就是傅公桥。"行百里者半九十"，今天上国文课时他刚听高先生讲过这句古文。

上了傅公桥，李小龙的脚步放慢了。

这是什么？

他从来没有看见过。

一道一道碧绿的光。在苇荡上。

李小龙知道，这是鬼火。他听说过。

绿光飞来飞去。它们飞舞着，一道一道碧绿的抛物线。绿光飞得很慢，好像在幽幽地哭泣。忽然又飞快了，聚在一起；又散开了，好像又笑了，笑得那样轻。绿光纵横交错，织成了一面疏网；忽然又飞向高处，落下来，像一道放慢了的喷泉。绿光在集会，在交谈。你们谈什么?……

李小龙真想多停一会,这些绿光多美呀!

但是李小龙没有停下来,说实在的,他还是有点紧张的。

但是他也没有跑。他知道他要是一跑,鬼火就会追上来。他在小学上自然课时就听老师讲过,"鬼火"不过是空气里的磷,在大雨将临的时候,磷就活跃起来。见到鬼火,要沉着,不能跑,一跑,把气流带动了,鬼火就会跟着你追。你跑得越快,它追得越紧。虽然明知道这是磷,是一种物质,不是什么"鬼火",不过一群绿光追着你,还是怕人的。

李小龙用平常的速度轻轻地走着。

到了贞节牌坊跟前倒真的吓了他一跳!一条黑影,迎面向他走来。是个人!这人碰到李小龙,大概也有点紧张,跟小龙擦身而过,头也不回,匆匆地走了。这个人,那么黑的天,你跑到马上要下大雨的田野里去干什么?

到了几户种菜人家的跟前,李小龙的心才真的落了下来。种菜人家的窗缝里漏出了灯光。

李小龙一口气跑到家里。刚进门,"哇——"大雨就下下来了。

李小龙搬了一张小板凳,在灯光照不到的廊檐下,对着大雨倾注的空庭,一个人呆呆地想了半天。他要想想今天的印象。

李小龙想:我还是走回来了。我走在半道上没有想退回去,如果退回去,我就输了,输给黑暗,又输给了我自己。

李小龙回想着鬼火,他觉得鬼火很美。

李小龙看见过鬼火了,他又长大了一岁。

一九八三年九月十三日于北京蒲黄榆新居
载一九八四年第一期《东方少年》

桥边小说三篇

詹大胖子

詹大胖子是五小的斋夫。五小是县立第五小学的简称。斋夫就是后来的校工、工友。詹大胖子那会，还叫作斋夫。这是一个很古的称呼。后来就没有人叫了。"斋夫"废除于何时，谁也不知道。

詹大胖子是个大胖子。很胖，而且很白。是个大白胖子。尤其是夏天，他穿了白夏布的背心，露出胸脯和肚子，浑身的肉一走一哆嗦，就显得更白，更胖。他偶尔喝一点酒，生一点气，脸色就变成粉红的，成了一个粉红脸的大白胖子。

五小的校长张蕴之、学校的教员——先生，叫他詹大。五小的学生叫他的时候必用全称：詹大胖子。其实叫他詹胖子也就可以了，但是学生都愿意叫他詹大胖子，并不省略。

一个斋夫怎么可以是一个大胖子呢？然而五小的学生不奇怪。他们都觉得詹大胖子就应该像他那样。他们想象不出一个瘦斋夫是什么样子。詹大胖子如果不胖，五小就会变样子了。詹大胖子是五小的一部分。他当斋夫已经好多年了。似乎他生下来就是一个斋夫。

詹大胖子的主要职务是摇上课铃、下课铃。他在屋里坐着。他有一间小屋,在学校一进大门的拐角,也就是学校最南端。这间小屋原来盖了是为了当门房即传达室用的,但五小没有什么事可传达,来了人,大摇大摆就进来了,詹大胖子连问也不问。这间小屋就成了詹大胖子的宿舍。他在屋里坐着,看看钟。他屋里有一架挂钟。这学校有两架挂钟,一架在教务处。詹大胖子一早起来第一件事便是上这两架钟。喀拉喀拉,上得很足,然后才去开大门。他看看钟,到时候了,就提了一只铃铛,走出来,一边走,一边摇:叮当、叮当、叮当……从南头摇到北头。上课了。学生奔到教室里,规规矩矩坐下来,下课了!詹大胖子的铃声摇得小学生的心里一亮。呼——都从教室里窜出来了。打秋千、踢毽子、拍皮球、抓子儿……

詹大胖子摇坏了好多铃铛。

后来,有一班毕业生凑钱买了一口小铜钟,送给母校留纪念,詹大胖子就从摇铃改为打钟。

一口很好看的钟,黄铜的,亮晶晶的。

铜钟用一条小铁链吊在小操场路边两棵梧桐树之间。铜钟有一个锤子,悬在当中,锤子下端垂下一条麻绳。詹大胖子扯动麻绳,钟就响了:当、当、当、当……钟不打的时候,麻绳绕在梧桐树干上,打一个活结。

梧桐树一年一年长高了。钟也随着高了。

五小的孩子也高了。

詹大胖子还有一件常做的事,是剪冬青树。这个学校有几个地方都栽着冬青树的树墙子。大礼堂门前左右两边各有一道,校园外边一道,幼稚园门外两边各有一道。冬青树长得很快,过些时,树头就长出来了,参差不齐,乱蓬蓬的。詹大胖子就拿了一把很大的剪子,两手执着剪子把,叭嗒叭嗒地剪,剪得一地冬青叶子。冬青树墙子的头平了,整整齐齐的。学校里于是到处都是冬青树嫩叶子的清香清香的气味。

詹大胖子老是剪冬青树。一个学期得剪几回。似乎詹大胖子所做的主要的事便是摇铃——打钟，剪冬青树。

詹大胖子很胖，但是剪起冬青树来很卖力。他好像跟冬青树有仇，又好像很爱这些树。

詹大胖子还给校园里的花浇水。

这个校园没有多大点。冬青树墙子里种着羊胡子草。有两棵桃树，两棵李树，一棵柳树，有一架十姊妹，一架紫藤。当中圆形的花池子里却有一丛不大容易见到的铁树。这丛铁树有一年还开过花，学校外面很多人都跑来看过。另外就是一些草花，剪秋萝、虞美人……还有一棵鱼儿牡丹。詹大胖子就给这些花浇水。用一个很大的喷壶。

秋天，詹大胖子扫梧桐叶。学校有几棵梧桐。刮了大风，刮得一地的梧桐叶。梧桐叶子干了，踩在上面沙沙地响。詹大胖子用一把大竹扫帚扫，把枯叶子堆在一起，烧掉。黑的烟，红的火。

詹大胖子还做什么事呢？他给老师烧水。烧开水，烧洗脸水。教务处有一口煤球炉子。詹大胖子每天生炉子，用一把芭蕉扇忽嗒忽嗒地扇。煤球炉子上坐一把白铁壶。

他还帮先生印考试卷子。詹大胖子推油印机滚子，先生翻页儿。考试卷子印好了，就把蜡纸点火烧掉。烧油墨味儿飘出来，坐在教室里都闻得见。

每年寒假、暑假，詹大胖子要做一件事，到学生家去送成绩单。全校学生有二百人，詹大胖子一家一家去送。成绩单装在一个信封里，信封左边写着学生的住址、姓名，当中朱红的长方框里印了三个字："贵家长"。右侧下方盖了一个长方图章："县立第五小学"。学生的家长是很重视成绩单的，他们拆开信封看：国语98，算术86……看完了就给詹大胖子酒钱。

詹大胖子和学生生活最最直接有关的，除了摇上课铃、下课铃，——打上课钟、下课钟之外，是他卖花生糖、芝麻糖。他在他那间小屋里卖。他那小屋里有一个一面装了玻璃的长方匣子，里面放着花生糖、芝麻糖。詹大胖子摇了下课铃，或是打了上课钟，有的学生就趁先生不注意的时候，溜到詹大胖子屋里买花生糖、芝麻糖。

詹大胖子很坏。他的糖比外面摊子上的卖得贵。贵好多！但是五小的学生只好跟他去买，因为学校有规定，不许"私出校门"。

校长张蕴之不许詹大胖子卖糖，把他叫到校长室训了一顿。说：学生在校不许吃零食；他的糖不卫生；他赚学生的钱，不道德。

但是詹大胖子还是卖，偷偷地卖。他摇下课铃或打上课钟的时候，左手捏着花生糖、芝麻糖，藏在袖筒里。有学生要买糖，走近来，他就做一个眼色，叫学生随他到校长、教员看不到的地方，接钱，给糖。

五小的学生差不多全跟詹大胖子买过糖。他们长大了，想起五小，一定会想起詹大胖子，想起詹大胖子卖花生糖、芝麻糖。

詹大胖子就是这样，一年又一年，过得很平静。除了放寒假、放暑假，他回家，其余的时候，都住在学校里。——放寒假，学校里没有人。下了几场雪，整个学校都是白的。暑假里，学生有时还到学校里玩玩。学校里到处长了很高的草。

每天放了学，先生、学生都走了，学校空了。五小就剩下两个人，有时三个。除了詹大胖子，还有一个女教员王文蕙。有时，校长张蕴之也在学校里住。

王文蕙家在湖西，家里没有人。她有时回湖西看看亲戚，平时住在学校里。住在幼稚园里头一间朝南的小房间里。她教一年级、二年级算术。她长得不难看，脸上有几颗麻子，走起路来步子很轻。她有一点奇怪，眼睛里老是含着微笑。一边走，一边微笑。一个人笑。笑什么呢？有的男教员背后议论：有点神经病。但是除了老是微笑，看不出她有什么病，挺正常的。她上课，跟别人没有什么不同。她教加法，减法，领着学生念乘法表：

　　一一得一，
　　一二得二，
　　二二得四……

下了课，走回她的小屋，改学生的练习。有时停下笔来，听幼稚园的小朋友唱歌：

　　小羊儿乖乖，
　　把门儿开开，
　　快点儿开开，
　　我要进来……

晚上，她点了煤油灯看书。看《红楼梦》、《花月痕》、张恨水的《金粉世家》、李清照的词。有时轻轻地哼《木兰辞》："唧唧复唧唧，木兰当户织……"有时给她在女子师范的老同学写信。写这个小学，写十姊妹和紫藤，写班上的学生都很可爱，她跟学生在一起很快乐，还回忆她们在学校时某一次春游，感叹光阴如流水。这些信都写得很长。

校长张蕴之并不特别的凶，但是学生都怕他。因为他可以开除学生。学生犯了大错，就在教务处外面的布告栏里贴出一张布告：学生某某某，犯了什么过错，著即开除学籍，"以维校规，而儆效尤，此布"，下面盖着校长很大的签名戳子，"张蕴之"。"张蕴之"三个字有一种看不见的力量。

他也教一班课，教五年级或六年级国文。他念课文的时候摇晃脑袋，抑扬顿挫，有声有色，腔调像戏台上老生的道白。"晋太元中，武陵人，捕鱼为业……""一路秋山红叶，老圃黄花，颇不寂寞。到了济南府，进得城来，家家泉水，户户垂杨……"

他爱写挽联。写好了，就用按钉钉在教务处的墙上，让同事们欣赏。教员们就都围过来，指手画脚，称赞哪一句写得好，哪几个字很有笔力。张蕴之于是非常得意，但又不太忘形。他简直希望他的亲友家多死几个人，好使他能写一副挽联送去，挂起来。

他有家。他有时在家里住，有时住在学校里，说家里孩子吵，学校里清静，他要读书，写文章。

有时候，放了学，除了詹大胖子，学校里就剩下张蕴之和王文蕙。

王文蕙常常一个人在校园里走走，散散步。王文蕙散完步，常常看见张蕴之站在教务处门口的台阶上。王文蕙向张蕴之笑笑，点点头。张蕴之也笑笑，点点头。王文蕙回去了，张蕴之看着她的背影，一直看到王文蕙走进幼稚园的前门。

张蕴之晚上读书。读《聊斋志异》《池北偶谈》《两般秋雨盦随笔》《曾文正公家书》《板桥道情》《绿野仙踪》《海上花列传》……

校长室的北窗正对着王文蕙的南窗，当中隔一个幼稚园的游戏场。游戏场上有秋千架、压板、滑梯。张蕴之和王文蕙的煤油灯遥遥相对。

一天晚上，张蕴之到王文蕙屋里去，说是来借字典。王文蕙把字典交给他。他不走，东拉西扯地聊开了。聊《葬花词》，聊"寻寻觅觅冷冷清清凄凄惨惨戚戚"。王文蕙不知道他要干什么，心里怦怦地跳。忽然，"噗！"张蕴之把煤油灯吹熄了。

张蕴之常常在夜里偷偷地到王文蕙屋里去。

这事瞒不过詹大胖子。詹大胖子有时夜里要起来各处看看。怕小偷进来偷了油印机、偷了铜钟、偷了烧开水的白铁壶。

詹大胖子很生气。他一个人在屋里悄悄地骂："张蕴之！你不是个东西！你有老婆，有孩子，你干这种缺德的事！人家还是个姑娘，孤苦伶仃的，你叫她以后怎么办，怎么嫁人！"

这事也瞒不了五小的教员。因为王文蕙常常脉脉含情地看张蕴之，而且她身上洒了香水。她在路上走，眼睛里含笑，笑得更加明亮了。

有一天，放学时，有一个姓谢的教员路过詹大胖子的小屋时，走进去，对他说："詹大，你今晚上到我家里来一趟。"詹大胖子不知道有什么事。

姓谢的教员是个纨绔子弟，外号谢大少。学生给他编了一首顺口溜：

　　谢大少，
　　捉虼蚤。
　　虼蚤蹦，
　　他也蹦，
　　他妈说他是个大无用！

谢大少家离五小很近，几步就到了。

谢大少问了詹大胖子几句闲话，然后，问：

"张蕴之夜里是不是常常到王文蕙屋里去？"

詹大胖子一听，知道了：谢大少要抓住张蕴之的把柄，好把张蕴之轰走，他来当五小校长。詹大胖子连忙说：

"没有！没有的事！没有的事不能瞎说！"

詹大胖子不是维护张蕴之，他是维护王文蕙。

从此詹大胖子卖花生糖、芝麻糖就不太避着张蕴之了。

詹大胖子还是当他的斋夫，打钟，剪冬青树，卖花生糖、芝麻糖。

后来，张蕴之到四小当校长去了，王文蕙到远远的一个镇上教书去了。

后来，张蕴之死了，王文蕙也死了（她一直没有嫁人）。詹大胖子也死了。

这城里很多人都死了。

一九八五年十一月二十日

幽冥钟

"姑苏城外寒山寺，夜半钟声到客船。"很早很早以前（大概从宋朝开始）就有人提出过怀疑，认为夜半不是撞钟的时候。我从小就觉得很奇怪：为什么夜半不是撞钟的时候呢？我的家乡就是夜半撞钟的。而且只有夜半撞。半夜，子时，十二点。别的时候，白天，还听不到撞钟。"暮鼓晨钟"。我们那里没有晨钟，只有夜半钟。这种钟，一叫作"幽冥钟"。撞钟的是承天寺。

关于承天寺，有一个传说。传说张士诚是在这里登基的。张士诚是泰州人。泰州是我们的邻县。史称他是盐贩出身。盐贩，即贩私盐的。中国的盐，秦汉以来，就是官卖。卖盐的店，称为"官盐店"。官盐税重，价昂。于是有人贩卖私盐。卖私盐是犯法的事。这种人都是亡命之徒，要钱不要命。遇到缉私的官兵，便要动武。这种人在官

197

方的文书里被称为"盐匪"。瓦岗寨的程咬金就贩过私盐。在苏北里下河一带,一提起"私盐贩子"或"贩私盐的",大家便知道这是什么角色。张士诚就是这样一个角色。元至正十三年,他从泰州起事,打到我的家乡高邮。次年,称"诚王",国号"周"。我的家乡还出过一位皇帝(他不是我们县的人,他称王确是在我们县),这实在应该算是我们县历史上的第一号大人物。我们县的有名人物最古的是秦王子婴。现在还有一条河,叫子婴河。以后隔了很多年,出了一个秦少游。再以后,出了王念孙、王引之父子。但是真正叱咤风云的英雄,应该是张士诚。可是我前几年回乡,翻看县志,关于张士诚,竟无一字记载,真是怪事!

但是民间有一些关于张士诚的传说。

张士诚在承天寺登基,找人来写承天寺的匾。来了很多读书人。他们提起笔来,刚刚写了两笔,就叫张士诚拉出去杀了。接连杀了好几个。旁边的人问他,"为什么杀他们?"张士诚说:"你看看他们写的是什么?'了',是个了字!老子才当皇帝就'了'了,日他妈妈的!"后来来了个读书人。他先写了一个"王"字,再写了左边的"フ",右边的"く",再写上边的"フ",然后一竖到底。张士诚一看大喜,连说:"这就对了——先称王,左有文臣,右有武将,戴上平天冠,皇基永固,一贯到底!——赏!"

我小时读的小学就在承天寺的旁边,每天都要经过承天寺,曾经细看过承天寺山门的石刻的匾额,发现上面的"承"字仍是一般笔顺,合乎八法的"承"字,没有先称王,左文右武,戴了皇冠,一贯到底的痕迹。

我也怀疑张士诚是不是在承天寺登的基,因为承天寺一点也看不出曾经是一座皇宫的格局。

承天寺在城北西边,挨近运河。城北的大寺共有三座。一座善因寺，庙产甚多，最为鲜明华丽，就是小说《受戒》里写的明海受戒的那座寺。一座是天王寺，就是陈小手被打死的寺。天王寺佛事较盛。寺西门外有一片空地，时常有人家来"烧房子"。烧房子似是我乡特有的风俗。"房子"是纸扎店扎的，和真房子一样，只是小一些。也有几层几进，有堂屋卧室，房间里还有座钟、水烟袋，日常所需，一应俱全。照例还有一个后花园，里面"种"着花（纸花）。房子立在空地上，小孩子可以走进去参观。房子下面铺了一层稻草。天王寺的和尚敲着鼓磬铙钹在房子旁边念一通经（不知道是什么经），这一家的一个男丁举火把房子烧了，于是这座房子便归该宅的先人冥中收用了。天王寺气象远不如善因寺，但房屋还整齐，——因此常常驻兵。独有承天寺，却相当残破了。寺是古寺。张士诚在这里登基，虽不可靠，但说不定元朝就已经有这座寺。

一进山门，哼哈二将和四大天王的颜色都暗淡了。大雄宝殿的房顶上长了好些枯草和瓦松。大殿里很昏暗，神龛佛案都无光泽，触鼻是陈年的香灰和尘土的气息。一点声音都没有，整座寺好像是空的。偶尔有一两个和尚走动，衣履敝旧，神色凄凉。——不像善因寺的和尚，一个一个，都是红光满面的。

大殿西侧，有一座罗汉堂。罗汉也多年没有装金了。长眉罗汉的眉毛只剩了一只，那一只不知哪一年脱落了，他就只好捻着一只单独的眉毛坐在那里。罗汉堂外面，有两棵很大的白果树，有几百年了。夏天，一地浓荫。冬天，满阶黄叶。

罗汉堂东南角有一口钟，相当高大。钟用铁链吊在很粗壮的木架上。旁边是从房梁挂下来的撞钟的木杵。钟前是一尊地藏菩萨的一尺多高的金身佛像。地藏菩萨戴着毗卢帽，跏趺而坐，低眉闭目，神色慈祥。地藏菩萨前面点着一盏小油灯，灯光幽微。

在佛教的菩萨里，老百姓最有好感的是两位。一位是观世音菩萨，因为他（她）救苦救难。另一位便是地藏菩萨。他是释迦灭后至弥勒出现之间的救度天上以至地狱一切众生的菩萨。他像大地一样，含藏无量善根种子。他是地之神，是一位好心的菩萨。

为什么在钟前供着一尊地藏菩萨呢？因为这钟在半夜里撞，叫"幽冥钟"，是专门为难产血崩死的妇人而撞的。不知道为什么，人们以为血崩而死的女鬼是居处在最黑最黑的地狱里的，——大概以为这样的死是不洁的，罪过最深。钟声，会给她们光明。而地藏菩萨是地之神，好心的菩萨，他对死于血崩的女鬼也会格外慈悲的，所以钟前供地藏菩萨，极其自然。

撞钟的是一个老和尚，相貌清癯，高长瘦削。他已经几十年不出山门了。他就住在罗汉堂里。大钟东侧靠墙，有一张矮矮的禅榻，上面有一床薄薄的蓝布棉被，这就是他的住处。白天，他随堂粥饭，洒扫庭除。半夜，起来，剔亮地藏菩萨前的油灯，就开始撞钟。

钟声是柔和的、悠远的。

"东——嗡……嗡……嗡……"

钟声的振幅是圆的。"东——嗡……嗡……嗡……"一圈一圈地扩散开，就像投石于水，水的圆纹一圈一圈地扩散。

"东——嗡……嗡……嗡……"

钟声撞出一个圆环，一个淡金色的光圈。地狱里受难的女鬼看见光了。她们的脸上出现了欢喜。"嗡……嗡……嗡……"金色的光环暗了，暗了，暗了……又一声，"东——嗡……嗡……嗡……"又一个金色的光环。光环扩散着，一圈，又一圈……

夜半，子时，幽冥钟的钟声飞出承天寺。

"东——嗡……嗡……嗡……"

幽冥钟的钟声扩散到了千家万户。

正在酣睡的孩子醒来了，他听到了钟声。孩子向母亲的身边依偎得更紧了。

承天寺的钟,幽冥钟。

女性的钟,母亲的钟……

一九八五年十二月四日中午,飘雪

茶干

家家户户离不开酱园。开门七件事,柴米油盐酱醋茶,倒有三件和酱园有关:油、酱、醋。

连万顺是东街一家酱园。

他家的门面很好认,是个石库门。麻石门框,两扇大门包着铁皮,用奶头铁钉钉出如意云头。本地的店铺一般都是"铺闼子门",十二块、十六块门板,晚上上在门槛的槽里,白天卸开。这样的石库门的门面不多。城北只有那么几家。一家恒泰当,一家豫丰南货店。恒泰当倒闭了,豫丰失火烧掉。现在只剩下北市口老正大棉席店和东街连万顺酱园了。这样的店面是很神气的。尤其显眼的是两边白粉墙的两个大字。黑漆漆出来的。字高一丈,顶天立地,笔画很粗。一边是"酱",一边是"醋"。这样大的两个字!全城再也找不出来了。白墙黑字,非常干净。没有人往墙上贴一张红纸条,上写:"出卖重伤风,一看就成功";小孩子也不在墙上写:"小三子,吃狗屎。"

店堂也异常宽大。西边是柜台。东边靠墙摆了一溜豆绿色的大酒缸。酒缸高四尺,莹润光洁。这些酒缸都是密封着的。有时打开一缸,由一个徒弟用白铁唧筒把酒汲在酒坛里,酒香四溢,飘得很远。

往后是一个很大的院子,青砖铺地,整整齐齐排列着百十口大酱缸。酱缸都有个帽子一样的白铁盖子。下雨天盖上。好太阳时揭下盖子晒酱。有的酱缸当中掏出一个深洞，如一小井。原汁的酱油从井壁渗出，这就是所谓"抽油"。西边有一溜走廊，走廊尽头是一个小磨坊。一头驴子在里面磨芝麻或豆腐。靠北是三间瓦屋，是做酱菜、切萝卜干的作坊。有一台锅灶，是煮茶干用的。

从外往里，到处一看，就知道这家酱园的底子是很厚实的。——单是那百十缸酱就值不少钱！

连万顺的东家姓连。人们当面叫他连老板，背后叫他连老大。都说他善于经营，会做生意。

连老大做生意，无非是那么几条：

第一，信用好。连万顺除了做本街的生意，主要是做乡下生意。东乡和北乡的种田人上城，把船停在大淖，拴好了船绳，就直奔连万顺，打油、买酱。乡下人打油，都用一种特制的油壶，广口，高身，外面挂了酱黄色的釉，壶肩有四个"耳"，耳里拴了两条麻绳作为拎手，不多不少，一壶能装十斤豆油。他们把油壶往柜台上一放，就去办别的事情去了。等他们办完事回来，油已经打好了。油壶口用厚厚的桑皮纸封得严严的。桑皮纸上盖了一个墨印的圆印："连万顺记。"乡下人从不怀疑油的分量足不足，成色对不对。多年的老主顾了，还能有错？他们要的十斤干黄酱也都装好了。装在一个元宝形的粗篾浅筐里，筐里衬着荷叶，豆酱拍得实实的，酱面盖了几个红曲印的印记，也是圆形的。乡下人付了钱，提了油壶酱筐，道一声"得罪"，就走了。

第二，连老板为人和气。乡下的熟主顾来了，连老板必要起身招呼，小徒弟立刻倒了一杯热茶递了过来。他家柜台上随时点了一架盘香，供人就火吸烟。乡下人寄存一点东西，雨伞、扁担、箩筐、犁铧、坛坛罐罐，连老板必亲自看着小徒弟放好。有时竟把准备变卖或送人的老母鸡也寄放在这里。连老板也要看着小徒弟把鸡拎到后面廊子上，还撒了一把酒糟喂喂。这些鸡的脚爪虽被捆着，还是卧在地上高高兴兴地啄食，一直吃到有点醉醺醺的，就闭起眼睛来睡觉。

连老板对孩子也很和气。酱园和孩子是有缘的。很多人家要打一点酱油，打一点醋，往往派一个半大孩子去。妈妈盼望孩子快些长大，就说："你快长吧，长大了好给我打酱油去！"买酱菜，这是孩子乐意做的事。连万顺家的酱菜样式很全：萝卜头、十香菜、酱红根、糖醋蒜……什么都有。最好吃的是甜酱甘露和麒麟菜。甘露，本地叫作"螺螺菜"，极细嫩。麒麟菜是海菜，分很多叉，样子有点像画上的麒麟的角，半透明，嚼起来脆脆的。孩子买了甘露和麒麟菜，常常一边走，一边吃。

一到过年，孩子们就惦记上连万顺了。连万顺每年预备一套锣鼓家伙，供本街的孩子来敲打。家伙很齐全，大锣、小锣、鼓、水镲、碰钟，一样不缺。初一到初五，家家店铺都关着门。几个孩子敲敲石库门，小徒弟开开门，一看，都认识，就说："玩去吧！"孩子们就一窝蜂奔到后面的作坊里，操起案子上的锣鼓，乒乒乓乓敲打起来。有的孩子敲打了几年，能敲出几套十番，有板有眼，像那么回事。这条街上，只有连万顺家有锣鼓。锣鼓声使东街增添了过年的气氛。敲够了，又一窝蜂走出去，各自回家吃饭。

到了元宵节，家家店铺都上灯。连万顺家除了把四张玻璃宫灯都点亮了，还有四张雕镂得很讲究的走马灯。孩子们都来看。本地有一句歇后语："乡下人不识走马灯，——又来了！"这四张灯里周而复始，往来不绝的人马车炮的灯影，使孩子百看不厌。孩子们都不是空着手来的，他们牵着兔子灯，推着绣球灯，系着马灯，灯也都是点着了的。灯里的蜡烛快点完了，连老板就会捧出一把新的蜡烛来，让孩子们点了，换上。孩子们于是各人带着换了新蜡烛的纸灯，呼啸而去。

预备锣鼓，点走马灯，给孩子们换蜡烛，这些，连老大都是当一回事的。年年如此，从无疏忽忘记的时候。这成了制度，而且简直有点宗教仪式的味道。连老大为什么要这样郑重地对待这些事呢？这为了什么目的，出于什么心理？实在令人捉摸不透。

第三，连老板很勤快。他是东家，但是不当"甩手掌柜的"。大小事他都要过过目，有时还动动手。切萝卜干、盖酱缸、打油、打醋，都有他一份。每天上午，他都坐在门口晃麻油。炒熟的芝麻磨了，是芝麻酱，得盛在一个浅缸盆里晃。所谓"晃"，是用一个紫铜锤出来的中空的圆球，圆球上接一个长长的木把，一手执把，把圆球在麻酱上轻轻地压，压着压着，油就渗出来了。酱渣子沉于盆底，麻油浮在上面。这个活很轻松，但是费时间。连老大在门口晃麻油，是因为一边晃，一边可以看看过往行人。有时有熟人进来跟他聊天，他就一边聊，一边晃，手里嘴里都不闲着，两不耽误。到了下午出茶干的时候，酱园上上下下一齐动手，连老大也算一个。

茶干是连万顺特制的一种豆腐干。豆腐出净渣，装在一个一个小蒲包里，包口扎紧，入锅，码好，投料，加上好抽油，上面用石头压实，文火煨煮。要煮很长时间。煮得了，再一块一块从蒲包里倒出来。这种茶干是圆形的，周围较厚，中心较薄，周身有蒲包压出来的细纹，每一块当中还带着三个字："连万顺"，——在扎包时每一包里都放进一个小小的长方形的木牌，木牌上刻着字，木牌压在豆腐干上，字就出来了。这种茶干外皮是深紫黑色的，掰开了，里面是浅褐色的。很结实，嚼起来很有咬劲，越嚼越香，是佐茶的妙品，所以叫作"茶干"。连老大监制茶干，是很认真的。每一道工序都不许马虎。连万顺茶干的牌子闯出来了。车站、码头、茶馆、酒店都有卖的。后来竟有人专门买了到外地送人的。双黄鸭蛋、醉蟹、董糖、连万顺的茶干，凑成四色礼品，馈赠亲友，极为相宜。

连老大就是这样一个人，一个开酱园的老板，一个普普通通、正正派派的生意人，没有什么特别处。这样的人是很难写成小说的。

要说他的特别处，也有。有两点。

一是他的酒量奇大。他以酒代茶。他极少喝茶。他坐在账桌上算账的时候，面前总放一个豆绿茶碗。碗里不是茶，是酒——一般的白酒，不是什么好酒。他算几笔，喝一口，什么也不"就"。一天老这么喝着，喝完了，就自己去打一碗。他从来没有醉的时候。

二是他说话有个口头语："的时候。"什么话都要加一个"的时候"。"我的时候""他的时候""麦子的时候""豆子的时候""猫的时候""狗的时候"……他说话本来就慢，加了许多"的时候"，就更慢了。如果把他说的"的时候"都删去，他每天至少要少说四分之一的字。

连万顺已经没有了。连老板也故去多年了。五六十岁的人还记得连万顺的样子，记得门口的两个大字，记得酱园内外的气味，记得连老大的声音笑貌，自然也记得连万顺的茶干。

连老大的儿子也四十多了。他在县里的副食品总店工作。有人问他："你们家的茶干，为什么不恢复起来？"他说："这得下十几种药料，现在，谁做这个！"

一个人监制的一种食品，成了一个地方具有代表性的土产，真也不容易。不过，这种东西没有了，也就没有了。

一九八五年十二月十二日

载一九八六年第二期《收获》

皮凤三楦房子

皮凤三是清代评书《清风闸》里的人物。《清风闸》现在好像没有人说了，在当时，乾隆年间，在扬州一带，可是曾经风行一时的。这是一部很奇特的书。既不是朴刀棒杖、长枪大马；也不是倚翠偷期、烟粉灵怪。《珍珠塔》《玉蜻蜓》《绿牡丹》《八窍珠》，统统不是。它说的是一个市井无赖的故事。这部书虽有几个大关目，但都无关紧要。主要是一个一个的小故事。这些故事也不太连贯。其间也没有多少"扣子"，或北方评书艺人所谓"拴马桩"——即新文学家所谓"悬念"。然而人们还是津津有味地一回一回接着听下去。龚午亭是个擅说《清风闸》的说书先生，时人为之语曰："要听龚午亭，吃饭莫打停。"为什么它能那样吸引人呢？大概是因为通过这些故事，淋漓尽致地刻画了扬州一带的世态人情，说出一些人们心中想说的话。

这个无赖即皮凤三，行五，而瘌，故又名皮五瘌子，这个人说好也好，说坏也坏。他也仗义疏财，打抱不平。对于倚财仗势欺负人的人，尤其是欺负到他头上来的人，他常常用一些很促狭的办法整得该人（按："该人"一词见之于政工干部在外调材料之类后面所加的附注中，他们如认为被调查的人本身有问题，就提笔写道："该人"如何如何，"所提供情况，仅供参考"云云）狼狈不堪，哭笑不得。"促狭"

一词原来倒是全国各地皆有的。《红楼梦》第二十六回就有这个词。但后来在北方似乎失传了。在吴语和苏北官话里是还存在的。其意思很难翻译。刁、赖、阴、损、缺德……庶几近之。此外还有使人意想不到的含意。他有时也为了自己，使一些无辜的或并不太坏的人蒙受一点不大的损失，"楦房子"即是一例。皮凤三家的房子太紧了，他声言要把房子楦一楦，左右四邻都没有意见。心想：房子不是鞋，怎么个楦法呢？办法很简单：他把他的三面墙向邻居家扩展了一尺。因为事前已经打了招呼，邻居只好没的话说。

对皮凤三其人不宜评价过高。他的所作所为，即使是打抱不平，也都不能触动那个社会的本质。他的促狭只能施之于市民中的暴发户。对于真正的达官巨贾，是连一个指头也不敢碰的。

为什么在那个时代（那个时代即扬州八怪产生的时代）会产生《清风闸》这样的评书和皮凤三这样的人物？产生这样的评书、这样的人物的社会背景是什么？喔，这样的问题过于严肃，还是留给文学史家去研究吧。如今却说一个人因为一件事，在原来的外号之外又得了一个皮凤三这样的外号的故事。

此人名叫高大头。这当然是个外号。他当然是有个大名的。大名也不难查考，他家的户口本上"户主"一栏里就写着。但是他的大名很少有人叫。在他有挂号信的时候，邮递员会在老远的地方就扬声高叫："高××，拿图章！"但是他这些年似乎很少收到挂号信。在换购粮本的时候，他的老婆去领，街道办事处的负责人喊了几声"高××"，他老婆也不应声，直到该负责人怒喝了一声"高大头！"他老婆才恍然大悟，连忙答应："有！有！有！"就是在"文化大革命"被批斗的时候，他挂的牌子上写的也是：

> 三 开 分 子
>
> 高 大 头

"高大头"三字上照式用红笔打了叉子,因为排版不便,故从略。

(谨按:在人的姓名上打叉,是个由来已久的古法。封建时代,刑人的布告上,照例要在犯人的姓名上用红笔打叉,以示此人即将于人世中注销。这办法似已失传有年矣,不知怎么被造反派考查出来,沿用了。其实,这倒是货真价实的"四旧"。至于把人的姓名中的字倒过来写,横过来写,以为这就可以产生一种诅咒的力量,可以置人于死地,于残忍中带有游戏成分。这手段可以上推到巫术时代,其来历可求之于马道婆。总而言之,"文化大革命"的许多恶作剧都是变态心理学所不得不研究的材料。)

"高大头"不只是说姓高而头大,意思要更丰富一些,是说此人姓高,人很高大,而又有一个大头。他生得很魁梧,虎背熊腰。他的脑袋和身材很厮称。通体看来,并不显得特别的大。只有单看脑袋,才觉得大得有点异乎常人。这个脑袋长得很好。既不是四方四棱,像一个老式的装茶叶的锡罐;也不是圆圆乎乎的像一个冬瓜,而是上额宽广,下腭微狭,有一点像一只倒放着的鸭梨。这样的脑袋和体格,如果陪同外宾,一同步入宴会厅,拍下一张照片,是会很有气派的。但详考高大头的一生,似乎没有和外宾干过一次杯。他只是整天坐在门前的马扎子上,用一把木锉锉着一只胶鞋的磨歪了的后跟,用毛笔饱蘸了白色的粘胶涂在上面,选一块大小厚薄合适的胶皮贴上去,用他的厚厚实实的手掌按紧,连头也不大抬。只当有什么值得注意的人从他面前二三尺远的地方走过，他才从眼镜框上面看一眼。他家在南市口，是个热闹去处，但往来的大都是熟人。卖青菜的、卖麻团的、箍桶的、拉板车的、吹糖人的……他从他们的吆唤声、说话声、脚步声、喘气声，甚至从他们身上的气味，就能辨别出来，无须抬头一看。他的隔着一条巷子的紧邻针灸医生朱雪桥下班回家，他老远就听见他的苍老的咳嗽声，于是放下手里的活计，等着跟他打个招呼。朱雪桥走过，仍旧做活。一天就是这样，动作从容不迫，神色安静平和。他戴着一副黑框窄片的花镜，有点像个教授，不像个修鞋的手艺人。但是这个小县城里来了什么生人，他是立刻就会发现的，不会放过。而且只要那样看一眼，大体上就能判断这是省里来的，还是地区来的，是粮食部门的，还是水产部门的，是作家，还是来作专题报道的新闻记者。他那从眼镜框上面露出来的眼睛是彬彬有礼的，含蓄的，不露声色的，但又是机警的，而且相当的锋利。

高大头是个修鞋的，是个平头百姓，并无一官半职，虽有点走资本主义道路，却不当权，"文化大革命"怎么会触及到他，会把他也拿来挂牌、游街、批斗呢？答曰：因为他是牛鬼蛇神，故在横扫之列。此"文化大革命"之所以为"大"也。

小地方的人有一种传奇癖，爱听异闻。对一个生活经历稍为复杂一点的人，他们往往对他的历史添油加醋，任意夸张，说得神乎其神。这种捕风捉影的事，茶余酒后，巷议街谈，倒也无伤大雅。就是本人听到，也不暇去一一订正。有喜欢吹牛说大话的，还可能随声附和，补充细节，自高身价。一到运动，严肃地进行审查，可就惹了麻烦，跳进黄河也洗不清了。高大头就是这样。

高大头的简历如下：小时在家学铜匠。后到外地学开汽车，当了多年司机。解放前夕，因亲戚介绍，在一家营造厂"跑外"——当采购员。三反五反后，营造厂停办，他又到专区一个师范学校当了几年总务。以后，即回乡从事补鞋。他走的地方多，认识的人多，在走出五里坝就要修家书的本地人看来，的确很不简单。

但是本地很多人相信他进过黄埔军校，当过土匪，坐过日本人的牢，坐过国民党的牢，也坐过新四军的牢。

事出有因，查无实据。黄埔军校早就不存在，他那样的年龄不可能进去过，而且他从来也没有到过广东。所以有此"疑点"，是因为他年轻时为了好玩，曾跟一个朋友借了一身军服照过一张照片，还佩了一柄"军人魂"的短剑。他大概曾经跟人吹过，说这种剑只有军校毕业生才有。这张照片早已不存在，但确有不止一个人见过，写有旁证材料。说他当过土匪，是因为他学铜匠的时候，有一师傅会修枪。过去地方商会所办"保卫团"有枪坏了，曾拿给他去修过。于是就传成他会造枪，说他给乡下的土匪造过枪。于是就联系到高大头：他师傅给土匪造枪，他师傅就是土匪；他是土匪的徒弟，所以也是土匪。这种逻辑，颇为谨严。至于坐牢，倒是确有其事。他是司机，难免夹带一点私货，跑跑单帮。抗日战争时期从敌占区运到国统区，解放战争时期从国统区运到解放区。的确有两次被伪军和国民党军队查抄出来，关押了几天。关押的目的是敲竹杠。他花了一笔钱，托了朋友，也就保释出来了。所运的私货无非是日用所需，洋广杂货。其中也有违禁物资，如西药、煤油。但是很多人说他运的是枪支弹药。就算是枪支弹药吧——抗日战争时期，国共还在合作，由日本人那里偷运给国民党军队，不是坏事；解放战争时期由国民党军队那里偷运给新四军，这岂不是好事？然而不，这都是反革命行为。他确也被新四军扣留审查过几天，那是因为不清楚他的来历。后来已有新四军当时的负责人写了证明，说这是出于误会。以上诸问题，本不难澄清，但是有关部门一直未作明确结论，作为悬案挂在那里。他之所以被专区的师范解职，就是因为：历史复杂。

"文化大革命",旧案重提,他被揪了出来。地方上的造反派为之成立了专案组。专案组的组长是当时造反派的头头,后来的财政局局长谭凌霄,专案组成员之一是后来的房产管理处主任高宗汉。因为有此因缘,就逼得高大头终于不得不把他的房子楦一楦。此是后话。

"文化大革命"山呼海啸,席卷全国。高大头算个什么呢,真是沧海之一粟。不过他在本地却是出足了风头,因为案情复杂而且严重。南市口离县革会不远,县革会门前有一面大照壁。照壁上贴得满满一壁关于高大头的大字报,还有漫画插图。谭凌霄原来在文化馆工作,高宗汉原是电影院的美工,他们都能写会画,把高大头画得很像。他的形象特征很好掌握,一个鸭梨形的比身体还要大的头。在批斗他的时候,喊的口号也特别热闹:

"打倒反动军官高大头!"

"打倒土匪高大头!"

"打倒军火商高大头!"

"打倒三开分子高大头!"

剃头、画脸、游街、抄家、挨打、罚跪,应有尽有,不必细说。

高大头是个曾经沧海的人,"文化大革命"虽然是史无前例,他却以一种古已有之的态度对待之:逆来顺受。批斗、游街,随叫随到。低头的角度很低,时间很长。挨打挨踢,面无愠色。他身体结实,这些都经受得住。检查材料交了一大摞,写得很详细,很工整。时间、地点、经过、证明人,清清楚楚。一次一次,不厌其烦。但是这种检查越看越叫人生气。

谭凌霄亲自出马,带人外调。登了泰山,上了黄山,吃过西湖醋鱼、南京板鸭、苏州的三虾面,乘兴而去,兴尽而归,材料虽有,价值不大。(全国用于外调的钱,一共有多少?)

他们于是又回过头来把希望寄托在高大头本人身上,希望他自己说出一些谁也不知道的罪行，三番两次，交代政策："'坦白从宽，抗拒从严'，态度很重要。态度好，可以从轻；态度不好，问题性质就会升级！"苦口婆心，仁至义尽。高大头唯唯，然而交代材料仍然是那些车轱辘话。对于"反动军官""土匪""军火商"，字面上决不硬顶，事实上寸步不让。于是谭凌霄给了他一嘴巴子，骂道："你真是一块滚刀肉！"

只有对于"三开分子"，高大头却无法否认。

"三开分子"别处似不曾听说过，可以算得是这个小县的土特产。何谓"三开"？就是在敌伪时期、国民党时期、共产党时期都吃得开。这个界限可很难划定。当过维持会长、国大代表、政协委员，这可以说是"三开"。这些高大头都够不上。但是他在上述三个时期都活下来了，有一口饭吃，有时还吃得不错，且能娶妻生子，成家立业，要说是"吃得开"，也未尝不可。

轰轰轰轰，"文化大革命"过去了。

高大头还是高大头。"三开分子"算个什么名目呢？什么文件上也未见过。因此也就谈不上什么改正落实。抄家的时候，他把所有的箱笼橱柜都打开，任凭搜查。除了他的那些修鞋用具之外，还有他当司机时用过的扳子、钳子、螺丝刀，他在营造厂跑外时留下的一卷皮尺等等这些都不值一顾。有两块桃源石的图章，高宗汉以为是玉的，上面还有龟纽，说这是"四旧"，没收了（高大头当时想：真是没有见过世面，这值不了几个钱）。因此，除了皮肉吃了一点苦，高大头在这场开玩笑似的浩劫中没有多大损失。他没有什么抱怨，对谁也不记仇。

倒是谭凌霄、高宗汉因为白整了高大头几年，没有整出个名堂来，觉得很不甘心。世界上竟有这等怪事：挨整的已经觉得无所谓，整人的人倒耿耿于怀，总想跟挨整的人过不去，好像挨整的对不起他。

然而高大头从此得了教训,他很少跟人来往了,他不串门访友,也不愿说他那些天南地北的山海经。他整天只是埋头做活。

高大头高大魁伟,然而心灵手巧,多能鄙事。他会修汽车,修收音机、照相机,修表,当然主要是修鞋。他会修球鞋、胶鞋。他收的钱比谁家都贵,但是大家都愿多花几个钱送到他那里去修,因为他修得又结实又好看。他有一台火补的"机器",补好后放在模子里加热一压,鞋底的纹印和新的一样。在刚兴塑料鞋时,全城只有他一家会修塑料凉鞋,于是门庭若市(最初修塑料鞋,他都是拿到后面去修,怕别人看到学去)。就是在"文化大革命"期间,在他不挨批斗的日子,生意也很好("文化大革命"期间人们好像特别费鞋,因为又要游行,又要开会,又要跳忠字舞)。他还会补自行车胎、板车胎,甚至汽车外胎。因此,他的收入很可观。三中全会以后,允许单干,他带着一儿一女,一同做活,生意兴隆,真是很吃得开了。

他现在常在一起谈谈的,只有一个朱雪桥。

一来,他们是邻居。

二来,"文化大革命"期间,他们经常同台挨斗,同病相怜。

朱雪桥的罪名是美国特务。

朱雪桥是个针灸医生,为人老实本分,足迹未出县城一步,他怎么会成了美国特务呢?原来他有个哥哥朱雨桥,在美国,也是给人扎针,听说混得很不错。解放后,兄弟俩一直不通音信。但这总是个海外关系。这个县城里有海外关系的不多,凤毛麟角,很是珍贵。原来在档案里定的是"特嫌",到了"文化大革命",就直截了当,定成了美国特务。

这样,他们就时常一同挨斗。在接到批斗通知后,挂了牌子一同出门,斗完之后又挟了牌子一同回来。到了巷口,点一点头:"明天见!"——"会上见!"各自回家。

朱雪桥胆子小,原来很害怕,以为可能要枪毙。高大头暗中给他递话:"你是特务吗?——不是。不是你怕什么?沉住气,没事。光棍不吃眼前亏,注意态度。"朱雪桥于是仿效高大头,软磨穷泡,少挨了不少打。朱雪桥写的检查稿子,还偷偷送给高大头看过。高大头用铅笔轻轻做了记号,朱雪桥心领神会,都照改了。高大头每回挨斗,回来总要吃点好的。他前脚挂了牌子出门,他老婆后脚就绕过几条街去买肉。肉炖得了,高大头就叫女儿乘天黑人乱,给朱雪桥送一碗过去。朱雪桥起初不受,说:"这,这,这不行!"高大头知道他害怕,就走过去说:"吃吧!不吃好一点顶不住!"于是朱雪桥就吃了。他们有时斗罢归来,分手的时候,还偷偷用手指圈成一个圈儿,比画一下,表示今天晚上可以喝两盅。

中国有不少人的友谊是在一同挨斗中结成的,这可称为"文革"佳话。

三来,他们两家的房子都非常紧,这就容易产生一种同类意识。

两家的房子原来都不算窄,是在挨斗的同时被挤小了的。

朱雪桥家原来住得相当宽敞,有三大间,旁边还有一间堆放杂物的厢房。朱雨桥在的时候,两家住;朱雨桥走了,朱雪桥一家三代六口人住着。朱雪桥不但在家里可以有地方给人扎针治病,还有个小天井,可以养十几盆菊花。——高大头养菊花就是受了朱雪桥的影响。他的菊花秧子大都是从朱雪桥那里分来的。

谭凌霄和高宗汉带着一伙造反派到朱雪桥家去抄家。叫高大头也一同去,因为他身体好,力气大,作为劳力,可以帮着搬东西。朱家的"四旧"不少。霁红胆瓶,摔了;康熙青花全套餐具,砸了;铜器锡器,踹扁了;硬木家具,劈了;朱雪桥的父母睡的一张红木宁式大床,是传了几代的东西,谭凌霄说:"抬走!"堂屋板壁上有四幅徐子兼画的猴。徐子兼是邻县的一位画家，已故，画花鸟，宗法华新罗，笔致秀润飘逸，尤长画猴。他画猴有定价，两块大洋一只。这四幅屏上的大大小小的猴真不老少。一个造反派跳上去扯了下来就要撕。高大头在旁插了一句嘴，说："别撕。'金猴奋起千钧棒'，猴是革命的。"谭凌霄一想，说，"对！卷起来，先放到我那里保存！"他属猴，对猴有感情。

抄家完毕，谭凌霄说："你家的房子这样多？不行！"于是下令叫朱雪桥全家搬到厢房里住，当街另外开门出入。这三间封起来。在正屋与厢屋之间砌起了一堵墙，隔开。

高大头家原来是个连家店，前面是铺面，或者也可以叫作车间，后面是住家。抄家的时候（前文已表，他家是没有多少东西可抄的），高宗汉说："你家的房子也太宽，不行！"于是在他的住家前面也砌了一堵墙，只给他留下一间铺面。

这样，高、朱两家的房屋面积都是一样大小了：九平米。

朱家六口人，这九平方米怎么住法呢？白天还好办。朱雪桥上班，——他原来是私人开业，后来加入联合诊所，联合诊所撤销后，他进了卫生局所属的城镇医院，算是"国家干部"了。两个孩子（一儿一女）上学。家里只剩下朱雪桥的父亲母亲和他的老婆。到了晚上，三代人，九平米，怎么个睡法呢？高大头给他出了个主意，打了一张三层床。由下往上数：老两口睡下层，朱雪桥夫妇睡中层，两个孩子睡在最上层。一人翻身，全家震动。两个孩子倒很高兴，觉得爬上爬下，非常好玩。只是有时夜里要滚下来，这一跤可摔得不轻。小弟弟有时还要尿床，这个热闹可就大了！

高大头怎么办呢？也总得有个家呀。他有老婆，女儿也大了，到了快找对象的时候了，女人总有些女人的事情，不能大敞四开，什么都展览着呀。于是他找了点纤维板，打了半截板壁，把这九平米隔成了两半，两个狭条，各占四平米半。后面是他老婆和女儿的卧房；前面白天是车间，到了晚上，临时搭铺，父子二人抵足而眠。后面一半外面看不见。前面的四平米半可真是热闹。一架火补烘烤机器就占了三分之一。其余地方还要放工具、材料。他把能利用的空间都利用了。他敲敲靠巷子一边的山墙，还结实，于是把它抽掉一些砖头，挖成一格一格的，成了四层壁橱。酱油瓶子、醋瓶子、油瓶子、酒瓶子、扳子、钳子、粘胶罐子、钢锉、木锉、书籍（高大头文化不低，前已说过，他的字写得很工整）、报纸（高大头关心世界、国家大事，随时研究政策，订得一份省报，看后保存，以备查检，逐月逐年，一张不缺），全都放在"橱"里。层次分明，有条不紊。他修好的鞋没处放，就在板壁上钉了许多钉子，全都挂起来。面朝里，底朝外，鞋底上都贴着白纸条，写明鞋主姓名和取鞋日期。这样倒好，好找，省得一双一双去翻。他还养菊花（朱雪桥已经无此雅兴）。没有地方放，他就养了四盆悬崖菊，把它们全部在房檐口挂起来。这四个盆子很大。来修鞋的人走到门口都要迟疑一下，向上看看。高大头总是解释："不碍事，挂得很结实，砸不了脑袋!"这四盆悬崖菊披披纷纷地倒挂下来，好看得很。高大头就在菊花影中运锉补鞋，自得其乐。

"四人帮"倒了之后，高大头和朱雪桥迭次向房产管理处和财政局写报告，请求解决他们的住房困难。这个县的房管处是财政局的下属单位，是一码事。也就是说，向高宗汉和谭凌霄写报告（至于谭、高二人怎么由造反派变成局长和主任，又怎样安然度过清查运动，一直掌权，以与本文无关，不表）。他们还迭次请求面见谭局长和高主任。高大头还给谭局长家修过收音机、照相机，都是白尽义务，分文不取。高主任很客气地接待他们，说："你们的困难我是知道的，这是'文化大革命'的后遗症嘛，一定，一定设法解决。"谭凌霄对高宗汉说："这两个家伙，不能给他们房子!"

中美建交。

朱雪桥忽然接到他哥哥朱雨桥的信，说他很想回乡探望双亲大人。信中除了详述他到美的经过，现在的生活，倾诉了思亲怀旧之情，文白夹杂，不今不古，之外，附带还问了他花了五十块大洋请徐子兼画的四幅画，今犹在否。

朱雪桥把这封信交给了奚县长。

奚县长"文化大革命"前就是县长。"文化大革命"中被谭凌霄等一伙造反派打倒了。"四人帮"垮台后，经过选举，是副县长。不过大家还叫他奚县长。他主管文教卫生，兼管民政统战。朱雪桥接到朱雨桥的信，这件事，从哪方面说起来，都正该他管。

第一件事，应该表示欢迎。这是国家政策。

第二件事，应该赶紧解决朱雪桥的住房问题。朱雨桥回来，这九平米，怎么住？难道在三层床上再加一层吗？

事有凑巧，朱家原来的三间祖屋，在被没收后，由一个下放干部住着。恰好在朱雪桥接到朱雨桥来信前不久，这位下放干部病故了，家属回乡，这三间房还空着。这事好解决。奚县长亲自带了朱雪桥去找谭凌霄，叫他把那三间房还给朱家。谭凌霄当时没有话说，叫高宗汉填写了一张住房证发给了朱雪桥。朱雪桥随奚县长到县人民政府，又研究了一下怎样接待朱雨桥的问题。奚县长嘱咐他对"文化大革命"的情况尽量不要多谈，还批了条子，让他到水产公司去订购一点鲜鱼活虾，到蔬菜公司订购一点菱藕，到糖烟酒公司订几瓶原装洋河大曲。朱雪桥对县领导的工作这样深入细致，深表感谢。

不想他到了旧居门口，却发现门上新加了一把锁。

原来谭凌霄在发给朱雪桥住房证之后，立刻叫房管处签发了另一份住房证，派人送到湖东公社，交给公社书记的儿子，叫他先把门锁起来。一所房子同时发两张居住证，他这是存心叫两家闹纠纷，叫朱雪桥搬不进去。

朱雪桥不能撬人家的锁。

怎么办呢？高大头给他出了个主意，从隔开厢房与正屋的墙上打一个洞，先把东西搬进去再说。高大头身强力壮，心灵手巧，呼朋引类，七手八脚，不大一会儿，就办成了。

朱雨桥来信，行期在即。

奚县长了解了朱雪桥在墙上打了一个洞，说："这成个什么样子！"于是打电话给财政局、房管处，请他们给朱家修一个门，并把朱家原来的三间正屋修理一下。谭凌霄、高宗汉"相应不理"。

县官不如现管，奚县长毫无办法。

奚县长打电话给卫生局，卫生局没有人工材料。

最后只得打电话给城镇医院。城镇医院倒有一点钱，雇工置料，给朱雪桥把房子修了。

徐子兼画的四幅画也还回来了。这四幅画在谭凌霄家里。朱雪桥拿着县人民政府的信，指名索要，谭凌霄抵赖不得，只好从柜子里拿出来给他。朱家的宁式大床其实也在谭凌霄家里，朱雪桥听从了高大头的意见，暂时不提。

朱雨桥回来，地方上盛大接待。朱雨桥吃了家乡的卡缝鳊、翘嘴白、槟榔芋、雪花藕、炝活虾、野鸭烧咸菜；给双亲大人磕了头，看看他的祖传旧屋，端详了徐子兼的画猴，满意得不得了。热闹了几天，告别各界领导。临去依依，一再握手。弟兄二人，洒泪而别，自不必说。

地方上为朱雨桥举行的几次宴会，谭局长一概称病不赴。高主任因为还不够格，也未奉陪。谭凌霄骂了一句国骂，说："海外关系倒跩起来了！"

谭凌霄当然知道朱雪桥在墙上打洞，先发制人，造成既成事实，这主意是高大头出的。朱雪桥是个老实人，想不出这种招儿。徐子兼的画在他手里，也是高大头告发的。这四幅画他平常不大拿出来挂。有一天"晒伏"，他摊在地上。那天正好高大头来送修好了的收音机。这小子眼睛很贼，瞅见过，除了他，没有别人！批给朱家三间房子，丢了四张画，事情不大，但是他谭凌霄没有栽过这个跟头。这使他丢了面子，在本城群众面前矮了一截。这些草民，一定会在他背后指手画脚，喊喊喳喳地议论的。谭凌霄非常窝火，在心里恨道："好小子，你就等着我的吧！"他引用了一句慈禧太后的话："谁要是叫我不痛快一阵子，我就叫谁不痛快一辈子！"

高大头知道事情不大妙，但是他还是据理力争，几次找房管处要房子。高宗汉接见了他。这回态度变了，干脆说："没有！"高大头还是软软和和地说："没有房子，给我一块地皮也行，我自己盖。"——"你自己盖？你有钱？是你说过：你有八千块钱存款，只要你给一块地皮，盖一所一万块钱的房子，不费事。你说过这话没有？"高大头是曾经夸过这个海口，不知是哪个嘴快的给传到高宗汉耳朵里去了，但是他还是赔着笑脸，说："那是酒后狂言。"高宗汉板着脸说："有本事你就盖。地皮没有。就这九平米。你就在这九平米上盖！只要你不多占一分地，你怎么盖都行。盖一座摩天大楼我也不管，随便！就这个话！往后你也别老找我来啰唆！你有意见？你有本事告我去！告我和谭局长去！我还有事，你请便！"

高大头这一天半宵都没有睡着觉，一支接一支地抽烟，抽了多半盒"大运河"。

与此同时，谭凌霄利用盖集体宿舍的名义给自己盖了一所私人住宅。

谭凌霄盖住宅的时候，高大头天天到邮局去买报纸，《人民日报》《文汇报》《解放日报》《新华日报》，能买到的都买了来，戴着他的黑边窄片老花镜一张一张地看,用红铅笔划道、剪贴、研究。

谭凌霄的住宅盖成了。且不说他这所住宅有多大,单说房前的庭院:有一架葡萄、一丛竹子、几块太湖石,还修了一座阶梯式的花台,放得下百多盆菊花。这在本城县一级领导里是少有的。

这一天,谭局长备了三桌酒,邀请熟朋友来聚聚。一来是暖暖他的新居,二来是酬谢这些朋友帮忙出力、提供材料。杯筷已经摆好,凉菜尚未上桌,谭局长正陪同客人在庭前欣赏他的各种菊花,高大头敲门,一头闯了进来。谭凌霄问:"你来干什么?"高大头拿出一卷皮尺,说:"对不起,我量量你们家的房子。"说罢就动起手来。谭凌霄一时不知如何是好,客人也都莫名其妙。高大头非常麻溜利索。眨眼的工夫就量完了。前文交代,他在营造厂干过,干这种事情,是个内行。他收了皮尺,还负手站在一边,陪主人客人一同看了一会菊花。这菊花才真叫菊花!一盆墨菊,乌黑的,花头有高大头的脑袋大!一盆狮子头,花头旋拧着,像一团发亮的金黄色的云彩!一盆十丈珠帘,花瓣垂下有一尺多长!高大头知道,这都是从公园里搬来的。这几盆菊花,原来放在公园的暖房里,旁边插着牌子,写着:"非卖品"。等闲人只能隔着玻璃看看。高大头自从菊花开始放瓣的时候,天天去看,太眼熟了。

高大头看完菊花,道了一声"谢谢,饱了眼福",转身自去。

谭局长这顿饭可没吃好。他心里很不踏实:高大头这小子,量了我的房子,不会有什么好事!

高大头当晚借了朱雪桥家的堂屋,把谭凌霄假借名义,修盖私人住宅的情况,写了一封群众来信。信中详细描叙了谭宅的尺寸、规格,并和本县许多住房困难的人家作了对比。连夜抄得,天亮付邮,寄给省报。

过了几天,省报下来了一个记者。

记者住在招待所。

他本来是来了解本县今年秋收分配情况的，没想到，才打开旅行包，洗了脸，就有人来找他。这些人反映的都是一件事：谭局长修盖私人住宅，没有那回事，这是房管局分配给他的宿舍；高大头是个三开分子，品质恶劣，专门造谣中伤，破坏领导威信。接二连三，络绎不绝（这些人都是谭凌霄在"文化大革命"中的"老战友"）。记者在编辑部本知道有这样一封群众来信，不过他的任务不是了解此事。这样一来，倒引起了他的注意。他找了本县的几个通讯员和一些群众做了调查，他们都说有这回事。他请高大头到招待所来谈谈，高大头带来了他的那封信的底稿和一张谭凌霄住宅平面图。

记者把这件事用"本报记者"名义写了一篇报道，带回了报社。

也活该谭凌霄倒霉，他赶到坎上了，现在正是大抓不正之风的时候。报社决定用这篇稿子。打了清样，寄到本县县委，征求他们的意见，是否同意发表。县委书记看了清样，正在考虑，奚县长正在旁边，说："这件事你要是压下来，将来问题深化了，你也会被牵扯进去，这是一；如果不同意发表这篇报道，那将来本县的消息要见省报，可就困难了，这是二。"县委书记击案说："好！同意！"奚县长抓起笔就写了一封复信：

"此稿报道情况完全属实，同意发表。这对我们整顿党政作风，很有帮助，特此表示感谢。"

报道在省报发表后，全城轰动。很多居民买了鞭炮到大街上来放，好像过年一样。

高大头当真在他的九平米的地基上盖起了一所新房子（在修建新房时，他借住了朱雪桥原来住的厢房）。这座房子一共三十六平米。他盖了个两楼一底。底层还是九米。上面一层却有十二米。他把上层的楼板向下层的檐外伸出了一截，突出在街面上。紧挨上层，他又向南伸展，盖了一间过街楼，那一头接到朱雪桥家厢房房顶。这间过街楼相当高，楼下可过车辆行人，不碍交通。过街楼有十五平米。这样，高大头家四口人，每人就有九平米，很宽绰了。高大头的儿子就是要结婚，也完全有地方。这两楼一底是高大头自己设计的。他干过营造厂嘛。来来往往的人看了高大头的这所十分别致的房子，都说："这家伙真是个皮凤三，他硬把九平方米楦成了三十六平方米，神了！"

谭凌霄、高宗汉忽然在同一天被撤了职。这消息可靠。据财政局的人说，他们自己已接到通知，只是还没有公开宣布。他们这两天已经不到机关上班了。因为要是再去，别人叫他们"局长""主任"，答应不好，不答应也不好。

在听到他们俩撤职的消息后，城里人有没有放鞭炮呢？没有。他们是很讲恕道的。

这二位到底为什么被撤职呢？众说纷纭。有人说是他们在住房问题上对群众刁难勒索，太招恨了；有人说是他们通同作弊，修盖私人住宅；有人说：因为他们是造反派！究竟如何，且听下回分解。

一九八一年十二月二十五日
载一九八二年第三期《上海文学》

小学同学

金国相

我时常想起金国相。他很可怜。不知道怎么传出来的，说金国相有尾巴。于是在第二节课下课后，常常有一群同学追他，要脱下他的裤子。金国相拼命逃。大家拼命追。操场、校园、厕所……金国相跑得很快，从来没有被追上、摁倒过。这样追了十分钟，直到第三节课铃响。学校的老师看见，也不管。我没有追过金国相。为什么要欺负人呢？那么多人欺负一个人！

金国相到底有没有尾巴？可能是有的。不然他为什么拼命逃？可能是他尾骨长出一节，不会是当真长了一根毛乎乎的尾巴。

金国相的样子有点蠢。头很大，眼睛也很大。两只很圆的眼睛，老是像瞪着。说话声音很粗。

他家很穷。父亲早死了，家里只有一个祖母，靠糊"骨子"（做鞋底用的袼褙）为生。把碎布浸湿，打一盆面糊，在门板上把碎布一层一层地拼起来，糊得实实的，成一个二尺宽、五六尺长的长方块，晒干后，揭下。只要是晴天，都看见老奶奶坐在一个小板凳上糊骨子。金国相家一般是不关门的，因为门板要用来糊骨子，因此从街上一眼可以看到他家的堂屋。堂屋里什么都没有，一张破桌子，几条板凳。

金国相家左邻是一个很小的石灰店，右邻是一个很小的炮仗店。这几家门面都不敞亮，不过金国相家特别的暗淡。

金国相家的对面是一个私塾。也还有人家愿意把孩子送到私塾念书，不上小学。私塾里有十几个学生。我们是读小学的，而且将来还会读中学、大学，对私塾看不起，放学后常常大摇大摆地走进去看看。教私塾的老先生也无可奈何。这位老先生样子很"古"。奇怪的是板壁上却挂了一张老夫妻俩的合影，而且是放大的。老先生用粗拙的字体在照片边廓题了一首诗，有两句我一直不忘：

诸君莫怨奁田少，
吃饭穿衣全靠他。

我当时就觉得这首诗很可笑。"奁田"的多少是老先生自己的事，与"诸君"有什么关系呢？

金国相为什么不就在对门读私塾，为什么要去读小学呢？

邱麻子

邱麻子当然是有个学名的，但是从一年级起，大家都叫他邱麻子。他又黑又麻。他上学上得晚，比我们要大好几岁，人也高出好多。每学期排座位，他总是最后一排，靠墙坐着。大家都不愿跟他一块玩，他也跟这些比他小好几岁的伢子玩不到一起去，他没有"好朋友"。我们那时每人都有一两个特别要好的同学。男生跟男生玩，女生跟女生玩。如果是亲戚或是邻居，男生和女生也可以一起玩。早上互相叫着一起到学校，晚上一同回家。邱麻子总是一个人来，一个人走。

三年级的时候,有一天上算术课,来的不是算术老师,是教务主任顾先生。顾先生阴沉着脸,拿了一把很大的戒尺。级长喊了"一——二——三"之后,顾先生怒喝了一声:"邱××!到前面来!"邱麻子走到讲桌前站住。"伸出左手!"顾先生什么都不说,抡起戒尺就打。打得非常重。打得邱麻子嘴角牵动,一咧一咧的。一直打了半节课。同学们鸦雀无声。只见邱麻子的手掌肿得像发面馒头。邱麻子不哭,不叫喊,只是咧嘴。这不是处罚,简直是用刑。

后来知道是因为邱麻子"摸"了女生。

过了好些年,我才知道这叫"猥亵"。

邱麻子当然不知道这是"猥亵"。

连教导主任顾先生也不知道"猥亵"这个词。

邱麻子只是因为早熟,因为过早萌发的性意识,并且因为他的黑和麻,本能地做出这种事,没有谁教唆过他。

邱麻子被学校开除了。

邱麻子家开了一座铁匠店。他父亲就是打铁的。邱麻子被开除后,学打铁。

他父亲掌小锤,他抡大锤。我们放了学,常常去看打铁。他父亲把一块铁放进炉里,邱麻子拉风箱。呼——嗒,呼——嗒……铁块烧红了,他父亲用钳子夹出来,搁在砧子上。他父亲用小锤一点,"丁",他就使大锤砸在父亲点的地方,"当"。丁——当,丁——当。铁块颜色发紫了,他父亲把铁块放在炉里再烧。烧红了,夹出来,丁——当,丁——当,到了一件铁活快成形时,就不再需要大锤,只要由他父亲用小锤正面反面轻轻敲几下,"丁、丁、丁、丁"。"丁丁丁丁……"这是用小锤空击在铁砧上,表示这件铁活已经完成。

丁——当,丁——当,丁——当。

少年棺材匠

徐守廉家是开棺材店的。这是北门外唯一的棺材店。

走过棺材店，总有一种很特殊的感觉。别的店铺都与"生"有关，所卖的东西是日用所需，棺材店却是和"死"联系在一起的。多数店铺在店堂里都设有椅凳茶几，熟人走过，可以进去歇歇脚，喝一杯茶，闲谈一阵，没有人会到棺材店去串门。别的店铺里很热闹。酱园从早到晚，买油的、买酱的、打酒的、买萝卜干酱莴苣的，川流不息。布店从早上九点钟到下午五六点钟，总有人靠着柜台挑布（没有人大清早去买布的：灯下买布，看不正颜色）。米店中饭前、晚饭前有两次高潮。药店的"先生"照方抓药，顾客坐在椅子上等，因为中药有很多味，一味一味地用戥子戥，包，要费一点时间。绒线店里买丝线的、绦子的、二号针的、品青煮蓝的……络绎不绝。棺材店没法子热闹。北门外一天死不了一个人。一天死几个，更是少有。就是那年闹霍乱，死的人也不太多。棺材店过年是不贴春联的。如果贴，写什么字呢？"生意兴隆通四海，财源茂盛达三江"？

我和徐守廉很要好。他很聪明，功课很好，我常到他家的棺材店去玩。

棺材店没有柜台，当然更没有货橱货架，只有一张账桌，徐守廉的父亲坐在桌后的椅子里，用一副骨牌"打通关"。棺材店是不需要多少"先生"的，顾客很少，货品单一。有来看材的（这些"材"就靠西墙一具一具地摞着），徐守廉的父亲就放下骨牌接待。棺材是没有什么可挑选的，样子都是一样。价钱也是固定的。上等的、中等的、下等的薄皮材，自几十元、十几元至几块钱不等。也没有人去买棺材讨价还价。看定一种，交了钱，雇人抬了就走。买棺材不兴赊账,所以账目也就简单。

我去"玩",是去看棺材匠做棺材。棺材也要做得像个棺材的样子,不能做成一个长方的盒子。棺材板很厚。两边的板要一头大,一头小,要略略有点弧度,两边有相抱的意思;棺材盖尤其重要,棺材盖正面要略略隆起,棺材盖的里面要是一个"膛",稍拱起。做棺材的工具是一个长把,弯头,阔刃的家伙,叫作"锛"。棺材的各部分,是靠"锛"锛出来的(棺材板平放在地下)。老师傅锛起来非常准确。嚓!——嚓,嚓,嚓——锛到底,削掉不必要的部分,略修几下,这块板就完全合尺寸。锛时是不弹墨线的,全凭眼力,凭手底下的功夫。一般木匠是不会做棺材的,这是另一门手艺。

棺材店里随时都喷发出新锛的杉木的香气。

徐守廉小学毕业没有升学,就在他家的棺材店里学做棺材的手艺。

我读完初中,徐守廉也差不多出师了。

我考上了高中,路过徐家棺材店,徐守廉正在熟练地锛板子。我叫他:

"徐守廉!"

"汪曾祺!来!"

我心里想:"你为什么要当棺材匠呢?"

话到嘴边,没有说出来。我觉得当棺材匠不好。为什么不好呢?我也说不出来。

菱蒿薹子

小说《大淖记事》:"春初水暖,沙洲上冒出很多紫红色的芦芽和灰绿色的蒌蒿,很快就是一片翠绿了。"我在书页下方加了

227

一条注："蒌蒿是生于水边的野草，粗如笔管，有节，生狭长的小叶，初生二寸来高，叫作'蒌蒿薹子'，加肉炒食极清香。……"蒌蒿的蒌字，我小时不知怎么写，后来偶然看了一本什么书，才知道的。这个字音"吕"。我小学有一个同班同学，姓吕，我们就给他起了个外号，叫"蒌蒿薹子"（蒌蒿薹子家开了一爿糖坊，小学毕业后未升学，我们看见他坐在糖坊里当小老板，觉得很滑稽）。

——《故乡的食物》

真对不起，我把我的这位同学的名字忘了，现在只能称他为蒌蒿薹子。我们小时候给人取外号，常常没有什么意义，"蒌蒿薹子"，只是因为他姓吕，和他的形貌没有关系。"糖坊"是制麦芽糖的。有一口很大的锅，直径差不多一丈。隔几天就煮一锅大麦芽，整条街上都闻到熬麦芽的气味。麦芽怎么变成了糖，这过程我始终没弄清楚，只知道要费很长时间。制出来的糖就是北京叫作关东糖的那种糖。有的做成直径尺半许的一个圆饼，肩挑的小贩复去。或用钱买，或用鸭毛破布来换，都可以。用一个刨刃形的铁片揳入糖边，用小铁锤一敲，丁的一声就敲下一块。云南叫这种糖为"丁丁糖"。蒌蒿薹子家不卖这种糖，门市只卖做成小烧饼状的糖饼。有时还卖把麦芽糖拉出小孔，切成二寸长的一段一段，孔里灌了豆面，外面滚了芝麻的"灌香糖"。吃糖饼的人很少，这东西很硬，咬一口，不小心能把门牙扳下来。灌香糖买的人也不多。因此照料门市，只要一个人就够了。原来看店堂的是他的父亲，蒌蒿薹子小学毕业，就由他接替了。每年只有进腊月二十边上，糖坊才红火热闹几天。家家都要买糖饼祭灶，叫作"灶糖"，不少人家一买买一摞，由大到小，摞成宝塔。全城只有这一家糖坊，买灶饼糖的人挤不动。四乡八镇还有来批趸的。糖坊一年，就靠这几天的生意赚钱。这几天，蒌蒿薹子显得很忙碌，很兴奋。他的已经"退居二线"的父亲也一起出动。过了这几天，糖坊又归于清淡。蒌蒿薹子可以在店堂里"坐"着，或抄了两手在大糖锅前踱来踱去。

蒌蒿薹子是我们的同学里最没有野心，最没有幻想，最安分知足的。虚岁二十，就结了婚。隔一年，得了一个儿子。而且，那么早就发胖了。

王居

我所以记得王居，一是我觉得王居这个名字很好玩，——有什么好玩呢？说不出个道理；二是，他有个毛病，上体育的时候，齐步走，一顺边，——左手左脚一齐出，右手右脚一齐出。

王居家是开豆腐店的，豆腐店是不大的买卖。北门外共有三家豆腐店。一家马家豆腐店，一家顾家豆腐店，都穷，房屋残破，用具发黑。顾家豆腐店因为顾老头有一个很风流的女儿而为人所知（关于她，是可以写一篇小说的）。只有王居家的"王记豆腐店"却显得气象兴旺。磨浆的磨子、卖浆的锅、吊浆的布兜，都干干净净。盛豆腐的木格刷洗得露出木丝。什么东西都好像是新置的。王居的父亲精精神神，母亲也是随时都是光梳头，净洗脸，衣履整齐。王家做出来的豆腐比别家的白、细，百叶薄如高丽纸，豆腐皮无一张破损。"王记"豆腐方干齐整紧细，有韧性，切"干丝"最好，北城几家茶馆，五柳园、小蓬莱、胡小楼，常年到"王记"买豆腐干。因此街邻们议论：小买卖发大财。

一个豆腐店，"发"也发不到哪里去。但是王居小学毕业后读了初中。我们同了九年学。王居上了初中，还是改不了他那老毛病，齐步

229

走,一顺边。

王居初中毕业后,是否升学读了高中,我就不清楚了。

载一九八九年第一期《北京文学》

鲍团长

鲍团长是保卫团的团长。

保卫团是由商会出钱养着的一支小队伍。保卫什么人？保卫大商家和有钱有势的绅士大户人家，防备土匪进城抢劫。这支队伍样子很奇怪。说兵不是兵。他们也穿军装，打绑腿，可是军装绑腿既不是草绿色的，也不是灰色的，而是"海昌蓝"的。——也不像警察，警察的制服是黑的。叫作"团"，实际上只有一排人。多半是从各种杂牌军开小差下来的。他们的任务是每天晚上到大街小巷巡逻一遍。有时大户人家办红白喜事，鲍团长会派两个弟兄到门口去站岗。他们也出操，拔正步。拔正步对他们是没有什么意义的，因为他们从来不参加检阅。日常无事，就在团部擦枪。下雨天更是擦枪的日子。

保卫团的团部在承志桥。承志桥在承志河上。承志河由通湖桥流下来，向东汇入护城河，终年是有水的。承志桥是一座木桥。这座桥有点特别，上有瓦盖的顶，两边有"美人靠"——两条长板，板上设有有弧度的栏杆，可以倚靠，故名"美人靠"。这座桥下雨天可以躲雨，夏天可以乘凉。靠在"美人靠"上看桥下河水，是一种享受。桥上时常有卖熟荸荠的担子，可以"抽牌九"的卖花生糖、芝麻糖的挑子。桥之北有一家木厂，沿河堆了很多杉木。放学的孩子喜欢在杉木梢头跳跃，于杉木的弹动起落中得到快乐。木厂之西，是杨家巷。承志桥以南一带也统称为承志桥。保卫团的团部在承志桥的东面。原本是一个祠堂。房屋很宽敞。西面三大间是办公室。后墙贴着总理遗像，两边是"革命尚未成功"，"同志仍须努力"。总理遗像下是一张大办公桌。南北两边靠墙立着枪架子，二十来支汉阳造七九步枪整齐地站着。一边墙上有三支"二膛盒子"。

鲍团长名崇岳，山东掖县人，行伍出身。十几岁就投了张宗昌的部队。张宗昌被打垮了，他在孙传芳的"联军"里干了几年。孙传芳下野，他参加了国民革命军——这一带人称之为"党军"，屡升为营长。行军时可以骑马，有一个勤务兵。

他很少谈军旅生活，有时和熟朋友，比如杨宜之，茶余酒后，也聊一点有趣的事。比如：在战壕里也是可以抽大烟的。用一个小茶壶，把壶盖用洋蜡烛油焊住，壶盖上有一个小孔，就可以安烟泡，茶壶嘴便是烟枪，点一个小蜡烛头，——是烟灯。也可以喝酒。不少班排长背包里有一个"酒馒头"。把馒头在高粱酒里泡透，晒干；再泡，再晒干。没酒的时候，掰两片，在凉水里化开，这便是酒。杨宜之问他，听说张宗昌队伍里也有军歌：

　　三国战将勇，
　　首推赵子龙。
　　长坂坡前逞啊英雄。
　　还有张翼德，
　　黑头大脑壳……

鲍团长哈哈大笑，说："有！有！有！"

鲍崇岳怎么会到这个小县城来当一个保卫团长呢？他所在的那个

团驻扎到这个县，在地方党政绅商的接风宴会上，意外地见到小时候一同读私塾的一个老同学，在县政府当秘书，他乡遇故，酒后畅谈。鲍崇岳表示，他对军队生活已经厌倦，希望找个地方清清静静地住下来，写写字。老同学说："这好办，你来当保卫团长。"老同学找商会会长王蕴之一说，王蕴之欣然同意，说："薪金按团长待遇。只是对鲍营长来说，太屈尊了。"老同学说："他这人，我知道，无所谓。"

王蕴之为什么欢迎鲍崇岳来当保卫团长呢？一来，保卫团的兵一向吊儿郎当，需要有人来管束；更重要的是：有他来，可以省掉商会乃至县政府的许多麻烦。这个县在运河岸边，过往的军队很多。鲍崇岳在军队上的朋友很多，有的是旧同事，有的是换帖的把兄弟，有的是都在帮，都是安清门里的。鲍崇岳可以充当军队和地方的桥梁。过境或驻扎的军队要粮要草要供应，有鲍崇岳去拜望一下，叙叙旧，就可以少要一点，有点纠纷磨擦，鲍崇岳一张片子，就能大事化小。有鲍崇岳在，部队的营团长也不便纵任士兵胡作非为。鲍团长对保障地方的太平安静，实在起很大作用。因此，地方上的人对他很有好感，很尊敬。在这个小县城里，一个保卫团长也算是头面人物。

鲍团长的日子过得很潇洒。隔个三五天，他到团部来一次，泡一杯茶，翻翻这几天的《新闻报》、老《申报》，批几张报销条子，——所报的无非是擦枪油、棉丝、火佚买的芦柴、煤块、洋铁壶，到承志桥一带人家升起煮中饭的炊烟，就站起身来。值日班长喊了一声"立正"，他已经跨出保卫团部大门的麻石门槛。

鲍团长是个大块头，方肩膀，长方脸，方下巴。留一个一寸长短的平头，——当时这叫"陆军头"，很有军人风度，但是言谈举止温文尔雅。他是行伍出身，但在从军前读过几年私塾。塾师是个老秀才，能写北碑大字，鲍团长笔下通顺，函牍往来，不会闹笑话。受塾师影响，也爱写字。当地有人恭维他是"儒将"，鲍团长很谦虚地说：

233

"儒将，不敢当，俺是个老粗。"但是对这样的恭维，在心里颇有几分得意。

鲍团长平常不穿军服。他有一身马裤呢的军装，只有在重要场合，总理诞辰纪念会，与县党政绅商欢迎省里下来视察工作的厅长或委员的盛会上，才穿一次。他平常穿便衣，"小打扮"，上身是短袄（钉了很大的扣子），下身扎腿长裤。县里人私下议论，说这跟他在红帮有关系。杨宜之问过他："你是不是在红帮？"鲍崇岳不否认。杨宜之问："听说红帮提画眉笼，两个在帮的'盘道'，一个问'画眉吃什么'？——'吃肉'，立刻抽出一把攮子，卷起裤腿，三刀切出一块三角肉，扔给画眉，画眉接着，吧咂吧咂，就吃了，有没有这回事？"鲍崇岳说："瞎说！"鲍团长到绅士大户人家应酬出客，穿长衫，还加一件马褂。

鲍团长在这个县呆了十多年，和县里的绅士都有人情来往。马家——马士杰家、王家——王蕴之家、杨家……每逢这几家有喜丧寿庆，他是必到的。事前也必送一个幛子或一副对子，幛子、对联上是他自己写的《石门铭》体的大字。一个武人，能写这样的字，使人惊奇。杨宜之说："据我看，全县写《石门铭》的，除了王荫之，要数你，什么时候王大太爷回来，你把你的字送给他看看。"

杨家是世家大族。杨宜之的父亲十九岁就中了进士，做过两任知府。杨家所住的巷子就叫杨家巷。杨家巷北头高，南头低，坡度很大，拉黄包车从北头来，得直冲下来。杨家北面地势高，叫作"高台子"。由平地上高台子要过三十级砖阶。高台上有一座大厅，很敞亮，是杨宜之宴客的地方。每回宴客，杨宜之都给鲍团长送去知单。鲍团长早早就到了。鲍团长是杨宜之的棋友。开席前后，大厅里有两桌麻将。别人打麻将，杨宜之和鲍崇岳在大厅西边一间小书房里下围棋。有时牌局三缺一，杨宜之只好去凑一角，鲍崇岳就一个人摆《桃花谱》，或是翻看杨宜之所藏的碑帖。

鲍团长家住在咸宁庵。从承志桥到咸宁庵，杨家巷是必经之路。有时离团部早，就顺脚跨进杨家的高门槛——杨家的门槛特别高，过去杨家有大事，就把门槛拆掉，好进轿子——找杨宜之闲谈一会，鲍崇岳的老伴熏了狗肉，鲍崇岳就给杨宜之带去一块，两个人小酌一回。——这地方一般人是不吃狗肉的。

近三个月来，鲍崇岳遇到三件不痛快的事。

第一件：

鲍崇岳早就把家眷搬来了。他有一儿一女，儿子叫鲍亚璜，女儿叫鲍亚琮。鲍亚璜、鲍亚琮和杨宜之的女儿杨淑媛从小同学，同一所小学，同一所初中。杨淑媛和鲍亚琮是同班好朋友。鲍亚璜比她们高一班。鲍亚琮常到杨淑媛家去，一同做功课，玩。杨淑媛也常到鲍亚琮家去。她们有什么算术题不会做，就问鲍亚璜。鲍亚璜初中毕业，考取了外地的高中，就要离开这个县了。一天，他给杨淑媛写了一封情书。这件事鲍崇岳不知道。他到杨宜之家去，杨宜之拿出这封信说："写这样的信，他们都太早了一点。"鲍崇岳看了信，很生气，说："这小子，我回去要好好教训他一顿！"杨宜之说："小孩子的事，不必认真。"杨宜之话说得很含蓄，很委婉，但是鲍崇岳从杨宜之的微笑中读出了言外之意：鲍家和杨家门第悬殊太大了！鲍团长觉得受了侮辱。从此，杨淑媛不再到鲍家来。鲍崇岳也很少到杨家去了。杨家有事，不得已，去应酬一下，不坐席。

第二件：

本县湖西有一个纨绔浮浪子弟，乘抗日军兴之机，拉起一支队伍，和顾祝同、冷欣拉上关系，号称独立混成旅，在里下河一带活动。他的队伍开到县境，祸害本土，鱼肉乡民，敲诈勒索，无所不为。他行八，本地人都称之为"八舅太爷"。本地把蛮不讲理的叫作舅太爷。商会会长王蕴之把鲍团长请去，希望他利用军伍前辈的身份，找八舅太爷规劝规劝。鲍团长这天特意穿了军装，到八舅太爷的旅部求见。门岗接了鲍团长的名片，说"请稍候"。不大一会，门岗把原片拿出来，说："旅长说：不见！"鲍崇岳一辈子没有碰过这样一鼻子灰，气得他一天没有吃饭。他这个老资格现在吃不开了。这么一点事都办不了，要他这个保卫团长干什么，他觉得愧对乡亲父老。

第三件：

本县有个大书法家王荫之，是商会会长王蕴之的长兄，人称之为大太爷。他写汉碑，专攻《石门铭》，他把《石门铭》和草书化在一起，创出一种"王荫之体"，书名满江南江北。鲍崇岳见过不少他的字，既遒劲，也妩媚，潇洒流畅，顾盼生姿，很佩服。他和无锡荣家是世交，常年住在无锡，荣家供养着他，梅园的不少联匾石刻都是他的手笔。他每年难得回本乡住一两个月。上个月，回乡来了。鲍崇岳拿了自己写的一卷字，托王蕴之转给大太爷看看，请大太爷指点指点。如果有缘识荆，亲聆教诲，尤为平生幸事。过了一个月，王荫之回无锡去了，把鲍崇岳的一卷字留给了王蕴之。鲍崇岳拆开一看，并无一字题识。鲍崇岳心里明白：王荫之看不起他的字。

鲍崇岳绕室徘徊，忽然意决，提笔给王蕴之写了一封信，请求辞去保卫团长。信送出后，他叫老伴摊几张煎饼，卷了大葱面酱，就着一碟酱狗肉、一包炒花生，喝了一斤高粱。既醉既饱，铺开一张六尺宣纸，写了一个大横幅，溶《石门铭》入行草，一笔到底，不少踟蹰，书体略似王荫之：

田彼南山

荒秽不治

种一顷豆

落而为萁

人生行乐耳

须富贵何时

写罢掷笔,用按钉按在壁上,反复看了几遍,很得意。

一九九二年十一月二十二日

载一九九三年第二期《小说家》

黄开榜的一家

黄开榜不是本地人,他是山东人。原来是当兵的,开小差下来之后,在当地落住了脚。

他没有固定的职业,年轻时吹喇叭。这是一种细长颈子的紫铜喇叭,长五六尺,只能吹一个音:嘟——。早年间迎亲、出殡都有两种东西,一是长颈喇叭,二是铁铳。花轿或棺柩前面是吹鼓手,吹鼓手的前面是喇叭,喇叭起了开路的作用。黄开榜年轻中气足,一口气可以吹得很长。这喇叭的声音很不好听,尖锐刺耳。后来就没有什么人家用了。铁铳也废了,太响了,震得人耳朵疼。

没有人找黄开榜吹喇叭了,他又干了一种新的营生,当"催租的"。有些中小地主,在乡下置了几亩地,租给人种,这些家业不大的地主,无权无势,有的佃户就欺负他们,租子拖欠不交,地主找黄开榜去催。黄开榜去了,大喊大叫,要吃要喝,赖着不走,有时甚至找个枕头睡在人家里。这家叫他啰唆得受不了啦,就答应哪天交齐。黄开榜找村里的教书先生或庙里的和尚帮这家立个保单:"立保单人某某所欠某府名下租子若干准于某月日如数交清空口无凭证立此保单是实。"黄开榜拉过佃户的右手,盖了一个手印,喝了一大碗米汤,走人。地主拿到保单,总得给黄开榜一点酒钱。

黄开榜还有一件拿不到钱，但是他很乐意去干的事，是参加"评理"。两家闹了纠纷，就约了街坊四邻、熟人朋友，到茶馆去评理，请大家说说公道话，分判是非曲直。评理的结果大都是调停劝解，大事化小，彼此不再记仇。两家评理，和黄开榜本不相干，谁也没有请他，他自己搬张凳子，一屁股就坐了下来，咋长六七，瞎掺和。他嗓门很大，说起话来唾沫星子乱喷，谁都离他远远的。他一面大声说话，一面大口吃包子。这地方吃茶都要吃包子，评理的尤不能缺。他一人能把一笼包子——十六个，全吃了。灌下半壶酽茶，走人。这十六个包子可以管他一天，晚饭只要喝一碗"采子粥"——碎米加剁碎了的青菜煮的粥，本地叫作"采子粥"。

他的老婆倒是本地人。据说年轻时很风流，她为什么跟了黄开榜呢？本地有个说法："要称心，嫁大兵"。这里所谓"称心"指的是什么，本地人都心领神会。她后来上了岁数，看不出风流不风流，但身材还是匀称的，既不肥胖臃肿，也不骨瘦如柴，精精干干，利利索索。

她生过五个孩子。

头胎是个男孩。不知道为什么，孩子生下来，就送给一个姓薛的裁缝。头胎儿子就送了人，谁也不知道什么原因。这孩子姓了薛，从小跟薛裁缝学裁缝，现在已经很大了，能挣钱了。薛黄两家离得很近，薛家在螺蛳坝，黄家在越塘，几步就到了，但是两家不来往。这个姓了薛的裁缝从来没有来看过他的生身父母。

黄开榜的二儿子不知到哪里去了。也许在外面当兵，也许在大船上撑篙拉纤。也许已经死了。他扔下一个媳妇。这媳妇是个圆盘脸，头发浓黑，梳了一个很大的"牛屎粑粑"头。她长得很肉感。越塘一带人的语言里没有"肉感"这个词儿，便是街面上的生意人也不会说这个词儿，只有看过美国电影的洋学生才用这个词儿。但这词儿用在

239

她身上非常合适。越塘一带人有更放肆的说法，小曲里唱道："白掇掇的奶子粉撮撮的腰。"她无不具备。男人走了，她靠"挑箩把担"维持衣食。自从和毛三"靠"上了，就很少挑箩了。

毛三是个开青草行的。用一只船停在越塘岸边收购青草。姑娘小子割了青草卖给他，当时付钱。船上青草满了，就整船交给乡下人。乡下人把青草和河泥拌匀，在东门外护城河边的空地上堆成一个一个长方形的墩子，用铁锹把表面拍实，让青草发酵，到第二年栽秧，这便是极好的肥料。夏天，天才蒙蒙亮，就听见毛三用极高极脆的声音拉长音吆喝："噢草来——""噢"是土音，意思是约分量。收草季节过了，他就做别的生意，收荸荠，收菱。因此他很有几个钱。

毛三的眼睛有毛病，迎风掉泪，眼边常是红红的，而且不住地眨巴。但是他很风流自在，留着一个中分头。他有个外号叫"斜公鸡"。公鸡"踩水"——就是欺负母鸡，在上母鸡身之前，都是耷下一只翅膀，斜着身子跑过来，然后纵身一跳，把母鸡压在下面。毛三见到女人，神气很像斜着身子的公鸡。

毛三靠了黄开榜的二媳妇，越塘无人不晓。大白天，毛三"噢"过草，就走进二媳妇的门。二媳妇是单过的，住西屋。——黄开榜一家住朝南的正屋。大概过了一个半小时，毛三开门出来，样子像是踩过水的公鸡，浑身轻松。二媳妇跟着出来，也像非常满足。毛三上茶馆吃茶，二媳妇拿着淘箩去买米。

黄开榜的三儿子是这家的顶门柱。他小名叫三子，越塘人都叫他三子。他是靠肩膀吃饭的。每天挑箩，他总能比别人多挑两担。他为人正气，越塘人都尊重他。他不吃烟，不喝酒，不赌钱，不打架。他长得一表人才，邻居都说他不像黄家人。但是他和越塘的姑娘媳妇从不勾勾搭搭，简直是目不斜视。越塘的姑娘愿意嫁给三子的很多，三子不为所动。三子为了多挣几个钱，常到离城稍远的五里坝、马棚湾这些地方去挑谷子，有时一去两三天。

黄开榜的四儿子是个哑巴。

最后生的是个女儿，是个麻子，都叫她"麻丫头"。

哑巴和麻丫头也都能挑箩了，挑半担，不用箩筐，用两个柳条编的笆斗。

这样，黄开榜家的日子还算能过得下去。饭自然吃得简单，红糙米饭，青菜汤。哑巴有时摸点泥鳅，捞点螺蛳。越塘有时有卖呛蟹的来，麻丫头就去买一碗。很小的螃蟹，有的地方叫蟛蜞，用盐腌过，很咸。这东西只是蟹壳没有什么肉，偶有一点蟹黄，只是喺喺味道而已，但是很下饭。

越塘的对面是一片菜园，更东去是荒地。黄开榜的老婆每年在荒地上种一片蚕豆。蚕豆嫩的时候摘了炒炒吃，到秋后，蚕豆老了，豆荚发黑了，就连豆秸拔下，从桥上拖过河来，——越塘有一道简易的桥，只是两根洋松木方子搭在两岸，把豆秸晒在了裁缝门前的路上，让来往行人去踩，把豆荚踩破，豆粒脱出。干蚕豆本来准备过冬没菜时煮了吃的，不到过冬，就都叫麻丫头炒炒吃掉了。

越塘很多人家无隔宿之粮，黄开榜家常是吃了上顿计算下顿。平常日子总有点法子，到了连阴下雨，特别是冬天下大雪，挑箩把担家的真是揭不开锅了。逢到这种时候，黄开榜两口子就吵架，黄开榜用棍子打老婆——打的是枕头。吵架是吵给街坊四邻听的，告诉大家：我们家没有一颗米了。于是紧隔壁邻居丁裁缝就自己倒了一升米，又跟邻居"告"一点，给黄家送去，这才天下太平。丁裁缝是甲长，这种事情他得管。

黄开榜忽然异想天开，搞了一个新花样：下神。黄开榜家对面，有一家杨家香店的作坊。作坊接连两年着火，黄开榜说这是"狐火"，是胡大仙用尾巴在香面上蹭着的。他找了一堆断砖，在香店作坊墙外

241

砌了一个小龛子,里面放一个瓦香炉。胡大仙附了他的体了,就乱蹦乱跳,乱喊乱叫起来,关云长、赵子龙、孙悟空、猪八戒、宋公明、张宗昌……胡说八道一气。居然有人相信他这胡大仙,给胡大仙上供:三个鸡蛋、一块豆腐。这供品够他喝二两酒。

三子从五里坝领回了一个新媳妇。他到五里坝挑稻子,这女孩子喜欢他,就跟来了。这是一个农民家的女儿,虽然和一个见了几次面的男人私奔(她是告诉过爹妈的),却是一个很朴素的女孩子。她宽肩长腿,大手大脚,非常健康。眼睛很大,看人的时候显得很纯净坦诚,不像城市贫民的女儿有点狡猾,有点淫荡。她力气很大,挑起担子和三子走得一样快。她认为自己选择了三子选对了;三子也觉得他真捡到了一个好老婆。新媳妇对越塘一带的风气看不惯。她看不惯老公爹装神弄鬼,也看不惯二嫂子偷人养汉。枕头上对三子说:"这算怎么回事?这不像一户正经人家!"她和三子合计,找一块地方,盖三间草房,和他们分开,另过。三子同意。

黄开榜生病了。

越塘一带人,尤其是黄开榜一家,是很少生病的。生病,也不请医吃药。有点头疼脑热,跑肚拉稀,就到汪家去要几块霉糕。汪家老太太过年时蒸糕,总要留下一簸箩,让它长出霉斑,施给穷人,黄开榜的老婆在家里有人生病时就去要几块霉糕,煮汤喝下去,病就好了。霉糕治病,是何道理?后来发明了盘尼西林,医学界说霉糕其实就是盘尼西林。那么汪家老太太可称是盘尼西林的首先发明者。

黄开榜吃了霉糕汤,不见好。

一天大清早,黄家传出惊人的哭声:黄开榜死了。

丁裁缝拿了绿簿到街里店铺中给黄开榜化了一口薄皮材。又自己出钱,买了白布,让黄家人都戴了孝。

黄开榜的大儿子,已经姓薛的裁缝赶来给黄开榜磕了三个头,留下十块钱给他的亲生母亲,走了,没说一句话。

　　三子和三媳妇用两根桑木扁担把黄开榜的薄皮材从洋松木方的简易桥上抬过越塘,要埋到种蚕豆的荒地旁边。哑巴把那支紫铜长颈喇叭找出来,在棺材前使劲地吹:"嘟——"

　　　　　　　　　　一九九三年五月二十八日
　　　　　　　　　　载一九九三年《精品》创刊号

小姨娘

小姨娘章叔芳是我的继母的异母妹妹。她比我才大两岁。我们是同学,在同一所初中读书。她比我高一班。她读初三,我读初二。那年她十六岁,我十四。但是在家里我还是叫她小姨娘。

章家是乡下财主。他们原来在章家庄住。章家庄是一个很大的庄子。庄里有好几户靠田产致富的财主,章家在庄里是首户。后来外公在城里南门盖了一所房子,就搬到城里来了。章老头脾气很"犟",除了几家至亲(也都是他那样的乡下财主),跟谁也不来往。他和城里的上代做过官、有功名的世家绅士不通庆吊。他说:"我不巴结他们!"地方上有关公益的事情,修桥补路、施药、开粥厂……他一毛不拔,不出一个钱。因此得了一个外号:"章臭屎。"

章家的房子很朴实,没有什么亭台楼阁,但是很轩敞豁亮。砖瓦木料都是全新的。外公奉行朱柏庐治家格言:"黎明即起,洒扫庭院,要内外整洁。"他虽然不亲自洒扫,但要督促佣人。他的大厅的箩底方砖上连一根草屑也没有。桌椅只是红木的(不是"海梅"、紫檀),但是每天抹拭,定期搽核桃油,光可鉴人。榫头稍有活动,立刻雇工修理。

章家没有花园,却有一座桑园,种的都是湖桑。又不养蚕,种那么多桑树干什么？大厅前面天井里的石条上却摆了十几盆橙子。橙子在我们那不多见。橙子结得很好，下雪天还黄澄澄的挂在枝头，叶子不落，碧绿的。

　　章家家规很严，我从来没有见外公笑过。他们家的人都不会喝酒。老头子生日、姑奶奶归宁，逢年过节，摆席请客，给客人预备高粱酒，——其实只有我父亲一个人喝，他们自己家的人只喝糯米做的甜酒。席上没有人划拳碰杯，宴后也没有人撒酒疯。家里不许赌钱。过年准许赌五天，但也限于掷骰子赶老羊，不许打麻将，更不许推牌九。在这个家里听不到有人大声说笑，说话声音都很低，整天都是静悄悄的。

　　章家人都很爱干净，勤理发，勤洗澡，勤换衣裳，什么时候都是精神饱满，容光焕发。章家的人都长得很漂亮。二舅舅、三舅舅都可称为美男子。章老头只是一张圆圆的脸，身体很健壮，外婆也不见得太好看，生的儿女却都那么出众，有点奇怪。

　　我们初中有两个公认为最好看的女生。一个是胡增淑，一个是章叔芳。胡增淑长得很性感，她走路爱眯着眼，扭腰，袅袅婷婷，真是"烟视媚行"。她深知自己长得好看，从镜子面前，反光的玻璃面前经过，总要放慢脚步，看看自己。章叔芳和胡增淑是两种类型。她长得很挺直，头发剪得短短的，有点像男孩子。眼睛很大，很黑，闪烁有光。她听人说话都是平视。有时眨两下眼睛，表示"哦，是这样！"或"是吗？是这样吗？"她眉宇间有一股英气，甚至流露一点野性，但不细看是看不出来的，她给人的印象还是很文静，很秀雅的。

　　她不知为什么会爱上了宗毓琳。

　　宗毓琳和他的弟弟宗毓珂都和我同班。宗家原是这个县的人，宗毓琳的父亲后来到了上海，在法租界巡捕房当了"包打听"——低级的侦探。包打听都在青红帮，否则怎么在上海混？不知道为什么宗家要把两个儿子送回家乡来读初中,可能是为了可以省一点费用。

和章叔芳同班有一个同学叫王霈。王霈的父亲是个吟诗写字的名士,他家的房子很雅致。进门是一个大花园,有一片竹子。王霈的父亲在竹丛当中盖了一个方厅,——四方的厅,像一个有门有窗的大亭子。这本是王诗人宴客听雨的地方。近年诗人老去,雅兴渐减,就把方厅锁了起来,空着。宗家经人介绍,把方厅租了下来,宗家兄弟就住在方厅里。

宗家兄弟也只是初中生,不见得有特别处。他们是在上海长大的,说话有一点上海口音,但还是本地话,因为这位包打听的家里说的还是江北话。他们的言谈举止有点上海的洋气,不像本地学生那样土。衣着倒也是布料的,但是因为是宁波裁缝做的,式样较新。颜色也不只是竹布的、蓝布的,而是糙米色的、铁灰色的。宗毓珂的乒乓球打得很好,是全校的绝对冠军。宗毓琳会写散文小说,摹仿谢冰心、朱自清、张资平、郁达夫。这在我们那个初中里倒是从来没有的。我们只会写"作文"。我们的初中有一个《初中壁报》,是学生自治会办的。每期的壁报刊头都是我画的。《壁报》是这个初中的才子的园地,大家都要看的。宗毓琳每期都在《壁报》上发表作品(抄在稿纸上,贴在一块黑板上)。宗毓琳中等身材,相貌并不太出众,有点卷发,涂了"司丹康",显得颇为英俊。

小姨娘就为这些爱了他?

小姨娘第一次到宗毓琳住的方厅,是为了去借书,——宗毓琳有不少"新文学"的书,是由小舅舅章鹤鸣陪着去的,章鹤鸣和我同班、同岁。

第二次,是去还书。这天她和宗毓琳就发生了关系。章叔芳主动,她两下就脱了浑身衣服。两人都没有任何经验。他们的那点知识都是从《西厢记·佳期》《红楼梦·贾宝玉初试云雨情》得来的。初试云雨，紧张慌乱。宗毓琳不停地发抖，浑身出汗。倒是章叔芳因为比宗毓琳大一岁，懂事较早，使宗毓琳渐渐安定，才能成事。从此以后，章叔芳三天两头就去宗毓琳住的方厅。少男少女，情色相当，哼哼唧唧，美妙非常。他们在屋里欢会的时候，章鹤鸣和宗毓珂就在竹丛中下象棋，给他们望风。他们的事有些同学知道了。因为王霈的同学常到王霈家去玩，怎么能会看不出蛛丝马迹？同学们见章鹤鸣和宗毓珂在外面下象棋，就知道章叔芳和宗毓琳在里面"画地图"，——他们做了"坏事"，总会在被单上留下斑渍的。

没有不透风的墙。小姨娘的事终于传到外公的耳朵里。王霈的未婚妻童苓湘和章叔芳同班。童苓湘是我的大舅妈的表妹。童苓湘把章叔芳的事和表姐谈了。大舅妈不敢不告诉婆婆。外婆不敢不告诉外公。外公听了，暴跳如雷。他先把小舅舅鹤鸣叫来，着着实实打了二十界方，小舅舅什么都说了。

外公把小姨娘揪着耳朵拉到大厅上，叫她罚跪。

伤风败俗，丢人现眼……！

才十六岁……！

一个"包打听"的儿子……！

章老头抓起一个祖传的霁红大胆瓶，叭嚓一下，摔得粉碎。

全家上下，鸦雀无声。大舅舅的小女儿三三也都吓得趴在大舅妈的怀里不敢动。

小姨娘直挺挺地跪在大厅里，不哭，不流一滴眼泪，眼睛很黑，很大。

跪了一个多小时。

后来是二嫂子——我的二舅妈拉她起来，扶她到她的屋里。

二舅妈是丹阳人。丹阳是介乎江南和江北之间的地方。她是在上海商业专科学校和二舅舅恋爱，结了婚到本县来的。——我的外公对儿子的前途有他的独特的设想，不叫他们上大学，二舅、三舅都是读的商专。二舅妈是一个典型的古典美人，瓜子脸、一双凤眼，肩削而腰细。她因为和二舅舅热恋，不顾一切，离乡背井，嫁到一个苏北小县的地主家庭来，真是要有一点勇气。她嫁过来已经一年多，但是全家都还把她当作新娘子，当作客人，对她很客气。但是她很寂寞。她在本县没有亲戚，没有同学，也没有朋友，而且和章家人语言上也有隔阂，没有什么可以说说话的人。丈夫——我的二舅舅在县银行工作，早出晚归。只有二舅舅回来，她才有说有笑（他们说的是掺杂了上海话、丹阳话和本地话的混合语言）。二舅舅上班，二舅妈就只有看看小说，写写小字——临《灵飞经》。她爱吹箫，但是在这个空气严肃的家庭里——整天静悄悄的，吹箫，似乎不大合适，她带来的一支从小吹惯的玉屏洞箫，就一直挂在壁上。她是寂寞的。但是这种寂寞又似乎是她所喜欢的。有时章叔芳到她屋里来，陪她谈谈。姑嫂二人，推心置腹，无话不谈。她是自由恋爱结婚的，对小姑子的行为是同情的，理解的，虽然也觉得她太年轻，过于任性。

二嫂子为什么敢于把章叔芳拉起来，扶到自己屋里？因为她知道公爹奈何不得，他不能冲到儿媳妇的屋里去。

章老头在外面跳脚大骂：

"你给我滚出去！滚！敢回来，我打断你的腿！"

老头气得搬了一把竹椅在桑园里一个人坐着，晚饭也不吃。

章叔芳拣了几件衣裳，打了个包袱往外走。外婆塞给她一包她攒下的私房钱，二舅妈把手上戴的一对金镯子抹下来给了她。全家送她。她给妈磕了一个头，对全家大小深深地鞠了三个躬，开了大门。门外已经雇好了一辆黄包车等着，她一脚跨上车，头也不回，走了。

第二天她和宗毓琳就买了船票，回上海。

到上海后给二嫂子来过一封信，以后就再没有消息。

初中的女同学都说章叔芳很大胆，很倔强，很浪漫主义。

过了两年，章老头生病死了，——亲戚们议论，说是叫章叔芳气死的，二哥写信叫她回来看看，说妈很想她。

她回来了，抱着一个孩子。

她对着父亲的灵柩磕了三个头。没哭。

她在娘家住了三个月，住的还是她以前住的房，睡的是她以前睡的床。

我再看见她时她抱了个一岁多的孩子在大厅里打麻将。章老头死后，章家开始打麻将了。二哥、大嫂子，还有一个表婶。她胖了。人还是很漂亮。穿得很时髦，但是有点俗气。看她抱着孩子很熟练地摸牌，很灵巧地把牌打出去，完全像一个包打听人家的媳妇。她的大胆、倔强、浪漫主义全都没有一点影子了。

章家人很精明，他们在新四军快要解放我们家乡的前一年，把全部田产都卖了，全家到南洋去做了生意。因此他们人没有受罪，家产没有损失。听说在南洋很发财。——二舅舅、三舅舅都是学的商业专科学校，懂得做生意。

他们是否把章叔芳也接到南洋去了呢？没听说。

胡增淑后来在南京读了师范，嫁了一个飞行员。飞行员摔死了，她成了寡妇。有同学在重庆见到她，打扮得花枝招展，还挺媚。后来不知怎么样了。

一九九三年七月九日
载一九九三年第六期《小说家》

忧郁症

龚星北家的大门总是开着的。从门前过，随时可以看得见龚星北低着头，在天井里收拾他的花。天井靠里有几层石条，石条上摆着约三四十盆花。山茶、月季、含笑、素馨、剑兰。龚星北是望五十的人了，头发还没有白的，梳得一丝不乱。方脸，鼻梁比较高，说话的声气有点飙。他用花剪修枝，用小铁铲松土，用喷壶浇水。他穿了一身纺绸裤褂，趿着鞋，神态萧闲。

龚星北在本县算是中上等人家，有几片田产，日子原是过得很宽裕的。龚星北年轻时花天酒地，把家产几乎挥霍殆尽。

他敢陪细如意子同桌打牌。

细如意子姓王，"细如意子"是他的小名。全城的人都称他为"细如意子"，没有多少人知道他的大名。他兼祧两房，到底有多少亩田，连他自己也不清楚。这是个荒唐透顶的膏粱子弟。他的嫖赌都出了格了。他曾经到上海当过一天皇帝。上海有一家超级的妓院，只要你舍得花钱，可以当一天皇帝：三宫六院。他打麻将都是"大二四"。没人愿意陪他打，他拉人入局，说"我跟你老小猴"，就是不管输赢，六成算他的，三成算是对方的。他有时竟能同时打两桌麻将。他自己打一桌，另一桌请一个人替他打，输赢都是他的。替他打的人只要在关键的时候，把要打的牌向他照了照，他点点头，就算数。他打过几副"名牌"。有一次他一副条子的清一色在手，听嵌三索。他自摸到一张三索，不胡，随手把一张幺鸡提出来毫不迟疑地打了出去。在他后面看牌的人一愣。转过一圈，上家打出一张幺鸡。"胡！"他算准了上家正在做一副筒子清一色，手里有一张幺鸡不敢打，看细如意子自己打出一张幺鸡，以为追他一张没问题，没想到他胡的就是自己打出去的牌。清一色平胡。清一色三番，平胡一番，四番牌。老麻将只是"平"（平胡）、"对"（对对胡）、"杠"（杠上开花）、"海"（海底捞月）、"抢"（抢杠胡）加番，嵌当、自摸都没有番。围看的人问细如意子："你准知道上家手里有一张幺鸡？"细如意子说："当然！打牌，就是胆大赢胆小！"

龚星北娶的是杨六房的大小姐。杨家是名门望族。这位大小姐真是位大小姐，什么事也不管，连房门也不大出，一天坐在屋里看《天雨花》《再生缘》，喝西湖龙井，嗑苏州采芝斋的香草小瓜子。她吃的东西清淡而精致。拌荠菜、马兰头、申春阳的虾籽豆腐乳、东台的醉蛏鼻子、宁波的泥螺、冬笋炒鸡丝、砗螯烧乌青菜。她对丈夫外面所为，从来不问。

前年她得了噎嗝。"风痨气臌噎，阎王请的客"，这是不治之症。请医吃药，不知花了多少钱，拖了小半年，终于还是溘然长逝了。

龚星北卖了四十亩好田，买了一副上好的棺木，办了丧事。

丧事自有李虎臣帮助料理。

李虎臣是一个好管闲事的热心肠的人。亲戚家有红白喜事，他都要去帮忙。提调一切，有条有理，不须主人家烦心。

他还有个癖好，爱做媒。亲戚家及婚年龄的少男少女，他都很关心，对他们的年貌性格、生辰八字，全都了如指掌。

丧事办得很风光。细如意子送了僧、道、尼三棚经。杨家、龚家的亲戚都戴了孝，随柩出殡，从龚家出来，白花花的一片。路边看的人悄悄议论："龚星北这回是尽其所有了。"

丧偶之后，龚星北收了心，很少出门，每天只是在天井里莳弄石条上的三四十盆花。山茶、月季、含笑、素馨。穿着纺绸裤褂，趿着鞋，意态萧闲。

他玩过乐器，琵琶、三弦都能弹，尤其擅长吹笛。他吹的都是古牌子，是一个老笛师传的谱。上了岁数，不常吹，怕伤气。但是偶尔吹一两曲。笛风还是很圆劲。

龚星北有二儿一女。大儿子龚宗寅，在农民银行做事。二儿子龚宗亮，在上海念高中。女儿龚淑媛，正在读初中。

龚宗寅已经订婚。未婚妻裴云锦，是裴石坡的女儿。李虎臣做的媒。龚宗寅和裴云锦也在公共场合、亲戚家办生日做寿时见过，彼此印象很好。裴云锦的漂亮，在全城是出了名的。

裴云锦女子师范毕业后，没有出去做事。她得支撑裴家这个家。裴石坡可以说是"一介寒儒"。他是教育界的，曾经当过教育局的科长、县督学，做过两任小学校长。县里人提起裴石坡，都很敬重。他为人和气，正直，而且有学问。但是因为不善逢迎，没有后台，几次都被排挤了下来。赋闲在家，已经一年。这一年就靠一点很可怜的积蓄维持着。除了每天两粥一饭，青菜萝卜，裴石坡还要顾及体面，有一些应酬。亲友家有红白喜事，总得封一块钱"贺仪""奠仪"，到人家尽到礼数。裴云锦有两个弟弟，裴云章、裴云文，都在读初中，云章读初三，云文读初二。他们都没有读大学的志愿。云章毕业后准备到南京考政法学校，云文准备到镇江考师范。这两个学校都是不要交费的。但是要给他们预备路费、置办行装，这得一笔钱。裴家的值一点钱的古董字画，都已经变卖得差不多了，上哪儿去弄这笔钱去？大姐云锦天天为这事发愁。裴石坡拿出一件七成新的滩羊皮袍，叫云锦当了。云锦接过皮袍,眼泪滴了下来。裴石坡说:"不要难过。等我找到事,有了钱,再赎回来。反正我现在也不穿它。"

龚家希望裴云锦早点嫁过来。龚星北请李虎臣到裴家去说说。裴石坡通情达理,说一家没有个女人,不是个事,请李虎臣择定个日子。

裴云锦把姑妈接来,好帮着洗洗衣裳,做做饭。

裴云锦换了一身衣裳:水红色的缎子旗袍,白缎子鞋,鞋头绣了几瓣秋海棠。这是几年前就预备下的。云锦几次要卖掉,裴石坡坚决不同意,说:"裴石坡再穷,也不能让女儿卖她的嫁衣!"龚宗寅雇了两辆黄包车,龚宗寅、裴云锦各坐一辆,裴云锦嫁到龚家了。

龚家没有大办,只摆了两桌酒席,男宾女宾各一席。

裴云锦拜见了龚家的长辈,斟了酒。裴云锦是个林黛玉型的美人,瓜子脸,尖尖的下巴,眉清目秀,唇红齿白。穿了这一身嫁衣,更显得光彩照人。一个老姑奶奶攥着云锦的手,上上下下端详了半天,连声说:"不丑不丑!真标致!真是水葱也似的!宗寅啊,你小子有造化!可得好好待她,别委屈了人家姑娘!姑娘,他若是亏待了你,你来找我,我给你出气!"老姑奶奶在龚家很有权威性,谁都得听她的。她说一句,龚宗寅连忙答应:"嗳!嗳!嗳!"逗得一桌子大笑,连裴云锦也忍不住抿嘴笑了。

新婚燕尔,小两口十分恩爱。

进门就当家。三朝回门过后,裴云锦就想摸摸龚家究竟还有多少家底,好考虑怎么当这个家。检点了一下放田契房契的匣子。只有两张田契了,加在一起不到四十亩。有两张房契,一所是身底下住着的,一所是租给同康泰布店的铺面。看看婆婆的首饰箱子,有一对水碧的镯子,一只蓝宝石戒指,一只石榴米红宝石的戒指。这是万万动不得的。四口大皮箱里是婆婆生前穿过的衣裳,倒都是"慕本缎"的。但是"陈丝如烂草",变不出什么钱来。裴云锦吃了一惊:原来龚家只剩下一个空架子，每月的生活只是靠宗寅的三十五块钱的薪水在维持着。

同康泰交的房钱够买米打油，但是龚家人大手大脚惯了，每餐饭总还要见点荤腥。公公每天还要喝四两酒，得时常给他炒一盘腰花，或一盘鳝鱼。

老大宗寅生活很简朴，老二宗亮可不一样。他在上海读启明中学。启明中学是一所私立中学，收费很贵，入学的都是少爷小姐（这所中学入学可以不经过考试，只要交费就行）。宗亮的穿戴不能过于寒碜，他得穿毛料的制服，单底尖头皮鞋。还要有些交际，请同学吃吃南翔馒头，乔家栅的点心。

小姑子龚淑媛初中没有毕业，就做了事，在电话局当接线生。这个电话局是私人办的。龚淑媛靠了李虎臣的面子才谋到这个工作。薪水很低，一个月才十六块钱。电话局很小，全县城也没有几部电话，工作倒是很清闲。但是龚淑媛心里很不痛快。她的同班同学都到外地读了高中，将来还会上大学的，她却当了个小小的接线生，她很自卑，整天耷拉着脸。她和大嫂的感情也不好。她觉得她落到这一步，好像裴云锦要负责。她怀疑裴云锦"贴娘家"。

"贴娘家"也是有之的。逢年过节，裴家实在过不去的时候，龚宗寅就会拿出十块、八块钱来，叫裴云锦偷偷地塞给姑妈，好让裴石坡家混过一段。裴云锦不肯，龚宗寅说："送去吧，这不是讲面子的时候！"

龚家到了实在困难的时候，就只有变卖之一途。裴云锦把一些用不着的旧锡器，旧铜器搜出来，把收旧货的叫进门，作价卖了。她把一副郑板桥的对子，一幅边寿民的芦雁交给李虎臣卖给了季匋民。这样对对付付地过日子，本地话叫作"折皱"。

又要照顾一个穷困的娘家，又要维持一个没落的婆家，两副担子压在肩膀上，裴云锦那么单薄的身子，怎么承受得住？

嫁过来已经三年，裴云锦没有怀孕，她深深觉得对不起龚家。

裴云锦疯了！有人说她疯了，有人说她得了精神病，其实只是严重的忧郁症。她一天不说话，只是搬了一张椅子坐在房门口，木然地看着檐前的日影或雨滴。

龚宗寅下班回来，看见裴云锦没有坐在门口，进屋一看，她在床头栏杆上吊死了。解了下来，已经气绝多时。龚宗寅大喊："我对不起你！对不起你呀！这些年你没有过过一天松心的日子呀！"裴石坡闻讯赶来，抚尸痛哭："是我拖累了你，是我这个无用的老子拖累了你！"

裴云锦舌尖微露，面目如生。上吊之前还淡淡抹了一点脂粉。她穿着那身水红色缎子旗袍，脚下是那双绣几瓣秋海棠的白缎子鞋。

龚星北做主，把那只蓝宝石戒指卖了，买了一口棺材。不要再换衣服，就用身上的那身装殓了。这身衣服，她一生只穿过两次。

龚星北把天井里的山茶、月季、含笑、素馨的花头都剪了下来，撒在裴云锦的身上。

年轻暴死，不好在家停灵，第二天就送到龚家祖坟埋葬了。

送葬的有龚星北、龚宗寅、龚淑媛，——龚宗亮没有赶回来；裴石坡、裴云章、裴云文、李虎臣；还有裴云锦的几个在女子师范时的要好的同学。无鼓乐、无鞭炮，冷冷清清，但是哀思绵绵，路旁观者，无不泪下。

送葬回来，龚星北看看天井里剪掉花头的空枝，取下笛子，在笛胆里注了一点水，笛膜上蘸了一点唾沫，贴了一张"水膏药"，试了试笛声，高吹了一首曲子，曲名《庄周梦》。

一九九三年七月十七日

载一九九三年第六期《小说家》

仁慧

仁慧是观音庵的当家尼姑。观音庵是一座不大的庵。尼姑庵都是小小的。当初建庵的时候,我的祖母曾经捐助过一笔钱,这个庵有点像我们家的家庵。我还是这个庵的寄名徒弟。我小时候是个"惯宝宝",我的母亲盼我能长命百岁,在几个和尚庙、道士观、尼姑庵里寄了名。这些庙里、观里、庵里的方丈、老道、住持就成了我的干爹。我的观音庵的干爹我已经记不得她的法名,我的祖母叫她二师父,我也跟着叫她二师父。尼姑则叫她"二老爷"。尼姑是女的,怎么能当人家的"干爹"?为什么尼姑之间又互相称呼为"老爷"?我都觉得很奇怪。好像女人出了家,性别就变了。

二师父是个面色微黄的胖胖的中年尼姑,是个很忠厚的人,一天只是潜心念佛,对庵里的事不大过问。在她当家的这几年,弄得庵里佛事稀少,香火冷落,房屋漏雨,院子里长满了荒草,一片败落景象。庵里的尼姑背后管她叫"二无用"。

二无用也知道自己无用,就退居下来,由仁慧来当家。

仁慧是个能干人。

二师父大门不出,仁慧对施主家走动很勤。谁家老太太生日,她要去拜寿。谁家小少爷满月,她去送长命锁。每到年下,她就会带一个小尼姑，提了食盒，用小瓷坛装了四色咸菜给我的祖母送去。别的施主家想来也是如此。观音庵的咸菜非常好吃，是风过了再腌的，吃起来不是苦咸苦咸，带点甜味。祖母收了咸菜，道一声："叫你费心。"随即取十块钱放在食盒里。仁慧再三推辞，祖母说："就算是这一年的灯油钱。"

仁慧到年底，用咸菜总能换了百十块钱。

她请瓦匠来检了漏，请木匠修理了窗槅。窗槅上尘土堆积的槅扇纸全都撕下来，换了新的。而且把庵里的全部亮槅都打开，说："干吗弄得这样暗无天日！"院子里的杂草全锄了，养了四大缸荷花。正殿前种了两棵玉兰。她说："施主到庵堂寺庙，图个幽静。荒荒凉凉的，连个坐坐的地方都没有，谁还愿意来烧香拜佛？"

我的祖母隔一阵就要到观音庵看看。她的散生日都是在观音庵过的。每次都是由我陪她去。

祖母和二师父在她的禅房里说话，仁慧在办斋，我就到处乱钻。我很喜欢到仁慧的房里去玩，翻翻她的经卷，摸摸乌斯藏铜佛，掐掐她的佛珠，取下马尾拂尘挥两下。我很喜欢她的房里的气味。不是檀香，不是花香，我终于肯定，这是仁慧肉体的香味。我问仁慧："你是不是生来就有淡淡的香味？"仁慧用手指点了一下我的额头，说："你坏！"

祖母的散生日总要在观音庵吃一顿素斋。素斋最好吃的是香蕈饺子。香蕈（即冬菇）汤；荠菜、香干末作馅，包成薄皮小饺子，油炸透酥，倾入滚开的香蕈汤，嗤啦有声，以勺舀食，香美无比。

仁慧募化到一笔重款，把正殿修缮油漆了一下，焕然一新，给三世佛重新装了金。在正殿对面盖了一个高敞的过厅。正殿完工，菩萨"开光"之日，请赞助施主都来参与盛典。这一天观音庵气象庄严，香烟缭绕，花木灼灼，佛日增辉。施主们全都盛装而来，长裙曳地。礼赞拜佛之后，在过厅里设了四桌素筵。素鸡、素鸭、素鱼、素火腿……使这些吃长斋的施主们最不能忘的是香蕈饺子。她们吃了之后，把仁慧叫来，问："这是怎么做的？怎么这么鲜？——没有放虾子么？"仁慧忙答："不能不能，怎能放虾子呢！就是香蕈！——黄豆芽吊的汤。"

观音庵的素斋于是出了名。

于是就有人来找仁慧商量，请她办几桌素席。仁慧说可以，但要三天前预订，因为竹荪、玉兰片、猴头都要事先发好。来赴斋的有女施主，也有男性的居士。也可以用酒，但限于木瓜酒、豨莶酒这样的淡酒，不预备烧酒。

二师父对仁慧这样的做法很不以为然，说："这叫作什么？观音庵是清静佛地，现在成了一个素菜馆！"但是合庵尼僧都支持她。赴斋的人多，收入的香钱就多，大家都能沾惠。佛前"乐助"的钱柜里的香钱，一个月一结，仁慧都是按比例分给大家的。至少，办斋的日子她们也能吃点有滋味的东西，不是每天白水煮豆腐。

尤其使二师父不能容忍的，是仁慧学会了放焰口。放焰口本是和尚的事，从来没有尼姑放焰口的。仁慧想：一天老是敲木鱼念那几本经有什么意思？为什么尼姑就不能放焰口？哪本戒律里有过这样的规定？她要学！善因寺常做水陆道场，她去看了几次，大体能够记住。她去请教了善因寺的方丈铁桥。这铁桥是个风流和尚，听说一个尼姑想学放焰口，很惊奇，就一字一句地教了她。她对经卷、唱腔、仪注都了然在心了，就找了本庵几个聪明尼姑和别的庵里的也不大守本分的年轻尼姑，学起放焰口来。起初只是在本庵演习，在正殿上摆开桌子凳子唱诵。咳，还真像那么回事。尼姑放焰口，这是新鲜事。于是招来一些善男信女、浮浪子弟参观。你别说，这十几个尼姑的声音真是又甜又脆，比起和尚的癞猫嗓子要好听得多。仁慧正座，穿金襕大红袈裟，戴八瓣莲花毗卢帽，两边两条杏黄飘带，美极了！于是渐渐有人家请仁慧等一班尼姑去放焰口，不再有人议论。

观音庵气象兴旺，生机蓬勃。

解放。

土改。

土改工作队没收了观音庵的田产，征用了观音庵的房屋。

观音庵的尼姑大部分还了俗，有的嫁了人。

有的尼姑劝仁慧还俗。

"还俗？嫁人？"

仁慧摇头。

她离开了本地，云游四方，行踪不定。西湖住几天，邓尉住几天，峨眉住几天，九华山住几天。

有许多关于仁慧的谣言。说无锡惠山一个捏泥人的，偷偷捏了一个仁慧的像，放在玻璃橱里，一尺来高，是裸体的。说仁慧有情人，生过私孩子……

有些谣言仁慧也听到了，一笑置之。

仁慧后来在镇江北固山开了一家菜根香素菜馆，卖素菜、素面、素包子，生意很好。菜根香的名菜是香蕈饺子。

菜根香站稳了脚，仁慧把它交给别人经管，她又去云游四方。西湖住几天，邓尉住几天，峨眉住几天，九华山住几天。

仁慧六十开外了，望之如四十许人。

一九九三年七月二十一日

载一九九三年第六期《小说家》

露水

露水好大。小轮船的跳板湿了。

小轮船靠在御码头。

这条轮船航行在运河上已经有几年,是高邮到扬州的主要交通工具。单日由高邮开扬州,双日返回高邮。轮船有三层,底层有几间房舱,坐的是县政府的科长、县党部的委员,杨家、马家等几家阔人家出外就学的少爷小姐,考察河工的水利厅的工程师。房舱贵,平常坐不满。中层是统舱。坐统舱的多是生意买卖人,布店、药店、南货店的二柜,给学校采购图书仪器的中学教员……给茶房一点钱,可以租用一张帆布躺椅。上层叫"烟篷",四边无遮挡,风、雨都可以吹进来。坐"烟篷"的大都自己带一块油布,或躺或坐。"烟篷"乘客,三教九流。带着锯子凿子的木匠,挑着锡匠挑子的锡匠,牵着猴子耍猴的,细批流年的江湖术士,吹糖人的,到缫丝厂去缫丝的乡下女人,甚至有"关亡"的、"圆光"的、挑牙虫的。

客人陆续上船,就来了许多卖吃食的。卖牛肉高粱酒的,卖五香茶叶蛋的,卖凉粉的,卖界首茶干的,卖"洋糖百合"的,卖炒花生的。他们从统舱到烟篷来回窜,高声叫卖。

轮船拉了一声汽笛,催送客的上岸,卖小吃的离船。不过都知道开船还有一会。做小生意的还是抓紧时间照做，不过把价钱都减下来了一些。两位喝酒的老江湖照样从从容容喝酒，把酒喝干了，才把豆绿酒碗还给卖牛肉高粱酒的。

轮船拉了第二声汽笛，这是真要开了。于是送客的上岸，做小生意的匆匆忙忙，三步两步跨过跳板。

正在快抽起跳板的时候，有两个人逆着人流，抢到船上。这是两个卖唱的，一男一女。

男的是个细高条，高鼻、长脸，微微驼背，穿一件褪色的蓝布长衫，浑身带点江湖气，但不讨厌。

女的面黑微麻，穿青布衣裤。

男的是唱扬州小曲的。

他从一个蓝布小包里取出一个细瓷蓝边的七寸盘，一双刮得很光滑的竹筷。他用左手持瓷盘，二指中指捏着竹筷，摇动竹筷，发出清脆的、连续不断的响声；右手持另一只筷子，时时击盘边为节。他的一只瓷盘，两只竹筷，奏出或紧或慢，或强或弱的繁复的碎响，真是"大珠小珠落玉盘"。

> 姐在房中头梳手，
> 忽听门外人咬狗。
> 拾起狗来打砖头，
> 又怕砖头咬了手。
> 从来不说颠倒话，
> 满天月子一颗星。

"那位说了，你这都是淡话！说得不错。人生在世，不过是几句淡话罢了。等人、钓鱼、坐轮船，这是'三大慢'。不错。坐一天船，难免气闷无聊。等学生给诸位唱几段小曲,解解闷,醒醒脾,冲冲瞌睡!"

他用瓷盘竹筷奏了一段更加紧凑的牌子,清了清嗓子,唱道:

一把扇子七寸长,
一人扇风二人凉。
松呀,嘣呀。
呀呀子沁,
月照花墙。

手扶栏杆口叹一声,
鸳鸯枕上劝劝有情人呀。
一路鲜花休要采吔,
干哥哥,
奴是你的知心着意人哪!

这是短的,他还有些比较长的,《小尼姑下山》《妓女悲秋》。他的拿手,是《十八摸》,但是除非有人点,一般是不唱的。他有一个经折子,上列他能唱的小曲,可以由客人点唱。一唱《十八摸》,客人就兴奋起来。统舱的客人也都挤到"烟篷"里来听。

唱了七八段,托着瓷盘收钱。给一个铜板、两个铜板,不等。也有不给的。加上点唱的钱,他能弄到五六、七八角钱。

他唱完了,女的唱:

你把那冤枉事对我来讲,
一桩桩一件件,

桩桩件件对小妹细说端详。

最可叹你死在那麦田以内，

高堂上哭坏二老爹娘……

这是《枪毙阎瑞生·莲英惊梦》的一段。枪毙阎瑞生是上海实事。莲英是有名的妓女，阎瑞生是她的熟客。阎瑞生把莲英骗到郊外，在麦田里勒死了她，劫去她手上戴的钻戒。案发，阎瑞生被枪毙。这案子在上海很轰动，有人编成了戏。这是时装戏。饰莲英的结拜小妹的是红极一时的女老生露兰春。这出戏唱红了，灌了唱片，由上海一直传到里下河。几乎凡有留声机的人家都有这张唱片，大人孩子都会唱"你把那冤枉事"。这个女的声音沙哑，不像露兰春那样响堂挂味。她唱的时候没有人听，唱完了也没有多少人给钱。这个女人每次都唱这一段，好像也只会这一段。

唱了一回，客人要休息，他们也随便找个旮旯蹲蹲。

到了邵伯，有些客人下船，新上一批客人，他们又唱一回。

到了扬州，吃一碗虾籽酱油汤面，两个烧饼，在城外小客栈的硬板床上喂一夜臭虫，第二天清早蹚着露水，赶原班轮船回高邮，船上还是卖唱。

扬州到高邮是下水，五点多钟就靠岸了。

这两个卖唱的各自回家。

他们也还有自己的家。

他们的家是"芦席棚子"。芦笆为墙，上糊湿泥。棚顶也以"钢芦柴"（一种粗如细竹、极其坚韧的芦苇）为椽，上覆茅草。这实际上是一个窝棚，必须爬着进，爬着出。但是据说除了大雪三天，冬暖夏凉。御码头下边，空地很多，这样的"芦席棚子"是不少的。棚里住的是叉鱼的、照蟹的、捞鸡头米的、穿糖球（即北京所说的"冰糖葫

263

芦")的、煮牛杂碎的……

到家之后,头一件事是煮饭。女的永远是糙米饭、青菜汤。男的常煮几条小鱼(运河旁边的小鱼比青菜还便宜),炒一盘咸螺蛳,还要喝二两稗子酒。稗子酒有点苦味,上头,是最便宜的酒。不知道糟房怎么能收到那么多稗子做酒,一亩田才有多少稗子?

吃完晚饭,他们常在河堤上坐坐,看看星,看看水,看看夜渔的船上的灯,听听下雨一样的虫声,七搭八搭地闲聊天。

渐渐地,他们知道了彼此的身世。

男的原来开一个小杂货店,就在御码头下面不远,日子满过得去。他好赌,每天晚上在火神庙推牌九,把一间杂货店输得精光。老婆也跟了别人。他没脸在街里住,就用一个盘子、两根筷子上船混饭吃。

女的原是一个下河草台班子里唱戏的。草台班子无所谓头牌二牌,派什么唱什么。后来草台班子散了,唱戏的各奔东西。她无处投奔,就到船上来卖唱。

"你有过丈夫没有?"

"有过。喝醉了酒,一头栽在大河里,淹死了。"

"生过孩子没有?"

"出天花死了。"

"命苦!……你这么一个人干唱,有谁要听?你买把胡琴,自拉自唱。"

"我不会拉。"

"不会拉……这么着吧,我给你拉。"

"你会拉胡琴?"

"不会拉还到不了这个地步。泰山不是堆的。牛×不是吹的。你别把土地爷不当神仙。告诉你说,横的、竖的、吹的、拉的,我都拿得起来。十八般武艺件件精通,——件件稀松。不过给你拉'你把那冤枉事',还是富富有余!"

"你这是真话?"

"哄你叫我掉到大河里喂王八!"

第二天,他们到扬州辕门桥乐器店买了一把胡琴。男的用手指头弹弹蛇皮,弹弹胡琴筒子、担子,拧拧轸子,撅撅弓子,说:"就是它!"买胡琴的钱是男的付的。

第二天回家。男的在胡琴上滴了松香,安了琴码,定了弦,拉了一段西皮,一段二黄,说:"声音不错!——来吧!"男的拉完了原板过门,女的顿开嗓子唱了一段《莲英惊梦》,引得芦席棚里邻居都围过来听,有人叫好。

从此,因为有胡琴伴奏,听女的唱的客人就多起来。

男的问女的:"你就会这一段?"

"你真是隔着门缝看人!我还会别的。"

"都是什么?"

"《卖马》《斩黄袍》……"

"够了!以后你轮换着唱。"

于是除了《莲英惊梦》,她还唱"店主东,带过了,黄骠马……","孤王酒醉桃花宫"。当时刘鸿声大红,里下河一带很多人爱唱《斩黄袍》。唱完了,给钱的人渐渐多起来。

男的进一步给女的出主意。

"你有小嗓没有?"

"有一点。"

"你可以一个人唱唱生旦对儿戏:《武家坡》《汾河湾》……"

最后女的竟能一赶三,一个人唱一场《二进宫》。

男的每天给她吊嗓子,她的嗓子"出来"了,高亮打远,有味。

265

这样女的在运河轮船上红起来了。她得的钱竟比唱扬州小曲的男的还多。

他们在一起过了一个月。

男的得了绞肠痧,折腾一夜,死了。

女的给他刨了一个坟,把男的葬了。

她给他戴了孝,在坟头烧钱化纸。

她一张一张地烧纸钱。

她把剩下的纸钱全部投进火里。

火苗冒得老高。

她把那把胡琴丢进火里。

首先发出爆裂的声音的是蛇皮,接着哗剥一声炸开的是琴筒,然后是担子,最后轸子也烧着了。

女的拍着坟土,大哭起来:

"我和你是露水夫妻,原也不想一篙子扎到底。可你就这么走了!

"就这么走了!

"就这么走了!

"你走得太快了!

"太快了!

"太快了!

"你是个好人!

"你是个好人!

"你是个好人哪!"

她放开声音,号啕大哭,直哭得天昏地暗,树上的乌鸦都惊飞了。

第二天,她还是在轮船上卖唱,唱"你把那冤枉事对我来讲……"

露水好大。

一九九三年七月三十一日
载一九九三年第六期《十月》

卖眼镜的宝应人

他是个卖眼镜的,宝应人,姓王。大家不知道怎么称呼他才合适。叫他"王先生"高抬了他,虽然他一年四季总是穿着长衫,而且整齐干净(他认为生意人必要"擦干掸净",才显得有精神,得人缘,特别是脚下的一双鞋,千万不能邋遢:"脚底无鞋穷半截")。叫他老王,又似有点小瞧了他。不知是哪一位开了头,叫他"王宝应",于是就叫开了。背后,当面都这么叫。以至王宝应也觉得自己本来就叫王宝应。

他是个跑江湖做生意的,不老在一个地方。"行商坐贾",他算是"行商"。他所走的是运河沿线的一些地方,南自仪征、仙女庙、邵伯、高邮,他的家乡宝应、淮安,北至清江浦。有时也岔到兴化、泰州、东台。每年在高邮停留的时间较长,因为人熟,生意好做。

卖眼镜的撑不起一个铺面,也没有摆摊的,他走着卖,——卖眼镜也没有吆喝的。他左手半捧半托着一个木头匣子,匣子一底一盖,后面有合页连着。匣子平常总是揭开的。匣盖子里面用尖麻钉卡着二三十副眼镜:平光镜、近视镜、老花镜、养目镜。这么个小本买卖没有什么验目配光的设备,有人买,挑几副试试,能看清楚报上的字就行。匣底是一些杂七杂八的东西,可以说是小古董:玛瑙烟袋嘴、

"帽正"的方块小玉、水钻耳环、发蓝点翠银簪子、风藤镯,甚至有装鸦片烟膏的小银盒……这些东西不知他是从什么地方寻摸来的。

他寄住在大淖一家人家。一清早,就托着他的眼镜匣奔南门外琵琶闸,在小轮船开船前,在"烟篷""统舱"里转一圈。稍后,几家茶馆,五柳园、小蓬莱、新大陆都上了客,他就到茶馆里转一圈。哪里人多,热闹,都可以看到他的踪迹:王四海耍"大把戏"的场子外面、唱"大戏"的庙台子下面、放戒的善因寺山门旁边,甚至枪毙人(当地叫作"铳人")的刑场附近,他都去。他说他每天走的路不下三四十里。"人为财死,鸟为食亡,天生的劳碌命!"

王宝应也不能从早走到晚,他得有几个熟识的店铺歇歇脚:李馥馨茶叶店、大吉陞油面(茶食)店、同康泰布店、王万丰酱园……最后,日落黄昏,到保全堂药店。他到这些店铺,和"头柜""二柜""相公"(学生意的)都点点头,就自己找一个茶碗,从"茶壶捂子"里倒一杯大叶苦茶,在店堂找一张椅子坐下。有时他也在店堂里用饭:两个插酥芝麻烧饼。

他把木匣放在店堂方桌上,有生意做生意,没有生意时和店里的"同事"、无事的闲人谈天说地,道古论今。他久闯江湖,见多识广,大家也愿意听他"刮活"。听他刮活的人大都半信半疑,以为是道听途说。——他书读得不多,路走得不少。可不只能是"道听途说"么?

他说沭阳陈生泰(这是苏北人都知道的一个特大财主)家有一座羊脂玉观音。这座观音一尺多高,"通体无瑕"。难得的是龙女的一抹红嘴唇、善财童子的红肚兜,都是天生的。——当初"相"这块玉的师傅怎么就能透过玉坯子看出这两块红,"碾"得又那么准?这是千载难逢,是块宝。有一个大盗,想盗这座观音,在陈生泰家瓦垄里伏了三个月。可是每天夜里只见下面一夜都是灯笼火把,人来人往,不敢下手。灯笼火把,人来人往,其实并没有,这是神灵呵护。凡宝物,必有神护，没福的，取不到手。

他说"十八鹤来堂夏家"有一朵云。云在一块水晶里。平常看不见。一到天阴下雨，云就生出来，盘旋袅绕。天晴了，云又渐渐消失。"十八鹤来堂"据说是堂建成时有十八只白鹤飞来，这也许是可能的。鹤来堂有没有一朵云，就很难说了。但是高邮人非常愿意夏家有一朵云——这多美呀，没有人说王宝应是瞎说。

他说从前泰山庙正殿的屋顶上，冬天，不管下多大的雪，不积雪。什么缘故？原来正殿下面有一个很大的獾子洞，跟正殿的屋顶一样大。獾子用自己的毛擀成一块大毯子，——"獾毯"。"獾毯"热气上升，雪不到屋顶就化了。有人问这块"獾毯"后来到哪里了，王宝应说：被一个"江西别宝回子"盗走了，——现在下大雪的时候泰山庙正殿上照样积雪。

除了这些稀世之宝，王宝应最爱刮活的是各地的吃食。

他说淮安南阁楼陈聋子的麻油馓子风一吹能飘起来。

他说中国各地都有烧饼，各有特色，大小、形状、味道，各不相同。如皋的黄桥烧饼、常州的麻糕、镇江的蟹壳黄，味道都很好。但是他宁可吃高邮的"火镰子"，实惠！两个，就饱了。

他说东台冯六吉——大名士，在年羹尧家当西宾——坐馆。每天的饭菜倒也平常，只是做得讲究。每天必有一碗豆腐脑。冯六吉岁数大了，辞馆回乡。他想吃豆腐脑。家里人想：这还不容易！到街上买了一碗。冯六吉尝了一勺，说："不对！不是这个味道！"街上买来的豆腐脑怎么能跟年羹尧家的比呢？年羹尧家的豆腐脑是鲫鱼脑做的！

他的刮活都只是"噱子"，目的是招人，好推销他的货。他把他卖的东西吹得神乎其神。

他说他卖的风藤镯是广西十万大山出的，专治多年风湿，筋骨酸疼。

他说他卖的养目镜是真正茶晶,有"棉",不是玻璃的。真茶晶有"棉",假的没有,戴了这副眼镜,会觉得窨凉窨凉。赤红火眼,三天可愈。

他不知从哪里收到一把清朝大帽的红缨,说是猩猩血染的,五劳七伤,咯血见红,剪两根煎水,热黄酒服下,可以立止。

有一次他拿来一个浅黄色的烟嘴,说是蜜蜡的。他要了一张白纸,剪成米粒大一小块一小块,把烟嘴在袖口上磨几下,往纸屑上一放,纸屑就被吸起来了。"看!不是蜜蜡,能吸得起来么?"

蜜蜡烟嘴被保全堂的二老板买下了。二老板要买,王宝应没敢多要钱。

二老板每次到保全堂来,就在账桌后面一坐,取出蜜蜡烟嘴,用纸捻通得干干净净,觑着眼看看烟嘴小孔,掏出白绸手绢把烟嘴全身上下仔仔细细擦了个遍,然后,掏出一支大前门,插进烟嘴,点了火,深深抽了几口,悠然自得。

王宝应看看二老板抽烟抽得那样出神入化,也很陶醉:"蜜蜡烟嘴抽烟,就是另一个味儿:香,醇,绵软!"

二老板不置可否。

王宝应拿来三个翡翠表拴。那年头还兴戴怀表,讲究的是银链子、翡翠表拴。表拴别在纽扣孔里。他把表拴取出来,让在保全堂店堂里聊天的闲人赏眼:"看看,多地道的东西,翠色碧绿,地子透明,这是'水碧'。我费了好大的劲才弄到。不贵,两块钱就卖,——一根。"

十几个脑袋向翡翠表拴围过来。

一个外号"大高眼"的玩家掏出放大镜,把三个表拴挨个看了,说:"东西是好东西!"

开陆陈行的潘小开说:"就是太贵,便宜一点,我要。"

"贵？好说！"

经过讨价还价，一块八一根成交。

"您是只要一个，还是三个都要？"

"都要！——送人。"

"我给您包上。"

王宝应抽出一张绵纸，要包上表拴。

"先莫忙包，我再看看。"

潘小开拈起一个表拴：

"靠得住？"

"靠得住！"

"不会假？"

"假？您是怕不是玉的，是人造的，松香、赛璐珞、'化学'的？笑话！我王宝应在高邮做生意不是一天了，什么时候卖过假货？是真是假，一试便知。玉不怕火，'化学'的见火就着。当面试给你看！"

王宝应左手两个指头捏住一个表拴，右手划了一根火柴，火苗一近表拴——

呼，着了。

一九九三年十月二十六日
载一九九四年第二期《中国作家》

辜家豆腐店的女儿

豆腐店是一个"店",怎么会有个女儿?然而螺蛳坝一带的人背后都是这么叫她。或者称作"辜家的女儿""豆腐店的女儿"。背后这样的提她,有一种特殊的意味。姓辜的人家很少,这个县里好像就是两三家。

螺蛳坝是"后街",并没有一个坝,只是一片不小的空场。七月十五,这里做盂兰会。八九月,如果这年年成好,就有人发起,在平桥上用杉篙木板搭起台来唱戏。约的是里下河的草台戏子,京戏、梆子"两下锅",既唱《白水滩》这样摔"壳子"的武打戏,也唱《阴阳河》这样踩跷的戏。做盂兰会、唱大戏,热闹几天,平常这里总是安安静静的。孩子在这里踢毽子,踢铁球,滚钱,抖空竹(本地叫"抖天嗡子")。有时跑过来一条瘦狗,匆匆忙忙,不知道要赶到哪里去干什么。忽然又停下来,竖起耳朵,好像听见了什么。停了一会,又低了脑袋匆匆忙忙地走了。

螺蛳坝空场的北面有几户人家。有两家是打芦席的。每天看见两个中年的女人破苇子,编席。一顿饭工夫,就织出一大片。芦席是为大德生米厂打的。米厂要用很多芦席。东头一家是个"茶炉子",即卖开水的,就是上海人所说的"老虎灶"。一个像柜子似的砖砌的炉

273

子,四角有四个很深的铁铸的"汤罐",满满四罐清水,正中是火眼,烧的是粗糠。粗糠用一个小白铁簸箕倒进火眼,"呼——"火就猛升上来,"汤罐"的水就呱呱地开了。这一带人家用开水——冲茶、烫鸡毛、拆洗被窝,都是上"茶炉子"去灌,很少人家自己烧开水。因为上"茶炉子"灌水很方便,省得费柴费火,烟熏火燎,又用不了多少。"茶炉子"卖水,不是现钱交易,而是一次卖出一堆"茶筹子"——一个一个长方形的小竹片,一面用铁模子烙出"十文""二十文"……灌了开水,给几根茶筹子就行了。"茶炉子"烧的粗糠是成挑的从大德生米厂趸来的。一进"茶炉子",除了几口很大的水缸,一眼看到的便是靠后墙堆得像山一样的粗糠。

螺蛳坝一带住的都是"升斗小民",称得起殷实富户的,是大德生米厂。大德生的东家姓王,街上人都称他王老板。大德生原来的底子就厚实,一盘很大的麻石碾子,喂着两头大青骡子,后面仓里的稻子堆齐二梁。后来王老板把骡子卖了,改用机器碾米,生意就更兴旺了。大德生原是一个米店,改用机器后就改称为"米厂"。这算是螺蛳坝唯一的"工厂"。每天这一带都听得到碾米的柴油机的铁烟筒里发出节奏均匀的声音:蓬——蓬——蓬……

王老板身体很好,五十多岁了,走路还飞快,留一撇乌黑的牙刷胡子,双眼有神。

他的大儿子叫王厚辽,在米厂里量米,记账。他有个外号叫"大呆鹅",看样子也确是有点呆相。

二儿子叫王厚堃,跟一个姓刘的老先生学中医。长得眉清目秀,一表人才。

大德生东墙外住着一个姓薛的裁缝。薛裁缝是个老实人,整天只知道低头做活,穿针引线。他的老婆人称薛大娘。薛大娘跟老头子可不是一样的人,她也"穿针引线",但引的是另外一种线,说白了,就是拉皮条。

大德生门前有一条小巷，就叫作辜家巷，因为巷子里只有一家人家。辜家的后门就开在巷子里，和大德生斜对门，两步就到了。后面是住家，前面是做豆腐的作坊，前店后家。

辜家很穷。

从螺蛳坝到草巷口，有两家豆腐店。豆腐店是发不了财的，但是干了这一行也只有一直干下去。常言说："黑夜思量千条路，清早起来依旧磨豆腐。"不过草巷口的一家生意不错。一清早卖豆浆，热气腾腾的满满一锅。卖豆腐，四大屉。压百叶，百叶很薄，很白。夏天卖凉粉皮。这凉粉皮是用莴苣汁和的绿豆粉，颜色是浅绿的，而且有一股莴苣香。生意好，小老板两个月前还接了亲。新媳妇坐在磨子一边，往磨眼里注水，加黄豆，头上插一朵大红剪绒的小小的"囍"字。

相比之下，辜家豆腐店就显得灰暗，残旧，一点生气也没有。每天只做两屉豆腐，有时一屉，有时一屉也没有。没本钱，买不起黄豆。辜老板老是病病歪歪的，没有一点精神。

辜老板老婆死得早，没有留下一个儿子，跟前只有一个女儿。

辜家的女儿长得有几分姿色，在螺蛳坝算是一朵花。她长得细皮嫩肉，只是面色微黄，好像是用豆腐水洗了脸似的。身上也有点淡淡的豆腥气。

一天三顿饭，几乎顿顿是炒豆腐渣，不过总得有点油滑滑锅。牵磨的"蚂蚱驴"也得扔给它一捆干草。更费钱的是她爹的病。他每天吃药，王厚堃的师父开的药又都很贵，这位刘先生爱用肉桂，而且旁注："要桂林产者。"每天辜家女儿把药渣倒在路口，对面打芦席和烧茶炉子的大娘看见辜家的女儿在门前倒药渣，就叹了一口气："难！"

大德生的王老板找到薛大娘，说是辜家的日子很难，他久已想帮他们家一把。

"怎么个帮法？"

"叫他女儿陪我睡睡。"

"什么？人家是黄花闺女，比你的女儿还小一岁！我不干这种缺德事！"

"你去说说看。"

媒人的嘴两张皮，辣椒能说成大鸭梨。七说八说，辜家女儿心里活动了，说："你叫他晚上来吧。"

没想到大呆鹅也找到薛大娘。

王老板是包月，按月给五块钱。

大呆鹅是现钱交易。每次事完，摸出一块现大洋，还要用两块洋钱叮叮当当敲敲，以示这不是灌了铅的"哑板"。

没有不透风的墙，螺蛳坝巴掌大的一块地方，那么多双眼睛，辜家女儿的事情谁都知道了。烧茶炉子、打芦席的大娘指指戳戳，咬耳朵，点脑袋，转眼珠子，撇嘴唇子。大德生的碾米的师傅、量米的伙计议论："两代人操一张×，这叫什么事！"——"船多不碍港，客多不碍路，一个羊也是放，两个羊也是赶，你管他是几代人！"

辜家的女儿身体也不好，脸上总是黄白黄白的，她把王厚堃请到屋里看病。王厚堃给她号了脉，看了舌苔，开了脉案，大体说是气血两亏，天癸不调……辜家女儿问什么是"天癸不调"，王厚堃说就是月经不正常。随即写了一个方子，无非是当归、枸杞之类。

王厚堃站起身来要走，辜家女儿忽然把门闩住，一把抱住了王厚堃，把舌头吐进他的嘴里，解开上衣，把王厚堃的手按在胸前，让他摸她的奶子，含含糊糊地说："你要要我、要要我，我喜欢你，喜欢你……"

王厚堃没有想到她会这样，只好和她温存了一会，轻轻地推开了她，说："不行。"

"不行?"

"我不能欺负你。"

王厚堃给她掩了前襟，扣好纽子，开门走了。

王厚堃悬崖勒马，也因为他就要结婚了，他要保留一个童身。

过了两个月，王厚堃结婚了。花轿从辜家豆腐店门前过，前面吹着唢呐，放着三眼铳。螺蛳坝的人都出来看花轿，辜家的女儿也挤在人丛里看。

花轿过去了，辜家的女儿坐在一张竹椅上，发了半天呆。

忽然她奔到自己的屋里，伏在床上号啕大哭。哭的声音很大，对面烧茶炉子的和打芦席的大娘都听得见，只是听不清她哭的是什么。三位大娘听得心里也很难受，就相对着也哭了起来，哭得稀溜稀溜的。

辜家的女儿哭了一气，洗洗脸，起来泡黄豆，眼睛红红的。

一九九四年二月十五日
载一九九四年第三期《收获》

喜神

喜神即画像，这大概是宋朝人的说法。钱大昕《竹汀先生日记抄》："读宋伯仁《梅花喜神谱》……凡百图，图后五言绝一首，题曰'喜神'，盖宋时俗语，以写像为喜神也。"钱说未必准确。喜神我们那里现在还有这说法。宋伯仁画梅，只是取其神韵，"喜神"是诗意化了的说法，是从人像移用的。除了宋伯仁，也没有听说过称花卉画为喜神的。

作为人像的喜神图有两种。一种是生活像，即行乐图。袁枚《随园诗话》谓："古无小照，起于汉武梁祠画古贤烈女之像。而今则庸夫俗子皆有一行乐图矣。"行乐图与武梁祠画像，恐怕没有直接关系，袁枚盖亦揣测之词。自画或请人画小像，当起于唐宋，苏东坡即有小像。明清以后始盛行。"庸夫俗子皆有一行乐图矣"，是对的。我的外祖父即有一行乐图，是一横披。既是"行乐"，大都画得很闲适，外祖父的行乐图就是这样。他坐在一丛竹子前面的石头上，手执一卷书，样子很潇洒，其实我的外祖父是个很古板严厉的人，我从来没有看见过他坐在丛竹前的石头上，并且他从来不看一本书。

比行乐图更多见的喜神是遗像，北京人叫作"影"。画遗像的是专门的画匠，他们有一套特殊的技法。病人垂危，家里人就会把画匠请来。画匠端详着病人,用一张纸勾出他的脸形粗略的轮廓线条。回家在一张挖出一个椭圆的宣纸的椭圆处,用淡墨画出像主的头像的初稿。照例要拿了初稿到"本家"去征求死者亲属的意见。意见总是有的,额头窄了、颧骨高了、人中长了……最挑剔的大都是姑奶奶。画匠把初稿拿回去,换一张新纸,勾了墨色较深的单线,敷出淡淡的肤色,"喜神"的头部就算完成。中国的传真画像的匠师有一套秘传的"百脸图",把人的面部经过分析,定出一百种类型,画像时选定一种,对着真人,斟酌加减,画出来总是相当像的。我们县城里画像画得最好的是管又萍,他的画价也最贵。

"开脸"之后,画穿戴。男的都是补褂朝珠,颜色是一样的,只有顶子不能乱画。大红顶子、金顶子,不能乱来。常见的喜神上的顶子多半是蓝顶子、水晶顶子,因为这是不大的功名。女的则一律是凤冠霞帔。这有点奇怪,男女时代不同。喜神上的老爷是清装——袍套,太太则是明代的服装——凤冠霞帔是明代服装。据说这跟洪承畴的母亲有关。洪母忠于明室,死后顺治特许以明代命妇服装盛殓。以后就将此制度延续了下来。顺治开国,为了笼络人心,所颁圣谕或者可信。

画穿戴是很费工的,要画得很细致。曾见过一篇谈齐白石的文章,说他画的像能透过纱套,看得见里面袍子上的团龙。其实这是所有的画匠都做得到的,只要不怕麻烦。

管又萍画像只管"开脸",画穿戴都交给了徒弟。他有两个徒弟,都是哑巴。他们也能"开脸",只是不那么传神。

管又萍病重,自知不起,他叫两个徒弟给他画一张像。徒弟画好了,他看了看,叫徒弟拿一面镜子、一支笔来,他对着镜子看了看,在徒弟画的像上加了两笔。传神阿堵,颊上三毫,这张像立刻栩栩如生,神气活现。

管又萍放下画笔,咽了气。

一九九五年三月二十五日
载一九九五年第四期《收获》

丑脸

这四位略有资财,但在城里算不上是绅士大户,因此对绅士大户很巴结。大户人家有事,婚丧寿庆,他们必定是礼到人到,从不缺席。他们和绅士大户多少都能拉扯一点亲戚关系,叙起来却好像是至亲。他们来了,气氛就活跃起来,很多人都愿意看他们一眼,然后抿嘴而笑。有时他们凑一桌麻将,来看一眼,抿嘴笑着走开的人更多。女眷们伸了脑袋,尽情地看够,然后跑到对面廊子上放声大笑,笑得上气不接下气,笑得直揉肚子,嘴里还要不停地乱叫:"哎哟哎哟……"

这四位长得奇丑。他们长了四张丑脸。

第一位是驴脸。这没有太特别处,只是特别的长而已。

第二位,女眷们叫他"瓢把子脸",是说他的额头大,且光滑无毛,下巴又有点向外兜。

第三位是"磨刀砖脸",是说脸狭长,上下都有点翘,而当中是个凹脸心。

第四位最特别,是一张"鞋拔子脸"。鞋拔子后来很少见到了,当初是常见的。那会穿鞋时兴狭小,得用鞋拔子拔,用手是拔不上去的。"鞋拔子脸"是什么样的呢?没有看过的,想象不出,但是一看见这张脸,就觉得真像!这不知道是哪一位尖嘴促狭的少奶奶想出来的!

这四位相继去世了。前后脚。

人总要死的,不论长了一张什么脸。

一九九五年三月二十五日
载一九九五年第四期《收获》

兽医

姚有多是本城有名的兽医（本城兽医不多），外号姚六针。他给牲口治病主要是扎针。六针见效。他不像一般兽医，要把牲口在杠子上吊起来，只是让牲口卧着，他用手在牲口肚子上摸摸，用耳朵贴在牲口的肠胃部分听听，然后从针包里抽出一尺长的针，噜噜噜，照牲口肚子上连下三针，牲口便会放一连串响屁，拉了好些屎；接着他又抽出三根针，噜噜噜，又下三针，牲口顿时浑身大汗；最后，把事先预备好的稻草灰，用笤帚在牲口身上拍一遍，不到一会，牲口就能挣扎着站起来，好了！

围看的人都说："真绝！"

据姚有多说：前三针是"通"。牲口得病，大都在肠，肠梗阻、肠粪结……肠子通了，百病皆除。后三针是"补"。——"扎针还能'补'？"——"能，不补则虚，虚则无力。"他有时也用药，用一个木瓢把草药给骡马灌下去。也不煎，也不煮，叫牲口干吞。好家伙，那么一瓢药，够牲口嚼的。吃完，把牲口领起来遛几圈，牲口打几个响鼻，又开始吃青草了。

姚有多每天起来很早，一起来绕着城墙走一圈，然后到东门里王家亭子的空地上练两套拳。他说牲口一挨针扎，会踢人，兽医必须会武功,能蹿能跳,防身。

姚有多的女人前两年得病死了,没有留下孩子,他一个人过。

谁都知道姚有多不缺钱,但是他的生活很简朴。早上一壶茶、三个肉包子。本地人把这种吃法叫作"一壶三点"。中午大都是在吴大和尚的饺面店里吃一碗面、两个插酥烧饼。晚饭就更简单了:喝粥。本地很多人家每天都是"两粥一饭"。

他不喝酒,不打牌。白天在没有人来请医的时候,看看熟人,晚上到保全堂药店听一个叫张汉轩的万事通天南地北地闲聊。

有一天下午,姚有多在刘春元绒线店的廊檐外看到一个卖油条的孩子在跟一位老者下象棋。老者胡子花白,孩子也就是六七岁。一盘棋下了一半,花白胡子已经招架不住,手忙脚乱,败局已定,旁观的人都哈哈大笑。

收拾了棋盘棋子。姚有多问孩子:"你是小顺子吧?"

"你怎么知道?"

"你还戴着你爹的孝哩!——长得也像。"

"你认识我爹?"

"我们从前是很好的朋友。"

"你是姚二叔。"

"你认识我?"

"谁不认识!"

"你妈还好?"

"还好。"

"小顺子,回去跟你妈说,你也不小了,不能老是卖油条。问她愿不愿让你跟我学兽医,我看你挺聪明,准能学出个好兽医!"

"欸!得罪你啦,二叔!"

顺子前年死了爹,剩下母子二人相依为命,顺子卖油条,他妈给人洗衣裳。

顺子的爹生前租下两间房，这房的特点是门外有一口青麻石井栏的井。这样用起水来非常方便。顺子妈每天大件大件地洗，洗完了晾在井口边的竹竿上。顺子妈洗的被褥干净，叠的衣裳整齐，来找她拆洗的人很多。

顺子妈干什么都既从容又利落，动作很快，本地人管这样的人叫"刷刮"。

顺子妈长得很脱俗。个头稍高，肩背都瘦瘦薄薄的。她只有几件布衣裳，但是可体合身。发髻一边插一朵绒线的小白花，是给丈夫戴的孝。她的鞋面是银灰色的。这双银灰色的鞋，使她有一种说不出的风韵。

顺子妈和街坊处得很好。有求她裁一身衣裳的，"替"一双鞋样的，绞个脸的，她无不答应，——本地新娘子出嫁前要用两根白线把汗毛"绞"了，显出额头，叫作"绞脸"。但是她很少到人家串门，因为她是个"半边人"——本地称寡妇为"半边人"——怕人家忌讳，她经常走动、聊天说话的是隔壁的金大娘，开茶炉子卖开水的金大力的老婆。金大娘心善人好，只是话多，爱管闲事。

一天晚上，顺子妈把晾干的衣裳已经叠好，金大娘的茶炉子来买水的也不多了，她就过来找金大娘闲聊，——她们是紧邻。

"二嫂子"，——金大娘总是叫顺子妈为二嫂子——"我有句话，不知当讲不当讲。讲错了，你别生气。"

"你说！"

"你也该往前走一步了。"

本地把寡妇改嫁叫"往前走一步"。

"我不是没有想过，只是忘不了死鬼。"

"你不能守一辈子！"

"再说,也没有合适的人。我怕进来一个后老子,待顺子不好,那我心里就如刀挖了。"

"合适的人?有!"

"谁?"

"姚有多。他前些时还想收顺子当徒弟,不会苦了孩子。"

"我想想。"

"想想!过两天给我个回话,摇头不是点头是!"

姚有多原来也没有往这件事上想过,金大娘一提,他心动了。走过来走过去,总要向井台上看看。他这才发现,顺子妈长得这样素雅,他心里怦怦直跳。

顺子妈在洗衣裳,听到姚有多的脚步,不免也抬眼看了看。

事情就算定了。

顺子妈除了孝,把发髻边的小白花换成一朵大红剪绒喜字,脱了银灰色的旧鞋,换了一双绣了秋海棠的新鞋,就像换了一个人。

刘春元绒线店的刘老板、保全堂药店管事卢先生算是媒人。

顺子妈亲自办了两桌席谢媒。

把客人送走,洗了碗碟,月亮出来了,隔着房门听听,顺子已经呼呼大睡。

轻轻闩上房门。姚有多已经上床。

顺子妈吹了灯,借着月光,背过身来,解开纽扣……

载一九九五年第四期《十月》

水蛇腰

崔兰是个水蛇腰。腰细,长,软。走起路来扭扭的。很多人爱看她走路。路上行人,尤其是那些男教员。看过来,看过去,眼睛很馋。崔兰并不知道有人看她。她只是自自然然地走。崔兰还小,才读小学五年级,虽然发育得比较快,对于许多事还有点朦朦的感觉,并不大懂。她还不知道卖弄风情,逗引男人。

崔兰结婚早。未免过早一点,高小毕业就结婚了。在这所六年级制的小学里,也许她是结婚最早的一个。嫁的是朱家。朱家的少爷。朱家是很阔的人家,开面粉厂。这个地方把面粉叫"洋面",这个面粉厂叫"洋面厂"。崔兰嫁的是洋面厂的小老板。崔兰怎么会嫁到朱家去的呢?

崔兰的父亲是洋面厂的账房先生,崔兰常给她父亲到洋面厂去送饭(崔兰的母亲死得早,家里许多事得她管)。朱家的少爷一眼看上了崔兰,托人说媒,非崔兰不娶。崔兰的父亲自然没有意见,崔兰只说了两句话:"我还小哩……他们家太阔了!"事情就定了。

结婚三朝,正是阴历七月十五,"迎会"(赛城隍)的日子。这个地方每年七月十五"出会"。近晌午时把城隍老爷的"大驾"从庙里请出来,在主要街道上"巡"一"巡",到"行宫"里休息,下午再

"回銮"。这是一年里最隆重而热闹的日子。大锣大鼓，丝竹齐奏。踩高跷，舞狮子，舞龙，舞"大头和尚"（月明和尚度柳翠）。高跷有"火烧向大人"（向大人即清末征太平天国的名将向荣）。柳枝腔"小上坟"，贾大老爷用一个夜壶喝酒……茶担子、花担子，倾城出动，鞭花轰鸣。各种果品，各种鲜花，填街咽巷，吟叫百端……

朱家的少爷带着新娘子去"看会"，手拉手。从挡军楼（洋面厂的所在）一直走到中市口（全城最繁华处）。新婚夫妻在大街上那样亲热，在那么多人面前手搀手地走，很多"老古板"看不惯。

他们的衣装打扮也是这城里的人没有见过的。朱家少爷穿了一件月白香云纱长衫，上面却罩了一个掐了玫瑰红韭菜叶边的黑缎子小马甲。马甲掐边，还是玫瑰红的，男不男，女不女！

崔兰穿的是一件大红嵌金线乔其纱旗袍，脚下是一双麂皮软底便鞋，很显脚形，——崔兰的脚很好看。长丝袜。新烫的头发（特为到上海烫的），鬓边插一朵小小的珍珠偏凤。脸上涂了夏士莲香粉蜜，旁氏口红，描眉画眼，风姿绰约，光彩照人。

朱家少爷和崔兰坐在王万丰（这是中市口一家大酱园）楼上靠栏杆一张小方桌前的藤椅（这是特为给上宾留的特座）上看会，喝茶，嗑瓜子。楼下的往来人议论纷纷，七嘴八舌。有男的，也有女的。有荤的，也有素的。有的人说出了声（小声），有的只是自己在心里想。

——崔兰这双丝袜得多少钱？

——反正你我买不起！

——她的旗袍开气未免太高了，又坐在栏杆旁边，从下面什么都看见了！

——她穿了裤子没有？

——她晚上上床，一定很会扭，扭得很好看。

——你怎会知道？

——想当然耳，想当然耳！

——闭上你们这些男人的臭嘴！

一夜之间，崔兰从一个毛丫头变成了一个少奶奶，不知道为什么，很多人为此很不平。一句话在很多人的嘴里和心里盘桓。

"这可真是糠箩跳米箩了！"

一九九五年四月八日

载一九九五年第四期《中国作家》

熟藕

刘小红长得很好看,大眼睛,很聪明,一街的人都喜欢她。

这里已经是东街的街尾,店铺和人家都少了。比较大的店是一家酱园,坐北朝南。这家卖一种酒,叫佛手酒。一个很大的方玻璃缸,里面用几个佛手泡了白酒,颜色微黄,似乎从玻璃缸外就能闻到酒香。酱菜里有一种麒麟菜,即石花菜。不贵,有两个烧饼钱就可以买一小堆,包在荷叶里。麒麟菜是脆的,半透明,不很咸,白嘴就可以吃,孩子买了,一边走,一边吃,到了家已经吃得差不多了。

酱园对面是周麻子的果子摊。其实没有什么贵重的果子,不过就是甘蔗(去皮、切段)、荸荠(削去皮,用竹签穿成串,泡在清水里),再就是百合、山药。

周麻子的水果摊隔壁是杨家香店。

杨家香店的斜对面,隔着两家人家,是周家南货店,亦称杂货店。这家卖的东西真杂。红蜡烛。一个师傅把烛芯在一口锅里一支一支"蘸"出来,一排一排挂在房椽子上风干。蜡烛有大有小,大的一对一斤,叫作"大八";小的只有指头粗,叫作"小牙"。纸钱。一个师傅用木槌凿子在一沓染黄了的"毛长纸"上凿出一溜一溜的铜钱窟窿,是烧给死人的。明矾。这地方吃河水,河水浑,要用矾澄清了。

炸油条也短不了用矾。碱块。这地方洗大件的衣被都用碱，小件的才用肥皂。浆衣服用的浆面，——芡实磨粉晒干。另外在小缸里还装有白糖、红糖、冰糖、南枣、红枣、蜜枣、金橘饼、桂圆、荔枝干、山楂糕……老板一天说不了几句话，跟人很少来往，见人很少打招呼，有点不近人情。他生活节省，每天青菜豆腐汤。有客人（他也还有一些生意上的客人）来，不敬烟，不上点心，连茶叶都不买一包，只是白开水一杯。因此有人从《百家姓》上摘了四个字，作为他的外号："白水窦章。"白水窦章除了做生意、写账，没有什么别的事。不看戏，不听说书，不打牌。一天只是用一副骨牌"打通关"，抱着一只很肥的玳瑁猫。他并不喜欢猫。是猫避鼠，他养猫是怕老鼠偷吃蜡烛油。打通关打累了，他伸一个懒腰，走到门口闲看。看来往行人，看狗，看碾坊里放青回来的骡马，看乡下人赶到湖西歇伏的水牛，看对面店铺里买东西的顾客。

周家南货店对面是一家绒线店，是刘小红家开的。绒线店卖丝线、花边、绦子，还有一种扁窄上了浆的纱条，叫作"鳝鱼骨子"，是捆扎东西用的。绒线店卖这些东西不用尺量，而是在柜台上刻出一些道道，用手拉长了这些东西在刻出的道道上比一比。刘小红的父亲一天就是比这些道道，一面口中报出尺数："一尺、二尺、三尺……"绒线店还带卖梳头油、刨花（挖头发用）、雪花膏。还有一种极细的铜丝，是穿珠花用的，就叫作"花丝"。刘小红每学期装饰教室扎纸花，都从家里带了一箍花丝去。

刘老板夫妇就这么一个女儿，娇惯得不行，要什么给什么，给她的零花钱也很宽松。刘小红从小爱吃零嘴，这条街上的零食她都吃遍了。

但是她最爱吃的是熟藕。

正对刘家绒线店是一个土地祠。土地祠厢房住着王老，卖熟藕。

王老无儿无女,孤身一人,一辈子卖熟藕。全城只有他一个人卖熟藕,谁想吃熟藕,都得来跟王老买。煮熟藕很费时间,一锅藕得用微火煮七八个小时,这样才煮得透,吃起来满口藕香。王老夜里煮藕,白天卖,睡得很少。他的煮藕的锅灶就安在刘家绒线店门外右侧。

小红很爱吃王老的熟藕,几乎每天上学都要买一节,一边走,一边吃。

小红十一岁上得了一次伤寒,吃了很多药都不见效。她在床上躺了二十多天,街坊们都来看过她。她吃不下东西。王老到南货店买了蜜枣、金橘饼、山楂糕给她送来,她都不吃,摇头。躺了二十多天,小脸都瘦尖了,妈妈非常心疼。一天,她忽然叫妈:

"妈!我饿了,想吃东西。"

妈赶紧问:

"想吃什么?给你下一碗饺面。"

小红摇头。

"冲一碗焦屑!"

小红摇头。

"熬一碗稀粥,就麒麟菜?"

小红摇头。

"那你想吃什么?"

"熟藕。"

那还不好办!小红妈拿了一个大碗去找王老,王老说:

"熟藕?吃得!她的病好了!"

王老挑了两节煮得透透的粗藕给小红送去。小红几口就吃了一节,妈忙说:"慢点!慢点!不要吃得那么急!"

小红吃了熟藕,躺下来,睡着了。出了一身透汗,觉得浑身轻松。

小孩子复原得快，休息了一个星期，就蹦蹦跳跳去上学了，手里还是捧了一节熟藕。

日子过得真快，转眼小红二十了，出嫁了。

婆家姓瞿，也是开绒线店的。瞿家绒线店开在北市口。北市口是个热闹地方，瞿家生意很好。丈夫原是小红的小学同学，还做了两年同桌，对小红也很好。

北市口离东街不远，小红隔几天就回娘家看看，帮王老拆洗拆洗衣裳。

王老轻声问小红：

"有了没有？"

小红红着脸说："有了。"

"一定会是个白胖小子！"

"托您的福！"

王老死了。

早上来买熟藕的看看，一锅煮熟藕，还是温热的，可是不见王老来做生意。推开门看看，王老不知什么时候已经断了气。

小红正在坐月子，来不了。她叫丈夫到周家南货店买了一对"大八"，到杨家香店"请"了三股香，叫他在王老灵前点一点，叫他给王老磕三个头，算是替她磕的。

王老死了，全城再没有第二个卖熟藕。

但是煮熟藕的香味是永远存在的。

载一九九五年第六期《长江文艺》

薛大娘

薛大娘是卖菜的。

她住在螺蛳坝南面，占地相当大，房屋也宽敞，她的房子有点特别，正面、东西两边各有三间低低的瓦房，三处房子各自独立，不相连通。没有围墙，也没有院门，老远就能看见。

正屋朝南，后枕臭河边的河水。河水是死水，但并不臭；当初不知怎么起了这么个地名。有时雨水多，打通螺蛳坝到越塘之间的淤塞的旧河，就成了活水。正屋当中是"堂屋"，挂着一轴"家神菩萨"的画。这是逢年过节磕头烧香的地方，也是一家人吃饭的地方。正屋一侧是薛大娘的儿子大龙的卧室，另一侧是贮藏室，放着水桶、粪桶、扁担、臼子、菜种、草灰。正屋之南是一片菜园，种了不少菜。因为土好，用水方便，—— 一下河坎就能装满一担水，菜长得很好。每天上午，从路边经过，总可以看到大龙浇菜、浇水、浇粪。他把两桶稀粪水用一个长柄的木臼子扇面似的均匀地洒开。太阳照着粪水，闪着金光，让人感到：这又是新的一天了。菜园的一边种了一畦韭菜，垄了一畦葱，还有几架宽扁豆。韭菜、葱是自家吃的，扁豆则是种了好玩的。紫色的扁豆花一串一串，很好看。种菜给了大龙一种快乐。他二十岁了，腰腿矫健，还没有结婚。

薛大娘的丈夫是个裁缝，人很老实，整天没有几句话。他住东边的三间，带着两个徒弟裁、剪、缝、连、锁边、打纽子。晚上就睡在这里。他在房事上不大行。西医说他"性功能不全"，有个江湖郎中说他"只能生子，不能取乐"。他在这上头也就看得很淡，不大有什么欲望。他很少向薛大娘提出要求，薛大娘也不勉强他。自从生了大龙，两口子就不大同房，实际上是分开过了。但也是和和睦睦的，没有听到过他们吵架。

薛大娘自住在西边三间里。

她卖菜。

每天一早，大龙把青菜起出来，削去泥根，在两边扁圆的菜筐里码好，在臭河边的水里濯洗干净，薛大娘就担了两筐菜，大步流星地上市了。她的菜筐多半歇在保全堂药店的廊檐下。

说不准薛大娘的年龄。按说总该过四十了，她的儿子都二十岁了嘛。但是看不出。她个子高高的，腰腿灵活，眼睛亮灼灼的。引人注意的是她一对奶子，尖尖耸耸的，在蓝布衫后面顶着。这不像一个有二十岁的儿子的人。没有人议论过薛大娘好看还是不好看，但是她眉宇间有点英气，算得上是个一丈青。

她的菜肥嫩水灵，很快就卖完了。卖完了菜，在保全堂店堂里坐坐，从茶壶捂子里倒一杯热茶，跟药店的"同事"说说话。然后上街买点零碎东西，回家做饭。她和丈夫虽然分开过，但并未分灶，饭还在一处吃。

薛大娘有个"副业"，给青年男女拉关系，——拉皮条。附近几条街上有一些"小莲子"，——本地把年轻的女佣人叫作"小莲子"。她们都是十六七、十七八，都是从农村来的。这些农村姑娘到了这个不大的县城里，就觉得这是花花世界。她们的衣装打扮变了。比如，上衣掐了腰，合身抱体，这在农村里是没有的。她们也学会了搽胭脂抹粉。连走路的样子都变了,走起来扭扭答答的。不少小莲子认了薛大娘当干妈。

街上有一些风流潇洒的年轻人,本地叫作"油儿"。这些"油儿"的眼睛总在小莲子身上转。有时跟在后面,自言自语,说一些调情的疯话:"花开花谢年年有,人过青春不再来";"易求无价宝,难得有情郎。"小莲子大都脸色矜持,不理他。跟的次数多了,不免从眼角瞟几眼,觉得这人还不讨厌,慢慢地就能说说话了。"油儿"问小莲子是哪个乡的人,多大了,家里还有谁。小莲子都小声回答了他。

"油儿"到觉得小莲子对他有点意思了,就找到薛大娘,求她把小莲子弄到她家里来会会。薛大娘的三间屋就成了"台基"。——本地把提供男女欢会的地方叫作"台基"。小莲子来了,薛大娘说:"你们好好谈谈吧",就把门带上,从外面反锁了,她到熟人家坐半天,有一搭无一搭地聊聊,估计时间差不多了,才回来开锁推门。她问小莲子"好么"?小莲子满脸通红,低了头,小声说:"好。"——"好,以后常来。不要叫主家发现,扯个谎,就说在街上碰到了舅舅,陪他买了会东西。"

欢会一次,"油儿"总要丢下一点钱,给小莲子,也包括给大娘的酬谢。钱一般不递给小莲子手上,由大娘分配。钱多钱少,并无定例。但大体上有个"时价"。臭河边还有一处"台基",大娘姓苗。苗大娘是要开价的。有一次一个"油儿"找一个小莲子,苗大娘索价二元。她对这两块钱作了合理的分配,对小莲子说:"枕头五毛炕五毛,大娘五毛你五毛。"

薛大娘拉皮条,有人有议论。薛大娘说:"他们一个有情,一个愿意,我只是拉拉纤,这是积德的事,有什么不好?"

薛大娘每天到保全堂来,和保全堂上上下下都很熟。保全堂的东家有一点很特别,他的店里不用本地人,从上到下:管事(经理)、"同事"(本地把店员叫"同事")、"刀上"(切药的)乃至挑水做饭的,全都是淮安人。这些淮安人一年有一个月假期,轮流回去,做传宗接代的事,其余十一个月吃住都在店里。他们一年要打十一个月的光棍。谁什么时候回家,什么时候假满回店,薛大娘了如指掌。她对他们很同情,有心给他们拉拉纤,找两个干女儿和他们认识,但是办不到。这些"同事"全都是拉家带口,没有余钱可以做一点风流事。

保全堂调进一个新"管事",——老"管事"刘先生因病去世了,是从万全堂调过来的。保全堂、万全堂是一个东家。新"管事"姓吕,街上人都称之为吕先生,上了年纪的则称之为"吕三",——他行三,原是万全堂的"头柜",因为人很志诚可靠,也精明能干,被东家看中,调过来了。按规矩,当了"管事",就有"身股",或称"人股",算是股东之一,年底可以分红,因此"管事"都很用心尽职。

也是缘分,薛大娘看到吕三,打心里喜欢他。吕三已经是"管事"了,但岁数并不大,才三十多岁。这样年轻就当了管事的,少有。"管事"大都是"板板六十四"的老头,"同事"、学生意的"相公"都对"管事"有点害怕。吕先生可不是这样,和店里的"同事"、来闲坐喝茶的街邻全都有说有笑,而且他的话都很有趣。薛大娘爱听他说话,爱跟他说话,见了他就眉开眼笑。薛大娘对吕先生的喜爱毫不遮掩。她心里好像开了一朵花。

吕三也像药店的"同事""刀上",每年回家一次,平常住在店里。他一个人住在后柜的单间里。后柜里除了现金、账簿,还有一些贵重的药:犀牛角、鹿茸、高丽参、藏红花……

吕先生离开万全堂到保全堂来了,他还是万全堂的老人,有时有事要和万全堂的"管事"老苏先生商量商量,请教请教。从保全堂到万全堂,要经过臭河边,经过薛大娘的家。有时他们就做伴一起走。

有一次,薛大娘到了家门口,对吕三说:"你下午上我这儿来一趟。"

吕先生从万全堂办完事回来，到了薛家，薛大娘一把把他拉进了屋里。进了屋，薛大娘就解开上衣，让吕三摸她的奶子。随即把浑身衣服都脱了，对吕三说："来！"

她问吕三："快活吗？"——"快活。"——"那就弄吧，痛痛快快地弄！"薛大娘的儿子已经二十岁，但是她好像第一次真正做了女人。

好事不出门，坏事传千里，薛大娘和吕三的事渐渐被人察觉，议论纷纷。薛大娘的老姊妹劝她不要再"偷"吕三，说：

"你图个什么呢？"

"不图什么，我喜欢他。他一年打十一个月光棍，我让他快活快活，——我也快活，这有什么不对？有什么不好？谁爱嚼舌头，让她们嚼去吧！"

薛大娘不爱穿鞋袜，除了下雪天，她都是赤脚穿草鞋，十个脚趾舒舒展展，无拘无束。她的脚总是洗得很干净。这是一双健康的，因而是很美的脚。

薛大娘身心都很健康。她的性格没有被扭曲、被压抑。舒舒展展，无拘无束。这是一个彻底解放的，自由的人。

一九九五年十月三日

载一九九六年第一期《山花》

莱生小爷

莱生小爷家有一只鹦鹉。

莱生小爷是我们本家叔叔。我们那里对和父亲同一辈的弟兄很少称呼"伯伯""叔叔"的，大都按他们的年龄次序称呼"大爷""二爷""三爷"……年龄小的则称之为"小爷"。汪莱生比我父亲小好几岁，我们就叫他"小爷"。有时连他的名字一起叫，叫"莱生小爷"，当面也这样叫。他和我父亲不是嫡堂兄弟，但也不远，两房是常走动的。

莱生小爷家比较偏僻，大门开在方井巷东口。对面是一片菜园。挨着莱生小爷家，往西，只有几户人家。再西，出巷口即是"阴城"。"阴城"即一片乱葬岗子，层层叠叠埋着许多无主孤坟，草长得很高。

我的祖母——我们一族人都称她"太太"，有时要出门走走，常到方井巷外看看野景，吩咐种菜园的人家送点菜到家里。菜园现拔的菜叫"起水鲜"，比上市买的好吃。下霜之后的乌青菜（有些地方叫塌苦菜或塌棵菜）尤其鲜美，带甜味。太太到阴城看了野景，总要到莱生小爷家坐坐，歇歇脚，喝一杯小婶送上来的热茶，说些闲话，问问今年的收成，问问楚中——莱生小爷的大舅子，小婶的大哥的病好些了没有。

太太到方井巷，都叫我陪着她去。

太太和小婶说着话，我就逗鹦鹉玩。

鹦鹉很大，绿毛，红嘴，用一条银链子拴在一个铁架子上。它不停地窜来窜去，翻上翻下，呷呷地叫。丢给它几颗松子、榛子，它就嘎巴嘎巴咬开了吃里面的仁。这东西的嘴真硬，跟钳子似的。我们县里只有这么一只鹦鹉，绿毛、红嘴，真好玩。莱生小爷不知是从哪里买来的。

莱生小爷整天没有什么事。他在本家中家境是比较好的，从他家里摆设用具、每天的饭菜就看得出来。——我们的本家有一些是比较穷困的，有的竟是家无隔宿之粮。他田地上的事，看青、收租，自有"田禾先生"管着。他不出大门，不跟人来往，与人不通庆吊。亲戚家有娶亲、做寿的，他一概不到，由小婶用大红信套封一份"敬仪"送去。他只是喂鹦鹉一点食，就钻进后面的书房里。他喜欢下围棋，没有人来和他对弈，他就一个人摆棋谱，一摆一上午。他养了十来盆蒲草。一盆种在一个小小的钧窑浅盆里，其余的都排在天井里的石条上。他不养别的花。每天上午用一个小喷壶给蒲草浇一遍水，然后就在藤椅上一靠，睡着了，一直到孩子喊他去吃饭。

他食量很大，而且爱吃肥腻的东西。冰糖肘子、红烧九转肥肠、"青鱼托肺"——烧青鱼内脏。家里红烧大黄鱼，鱼鳔照例归他，——这东西黏黏糊糊的，黏得鳔嘴，别人也不吃。

他一天就是这样，吃了睡，睡了吃，无忧无虑，快活神仙。直到他的小姨子肖玲玲来了，才在他的生活里激起了一阵轩然大波。

肖玲玲是小婶的妹妹。她在上海两江女子体育师范读书。放暑假，回家乡来住住。肖玲玲这二年出落得好看了。脸盘、身材都发生了变化。在上海读了两年书，说话、举止都带了点上海味儿。比如她称呼从前的女同学都叫"密斯×"，穿的衣服都很抱身。这个小城里的人都说她很"摩登"。她常到大姐家来，姊妹俩感情很好，有说不完的话。玲玲擅长跳舞，北欧土风舞、恰尔斯顿舞（这些舞在体育师范都是要学的）。她读过的中学请她去教，她也很乐意："one two three four，一、二、三、四，二、二、三、四……"

玲玲来了，莱生小爷就目不转睛地看着她，听她说话，一脸傻气。

他忽然向小婶提出一个要求，要娶玲玲做二房。小婶以为她听岔了音，就说："你说什么？"——"我要娶玲玲，让她做小，当我的姨太太！"——"你这说的是什么话！快别再说了，叫人家听见了笑话。我们是亲姊妹，有姊妹俩同嫁一个男人的吗？有这种事吗？"——"有！古时候就有，娥、娥、娥……"小爷说话有点结巴，"娥"了半天也没有"娥"出来，小婶觉得又好气，又好笑。

打这儿起，就热闹了。莱生小爷成天和小婶纠缠，成天地闹。

"我要玲玲，我要玲玲！"

"我要玲玲嫁我！"

"我要玲玲做小！"

"娶不到玲玲，我就不活了，我上吊！"

小婶叫他闹得不得安生，就说："要不你去找我大哥肖楚中说说去，问问玲玲本人。"

"我不去，你替我去！"

小婶叫他闹得没有办法，就回娘家找大哥肖楚中。

肖家没有多少产业，靠肖楚中在中学教英文，按月有点收入。他有胃病，有时上课胃疼，就用铅笔顶住胃部，但是亲友婚嫁，礼数不缺。

小婶跟大哥说：

"莱生要娶玲玲做小。"

肖楚中听明白了，气得浑身发抖。

"放屁！有姊妹二人嫁一个男人的吗？"

"他说有，娥皇女英就是这样。"

"放屁！娥皇女英是什么时代的事，现在是什么时代？难道能回到唐尧虞舜的时代吗？这是对玲玲的侮辱，也是对我肖家的侮辱！亏你还说得出口，替这个混蛋来做这种说客！"

"我是叫他闹得没有办法！他说他娶不到玲玲就要上吊。"

"他爱死不死！你叫他吓怕了，你太懦弱！——这事你千万别跟玲玲提起！"

"那怎么办呢？"

"不理他！——我有办法，他再闹，我告到二太爷那里去（二太爷是我的祖父，算是族长），把他捆起来送到祠堂里打一顿，他就老实了！这是废物一个，好吃懒做的寄生虫，真是异想天开，莫名其妙！"

小婶把大哥的话一五一十传给了汪莱生。真要是送到祠堂里打一顿，他也有点害怕。这以后他就不再胡搅蛮缠了，但有时还会小声嘟囔："我要玲玲，我要娶玲玲……"

他吃得还是那么多，还是爱吃肥腻。

有一天，吃完饭，莱生回他的书房，走在石头台阶上，一脚踩空，摔了一跤。小婶听见咕咚一声，赶过来一看，他起不来了。小婶自己，两个孩子，还叫了挑水的老王，一起把他搭到床上去。他块头很大，真重！在床上躺下后，已经中风失语。

小婶请来刘老先生（这是有名的中医）。刘先生看看莱生的舌苔、眼睛，号了号脉，开了一个方子。前面医案上写道：

"贪安逸，食厚味，乃致病之源。拟投以重剂，活血化瘀。"

小婶看看药方，有犀角、麝香，知道这都是大凉通窍的药，而且知道这服药一定很贵。

刘老先生喝着小婶给他倒的茶,说:"他的病不十分要紧,吃了这药,一个月以后可以下地。能走动了,叫他出去走走。人不能太闲,太闲了,好人也会闲出病来的。"

一个月后,莱生小爷能坐起来,能下地走走了,人瘦了一大圈。他能说话了,但是话很少。他又添了一宗毛病,成天把玻璃柜橱的门打开,又关上;打开,又关上,嘴里不停地发出拉胡琴定弦的声音:

"gà gi, gi gà, gà gi, gi gà……"

然后把柜橱的铜环摇动得山响:

"哗啦哗啦哗啦……"

很难说他得了神经病,但可说是成了半个傻子。

"gà gi, gi gà, gà gi, gi gà……"

"哗啦哗啦哗啦。"

我离乡日久,不知道莱生小爷后来怎么样了。按年龄推算,他大概早已故去。我有时还会想起他来,想起他的鹦鹉,他的十来盆蒲草。

一九九五年九月二十二日
载一九九六年第一期《山花》

钓鱼巷

程进生有异相，能"纳拳于口"，——把自己的拳头塞进自己的嘴里。有人说这是福相，他自己也以此为荣。他的同学可不管他福相不福相，给他起了外号：大嘴丫头，大嘴就大嘴吧，还要"丫头"！他哪点像丫头？他长得很壮实，一脸的"颗子"——青春痘。

他初中已经毕业，暑假后考高中。因为温习功课，看"升学指南"，演算有名的高中历届的入学试题，要专心，要清静，他从上堂屋原来的卧房搬到花园西侧一间书房里来住。书房西边是一溜四扇玻璃窗，窗外是一个花坛，种了三棵丁香。玻璃窗总是开着，程进常由这里出入，跳进来，跳出去。书房东边的房门闩了，没有人来打搅，他就在里面头悬梁，锥刺股。

他的弟弟程伟也搬到花园里来住，在书房对面的小客厅里。

程家共有三房。大爷即程进和程伟的父亲。"废科举，改学堂"之后，他读过旧制中学，现在在家享福，经营他的田产。他一心想开矿发财，他认为只有开矿才能发大财。

二爷早故。

三爷是个画家，他认为大哥的想法很可笑：你那点家产就想开矿？再说咱这里也没有什么矿！——到外地去开？开矿是那么简单的事吗？

三爷两度丧妻，现在续娶的是第三位。是邵伯埭的人，姓邵，邵家是大地主。邵氏夫人的母亲死得早，邵小姐从小娇生惯养。她嫁过来时从娘家带过两个随身的女佣人。邵伯人不知道为什么把女佣人都叫成姓高。这两个女佣人一个被叫成小高，一个叫大高。小高贴身伺候大小姐。大高做比较粗的活：拆洗被褥幔帐，倒马桶……小高娇小玲珑，大高比较高大。小高还没有人家；大高结过婚，不到一年，去年，丈夫死了。小姐出嫁，带过一个岁数不大的寡妇，有人家是要忌讳的。这事请示过程家的大姑奶奶。大姑奶奶知道邵小姐用惯了大高，离不开她，邵小姐特别爱干净，被褥不是大高洗，她不放心，想了想，就说："让她带过来吧！"

大高怕热，爱出汗。一天要用凉水抹几次身。晚上，要洗一次澡。在花园里，打一满澡盆水，在别人都已经睡下的时候，闩了花园到正屋的六角门，哗啦哗啦大洗一次。擦干后躺在竹床上乘凉，四仰八叉，一丝不挂。用一个芭蕉扇赶蚊子，小声唱"牌经"（这地方打麻将出牌报牌兴唱"牌经"），"牌经"大都很"花"，比如打出一张白板，就唱：

"白笃笃的奶子粉撮撮的腰……"

大高唱这样的"牌经"，似乎是对自己的赞美。

一直到露水下来了，她全身凉透了，才开了六角门回屋睡觉。

大高乘凉时，程进透过书房的西窗偷偷地往外看她，看得目瞪口呆。

程进睡得迷迷糊糊的，感觉到旁边好像有一个光溜溜的女人身子，光滑细腻……

程伟起来小便，听到哥哥书房里有一种奇怪声音，他走近听听：两个人在喘气。他轻手轻脚，绕到丁香花下往里看，月光如水："哈！

你们！给你告妈！"

程进的妈觉得这件事不好办。大嫂子怎么和三嫂子（这地方妯娌之间彼此称呼都是"嫂子"，不兴叫弟媳）说。想了想，还是得把大姑奶奶请回来。

姑奶奶在一家照例是很有权威的。程家姊弟中，她最年长，比程进的父亲还大一岁，程家的事她做得一半主。

大姑奶奶和三弟媳谈了谈，说大高不宜在这个门里呆下去了，传出去不好。

三少奶奶找小高问了问：大高每天几时进花园洗澡，什么时候回屋。三少奶奶跟三少爷商量了一下，拿二十块钱给大高，又拣了十几件八九成新的自己穿过的衣裳，打了一个包袱，叫小高送大高搭船回邨家，有什么话以后再说。大高明白事情盖不住，跟大小姐说了声："大小姐，我走了。"擦擦眼泪，走了。

程进考进了南京私立东方中学。南京私立中学不少，名声都不大好。"要偷人，进惠文；吊儿郎当进东方。"惠文是女中，个别女生生活上是不大检点，"偷人"不如流言所说的那样普遍。东方的学生大都是公子哥儿，纨绔子弟。他们很少正经读书，整天在外面吃喝玩乐。到玄武湖划船，打弹子，跳舞，——南京中学生很多人会跳踢踏舞，吃女招待。"女招待，真不赖，吃三毛，给一块。"有人甚至荒唐到把妓女弄到宿舍里过夜。

南京妓女很多。她们一眼就看得出来，都在旗袍上襟别一个粉红色的赛璐珞小桃花徽章。有的女学生不知就里，觉得这很好看，也到百货公司买一个来戴，后来才知道这是妓女的标志！

堂堂国府所在，为什么要容纳这样多妓女，而且都让她们戴上小徽章？答曰：有此必要，这对维持社会秩序稳定大有好处；让她戴上"桃花章"，可以区别良莠，且以表示该妓女最近经过检查，干净卫生,并无毛病,只管放心嫖宿;她们要缴纳"花捐",才能领取徽章,公开从业。每月政府所收"花捐"是一笔不小数目。

　　南京妓院大都集中在几条巷子里,钓鱼巷是最有名的,钓鱼巷即在东方中学学生宿舍的后面。这些姑娘们时常在巷子里进进出出,走来走去,打扮得花枝招展,走起来袅袅婷婷。住在宿舍里的学生对她们已经看得很熟,分得清谁是谁。姑娘们走过学生宿舍的后窗户,大都向上看看,和一些熟识的学生招手点头,眉来眼去(南京人叫作"吊膀子")。妓女都有个香艳的名字,很多是从《红楼梦》上取来的:林黛玉、史湘云……(林黛玉、史湘云被妓女当了芳名,可算是倒了楣了!)有一个最红的,为学生最喜欢的姑娘叫"沙利文"。南京有个专卖面包、西点的面包房叫"沙利文",出的面包也就叫"沙利文面包"。为什么给妓女起这样一个名字呢?因为她的两个奶奶鼓鼓的,暄腾腾的,很有弹性,恰像是沙利文刚烤出来的奶油圆面包。"沙利文"有点天真,很喜欢和学生来往,一起去看一场电影啦,到明孝陵、鸡鸣寺去逛逛啦。这些公子哥儿都长得很帅,留了菲律宾式的长发(在背发上涂了很多油)。学生总比较文雅,不像当官、做买卖的那样俗气,一点不懂怜香惜玉,如狼似虎,穷凶极恶。虽然当了妓女,总还希望能得到一点感情,被人看成是一个女学生,不是"婊子"。学生能给她们一小点感情,像《茶花女》那样的感情。明知这小点感情是假的,但是姑娘也就满足了。学生从后窗户把她们弄到宿舍里去睡觉,她们大都很愿意。她们觉得不只是让人玩,自己也玩了。

　　程进不止一次把妓女从后窗户弄进宿舍里来过夜。这种事他父亲在读旧制中学时就干过,可以说是传代。只是方式有些不同。程进的父亲用的是腰带。那时兴系腰带,几乎每人都有一条,湖蓝色、绸制的。把两根腰带结起来,就可以把一个妓女拉上来。到程进时就改用了梯子。钓鱼巷凡有学生是熟客的妓院,都准备了一架小梯子,几步就上来了。

程进在和妓女做事时,有时会想起大高,他的性生活是大高开的蒙,而且大高全身柔软细腻,有一种说不出的美。

为了实现父亲的愿望,程进高中毕业,报考的大学是广西大学矿冶系,考上了。

矿冶系毕业后在东北一个矿上工作,——他当然不可能独资开一个矿。解放后作为工程技术人员留用。工作很好,屡受表扬,升为工程师。他在东北结了婚,生了一个男孩子。

反右运动中,追查他的历史,因为他曾在孙立人的远征军中当过翻译,在印度干了一年。本来问题不大,甚至不是问题,但是斗起来没完。七斗八斗,他受不了冤屈,自杀死了。中国有许多知识分子本来都可以活下来,对国家有所贡献,然而不行,非斗不可!八亿人口,不斗行吗?

程进的爱人还年轻,改嫁了。遗孤送回老家,由祖母抚养。这孩子不爱说话。他不懂父亲为什么要死,母亲为什么要嫁人。

大高回邨家后嫁了一次人,生病死了。

"沙利文"不知下落,听说也死了。

很多人都死了。

人活一世,草活一秋。

一九九五年岁暮
载一九九六年第二期《大家》

关老爷

老关老爷——关老爷的父亲做过两任两淮盐务道,搂了不少银子,他喜欢这小城土地肥美,人情淳厚,就在这里落户安家,起房屋,置田地,优哉游哉当了几年快活神仙老太爷。老关老爷的丧事办得极其体面。老关老爷死后,关老爷承其父业,房屋盖得更大,田地置得更多。一沟、二沟、三垛、钱家伙都有他的庄子。他是旗人。旗人有族无姓,关老爷却沿其父训,姓了关。关老爷的二儿子是个少年名士,还刻了一块图章:汉寿亭侯之后,其实关家和关云长是没有关系的。关老爷有两个特点。一是说了一嘴地道京腔,比如,他见小孩子吸烟,就劝道"小孩子不抽烟"!本地都说"吃烟",他却说"抽烟",本地人觉得这很奇怪。一是他走起路来是方步,有点像戏台上的台步,特别像方巾丑。这城里有几家旗人,他们见面时都还行旗礼,——打千儿,本地人觉得他们好像在演戏,很滑稽,很可笑。关老爷个子不高,矮墩墩的。方脸。"高帝子孙多隆准",高鼻梁。留两撇八字胡。立如松,坐如钟,他的行动都是很端正的。他的为人也很正派。他不抽大烟,不嫖,不赌。只是每年要下乡看一次青。

"看青"即估产。田主和佃户一同看看今年的庄稼长势,估计会有多少收成,能交多少租。一到稻子开花,关老爷就带了"田禾先生"

下乡。关老爷骑一匹大青走骡,田禾先生骑一匹粉嘴踢雪黑叫驴,一路分花度柳,款款而行。庄稼碧绿,油菜金黄,一阵一阵野蔷薇的香味扑鼻而来,关老爷东张张西望望,心情十分舒畅。他下乡看青,其实是出来玩玩,看看野景,尝尝野味,改变一下他在深宅大院里的生活。估产定租这些事自有田禾先生和庄头商量,他最多只是点点头,摇摇头。他看的什么青!这些事他也不懂。他还带着一个厨子。厨子头一天已经带了伏酱秋油,五香八角,一应作料,乘船到了一沟。

在路上吃过一碗虾仁鳝丝面,中午饭就不吃了,关老爷要眯一小觉。起来,由庄头领着,田禾先生随着,绕村各处看了看。田禾先生和庄头估计今年收成,商谈得很细,各处田土高低,水流洪窄,哪一个八亩能打多少,哪一堤柽柳能卖多少钱……意见一致,就粗粗落了纸笔,有时意见相左,争持不下,甚至会吵了起来。到了太阳偏西,还没有一个通盘结果。关老爷只在喝茶抽烟,听他们争吵,不赞一词。厨子来问:"开不开饭?"关老爷肚子有点饿了,就说:"开饭开饭!先吃饭,剩下的尾数也不值仨瓜俩枣,明天再议。"

关老爷在一沟的食单如下:

凉碟——醉虾,炸禾花雀,还有乡下人不吃的火焙蚂蚱,油氽蚕蛹;

热菜——叉烧野兔,黄焖小公狗肉,干炸活鲚花鱼;

汤——清炖野鸡。

他不想吃饭,要了两个乡下面点:榆钱蒸糕,面拖灰翟菜加蒜泥。关老爷喝酒上脸,三杯下肚就真成了关公了。喝了两杯普洱茶,就有点吃饱了食困,睁不开眼了。

他还要念一会经。他是修密宗的,念的是喇嘛经。

他要睡了。庄头已经安排了一个大姑娘或小媳妇,给他铺好被窝,陪他睡下了。

第二天起来，就什么都好说了，一切都按庄头的话定规。

他给陪他睡的大姑娘、小媳妇一个金戒指。他每次都要带十多二十个戒指，田禾先生知道，关老爷下乡看青，只是要把一口袋戒指给出去，他和庄头磨牙费嘴都只是过场而已。

一沟、二沟、三垛转了一圈，关老爷累了，回到钱家伙喝了人参汤，大睡了两天，回家，完成了他的看青壮举，得胜还朝。

关老爷是旗人，又是从外地迁来的，本地亲戚很少，只有一个老姑奶奶嫁给阚家；一个老姨嫁给简家，算是至亲。有熟读《三国演义》的人说：你们一家是阚泽的后人，一家是简雍的后人，这样的姓很少，难得！关老爷和岑直斋小时候是同学，跟杨又渔学过做古文、制艺、试帖诗，以后常在一起作文酒之游。关老爷的二儿子关汇和岑直斋的大儿子岑瑜从小学到中学都是同班同学。这几家是通家之好，婚丧嫁娶，办生做寿，走动得很勤。

岑直斋的女儿岑瑾是个美人（她母亲是姨太太，本是南堂子里的名妓）。她眼睛弯弯的，常若含笑，皮肤非常白嫩，真是"吹弹得破"，——因此每年都生冻疮。关汇很爱看岑瑾的一举一动，他央求老姨奶奶到岑家说媒。岑瑾的妈说这得问问她本人。岑瑾本不愿意，理由是：一、她比关汇还大两岁；二、关汇身体不好，有点驼背；三、他在学校里功课不好，尤其是数、理、化。她妈说：大两岁没有关系，大媳妇知道疼女婿；身体不好，可以吃药调理；功课，——关家这样的人家不指着儿子做事挣钱，一个庄子就够吃一辈子。经过妈下了水磨功夫掰开揉碎反复开导，岑瑾想：富贵人家的子弟差不多也就是这样，就说："妈，您做主！"这样关汇和岑瑾就订了婚，他们那年才读初三。关汇几乎每天都到岑家去，暑假就住在岑家，和岑瑜一起玩：用气枪打鸟、钓鱼。关汇每天给岑瑾写情书，虽然天天见面。情书大都是把旧诗词改头换面。如："身无彩凤双飞翼，心有灵犀一点通"之类，他送岑瑾一张放大十二寸的相片，岑瑾把相片配了框子挂在墙上。岑瑾觉得她迟早是关家的人了，也不再有别的想法。

初中毕业，关汇到上海去读高中，岑瑾到苏州读了女子师范，暂时"劳燕分飞"了。关汇还是每天写信，热情洋溢；岑瑾也回信，但是关汇觉得她的信感情有点冷淡。

关家老太太急于想早一点抱孙子，姑奶奶、姨奶奶也觉得关汇的婚事不能再拖，就不断催关汇把事情办了。于是在关汇和岑瑾高三寒假就举行了婚礼。两家亲友都不甚多，但是吹吹打打，也很热闹。婚礼半新不旧。关汇坚持穿燕尾服，不穿袍子马褂，岑瑾披婚纱，但是拜堂行礼却是旧式的。燕尾服，婚纱，磕头，有点滑稽。

热闹了一天，客人散尽，关汇、岑瑾入洞房。

三天无大小，有些姑娘小子把耳朵贴在房门上"听房"。什么也没有听见。

半夜里，听到劈劈啪啪的声音，打人？关老爷一听，不对！把关老太太叫起来，叫她带了大儿媳妇赶紧去看看。撞开了房门，只见岑瑾在床前跪着，关汇拿了一根马鞭没头没脸地打她。打一鞭，骂一句："你欺骗了我！""你欺骗了我！"大嫂把岑瑾拉起来，给她盖了被窝；老太太把关汇拉到关老爷的书房里，问："为什么打她？"关汇气得浑身发抖，说："她欺骗了我！她欺骗了我！"——"怎么回事？"——"她不是处女！不是处女啊！"

这里的风俗，三天回门，要把那点女儿红包在一方白绫子里，亲手交给妈妈。妈妈接过白绫子，又是哭，又是笑："闺女！好闺女！"

岑瑾三天回门，这门怎么回呢？关汇不去。老太太再三给他央求，说："关、岑两家，不能让人议论。"好说歹说，"你就给妈这点面子，我求你了！"老太太差点跪下。关汇只能铁青着脸进了岑家的门，连饭都没有吃，推说头疼，就先回去了。

关汇不进岑瑾的门，自在书房里睡。

关岑两家是不能离婚的。一离婚，就会引起一县人的揣测刺探。只好就这样拖下去。拖到什么时候呢？

这事总得有个了局。

"会是怎样的了局呢？"

关老爷还是每年下乡看青。他把他的看青的"章程"略微作了一点修改：凡是陪他睡觉的，倘是处女，——真正的黄花闺女，加倍有赏——给两个金戒指。

一九九六年一月二十二日

载一九九六年第三期《小说界》

小孃孃

来蝶园谢家是邑中书香门第，诗礼名家，几代都中过进士。谢家好治园林。乾嘉之世，是谢家鼎盛时期，盖了一座很大的园子。流觞曲水，太湖石假山，冰花小径两边的书带草，至今犹在。当初花园落成时正值百花盛开，飞来很多蝴蝶，成群成阵，蔚为奇观，即名之为来蝶园。一时题咏甚多，大都离不开庄周，这也是很自然的。园中花木，后来海棠丁香，都已枯死，只有几棵很大的桂花，还很健壮，每到八月，香闻园外。原来有几个花匠，都已相继离散，只有一个老花匠一直还留了下来。他是个聋子，姓陈，大家都叫他陈聋子。他白天睡觉，夜晚守更。每天日落，他各处巡视一回（来蝶园任人游览，但除非与主人商量，不能留宿夜饮），把园门锁上，偌大一个园子便都交给清风明月，听不到一点声音。

谢家人丁不旺，几代单传，又都短寿。谢普天是唯一可以继承香火的胤孙。他还有个姑妈谢淑媛，是嫡亲的，比谢普天小三岁。这地方叫姑妈为"孃孃"，谢普天叫谢淑媛为"孃孃"或"小孃"。小孃长得很漂亮。

谢普天相貌英俊，也很聪明。他热爱艺术，曾在上海美专学过画——国画和油画，素描功底扎实，也学过雕塑。不到毕业，就停学回乡，在中学教美术课。因为谢家接连办了好几次丧事，内囊已空，只剩下一个空大架子，他得维持这个空有流觞曲沼、湖石假山的有名的"谢家花园"（本地人只称"来蝶园"为"谢家花园"，很多人也不认识"蝶"字），供应三个人吃饭，包括陈聋子。陈聋子恋旧，不计较工钱，但饭总得让人家吃饱。停学回乡，这在谢普天是一种牺牲。

谢普天和谢淑媛都住在"祖堂屋"。"祖堂屋"是一座很大的五间大厅，正面大案上列供谢家祖先的牌位，别无陈设，显得空荡荡的。谢普天、谢淑媛各住一间卧室，房门对房门。谢普天对小孃照顾得很体贴细致。谢家生计，虽然拮据，但谢普天不让小孃受委屈，在衣着穿戴上不使小孃在同学面前显得寒碜。夏天，香云纱旗袍；冬天，软缎面丝棉袄、西装呢裤、白羊绒围巾。那几年兴一种叫作"童化头"的发式（前面留出长刘海，两边遮住耳朵，后面削薄修平，因为样子像儿童，故名"童化头"），都是谢普天给她修剪，比理发店修剪得还要"登样"。谢普天是学美术的，手很巧，剪个"童化头"还在话下吗？谢淑媛皮肤细嫩，每年都要长冻疮。谢普天给小孃用双氧水轻轻地浸润了冻疮痂巴，轻轻地脱下袜子，轻轻地用双氧水给她擦洗，拭净，"疼吗？"——"不疼。你的手真轻！"

单靠中学的薪水不够用，谢普天想出另一种生财之道，——画炭精粉肖像。一个铜制高脚放大镜，镜面有经纬刻度，放在照片上；一张整张的重磅画纸上也用长米达尺绘出经纬度，用铅笔描出轮廓，然后用剪齐胶固的羊毫笔蘸了炭精粉，对照原照，反复擦蹭。谢普天解嘲自笑："这是艺术么？"但是有的人家喜欢这样的炭精粉画的肖像，因为："很像！"本地有几个画这样肖像的"画家"，而以谢普天生意最好，因为同是炭精像，谢普天能画出眼神、脸上的肌肉和衣服的质感，那年头时兴银灰色的"宁缎"，叫作"慕本缎"。

为了赶期交"货"，谢普天每天工作到很晚，在煤油灯下聚精会神地一笔一笔擦蹭。小孃坐在旁边做针线，或看小说，——无非是《红楼梦》、《花月痕》、苏曼殊的《断鸿零雁记》之类的言情小说。到十二点，小孃才回房睡觉，临走说一声："别太晚了！"

一天夜里大雷雨，疾风暴雨，声震屋瓦。小孃神色慌张，推开普天的房门：

"我怕！"

"怕？——那你在我这儿呆会。"

"我不回去。"

"……"

"你跟我睡！"

"那使不得！"

"使得！使得！"

谢淑媛已经脱了衣裳，噗的一声把灯吹熄了。

雨还在下。一个一个蓝色的闪把屋里照亮，一切都照得很清楚。炸雷不断，好像要把天和地劈碎。

他们陷入无法解决的矛盾之中。他们在做爱时觉得很快乐，但是忽然又觉得很痛苦。他们很轻松，又很沉重。他们无法摆脱犯罪感。谢淑媛从小娇惯，做什么都很任性，她不像谢普天整天心烦意乱。她在无法排解时就说："活该！"但有时又想：死了算了！

每年清明节谢家要上坟。谢家的祖茔在东乡，来蝶园在城西，从谢家花园到祖坟，要经过一条东大街。谢淑媛是很喜欢上坟的。街上店铺很多，可以东张西望。小风吹着，全身舒服。从去年起，她不愿走东大街了。她叫陈聋子挑了放祭品的圆笼自己从东大街先走，她和普天从来蝶园后门出来，绕过大淖、泰山庙，再走河岸上向东。她不愿走东大街，因为走东大街要经过居家灯笼店。

居家姊妹三个，都是疯子。大姐好一点，有点像个正常人，她照料灯笼店，照料一家人吃饭，——一日三餐，两粥一饭。糙米饭、青菜汤。疯得最厉害的是兄弟。他什么也不做，一早起来就唱，坐在柜台里，穿了靛蓝染的大襟短褂。不知道他唱的是什么，只听到沙哑沉闷的声音（本地叫这种很不悦耳的声音为"呆声绕气"）。他哪有这么多唱的，一天唱到晚！妹妹总坐在柜台的一头糊灯笼，脸上带着一种奇怪的微笑。姐妹二人都和兄弟通奸。疯兄弟每天轮流和她们睡，不跟他睡他就闹。居家灯笼店的事情街上人都知道，谢淑媛也知道。她觉得"膈应"。

隔墙有耳，谢家的事外间渐有传闻。街谈巷议，觉得岂有此理。有一天大早，谢普天在来蝶园后门不显眼处发现一张没头帖子：

　　管什么大姑妈小姑妈，
　　你只管花恋蝶蝶恋花，
　　满城风雨人闲话，
　　谁怕！
　　倒不如海角天涯，
　　赤条条来去无牵挂，
　　倒大来潇洒。

谢普天估计得出，这是谁写的，——本县会写散曲的再没有别人，最后两句是一种善意的规劝。

他和小孃孃商量了一下：走！离开这座县城，走得远远的！他的一个上海美专的同学顾山是云南人，他写信去说，想到云南来。顾山回信说欢迎他来，昆明气候好，物价也便宜，他会给他帮助。把一块祖传的大蕉叶白端砚、一箱字画卖给了季匋民，攒了路费，他们就上路了。计划经上海、香港，从海防坐滇越铁路火车到昆明。

谢淑媛没有见过海，没有坐过海船，她很兴奋，很活泼，走上甲板，靠着船舷，说说笑笑，指指点点，显得没有一点心事，说："我这辈子值得了！"

谢普天经顾山介绍，在武成路租了一间画室。他画了不少工笔重彩的山水、人物、花卉，有人欣赏，卖出了一些，但是最受欢迎的还是炭精肖像，供不应求。昆明果然是四季如春。鸡枞、干巴菌、牛肝菌、青头菌都非常好吃，谢淑媛高兴极了。他们游览了很多地方：石林、阳中海、西山、金殿、黑龙潭、大理，一直到玉龙雪山。读万卷书，行万里路，谢普天的画大有进步。他画了一些裸体人像，谢淑媛给他当模特。画完了，谢淑媛仔仔细细看了，说："这是我吗？我这么好看？"谢普天抱着小孃周身吻了个遍，"不要让别人看！"——"当然！"

谢淑媛变得沉默起来，一天说不了几句话。谢普天问："你怎么啦？"——"我有啦！"谢普天先是一愣，接着说："也好嘛。"——"还好哩！"

谢淑媛老是做噩梦。梦见母亲打她，打她的全身，打她的脸；梦见她生了一个怪胎，样子很可怕；梦见她从玉龙雪山失足掉了下来，一直掉，半天也不到地……每次都是大叫醒来。

谢淑媛的肚子一天比一天大，已经显形了。她抚摸着膨大的小腹，说："我作的孽！我作的孽！报应！报应！"

谢淑媛死了。死于难产血崩。

谢普天把给小孃画的裸体肖像交给顾山保存，拜托他十年后找个出版社出版。顾山看了，说："真美！"

谢普天把小孃的骨灰装在手制的瓷瓶里，带回家乡，在来蝶园选一棵桂花，把骨灰埋在桂花下面的土里，埋得很深，很深。

谢普天和陈聋子（他还活着）告别，飘然而去，不知所终。

载一九九六年第四期《收获》

合锦

魏小坡原是一个钱谷师爷。"师爷"是衙门里对幕友的尊称，分为两类。一类是参谋司法行政的，称为"刑名师爷"；一类是主办钱粮、税收、会计的，称为"钱谷师爷"。"刑名师爷"亦称"黑笔师爷"；"钱谷师爷"亦称"红笔师爷"。他们有点近乎后来的参谋、秘书班子。虽无官职，但出谋划策，能左右主管官长的思路举措。师爷是读书人考取功名以外的另一条生活途径，有他们自己一套价值观念。求财取利的法门，也是要从师学习的。师爷自成网络，互通声气，翻云覆雨，是中国的吏治史上的一种特殊人物。师爷大都是绍兴人，鲁迅文章曾经提到过。京剧《四进士》中道台顾读的师爷曾经挟带赃款，不辞而别，把顾读害得不浅。清室既亡，这种人没有了，代之而起的是秘书、干事。但是地方官上有些事，如何逢迎辖治、推诿延宕……还得把老师爷请去，在"等因奉此"的公文稿上斟酌一番，趋避得体，动一两句话，甚至改一两个字，果然是"一鞭一条痕，一掴一掌血"，老辣之至。事前事后，当官的自然不会叫他们白干，总得有一点"意思"。

魏小坡已经三代在这个县城当师爷。"民国"以后就洗手不干了，在这里落户定居。除了说话中还有一两句绍兴字眼，如"娘东戳杀"，吃菜口重，爱吃咸鱼和霉干菜，此外已经和本地人没有什么两样。他在钱家伙买了四十亩好田（他是钱谷师爷，对田地的高低四至、水源渠堰自然非常熟悉），靠收租过日子。虽不算缙绅之家，比起"挑箩把担"的，在生活上却优裕得多。

他的这座房屋的格局却有些特别，或者也可以说是不成格局。大门朝西，进门就是一台锅灶。有锅三口：头锅、二锅、三锅。正当中是一个矮饭桌，是一家人吃饭的桌子。魏小坡家人口不多，只有四口人。不知道为什么在这样的矮桌上吃饭。南边是两间卧室，住着魏小坡的两个老婆，大奶奶和二奶奶。两个老婆是亲姊妹。姊妹二人同嫁一个丈夫，在这县城里并非绝无仅有。大奶奶进门三年，没有生养，于是和双亲二老和妹妹本人商量，把妹妹也嫁过来。这样不但妹妹可望生下一男半女，同时姊妹也好相处，不会像娶个小搅得家宅不安。不想妹妹进门三年仍是空怀，姐姐却怀上了，生了一个儿子！

大奶奶为人宽厚。佃户送租子来，总要留饭，大海碗盛得很满，压得很实。没有什么好菜，白菜萝卜烧豆腐总是有的。

锅灶间养着一只狮子玳瑁猫，一只黄狗。大奶奶每天都要给猫用小鱼拌饭，让黄狗嚼得到骨头。

出锅灶间，往后，是一个不大的花园。魏小坡爱花。连翘、紫荆、碧桃、紫白丁香……都开得很热闹。魏小坡一早临写一遍《九成宫醴泉铭》，就趿着鞋侍弄他的那些花。八月，他用莲子（不是用藕）种了一缸小荷花，从越塘捞了二三十尾小鱼秧养在荷花缸里，看看它们悠然来去，真是万虑俱消，如同置身濠濮之间。冬天，腊梅怒放，天竺透红。

说魏家房屋格局特别，是小花园南边有一小侧门，出侧门。地势忽然高起，高地上有几间房，须走上五六级"坡台子"（台阶）才到。好像这是另外一家似的。这是为了儿子结婚用的。

魏小坡的儿子名叫魏潮珠（这县西边有一口大湖，叫甓射湖，据说湖中有神珠，珠出时极明亮，岸上树木皆有影，故湖亦名珠湖）。魏大奶奶盼着早一点抱孙子，魏潮珠早就定了亲，就要办喜事。儿媳妇名卜小玲，是乾陞和糕饼店的女儿，两家相距只二三十步路。

我陪我的祖母到魏家去（我们两家是斜对门）。魏家的人听说汪家老太太要来，全都起身恭候。祖母进门道了喜，要去看看魏小坡种的花。"唔，花种得好！花好月圆，兴旺发达！"她还要到后面看看。后面的房屋正中是客厅，东边是新房，西边一间是魏潮珠的书房，全都裱糊得四白落地，簇新。我对新房里的陈设、书房里的古玩全都不感兴趣，只有客厅正面的画却觉得很新鲜。画的是很苍劲的梅花。特别处是分开来挂，是四扇屏；相挨着并挂，却是一个大横幅。这样的画我没有见过。回去问父亲，父亲说："这叫'合锦'，这样的画品格低俗，和一个钱谷师爷倒也相配。他这堂画用的是真西洋红，所以很鲜艳。"

卜小玲嫁过来，很快就怀了孕。

魏大奶奶却病了，吃不下东西，只能进水，不能进食，这是"噎嗝"。"疯痨气臌嗝，阎王请的客"，这是不治之症，请医服药，只能拖一天算一天。

一天，大奶奶把二奶奶请过来，交出一串钥匙，对妹妹说："妹妹，我不行了，这个家你就管起吧。"二奶奶说："姐姐，你放心养病。你这病能好！"可是一转眼，在姐姐不留神的时候，她就把钥匙掖了起来。

没有多少日子，魏大奶奶"驾返瑶池"了，二奶奶当了家。

二奶奶持家和大奶奶大不相同。她非常啬刻。煮饭量米，一减再减，菜总是煮小白菜、炒豆腐渣。女佣人做菜，她总是嫌油下得太多。"少倒一点！少倒一点！这样下油法，万贯家财也架不住！"咸菜煮小鱼、药芹（水芹菜），这是荤菜。她的一个特点是不相信人，对人总是怀疑、嘀咕、提防，觉得有人偷了她什么。一个女佣人专洗大件的被子、帐子，通阴沟，倒马桶，力气很大。"她怎么力气这样大呢？"于是断定女佣人偷吃了泡锅巴。丢了一点什么不值几个钱的东西：一块布头、一团烂毛线，她断定是出了家贼，"家贼难防狗不咬！"有一次丢失了一个金戒指，这可不得了，搅得天翻地覆。从里到外搜了佣人身子，翻遍了被褥，结果是她自己藏在梳头桌的小抽屉里了！卜小玲坐月子，娘家送来两只老母鸡炖汤。汤放在儿媳妇"迎桌"的沙锅里。二奶奶用小调羹舀了一勺，聚精会神地尝了尝。卜小玲看看婆婆的神态，知道她在琢磨吴妈是不是偷喝了鸡汤又往汤里对了开水。卜小玲很生气，说："吴妈是我小时候的奶妈，我是喝了她的奶长大的，她不会偷喝我的鸡汤！婆婆你就放心吧！你连吴妈也怀疑，叫我感情上很不舒服！"——"我这是为你！知人知面不知心，难说！难说！"卜小玲气得面朝里，不理婆婆："什么人哩！"二奶奶这样多疑，弄得所有的人都不舒服。原来有说有笑、和和气气的一家人，弄得清锅冷灶，寡淡无聊。谁都怕不定什么时候触动二奶奶的一根什么筋，二奶奶的脸上刷的一下就挂下了一层六月严霜。猫也瘦了，狗也瘦了，人也瘦了，花也瘦了。二奶奶从来不为自己的多疑觉得惭愧，觉得对不起人。她觉得理所应该。魏小坡说二奶奶不通人情，她说："过日子必须刻薄成家！"魏小坡听见，大怒，拍桌子大骂："下一句是什么？"[1]

　　魏家用过几次佣人，有一回一个月里竟换了十次佣人。荐头店[2]要帮人的，听说是魏家，都说："不去！"

---

[1] 这是朱柏庐《治家格言》中的话，"刻薄成家"下一句是"理无久享"。
[2] 专为介绍女佣的店铺叫"荐头店"或"荐头行"。

后客厅的梅花"合锦"第三条的绫边受潮脱落了，魏小坡几次说拿到裱画店去修补一下，二奶奶不理会。这个屏条于是老是松松地卷着，放在条几的一角。

载一九九六年第四期《收获》

百蝶图

小陈三是个卖绒花的货郎。他父亲活着的时候就是个货郎,卖绒花。父亲死了,子承父业,他十六七岁就挑起货郎担卖绒花。城里人叫他小货郎,也叫他小陈。有些人叫他小陈三,则不知是什么道理。他是个独儿子,并无兄弟。也许因为他人缘好,长得聪明清秀,这么叫着亲切。他家住泰山庙。每天从家里出来,沿科甲巷,越塘,进东门,经王家亭子,过奎楼,奔南市口,在焦家巷、百岁巷、熙和巷等几条大巷子都停一停。把货郎担歇在巷口,举起羊皮拨浪鼓摇一气:布楞、布楞、布楞楞……宅门开了,走出一个大姑娘、小媳妇、老太太。

"小陈三,来了?"

"来了您哪!"

"有好花没有?"

"有!昨天刚从扬州贩来的。您瞧瞧!"

小陈三把货郎担的圆笼一个一个打开,摆在扫净的阶石上让人观赏。

他的担子两头各有四层。已经用了两代人,还是严丝合缝,光泽如新,毫不走形。四层圆屉,摞得高高的,但挑起来没有多大分量,因为里面都是女人戴的花：大红剪绒的红双喜、团寿字，这是老太太要的；米珠子穿成的珠花，是少奶奶订的；绢花、通草花，颜色深浅不一，都好像真花，有的通草花上还伏了一只黑凤蝶，凤蝶触须是极细的"花丝"拧成的，拿在手里不停地颤动，好像凤蝶就要起翅飞走。小陈三一枝一枝送到大姑娘、小媳妇、老太太面前，她们能不买一两枝么？

有的姑娘媳妇是为了看两眼小陈三，才买他的花的。

货郎担的一屉放的是绣花用的彩绒丝线。

一天，小陈挑了货郎担往南城去，到了王家亭子边上，忽然下起雨来。真是瓢泼大雨！雨暴风狂，小陈站不住脚，货郎担被风刮得拧着麻花乱转。附近没有地方可以躲避，小陈只好敲敲王家亭子的玻璃窗，问里面的王小玉，可以不可以让他进来避避雨。

"可以可以！进来进来！"

这王家亭子紧挨东门，正字应该叫作蝶园，本是王家的花园，算得是一处可以供人游赏的名胜。当日王家常在园中宴客，赋诗饮酒。后来王家渐渐衰败，子孙迁寓苏州，蝶园花木凋残，再也听不到吟诗拍曲的声音。只有"亭子"和亭前的半亩荷塘却保留了下来。所谓"亭子"实是一座五间的大厅。大厅四面开窗，十分敞亮。王家把大厅（包括全堂红木家具）和荷塘交给原来的管家老王头看管。清明上坟，偶尔来蝶园看看，平常是不来的。

小陈的上衣都湿透了，小玉叫他脱下来，在小缸灶里抓了一把柴禾，把小陈三的湿衣服搭在烘笼上烤着，扔给他一条手巾，叫他擦擦身上的雨水，给他一件父亲老王头的旧上衣，叫他披披。缸灶火上还炖了一壶茶水——老王头是喝茶的。还好，圆笼里的花没有湿了，但是怕受了潮气，闷得褪了色，小玉还是帮小陈一屉一屉揭开，平放在红木条案上。

雨还在下。

小陈说:"这雨!"

小玉说:"这雨!"

"你一个人,不怕?"

"不怕!怕什么?"

小玉的父亲常常出去,给王家料理一点杂事:完钱粮、收佃户送来的租稻……找护国寺的老和尚聊天、有时还找老朋友喝个小酒,回来时往往是月亮照着城墙垛子了。

小玉胆很大。王家亭子紧挨着城墙,城外荒坟累累,还是杀人的刑场,鬼故事很多,她都不相信,只有一个故事,使她觉得很凄凉:一个外地人赶夜路,到了东门外,想抽一袋烟。前面有几个人围着一盏油灯。赶路人装了一袋烟,凑过去点个火。不想吧唧了半天,烟不着,他用手摸摸火苗,火是凉的!这几个是鬼!外地人赶紧走,鬼在他身后哈哈大笑。小玉时常想起凉的火,鬼哈哈大笑。但是她并不汗毛直竖。这个鬼故事有一种很美的东西,叫她感动。

小玉的母亲死得早,她十四岁就支撑门户,打里打外,利利落落,凡事很有决断。

母亲是个绣花女工,小玉从小就学会绣花。手很巧,平针、"乱孱"、挑花、"纳锦"都会。绣帐檐、门帘、枕头顶,都成。她能出样子、配颜色,在县城里有些名气,"打子儿""七色晕",她为甄家即将出阁的小姐绣的一对门帘飘带赢得很多人称赞。白缎地子,平金纳锦飞龙。难的是龙的眼睛,眼珠是桂圆核壳钉上去的。桂圆核壳剪破,打了眼,头发丝缝缀。桂圆核很不好剪,一剪就破,又要一般大,一样圆,剪坏了好多桂圆,才能选出四颗眼珠。白地、金龙、乌黑闪亮的龙眼睛,神气活现。

小陈三看王小玉的绣活,王小玉看小货郎的绒花。喝着老王头的

土叶茶,说着话,雨停了,小陈的上衣也干了,小陈告辞。小玉送到门口:

"常来!"

"哎,来!"

小陈三果然常来歇脚。他们说了很多话,还结伴到扬州辕门桥去过几次。小陈三办货,小玉买彩绒丝线。

王小玉是个美人,长得就像王家亭子前才出水的一箭荷花骨朵,细皮嫩肉,一笑俩酒窝。但是你最好不要招惹她。她双眼一瞪,够你小子哆嗦一会子,她会拿绣花针给你身上留下一点记号。

都说王小玉和小陈三是天生的一对。

小玉对小陈三是喜欢的,认为他本小利薄,但是是一个有志气、有出息的后生。小玉对她自己的,也是小陈三的前途有个"远景规划"。她叫小陈三在南市口租一个门面,当中是店堂,两边设两个玻璃砖面的小柜台。一边卖她的绣活,小陈帮她接活,记账;一边还可以由小陈卖绒花丝线。小陈可以不必再挑货郎担——愿意挑也可以,只是一天磨鞋底子,太辛苦了。兢兢业业,做上几年,小日子会红火起来的。"斗升之家"还能指望什么呢?

对小玉的"蓝图",小陈表示完全同意,只是:

"太委屈你了!"

"我愿意!"

有一个人不愿意。

谁?

小陈的妈。

小陈的父亲死得早,妈年轻守寡。她是个非常要强的女人。她眼睛有病,双眼有翳——白内障,见人只模模糊糊看见脸,眉眼分不太清,对面来人,听说话才知道是谁。就这样,她还一天不拾闲,忙忙碌碌，家里收拾得"一水也似的"。儿子爱王小玉，她知道，因为儿子早在她耳朵跟前夸小玉，怎么好看，怎么能干，什么事都拿得起，放得下。老太太只是听着，不言语，转着灰白的眼珠子，好像想什么心事。

王小玉给孙家四小姐绣了一个幔帐。这孙四小姐是个很讲究的，欣赏品味很高的才女，衣着都别出心裁，不落俗套。她曾经让小玉绣过一"套"旗袍。一套三件。她一天三换衣，但是乍看看不出来，三件都绣的是白海棠，早起，海棠是骨朵；中午，海棠盛开了；晚上，海棠开败了。她要出嫁了，要小玉绣一个幔帐。她讨厌凤穿牡丹这样大红大绿的花样，让小玉给她绣一幅"百蝶图"，她收藏了一套《滕王蛱蝶》大册页，叫小玉照着绣。

小玉花了一个月，绣得了，张挂在王家，请孙四小姐来验看。孙四小姐一进门，只说了一个字："好！"王小玉绣的《百蝶图》轰动一城，来看的人很多。

小陈三的妈也来了。经过一个眼科名医生金针拨治，她的眼睛好多了，已经能看清楚黄瓜茄子。她凑近去细看了《百蝶图》，越看越有气。

小陈跟老太太提出要把小玉娶过来，他妈瞪着浑浊的眼睛喊叫起来：

"不行！"

小玉太好看，太聪明，太能干，是个人尖子。她的家里，绝对不能有个人尖子。她不能接受，不能容忍！

她宁可要一个窝窝囊囊的平庸的儿媳。

来了一个人尖子，把她往哪儿搁？

"你要娶王小玉，除非等我死了！"

小陈三不明白母亲为什么生那么大的气。小陈三是个孝子。"顺者为孝"。他只好听妈的，没有在家里吵嚷吼叫，日子过得还是平平静静的。但是小陈的妈知道，儿子和妈之间在感情上发生了很大的变化，她知道儿子对她有一种刻骨的怨恨。他一天不说话。他们的关系已经不是母亲和儿子，而是仇敌。

小陈的妈有时也觉得做了一件错事。她也想求儿子原谅她，但是，决不！她没有错！

她为什么有如此恶毒的感情，连她自己也莫名其妙。

一九九六年七月二十三日
载一九九六年第六期《中国作家》

名士和狐仙

杨渔隐是个怪人。怪处之一，是不爱应酬。杨家在县里是数一数二的高门望族，功名奕世，很是显赫。杨渔隐的上一代曾经是一门三进士，实属难得。杨家人口多，共八房。杨家子弟彼此住得很近，都是深宅大院。门外有石鼓，后园有紫藤、木香。他们常来常往，遇有年节寿庆，都要相互宴请。上一顿的肴核才撤去，下一顿的席面即又铺开。照例要给杨渔隐送一回"知单"，请大爷过来坐坐（杨渔隐是大房），杨渔隐抓起笔来画了一个字："谢"，意思是不去。他的堂兄堂弟知道他的脾气，也不再派人催请。杨渔隐住的地方比较偏僻，地名大淖大巷。一个小小的红漆独扇板扉，不像是大户人家的住处。这是一个侧门，想必是另有一座大门的，但是大门开在什么方向，却很少人知道。便是这扇侧门也整天关着，好像里面没有住人。只有厨子老王到大淖挑水，老花匠出来挖河泥（栽花用），女佣人小莲子上街买鱼虾菜蔬，才打开一会儿。据曾经向门里窥探过的人说：这座房子外面看起来很朴素，里面的结构装修却是很讲究的，而且种了很多花木。杨渔隐怎么会住到这么一个地方来？也许这是祖上传下来的一所别业，也许是杨渔隐自己挑中的，为了清静，可以远离官衙闹市。

杨渔隐很少出来，有时到南纸店去买一点纸墨笔砚，顺便在街上闲走一会儿，街坊邻居就可以看到"大太爷"的模样。他长得微胖，稍矮，很结实，留着一把乌黑的浓髯，双目炯炯有神。

杨渔隐不爱理人，有时和一个邻居面对面碰见了，连招呼都不打一个，因此一街人都说杨渔隐架子大，高傲。这实在也有点冤枉了杨渔隐，他根本不认识你是谁！

杨渔隐交游不广，除了几个作诗的朋友，偶然应渔隐折简相邀，到他的书斋里吟哦唱和半天，是没有人敲那扇红漆板扉的。

杨渔隐所做的一件极大的怪事，是他和女佣人小莲子结了婚。

这地方把年轻的女佣人都叫作"小莲子"。小莲子原来是伺候杨渔隐夫人的病的。杨渔隐的夫人很喜欢她，一见面就觉得很投缘。杨渔隐的夫人得的是肺痨，小莲子伺候她很周到，给她煎药、熬燕窝、煮粥。杨夫人没有胃口，每天只能喝一点晚米稀粥，就一碟京冬菜。她在床上躺了三年，一天不如一天。她知道没有多少日子了，就叫小莲子坐在床前的杌凳上，跟小莲子说："我不行了。我死后，你要好好照顾老爷。这样我就走得放心了。我在地下会感激你的。"小莲子含泪点头。

杨夫人安葬之后，小莲子果然对杨渔隐伺候得很周到。每到换季，单夹皮棉，全都准备好了。冬天床上铺了厚厚的稻草，夏天换了凉席。杨渔隐爱吃鱼，小莲子很会做鱼。鳊、白、鲦，清蒸、氽汤，不老不嫩，火候恰到好处。

日长无事，杨渔隐就教小莲子写字（她原来跟杨夫人认了不少字），小字写《洛神赋》，教她读唐诗，还教她作诗。小莲子非常聪明，一学就会。杨渔隐把小莲子的窗课拿给他的作诗的朋友看，他们都大为惊异，连说："诗很像那么回事，小楷也很娟秀，真是有夙慧！夙慧！"

杨渔隐经过长期考虑，跟小莲子提出，要娶她。"你跟我这么久，我已经离不开你；外人也难免有些闲话。我比你大不少岁，有点委屈了你。你考虑考虑。"小莲子想起杨夫人临终的嘱咐，就低了头说："我愿意。"

把房屋裱糊了一下，请诗友写了几首催妆诗，贴在门后，就算办了事。杨渔隐请诗友们不要把诗写得太"艳"，说："我这不是扶正，更不是纳宠，是明媒正娶地续弦，小莲子的品格很高，不可亵玩！"

杨渔隐娶了小莲子，在他的亲戚本家、街坊邻居间掀起了轩然大波。他们认为这简直是岂有此理！这是杨渔隐个人的事，碍着别人什么了？然而他们愤愤不平起来，好像有人踩了他的鸡眼。这无非是身份门第间的观念作怪。如果杨渔隐不是和小莲子正式结婚，而是娶小莲子为妾，他们就觉得这可以，这没有什么，这行！杨渔隐对这些议论纷纷，沸沸扬扬，全不理睬。

杨渔隐很爱小莲子，毫不避讳。他时常搀着小莲子的手，到文游台凭栏远眺。文游台是县中古迹，苏东坡、秦少游诗酒留连的地方，西望可见运河的白帆从柳树梢头缓缓移过。这地方离大淖很近，几步就到了。或遇到天气晴和，就到西湖泛舟。有人说："这哪里是杨渔隐，这是《儒林外史》里的杜少卿！"

杨渔隐忽然得了急病。一只筷子掉到地上，他低头去捡，一头栽下去就没有起来。

小莲子痛不欲生，但是方寸不乱。她把杨渔隐的过继侄子请来，商量了大爷的后事。根据杨渔隐生前的遗志，桐棺薄殓，送入杨氏祖茔安葬，不在家里停灵。

送走了大爷，小莲子觉得心里空得很。她整天坐在杨渔隐的书房里，整理大爷的遗物：藏书法帖、古玩字画、蕉叶白端砚、田黄鸡血图章，特别是杨渔隐的诗稿，全都装订得整整齐齐，一首不缺。

小莲子不见了！不知道她是什么时候走的。厨子老王等了她几天，也不见她回来。老花匠也不见了。老王禀告了杨渔隐的过继侄儿，杨家来人到处看了看，什么东西都井井有条，一样不缺。书桌上留下一把泥金折扇，字是小莲子手写的。"奇怪！"杨家的本家叔侄把几扇房门用封条封了，就带着满脸的狐疑各自回家。厨子老王把泥金折扇偷偷掖了起来，倒了一杯酒，反复看这把扇子，他也说："奇怪！"

老王常在晚上到保全堂药铺找人聊天。杨家出了这样的事，他一到保全堂，大家就围上他问长问短。老王把他所知道的一五一十都说了。还把那把折扇拿出来给大家看。

座客当中有一个喜欢刮活的张汉轩，此人走南闯北，无所不知，是个万事通。他把小莲子写的泥金折扇拿在手里翻来覆去地看，一边摇头晃脑，说："好诗！好字！"大家问他："张老，你对杨家的事是怎么看的？"张汉轩慢条斯理地说："他们不是人。"——"不是人？"——"小莲子不是人。小莲子学作诗，学写字，时间都不长，怎么能到得如此境界？诗有点女郎诗的味道，她读过不少秦少游的诗，本也无足怪。字，是玉版十三行，我们县能写这种字体的小楷的，没人！老花匠也不是人。他种的花别人种不出来。牡丹都起楼子，荷花是'大红十八瓣'，还都勾金边，谁见过？"

"他们都不是人，那，是什么？"

"是狐仙。——谁也不知道他们是从哪里来的，又向何处去了。飘然而来，飘然而去，不是狐仙是什么？"

"狐仙？"大家对张汉轩的高见将信将疑。

小莲子写在扇子上的诗是这样的：

三十六湖蒲荇香，
侬家旧住在横塘。
移舟已过琵琶闸，

万点明灯影乱长。

　　这需做一点解释：高邮西边原有三十六口小湖，后来汇在一处，遂成巨浸，是为高邮湖。琵琶闸在南门外，是一个码头。

载一九九六年第二期《大家》

礼俗大全

这条河叫准提河,因为河上巷子里有一个小庵准提庵。这条巷子也就叫准提巷。出准提巷,在准提河上有一道砖桥,叫准提桥。准提桥是平桥,铺着立砖,两边白石栏杆。挺好看的。下雨天,雨水从准提巷流出来,流过桥面。这时候没有多少行人来往。偶尔听到钉鞋穿过巷子的声音,由近而远,让人觉得很寂寞。

这是一条不宽的河,孩子打水漂,噌噌噌噌,瓦片可以横越河面,由北边到南边,到河边一直蹿到岸上。

吕虎臣住在河南边,挨着准提庵。河南边就只有这一家,单门独院,四面不挨人家。谁都知道,这是吕家,吕虎臣家。孩子都知道。

吕家人口简单。吕虎臣中年丧妻,没有再娶。没有儿子,只有个女儿。女儿叫吕蕤,小时候放鞭炮,崩瞎了一只左眼。因此整天戴了深蓝色的卵形眼镜。有个女婿叫李成模,菱塘桥人。女婿不是招赘的,而是从小和吕蕤订了婚,为了考大学,复习功课住到丈人家来的。小两口很亲热。吕蕤很好看,缺了一只眼睛还是很好看。他们每天都在门前闲眺,看人打鱼,日子过得很舒心自在。有一次互相打闹,吕蕤在李成模屁股上踢了一脚。正好吕虎臣从外面回来,装得很生气:"玩归玩,闹归闹,哪有这样闹法!叫过路人看见了笑话!"

吕藐和李成模一伸舌头。

吕虎臣在家的时候少，在外面的时候多。

河北岸，正对着准提巷，是方家。方家的大人去世早，留下一儿一女，兄妹二人相依为命。哥哥方继淦在一个工厂当会计。抗战爆发后随厂到了重庆。妹妹方景心高气傲，一心想读大学，但读了初中，就没有再升学，留在家乡，在一个电话公司当接线员（由于吕虎臣的介绍），她很不甘心。而且医生发现她得了肺结核：全身无力，每天下午面色潮红，有时还咯两口血。她连班都上不了了，只好在家休养。吕虎臣和方家是亲戚，又和方景的父亲同过学（都是邑中名士杨渔隐的学生），对方景很关心。方景爱靠在栏杆上看准提河的水，一看半天。吕虎臣看见，总要走过去安慰她几句，他怕方景会一时想不开。方景看看吕虎臣，说："大姨夫（她总是叫吕虎臣大姨夫），我不会跳下去的！您放心！"——"那好，那好！你不要灰心，你的日子还长着哪！等身体好了，你还可以飞得高高的！"——"谢谢你大姨夫！"吕虎臣知道方景生活艰难，只靠哥哥辗转托人带一点钱来，有时给她一点帮助。看病的诊费、买药的药钱都由吕虎臣代付了（写在吕虎臣的账上了）。

方景长得黑黑的，眉毛、眼睫毛都很重，眼睛亮晶晶的，走路时脑袋爱往一边偏，是个很好看的黑姑娘。

吕虎臣和城里的几大户，马家、杨家、孙家都是亲戚，时常走动。尤其和孙家是至亲。孙家有什么事，婚丧嫁娶，需要吕虎臣来借箸代筹，一请就到，不请也到。吕虎臣对孙家的世谊姻亲，了如指掌。一切想得很周到，绝对落不了褒贬。他和孙家男女上下都非常熟悉。孙家的姑奶奶都跟他很亲热，爱听他说话。姑奶奶都叫他"虎臣大哥"。吕虎臣有点齉鼻子，说话瓮声瓮气，但是听起来很诚恳。

这孙家是有点特别的人家。既不像马家一样是冠盖如云的大绅士，也不像杨家功名奕世，出过几个进士，他家有些田产，并不很多，但是盖的房子却很讲究。东西两座大厅，磨砖对缝，厅前是一片很大的白矾石的天井。靠东围墙是一间大书房，平常不用；靠西一间小书房，壁隔里摆着古玩瓶盘，是四姑奶奶的绣房。这是名副其实的"绣房"，四姑奶奶不久即将出嫁，她整天在小书房里绣花。

孙老头儿名莜波，但是满城人都叫他"孙小辫"，因为他一直留着一条黄不黄白不白的小辫子，辫根还要系一截红头绳。

孙小辫不喜欢花鸟虫鱼，却喂了一对鹤——灰鹤。这对灰鹤在四姑奶奶绣房后面的假山跟前老是踱来踱去，时不时停下来剔剔翎毛，从泥里搜出一根蚯蚓，吃掉。孙家总是很安静，四姑奶奶飞针走线，绣花针插进绣绷的声音都听得很清楚。

孙莜波的另一特别处是把一位名士宣瘦梅请到家里来教女儿读书。这位宣先生能诗能画，终身不应科举。他教女学生不是读"女四书"之类，而是诗词歌赋。孙家的女儿都能通背《长恨歌》《琵琶行》《董西厢》[①]：

> 碧云天，
> 黄花地，
> 西风紧，
> 北雁南飞。
> 晓来谁染霜林醉？
> 总是离人泪。

孙家女儿都有点多愁善感。孙小辫为什么让宣先生教女儿这些东

[①] 原文如此，但下文所引"碧云天"一段出自王实甫《西厢记》。——编者注

西，令人百思不得其解。但是男女老少又都会背一篇东西。这篇东西说古文不是古文，说诗词不是诗词，说道情不是道情，不俗不雅，不文不白，是一种奇怪的文体：

> 三子三鼎甲，
> 五婿五传胪。
> 鼎甲本不贵，
> 贵的是三子三鼎甲；
> 传胪本不难，
> 难的是五婿五传胪。
> 齐家治国平天下，
> 儿辈承当。
> 这些事，
> 老夫也管些几个：
> 竹篱石井，
> 鹤食猴粮。

这算是什么东西呢？是谁的作品？不知道。有人说这是孙莜波作，经宣瘦梅润色过的。这表达了谁的思想？是孙莜波的还是宣瘦梅的？不知道。但是孙家男女老少全都会摇头晃脑地高声背诵，俨然这写的就是孙家。怎么可能呢？"三子三鼎甲"，"五婿五传胪"，哪里会有这样的人家！这只能说是孙莜波的白日梦，或孙家一家的白日梦。孙家不是书香世家，却以世家自居。几个姑奶奶尤其是这样，说起话来引经据典，咬文嚼字，似乎很高雅。女人而说"雅言"，叫人很反感。

孙莜波得了一种怪病，两脚不能下地，一着地就疼得不得了。找了几个医生,内科、外科切脉服药,都不见效。吕虎臣来看他,孙莜波说:"这是无名之病,势将不治矣!"吕虎臣叫他把袜子脱了,看了看,说:"嗐!"原来是他平常不洗脚,洗脚也不剪指甲,指甲反屈弯曲,抠进了脚心,那着地还有不疼的?吕虎臣到澡堂里请来一位修脚师傅,师傅用几把刀给他修了脚,他下地走了几步,没事了!

不久,孙莜波真的病了。没几天就呜呼哀哉,伏维尚飨了。也没有什么大病,心力衰竭,老死的。盛殓之后,因为日本人已经打到离县城不远,兵荒马乱,难以成礼,经子女亲戚计议,决定移柩三垛镇。六七开吊,当然得惊动吕虎臣。吕虎臣头两天就到了三垛,料理一切。

吕虎臣是个礼俗大全,亲戚朋友家有婚丧嫁娶,必须请他到场,擘画斟酌。

做寿倒没他什么事,他只是看看寿堂:这家有一幅吕纪的《豹(报)喜图》应该挂在正面,寿屏的次序有没有挂错,寿联的上下联颠倒了没有,陈曼生汪琬的对联应该分挂在不同地方;来客应于何处侍茶、何处吸(鸦片)烟,都得安排妥当了。开宴时席位的尊卑长幼更得有个讲究。吕虎臣左顾右盼,添酒布菜,三杯寿酒是绝对喝不安生的。

办喜事,吕虎臣事不多。找一个胖小子押轿;花轿到门,姑爷射三箭;新娘子跨火盆、过马鞍……直到坐床撒帐,这都由姑奶奶、姨奶奶张罗,属于"妈妈令",吕虎臣只关心一件事,找一位"全福太太"点燃龙凤喜烛。"全福太太"即上有公婆父母,下有儿女的那么一个胖乎乎的半大老太太。这样的"全福人"不大好找。吕虎臣早就留心,道一声"请",全福太太就带点腼腆,款款起身,接过纸媒子,把喜烛点亮,于是洞房里顿时辉煌耀眼,喜气洋洋。

最麻烦复杂的是办丧事。一到三垛,进了门,吕虎臣就问:"已经请了李棽了没有？"——"请了，请了！明天上午派船，三老爷擦黑准到！"——"那好，要派妥当的人去！"——"没错您哪！"——"准备云土。"——"是！"

李棽抽大烟，而且必须是云土。

吕虎臣第一件事是用一张白宣纸，裁成四指宽、一尺多长，写了三个扁宋体的字："盥洗处"，贴好了，检查检查"初献、亚献、终献"的金漆小木屏，察看了由敞厅到灵堂的道路，想了想遗漏了什么事。

"开吊"有点像演戏。"初献""亚献""终献"，各有其人。礼生执金漆小屏前导，司献戚友踱方步至灵前"拜"——"兴"，退出。"亚献""终献"亦如此。这当中还要有"进曲"，一名鼓手执荸荠鼓，唱曲一支，内容多是神仙道化，感叹人世无常；另有二鼓手吹双笛随。以后是"读祝"，即读祭文，祭文不知道为什么叫作"祝"。礼生高唱："读祝者读祝"，一个嗓音清亮，声富表情的亲戚（多半是本地才子）就抑扬顿挫，感慨唏嘘地朗读起来。有人读祝有名，读到沉痛婉转处可令女眷失声而哭。其实"祝"里说的是什么，她们根本不知道，只是各哭其所哭。"祝"里许多词句是通用的，可以用之于晴雯，也可以用之于西门庆。

"开吊"最庄严肃穆的一个节目是"点主"。"神主"枣木牌位上原来只写某某之"神王"，主字上面一点空着，经过一"点"，显考或显妣的灵魂就进入牌内，以后这小木牌就成了显考显妣们的代表。点主要请一位官大功高的耆宿。李棽是常被请的。他点过翰林，在本县可说是最高功名。他脸上有几颗麻子，仆人们都叫他"李三麻子"，因为他架子大，很不好伺候。

礼生高唱："凝神——想象，请加墨主！"李棽就用一支新笔舔了墨在"神王"上点了一个瓜子点。"凝神，想象，请加朱主。"李三麻子用白芨调好的朱砂，盖在"墨主"上。于是礼成。

340

"凝神——想象"这是开吊所用的最叫人感动、最富人情味的、最艺术的语言，其余的都只是照章办事，行礼如仪而已。

孙莜波的丧事把吕虎臣累得够呛。没想到这是他一生中操办的最后一件丧事。

吕虎臣送客回来，摔了一跤，当时口眼歪斜，中风失语。他自己知道，这一回势将不救。——他曾经中过一次风，这回是复发了。中风最怕复发。他脑子还清楚，也还能含含糊糊、断断续续交代几句后事：

时值兵燹，人心惶惶，不要惊动亲友，殓以常服，薄葬，入土为安。

不要通知吕蕤。吕蕤已经结婚怀孕，在菱塘桥婆婆家生孩子，不能受刺激，等她生养休息后再慢慢告诉她。

遗著一卷，有机会刻印若干本送人。

他的遗著是：

婚丧　礼俗大全
嫁娶

吕蕤回来，看到父亲的新坟，扑上去号啕大哭，把坟土都湿了一圈，怎么劝也劝不住。

陪着吕蕤一起哭的，是方景。

一九九六年十月五日
载一九九六年第五期《大家》

侯银匠

> 白果子树，开白花，
> 南面来了小亲家。
> 亲家亲家你请坐，
> 你家女儿不成个货。
> 叫你家女儿开开门，
> 指着大门骂门神。
> 叫你家女儿扫扫地，
> 拿着笤帚舞把戏。
> …………

侯银匠店是个不大点的小银匠店。从上到下，老板、工匠、伙计，就他一个人。他用一把灯草浸在油盏里，用一个弯头的吹管把银子烧软，然后用一个小锤子在一个钢模子或一个小铁砧上丁丁笃笃敲打一气，就敲出各种银首饰。麻花银镯、小孩子虎头帽上钉的银罗汉、银链子、发蓝簪子、点翠簪子……侯银匠一天就这样丁丁笃笃地敲，戴着一副老花镜。

侯银匠店特别处是附带出租花轿。有人要租，三天前订好，到时候就由轿夫抬走。等新娘拜了堂，再把空轿抬回来。这顶花轿平常就停在屏门前的廊檐上，一进侯银匠家的门槛就看得见。银匠店出租花轿，不知是一个什么道理。

侯银匠中年丧妻，身边只有一个女儿，他这个女儿很能干。在别的同年的女孩子还只知道梳妆打扮，抓子儿、踢毽子的时候，她已经把家务全撑了起来。开门扫地、掸土抹桌、烧茶煮饭、浆洗缝补，事事都做得很精到。她小名叫菊子，上学之后学名叫侯菊。街坊四邻都很羡慕侯银匠有这么个好女儿。有的女孩子躲懒贪玩，妈妈就会骂一句："你看人家侯菊！"

一家有女百家求，头几年就不断有媒人来给侯菊提亲。侯银匠总是说："孩子还小，孩子还小！"千挑选万挑选，侯银匠看定了一家。这家姓陆，是开粮行的。弟兄三个。老大老二都已经娶了亲，说的是老三。侯银匠问菊子的意见，菊子说"爹做主"！侯银匠拿出一张小照片让菊子看，菊子噗嗤一声笑了。"笑什么？"——"这个人我认得！他是我们学校的老师，教过我英文。"从菊子的神态上，银匠知道女儿对这个女婿是中意的。

侯菊十六那年下了小定。陆家不断派媒人来催侯银匠早点把事办了。三天一催，五天一催。陆家老三倒不着急，着急的是老人。陆家的大儿媳妇，二儿媳妇进门后都没有生养，陆老头子想三媳妇早进陆家门，他好早一点抱孙子。三天一催，五天一催，侯菊有点不耐烦，说："总得给人家一点时间准备准备。"

侯银匠拿出一堆银首饰叫菊子自己挑，菊子连正眼都不看，说："我都不要！你那些银首饰都过了时。现在只有乡下人才戴银镯子、发蓝簪子、点翠簪子，我往哪儿戴，我又不梳鬏！你那些银五事现在人都不知道是干什么用的！"侯银匠明白了，女儿是想要金的。他搜罗了一点金子给女儿打了一对秋叶形的耳坠、一条金链子、一个五钱重的戒指。侯菊说:"不是我稀罕金东西。大嫂子、二嫂子家里都是有钱的,金首饰戴不完。我嫁过去,有个人来客往的,戴两件金的,也显得不过于寒碜。"侯银匠知道这也是给当爹的作脸,于是加工细做,心里有点甜,又有点苦。

爹问菊子还要什么,菊子指指廊檐下的花轿,说:"我要这顶花轿。"

"要这顶花轿?这是顶旧花轿,你要它干什么?"

"我看了看,骨架都还是好的,这是紫檀木的。我会把它变成一顶新的!"

侯菊动手改装花轿,买了大红缎子、各色丝绒,飞针走线,一天忙到晚。轿顶绣了丹凤朝阳,轿顶下一周圈鹅黄丝线流苏走水。"走水"这词儿想得真是美妙,轿子一抬起来,流苏随轿夫脚步轻轻地摆动起伏,真像是水在走。四边的帏子上绣的是八仙庆寿。最出色的是轿帘前的一对飘带,是"纳锦"的。"纳"的是两条金龙,金龙的眼珠是用桂圆核剪破了钉上去的(得好些桂圆才能挑得出四只眼睛),看起来乌黑闪亮。她又请爹打了两串小银铃,作为飘带的坠脚。轿子一动,银铃碎响。轿子完工,很多人都来看,连声称赞:菊子姑娘的手真巧,也想得好!

转过年来,春暖花开,侯菊就坐了这顶手制的花轿出门。临上轿时,菊子说了声:"爹!您多保重。"鞭炮一响,老银匠的眼泪就下来了。

花轿没有再抬回来,侯菊把轿子留下了。这顶簇新的花轿就停在陆家的廊檐下。

侯菊有侯菊的打算。

大嫂、二嫂家里都有钱。大嫂子娘家有田有地,她的嫁妆是全堂红木,压箱底一张田契,这是她的陪嫁。二嫂子娘家是开糖坊的。侯菊有什么呢?她有这顶花轿。她把花轿出租。全城还有别家出租花轿,但都不如侯菊的花轿鲜亮,接亲的人家都愿意租侯菊的花轿。这样她每月都有进项。她把钱放在迎桌抽屉里。这是她的私房钱，她想怎么花就怎么花。她对新婚的丈夫说："以后你要买书订杂志，要用钱，就从这抽屉里拿。"

陆家一天三顿饭都归侯菊管起来。大嫂子、二嫂子好吃懒做，饭摆上桌，拿碗盛了就吃，连洗菜剥葱，刷锅、刷碗都不管。陆家人多，众口难调。老大爱吃硬饭，老二爱吃软饭，公公婆婆爱吃烂饭，各人吃菜爱咸爱淡也都不同。侯菊竟能在一口锅里煮出三样饭，一个盘子里炒出不同味道的菜。

公公婆婆都喜欢三儿媳妇。婆婆把米柜的钥匙交给了她，公公连粮行账簿都交给了她，她实际上成了陆家当家媳妇。她才十七岁。

侯银匠有时以为女儿还在身边。他的灯碗里油快干了，就大声喊："菊子！给我拿点油来！"及至无人应声，才一个人笑了："老了！糊涂了！"

女儿有时提了两瓶酒回来看看他，椅子还没有坐热就匆匆忙忙走了。侯银匠想让女儿回来住几天，他知道这办不到，陆家一天也离不开她。

侯银匠常常觉得对不起女儿，让她过早地懂事，过早地当家。她好比一树桃子，还没有开足了花，就结了果子。

女儿走了，侯银匠觉得他这个小银匠店大了许多，空了许多。他觉得有些孤独，有些凄凉。

侯银匠不会打牌，也不会下棋，他能喝一点酒，也不多，而且喝的是慢酒。两块从连万顺买来的茶干，二两酒，就够他消磨一晚上。侯银匠忽然想起两句唐诗，那是他錾在"一封书"样式的银簪子上的（他记得的唐诗本不多）。想起这两句诗，有点文不对题：

姑苏城外寒山寺，
夜半钟声到客船。

从传奇到志异

汪曾祺是不需要详细介绍的,离世近十五年,相信仍拥有大量的读者。他的创作生涯断断续续,1940年代初试锋芒,1960年代零星写作,真正让他获得声誉的是1980年代,那时已是"老作家"。他的长辈如1920年代崛起的谢冰心等,1930年代走红的曹禺等,虽然间有所作,但已不成其为当代文坛的构成。巴金《随想录》影响巨大,不过主要作为思想文本被对待。至于他的同辈,比如《九叶集》的那些,则作为文学史的失落群体被发掘,其中有些也做过重新写作的努力,但都不像汪曾祺那样真正产生巨大影响。民国时代的作家,到了"新时期",似乎只有汪曾祺是唯一"有效"的,风生水起,老树新枝,与几代晚辈争一日短长。从这个角度说,他是颇为特别的。

通常,汪曾祺会被归入新文学中的"京派"一系,所谓"京派",本就是一笔糊涂账,也未必有仔细分梳的价值。他1920年出生于扬州附近的高邮,地在江北,但文化上则是江南的延伸。1939年入西南联合大学中国文学系,与沈从文等发生联系,之所以归为"京派"大概源于此。光复后在上海待了两年,此后长居北京。其中50年代末至60年代初因系"右派",流放张家口三年有余。因而就他一生经历而言,与高邮、昆明、上海、北京、张家口五地结缘,而尤以高邮、昆明、北京为重要。揆诸其一生文字，背景、取材无非也是这些地方，比例大致与其生活时间的长短相吻合。这一点确乎与被认为"京派"作家核心人物的废名、沈从文等取径一致。

1940年汪曾祺在西南联大开始写作，自然受到沈从文具体的影响，这在他的文字中多有叙述。不过现在回头去看，汪当年小说、散文、诗歌都有作品，虽以小说为主，与沈从文的风格实际上差异很大。他另外的资源，是西方现代派，尤其伍尔芙等的意识流作品，以及阿索林的随笔。因而，尽管沈从文当时的小说，较之30年代也有大变，所谓"抽象的抒情"。但就叙事方式而言，汪曾祺所作，更偏重的是"意识"而不是"抒情"。这自然有二者气质上的差异，但更可以说是观念的不同，在他们当年的文论中有充分的体现。

西南联大时期的汪曾祺，绝对谈不上是个好学生。他同届及前后届的同学，出了不少著名的学者，而他最后因为有科目不过关，多待了一年。待到可以毕业，按当时规定，须参加赴缅甸的远征军，给美国军官当翻译。他没去，结果只能肄业。没去的原因，有相当部分想必是他的英语实在拿不出手。所以即便受西方文学的影响，比起同是西南联大的穆旦等人，能将自己放在古今东西的文学坐标中定位，他也只不过读了些翻译过来的作品或文论，并无系统，属于"自发"的写作。当然，一直延续到1948年底，他九年的创作，体现出特有的天分，成绩并不算差。英语水平不足道这个缺憾，也不是全无好处，西南联大众多毕业生，因为给美军当翻译的经历，解放后遇到很大的麻烦，他就没有这个包袱。

西南联大学生创作群体，就学期间的文学活动，并没有耽误各自的学业。和其他大部分学生一样，后来或出国，或从教，大多都以学术安身立命。肄业的汪曾祺，除了写作以外，在学期间似乎没有别的规划，因而毕业后在昆明、上海辗转以中学教职为生计，间以写作。

直到1948年初春到北平，继以失业，一年后结婚，同时也进入了新时代。

1949年到1979年，30岁到60岁，汪曾祺并没有多大的文学成绩，先是在《说说唱唱》和《民间文学》当编辑，从张家口回来后进入北京京剧团，工作范围从口头文学到戏曲。60年代初，写出几篇小说。当然在当时的情境下，他不可能延续40年代现代派的写作路线，不过这些创作还是体现出他深厚的语言功力。另外作为《沙家浜》等"样板戏"的主要编剧，使得他即便在"文化大革命"的十年期间，也还有自己的作品。

汪曾祺真正获得全国性声誉是在60岁以后，1980年《受戒》刊发，文坛震动，因为就当时的大环境与文学界的现实状况，似乎不太可能出现这样的东西。作品毫无做作，也没有任何拘束，描摹少年男女的情窦初开尤其爽朗，在当时这显然是个犯忌的题材，但他写起来不以为意、落落大方。这里既没有几十年延续而来的"敌我"或者"阶级"，也没有当时时新的"反思"或者"解放"。究其原因，在于汪40年代的文学经验，以及其后三十年间始终未能真正成功被"改造"。他写的，一言以蔽之就是他所理解的"人性"，三十年世间沧桑，在他作品里了无痕迹。他不去回应那个时代，似乎也并不属于那个时代。

但他确乎部分构筑了那个时代的文学，用的是三十年前的感觉和材料。其中如《异秉》等，更是直接用40年代小说的题材重新写作，不过手法迥异，不但完全没有现代派的痕迹，甚至很难看出作为小说的经营。如此摈落一切技巧，在汪曾祺那儿被概括为"回到现实主义，回到民族传统"。正在整个文坛以极大的热情和焦虑重新开始向西方学习的时候，汪曾祺似乎从现代回到传统，或者说从小说回到故事。与其说这是有意的拉开距离，毋宁说这是由于他对自己语言能力的高度自信甚至自负。剥落所谓"创作"的一切技巧或讨巧,才能将语言的质地最大程度地显露出来。

不过这只是一个方面,关键在于他叙事的方式。小说里的"事件"在他那儿是淡化的,《大淖记事》真正的"事件"只占少部分篇幅,而更多作品其实并没有什么故事。在批评家那儿这被归为"诗化小说"或"散文化小说"。本来,两个术语都源于西方评论意识流的Poetic Novel。因而要说"诗化小说",汪曾祺40年代的创作就是"诗化小说",重意境而不重事件,80年代这方面恰恰一脉相承。之所以给人差异很大的印象,一是叙事方式的改变,40年代时汪曾祺声称小说是第一人称的艺术,此时几乎全用全知叙述,没有原来限知叙述的紧张感;二是语言高度成熟,并且去除"欧化",使得技巧化于无形。这给人一个错觉,似乎比起同时的诸多各色现代派或伪现代派作家,汪曾祺是"传统的",殊不知这所谓"传统"正包裹着也许他本人都未必意识到的现代主义创作观念。

Poetic Novel翻译过来被分化成"诗化小说"和"散文化小说"两个术语,由于汉语词汇自身的影响,在读者甚至研究者那儿也脱离了西方概念的本意,而与作为文体的"诗"和"散文"联系起来。其中的曲折不必细论,但从"文体间性"的角度,八九十年代汪曾祺小说确实有从"诗"向"散文"转化的趋向。简单说,同样弱化小说中的"事件",80年代尤其是前期的作品,更多地赋予诗意的氛围,其后到90年代则渐渐归于平淡。而由于小说和散文都没有文体形式的约束,使得越到晚期,其创作中小说和散文界限越发模糊。某次与汪曾祺哲嗣言及此,他说他父亲晚年作品,编辑取去发表,有时也分不清是小说还是散文,看着像什么就放在什么栏目下。

八九十年代的汪曾祺,总的倾向,越到晚年,散文越写越多,小说越写越短。其中八九十年代之交有一批引人注目的作品,就是改写

《聊斋志异》中的一些故事。与蒲松龄比文笔，确实算得上豪举。汪曾祺用白话重写那些故事，应该说不比原文弱。《聊斋》是以传奇笔法志怪，文字活色生香，正与《受戒》等相类，但汪曾祺改写用的却是"大白话"。他最后十多年的写作，约略以此为界，语言上是经历了变化的。前期近于"传奇"，后期则走进了古代笔记的传统，类于真正的"志异"，"志"者"记"也，也就是笔录一些事情，小说、散文畛界的日渐模糊正由于此。

通常文学史论及汪曾祺时，会将他放在废名、沈从文这一脉络下，而且他们三人都自认为"文体家"。确实，这两位前辈作家对汪影响最大。再往上的周氏兄弟，他很尊崇，但并无直接的取法。废、沈二位，同样是写到后来，小说、散文混为一体，这其中有什么道理，是很值得玩味的。因为三个人的路径其实很不相同，废名一开始似乎不知道小说该怎么写，及至后来明白了，则发展出一个观念，即小说首先是"文章"，随后几度变化，但万变不离其宗。沈从文开始写作，是连标点也不会用，一支笔打天下，他的观念核心，其实是如何"讲故事"，用不同的办法来讲，讲到出神入化，"小说"的外套就套不住了。与这两位不同的是，汪曾祺一开始是知道怎么写小说的，他后来的几度变化，与时代的变迁有很大关系。

废名、沈从文对创作是有很大野心的，而且都有很大的毅力推进自己的工作，才能也足以相副。不过，到了共和国时代，虽然原因不同，但都不能不在盛年停笔了。汪曾祺的个性似乎相当随便，西南联大时期对学业没有任何规划，也许是想走作家这条路吧，但废名、沈从文开始写作时的那种努力在他身上是看不到的。而到50年代，意识流那一套自然得收起来，于是只能是"现实主义"和"民族传统"，虽然写得很少，但他却适应得很好，没有冒犯大环境却也不必太委曲求全。80年代以后放笔为文，虽有压力，但忌讳渐少，自然更可以游刃有余，以往的经验很好地调适，因而不必刻意地去张扬某种主张。或者说，他回到"语言"本身，如此则文体已经成为次要的问题，无非是语言的外衣而已。

无须忌讳，就总体的创作成就而言，汪曾祺并没有沈从文的广度，也没有废名的深度，当然更谈不上周氏兄弟的阔大。通俗的说法，算得上是"名家"，却不太够"大家"。他读书随性，很难称得上博学。写作随缘，有条件就写，没条件也不烦恼，无非过日子而已。他总在可能的限度内生活、写作，绝不试图"超越自我"，这是二周、废、沈所未必有的心境。晚年得大名，邀访求序络绎于途，他似乎都不大拒绝。看他的游记，不少是接受招待之后的"文债"，而他所作序的那些作品，不过一二十年，大部分已湮没无闻。这浪费了他很多时间和精力，不过他本就对自己的才华和成就不大上心。也许可以慨叹他的"未尽才"，但也正是这份难得的"无大志"，造就了其作品的落拓不羁、清雅绝俗，也决定其必可传。

有机会选编这套汪曾祺作品，在我自然是个值得感念的机缘。十五年前我还在当学生，因为课程作业的关系，拜访过汪先生，那是他去世前不久。感觉上，他是个不太珍惜时间的老者，而且好客。但对于像我这样一本正经的"研究者"，他并不太愿意"剖析"自己，只是闲聊得高兴。不知是不是这个缘由，这么多年来，他的作品一直只是我的"闲书"。一年前，我的同学韩公敬群，似乎为了表现他对我的底细一清二楚，突然勒令我选编汪先生作品。而且他惯用的伎俩是在我委婉表示考虑考虑的时候，就算我已经答应了。

那么为了当年与汪先生的缘分，就来做这件事吧。只是长期以来，对于他的书，已经习惯了随手翻开一页就读，现在要正襟危坐、系统选编，实在是很不好玩。再加上杂事多，我又不善计划，于是一拖再拖。责编胡晓舟是我的师妹，不得不忍气吞声，用尽各种办法催促,总之也是吃够了苦头。好在无论如何拖拉,地老天荒,该你的事情你总得做完。

书分四辑,小说、散文各占其半。在为小说分类时,有个意外的发现,印象中汪曾祺以高邮和昆明为背景的小说最多,但事实上以昆明为背景的只有五篇,写昆明其实多是散文。因而第二辑《受戒》,专收1980年后以家乡为背景的小说。分成两组,分别是80年代和90年代的作品,可以见出笔法的变化。

第一辑《邂逅》,借用的是汪曾祺40年代末自选小说集的书名,因而干脆就将那本小说集的八篇选入,以他的选择代替我的选择。随后几组包括六七十年代的作品,80年代后以昆明、北京为背景的作品,依据古代小说和传说改写的作品。此可见不同时期风格的差异。

第三辑则是回忆性的散文,包括写家人,写各个时期的自己。更多的是写见过、交往过的各色人等。汪曾祺笔下多奇人,也多畸人,总之不俗。以《人间草木》为是辑之名,大体是可以概括的。第四辑有吃食、有草木虫鱼、有读书札记等等,作者各种情趣,不一而足,那么就叫《彩云聚散》吧。

汪曾祺一生的写作量不算太大,曾发感慨,"才这么一点"。不过,这些作品,创作的时间跨度却长达半个世纪以上。其间造化弄人,洒脱淡雅的背后是世道沧桑。在他那儿,写作的观念、手法、风格等等都一变再变,当然不同时期的文字也有不同时期的习惯。对于这些或许并不符合当今"规范"的字词,是没有理由去改变的,这些"痕迹"本就该是阅读的一个组成。在此还得感谢汪先生女儿汪朝女史,她通看全稿,改正了不少原刊的错误。尽管这样一套提供普通阅读的本子无需太烦琐的校注,但能返回汪曾祺的原意,是值得感念的。

这套书是"选本",既是选,那总有偏见在。选什么不选什么,如何编排,谁来动手都有各自一套办法。购读此书的朋友大体都是了解和喜爱汪曾祺作品的,那么也都有各自的读法。想来我如此编选很难合所有人的意,好在无论如何这里总都是汪曾祺的文字,那么就当我这个"马二先生"无事生非多此一举也无不可。

王风

2011年岁杪于北京大学

出版说明

为尊重并保持汪曾祺作品文字的原貌和风格，本次编辑工作中，我们除对旧版中明显的讹误之处予以更正外，对带有作家个人风格和时代印记的用语予以保留。在保留作者原注之外，本版新加的必要注释均标明"编者注"。在编辑出版过程中，我们得到了作者亲属的大力支持与帮助，在此谨致谢意。

北京十月文艺出版社

2023年6月

图书在版编目(CIP)数据

受戒 / 汪曾祺著. — 北京：北京十月文艺出版社，2023.8（2025.7重印）
（汪曾祺集）
ISBN 978-7-5302-2313-0

Ⅰ.①受… Ⅱ.①汪… Ⅲ.①中篇小说—小说集—中国—当代②短篇小说—小说集—中国—当代 Ⅳ.①I247.7

中国国家版本馆CIP数据核字(2023)第103272号

受戒
SHOUJIE
汪曾祺 著

出　　版	北京出版集团
	北京十月文艺出版社
地　　址	北京北三环中路6号
邮　　编	100120
网　　址	www.bph.com.cn
发　　行	新经典发行有限公司
	电话 010-68423599
经　　销	新华书店
印　　刷	北京盛通印刷股份有限公司
版　　次	2023年8月第1版
印　　次	2025年7月第4次印刷
开　　本	850毫米×1168毫米 1/32
印　　张	11.5
字　　数	275千字
书　　号	ISBN 978-7-5302-2313-0
定　　价	46.00元

如有印装质量问题，由本社负责调换
质量监督电话 010-58572393

版权所有，未经书面许可，不得转载、复制、翻印，违者必究。